LE COUREUR DU CAMPUS

JENNIFER SUCEVIC

DEMI

— *B*on, très bien tout le monde, je pense vous avoir transmis suffisamment d'informations pour ce matin. Je vois que vos cerveaux sont à deux doigts de l'explosion. Gardez bien en tête que le devoir d'aujourd'hui doit être envoyé par mail avant minuit. Tous les devoirs remis en retard verront leur note divisée par deux.

Un chœur de grognements suivit cette annonce.

Les lèvres du professeur Peters se tordirent d'amusement. Ce n'était un secret pour personne qu'il se moquait que les étudiants échouent ou réussissent le cours. Les statistiques faisaient partie des matières obligatoires pour tous les diplômes en sciences de la santé. Si vous ne compreniez pas sa matière et ne preniez pas de cours de soutien, alors vous étiez fichu et condamné à redoubler. Encore et encore. Et le professeur P. était le seul enseignant à enseigner cette matière spécifique.

J'avais entendu dire que des étudiants avaient dû redoubler son cours trois ou quatre fois pour obtenir la moyenne et le valider. Ce qui devait prendre beaucoup d'énergie. Heureusement, j'avais toujours eu un bon niveau en mathématiques, et j'avais également suivi des cours de statistiques au lycée. Pour l'instant, nous n'avions commencé que depuis quelques semaines et je ne trouvais pas ce cours compliqué. J'avais un A.

Au moment où le professeur Peter nous libéra de son cours, j'avais déjà rangé mes affaires et j'étais prête à m'enfuir de la salle. Je devais fuir la présence de Rowan, que j'avais beaucoup trop ressentie durant tout le cours.

Ce qui n'était pas logique, puisqu'un groupe de filles dans sa classe se battaient en permanence pour attirer son attention. S'il cherchait à s'envoyer en l'air, il avait bien d'autres options que moi à explorer. Mais au lieu de cela, il les ignorait pour s'asseoir à côté de moi à chaque fois.

C'était exaspérant.

Sans dire un mot, je passai mon sac sur mon épaule et me faufilai devant lui. Alors que je traversai l'allée, un soupir de soulagement s'échappa de mes poumons et je descendis deux par deux les marches couvertes de moquette. Quelques personnes me saluèrent alors que je traversai la porte à double battant avant de me retrouver dans le couloir qui était déjà noir de monde. Plus je parvenais à m'éloigner de Rowan, plus vite je retrouvais mon équilibre. Rowan Michaels avait la fâcheuse habitude de tout gâcher à chaque fois. Et je refusais d'en examiner la raison.

Ce type était vraiment agaçant.

Sujet clos.

À mi-chemin dans le couloir, la tension dans mes épaules se dénoua. À partir de cet instant, le reste de la journée devrait bien se dérouler. Dès que cette pensée me traversa l'esprit, un bras musclé se posa sur mes épaules, et je fus plaquée contre un corps ferme. Une odeur fraîche, mélange de notes ensoleillées et marines, m'indiqua tout de suite qui me tenait fermement contre lui. Cette odeur ne pouvait appartenir qu'à Rowan Michaels.

Punaise.

Punaise.

Punaise.

Ce type allait vraiment finir par me tuer. Comme il l'avait si bien dit une heure plus tôt, j'aurais dû savoir qu'il ne me laisserait pas m'échapper aussi facilement.

— Hé, tu es partie avant même que je te demande si tu voulais que je passe te prendre avant le dîner.

Une boule d'effroi se déploya dans mon ventre sans que je ne sache vraiment pourquoi. Ce n'était pas comme si nous sortions ensemble. Et nous n'étions certainement pas amis. Enfin, pas vraiment. Je pouvais à peine le supporter. Alors pourquoi craignais-je de lui annoncer que Justin allait se joindre à notre trio de ce soir ?

Je grimaçai. Ça semblait tout simplement mal.

Je me suçotai et me mordillai la lèvre inférieure. Rowan allait bien finir par le savoir, alors qu'est-ce que ça changerait de lui dire tout de suite ? Je savais déjà que la légère variante au plan habituel ne le ravirait pas.

— Ce n'est pas la peine, lui répondis-je en déglutissant tout en me préparant à sa réaction. Justin va venir me chercher.

Un silence gênant s'abattit sur nous alors qu'il digérait la nouvelle. Tout se passa exactement comme je m'y attendais.

Une catastrophe.

— Attends une minute, dit-il alors que son sourire disparaissait de son visage pour laisser place à une grimace. Tu as invité *Justin* à dîner ?

— Oui, marmonnai-je en refusant de lui avouer que, maintenant, je regrettais mon invitation.

— Pourquoi tu as fait ça ?

Bonne question. C'était clairement une erreur de jugement de ma part, mais je ne l'admettrais pas face à Rowan.

— Il n'a pas encore rencontré papa.

L'idée de cette rencontre me donna la nausée. Mon père avait tendance à être surprotecteur, la raison exacte pour laquelle je ne lui présentais pas la plupart de mes petits copains.

Maintenant, je me posais des questions.

Non, je regrettais complètement.

Malheureusement, la machine était déjà en route et il était trop tard pour annuler nos plans.

— Donc… ce *truc* entre vous est plutôt sérieux ?

Il semblait vraiment attristé par cette situation.

Je restai silencieuse, réticente à lui avouer la vérité. Ça ne le regardait pas de savoir avec qui je sortais. Tout comme ça ne me regardait pas de savoir avec qui il couchait. Au cours de ces trois années passées à Western, je n'avais jamais entendu parler d'une relation sérieuse entre Rowan et une fille. Mais j'avais entendu beaucoup de rumeurs concernant ses conquêtes sexuelles. Tous les lundis matin, une nouvelle histoire salace faisait le tour du campus.

Cette pensée me donnait autant la nausée que l'idée de présenter Justin à papa. Même un peu plus.

En proie au vif besoin de m'éloigner de Rowan, je haussai les épaules dans l'espoir d'en déloger son bras. Sans succès. Au contraire, il renforça sa prise. La plupart des filles auraient été ravies de cette attention. Elles se seraient blotties contre sa poitrine musclée et puissante. Pour être honnête, je dus me battre contre le désir naturel de mon corps de faire exactement la même chose.

Il tourna son visage et la chaleur de son souffle caressa la peau délicate ourlant mon oreille. Je dus résister aux frissons qui menaçaient de courir le long de mon dos.

— Tu n'as pas répondu à la question.

— Je crois bien que si.

Ce qui était un mensonge, mais comme il ne pouvait pas prouver l'inverse, je m'y accrochai comme si ma vie en dépendait. Ou plutôt ma santé mentale.

— Hmm. Tu n'as pas vraiment l'air convaincue, dit-il en resserrant son étreinte. Tu veux réessayer ?

Je me tournai vers lui sans me rendre compte de la proximité entre nous. On se perdait facilement dans les différentes teintes de bleus qui dansaient dans ses iris.

Rowan avait des yeux magnifiques.

C'était l'une des premières choses qui avait attiré mon attention chez lui. Ils étaient si clairvoyants ! Comme s'il voyait tout ce qui se passait autour de lui et qu'il était impossible de se cacher. La lucidité de son observation faisait trembler mes entrailles. Je refusais qu'il perçoive les sentiments que je gardais enfouis en moi. Je ne voulais pas qu'il réalise quel effet il me faisait. Ni la volonté que je devais déployer pour restreindre cette attraction magnétique qui m'attirait vers lui.

Une fois arrivé devant les portes vitrées qui menaient au grand air, Rowan les poussa et nous descendîmes le petit escalier en pierre. Après seulement quatre pas, une horde de filles se jetèrent sur lui. Je profitai de la foule se formant autour de lui pour me glisser sous son bras et me précipiter sur le chemin qui traversait le campus.

— Demi, lança sa voix profonde par-dessus le brouhaha.

Incapable de m'arrêter, je me retournai vers lui jusqu'à ce que nos regards se croisent. Une vague de jalousie incontrôlée me rongea de l'intérieur alors que les groupies le tripotaient tel un morceau de viande fraîche balancée dans une cage de lionnes affamées. C'était à la fois exaspérant et gênant de savoir qu'il était le seul capable de faire battre mon cœur à cette allure. Il y avait des dizaines de milliers de personnes sur ce campus. Il devait bien y avoir au moins un autre garçon capable de provoquer ce genre de réaction chez moi.

Il fallait simplement le trouver. Et pourtant je ne pouvais m'empêcher de penser à ce quarterback blond.

— À ce soir.

Je déglutis.

Pourquoi cette phrase sonnait-elle plus comme une menace qu'autre chose ?

Sans prendre la peine de répondre, je me forçai à détourner le regard avant de m'enfuir comme si les chiens des enfers étaient à mes trousses. Je ne fus capable de retrouver mon équilibre qu'au bâtiment suivant. La seule solution pour affronter le reste de la journée serait de chasser toutes les pensées de Rowan de ma tête.

Malheureusement, c'était plus facile à dire qu'à faire.

DEMI

Quelques heures plus tard, j'insérai les clés dans la serrure avant d'ouvrir la porte de mon appartement. Avant même qu'elle ne s'ouvre entièrement, des éclats de voix assaillirent mes oreilles. Honnêtement, si je n'avais pas eu besoin de passer à la maison avant l'entraînement, j'aurais prudemment fait demi-tour.

— Ce n'est pas ce que j'ai dit, marmonna Ethan. Tu recommences à interpréter des choses que je n'ai pas dites.

— Ah, rétorqua Sydney, tu crois que je suis sourde ?

Oh, oh.

Si Ethan avait un minimum de bon sens, il répondrait à cette question avec beaucoup de prudence. Un peu comme un démineur manipulant des explosifs prêts à sauter à tout moment.

Roh. J'en déduisais que Sydney et Ethan se disputaient une nouvelle fois. Ils ne sortaient ensemble que depuis quatre mois et j'avais déjà perdu le compte du nombre de leurs ruptures et retrouvailles. J'avais arrêté de m'intéresser à leurs problèmes de couple dès leur première dispute. C'était un cercle vicieux qu'aucun des deux ne semblait vouloir briser. Punaise, j'aurais adoré y mettre fin pour eux s'ils m'en avaient donné l'occasion. Ils devaient faire leur vie chacun de leur côté sans jamais se recroiser.

Individuellement, c'était deux personnes géniales. Je les adorais.

Mais en tant que couple ?

Ils formaient un véritable cauchemar.

— Tu sais quoi ? Oublie tout, hurla Ethan sans se donner la peine de répondre à la question – ce qui était probablement la chose la plus intelligente à faire. Je m'en vais ! Appelle-moi quand tu te seras calmée et qu'on pourra avoir une conversation mature !

Je passai la tête dans l'embrasure de la porte avant d'entrer à contrecœur dans la pièce. J'étais arrivée juste à temps pour voir Sydney reculer comme si elle venait de recevoir une gifle.

Elle posa les poings sur les hanches.

— Pardon ? Tu insinues que je ne suis pas capable d'avoir une conversation mature ?

Depuis mon recoin dans la minuscule entrée, je pus apercevoir les étincelles de rage qui crépitaient dans ses yeux vert vif.

Je souhaitais tout sauf me retrouver impliquée dans une autre de leurs disputes. J'avais déjà vécu ça bien trop souvent.

Ethan glissa une main dans ses courts cheveux blonds avant de baisser les bras.

— Je vais y aller, nous parlerons plus tard quand nous serons tous les deux calmés.

Sans attendre la réponse de Sydney, il prit la porte en passant devant moi. Je tentai alors de lui adresser un sourire pour le saluer.

— Salut Demi, marmonna-t-il avant de fermer la porte derrière lui.

— Salut.

Il était parti avant même que je n'aie eu le temps de lever la main pour le saluer. Il avait déjà disparu dans le couloir. Je me tournai alors vers mon amie.

— Euh…

— Oui, on a rompu, répondit-elle avant même que je lui pose la question.

— Je suis désolée ?

Ce qui sonnait plus comme une question à ce stade. D'un jour à l'autre, je n'étais pas vraiment certaine si ces deux-là étaient toujours ensemble ou non. Ça m'épuisait alors qu'il ne s'agissait même pas de mon couple. J'étais simplement une spectatrice, ou peut-être que le mot « otage » était plus approprié, assise sur la ligne de touche alors que je m'efforçais de ne pas prendre de balle amie.

Ma meilleure amie leva les yeux au ciel avant de s'affaler dans le canapé de notre salon.

— Je pense que c'est vraiment fini cette fois-ci.

Mais bien sûr... Si tu le dis, espèce de folle.

Sydney disait ça chaque fois qu'ils se disputaient. Et après quelques jours de séparation, ils finissaient par revenir l'un vers l'autre. Un peu comme un gardien avec un prisonnier portant un bracelet électronique. C'était effarant. Ils ne pouvaient pas être ensemble et pourtant ils ne supportaient pas d'être séparés l'un de l'autre. J'ignorais ce qu'ils allaient faire, et j'avais arrêté de donner des conseils qu'ils ne me demandaient pas et qu'ils n'écoutaient pas.

J'en étais arrivée à la conclusion troublante qu'ils adoraient tous les deux se faire punir.

Quelle autre raison pouvait bien expliquer toute cette comédie ?

— C'était quoi, cette fois-ci ?

La question m'échappa avant que je ne puisse la retenir. Je posai mon sac à dos sur la table avant de m'asseoir sur la chaise face à Sydney. Il restait à peine trente minutes avant l'entraînement. Leur dispute avait probablement duré dix minutes au maximum, mais sa dissection prendrait quatre fois plus de temps.

Sydney plissa le nez en regardant le plafond.

— Tu sais quoi ? Je ne sais même plus comment ça a commencé.

Ce qui n'était pas surprenant.

— Je sais simplement qu'il ne me comprend pas, poursuivit-elle.

— Alors cette rupture est sûrement pour ton bien, lui dis-je doucement en espérant que la suite de notre dernière année ne suivrait pas le chemin déjà entamé. Sinon, je finirais probablement par déménager et je n'en avais vraiment pas envie. Même si j'adorais mon père, il nous fallait chacun notre propre espace.

— Peut-être, on verra bien.

Sydney roula sur le ventre et posa le menton sur ses mains jointes avant de me regarder en haussant les sourcils.

— Alors, on dîne avec papounet ce soir, hein ?

— Beurk !

Ses mots me firent faire la grimace.

— C'est dégoûtant. Reformule ta phrase s'il te plaît.

— C'est quoi, le problème ? demanda-t-elle en souriant sans même se donner la peine de cacher ses épaules qui tremblaient de rire. Tu n'aimes pas ?

— Punaise, non. En réalité, j'ai même eu une petite remontée.

Et je ne plaisantais même pas. De temps en temps, Sydney aimait me torturer en me disant combien mon père était beau. Et quand c'était le cas, je déclenchais mon bouclier d'autodéfense avant de mettre fin à la discussion. Je la soupçonnais de vouloir m'énerver plus qu'autre chose. Du moins, j'espérais que c'était la véritable raison.

— Je n'arrive pas à croire que tu aies invité Justin à dîner. Ça ne fait pas très longtemps que vous êtes ensemble. Je ne me souviens pas de la dernière fois où tu as ramené un garçon à la maison pour le présenter au coach, me dit-elle en me regardant d'un air spéculatif. Tu dois vraiment l'apprécier.

Je me mordillais la lèvre inférieure en secouant la tête.

Elle haussa les sourcils.

— Vraiment ?

— Oui.

— Je ne comprends pas, dit-elle avant de s'interrompre une seconde. Pourquoi tu l'as invité à dîner si tu n'aimes pas ce type ?

C'était une excellente question. À laquelle je n'avais pas la réponse. Je lui donnai alors la meilleure réponse que j'avais. Même si elle n'était pas logique.

— Sur le moment, ça me semblait être une bonne idée. Mais maintenant ? Plus tellement.

— Bon, ça va être gênant. Je vous imagine bien, le coach, Rowan, Justin et toi, tous assis autour d'un dîner en train de lier connaissance.

Ah. Elle avait raison.

— Ça paraît horrible, m'exclamai-je en m'affalant sur la chaise alors que je redoutais la soirée qui s'annonçait, avant de me ressaisir assez pour lui demander : Eh ! ça te dirait un bon dîner ?

— Hors de question. J'ai suffisamment goûté la cuisine de ton père pour savoir que ça ne vaut pas le coup, dit-elle en riant. Désolée, mais tu vas devoir te débrouiller toute seule cette fois-ci.

— Enfoirée, marmonnai-je.

Ses épaules remuèrent sous un rire franc alors qu'elle nous ramenait au sujet initial.

— Qu'est-ce qu'il s'est passé pour que tu changes d'avis sur Justin ? Je pensais que tout se passait bien.

Je haussai les épaules, refusant de lui avouer que le garçon qui faisait battre la chamade à mon cœur n'était pas vraiment celui avec lequel je sortais. Rien chez Justin ne me poussait à vouloir en apprendre plus sur lui. Et c'était un problème.

— Oh, allez, il doit bien y avoir *quelque chose.*

Mon regard se dirigea vers la baie vitrée donnant sur la cour arborée.

— Je pensais que j'allais mettre un peu de temps avant de ressentir l'étincelle, mais pour l'instant, je ne l'ai pas encore ressentie, et après un mois de relation, j'ai perdu espoir que ça arrive.

— Tu le sais bien pourtant. L'étincelle est instantanée. Soit il y en a une, soit il n'y en a pas.

Toujours allongée sur le ventre, Sydney balançait ses jambes nues d'avant en arrière.

J'admis à contrecœur qu'elle avait vu juste. Le simple souvenir de Rowan passant son bras autour de mes épaules en me serrant contre lui suffisait à mon pouls pour s'emballer. Refusant de m'attarder sur ce souvenir, je le chassai de ma tête avant qu'il n'infecte mon cerveau tel un virus mortel. J'avais déjà assez à penser ce soir. La dernière chose dont j'avais besoin était d'inviter de nouvelles complications.

Et Rowan n'était rien si ce n'était une complication.

Du genre que je ne pouvais pas me permettre.

DEMI

*J*ustin gara sa Honda Civic devant la maison en brique à deux étages dans laquelle j'avais passé mon enfance. Après le divorce, papa avait envisagé de déménager dans une maison plus petite, puisqu'il ne restait plus que nous deux, mais je l'avais supplié de rester. Il y avait quelque chose de réconfortant dans l'idée de pouvoir retourner dans la maison où l'on avait grandi. Même si mes parents n'étaient plus ensemble et que le divorce avait été dur pour nous tous, notre maison était une maison joyeuse, et j'y avais une tonne de souvenirs. Sans compter que j'adorais la piscine rectangulaire dans le jardin. C'était toujours agréable de piquer une tête en été et de s'y baigner après un entraînement de foot.

Justin tendit la main et glissa les doigts entre les miens. J'attendis de ressentir un petit quelque chose. N'importe quel signe me poussant à lui laisser une dernière chance. Mais je ne ressentis rien à part la légère humidité que dégageait sa main moite.

— Tu es prête ?

Non, pas du tout. Mais au lieu d'admettre que j'avais commis une énorme erreur, je me contentai d'acquiescer en me forçant à sourire.

Après qu'il m'eut lâché la main et qu'il fut sorti de la voiture, je me frottai les paumes contre les cuisses avant de me donner un peu de courage et de le suivre. En le retrouvant sur le trottoir, je lissai mon short bleu marine, que j'avais assorti à un top drapé à manches courtes blanc avec des fleurs.

Des papillons s'envolèrent vivement en battant des ailes au plus profond de mon ventre. Une incroyable nervosité me remuait le ventre. Ce n'était pas le premier garçon que je ramenais à la maison pour le présenter à mon père. Même s'il fallait admettre que ça n'était pas arrivé depuis longtemps. La plupart des garçons avec lesquels j'étais sortie se vexaient lorsque je n'étais pas disponible pour passer du temps avec eux. Quand ils étaient des athlètes, leurs emplois du temps étaient tout aussi remplis que le mien, et notre relation finissait par s'éteindre d'elle-même.

Parfois j'avais l'impression que ça n'arrangeait personne.

— Tu es vraiment sexy, me dit Justin en interrompant le flot de mes pensées.

— Merci, lui répondis-je en jetant un coup d'œil à ma tenue. Je ne portais rien de formel, c'était simplement mon short de sport assorti à un tee-shirt.

Il me fit un clin d'œil en souriant avant de me prendre la main. Le contact de sa main moite contre ma peau me fit grimacer et je résistai à l'envie de la lâcher. Main dans la main, nous traversions l'allée de brique qui menait à la porte d'entrée. Je frappai le bois du dos de la main avant d'ouvrir la porte et de pénétrer dans l'entrée. Parcourant les lieux du regard, je m'arrêtai sur papa et Rowan. Ils étaient assis dans le canapé, tous les deux la tête penchée alors que papa dessinait des plans de jeu sur le tableau blanc.

Je faillis lever les yeux au ciel. Le jour où ces deux-là ne parleraient pas de foot…

Papa leva le regard.

— Salut, ma puce !

Je haussai les sourcils et un sourire penaud se dessina sur son visage. Il jeta alors le marqueur effaçable sur la table basse avant de se lever.

Et voici la première raison pour laquelle ma mère était partie sans jamais se retourner cinq ans auparavant. Même si j'adorais mon père, je ne pouvais pas la blâmer de vouloir vivre avec un homme capable de laisser son travail derrière lui une fois sorti du bureau. Ou plutôt, dans le cas de mon père, du terrain de football.

Le regard de mon père alla du mien au garçon à mes côtés avant de s'avancer vers lui et de lui tendre la main afin de lui serrer la sienne.

— Ravi de te rencontrer, Justin. Demi m'a beaucoup parlé de toi.

En réalité, j'étais très discrète sur notre relation. Pour être tout à fait honnête, il n'y avait pas grand-chose à dire. Et après cette soirée, il y aurait encore moins.

Du coin de l'œil, je vis Rowan se lever avant de se diriger vers nous.

— C'est également un plaisir de vous rencontrer, monsieur. Merci de m'avoir invité à dîner.

— Nous sommes heureux de te recevoir.

Papa posa une main sur l'épaule de Rowan tel un père fier de son fils.

— Je suppose que tu connais déjà ce gaillard.

Il fallait vivre dans une grotte pour ne pas savoir qui était Rowan, et même dans ce cas-là, en ayant accès à Internet, on pouvait très probablement le reconnaître. Il y avait d'immenses posters de lui éparpillés dans tout le campus. Impossible de se rendre quelque part sans apercevoir son beau visage.

Enfin, je voulais dire sa sale tronche.

— Évidemment, répondit Justin en tendant la main vers Rowan. Ça fait plaisir de te voir, mec.

Le joueur de football blondinet haussa le menton dans sa direction en guise de réponse.

Je ne pus m'empêcher de les comparer alors qu'ils se tenaient l'un à côté de l'autre. Même si Justin mesurait dix ou douze centimètres de plus que moi, il était tout de même bien plus petit que Rowan. Et face à la musculature saillante et imposante de Rowan, Justin était plus mince. Il avait presque l'air d'un petit garçon.

Deux petites secondes... Qu'étais-je en train de faire ?

Au moment où je me rendis compte que j'étais en train de les comparer, je chassai ces pensées gênantes de ma tête. Il n'y avait aucune raison de le faire. Et je refusai même d'admettre que Justin ne s'était tristement pas montré à la hauteur lors de cette évaluation.

Oh, cette soirée allait être longue.

— Le dîner devrait être prêt d'ici vingt minutes, annonça papa, qui me surprit en passant le bras autour des épaules de Justin. Je me disais que, tous les deux, on pourrait avoir une petite discussion dans le bureau pour apprendre à mieux se connaître. Qu'en dis-tu, mon pote ?

Mon pote ?

Ça n'annonçait rien de bon.

— Oh.

Le malaise se lut le visage de Justin avant qu'il plonge son regard dans le mien. J'eus l'impression qu'il me demandait de lui lancer une bouée de sauvetage.

— Euh, bien sûr.

— C'est vraiment nécessaire ? demandai-je, le regard noir.

— Évidemment, ma puce. Je veux m'assurer que les intentions de Justin sont correctes envers ma petite fille.

Comment cette situation avait-elle pu autant empirer en deux secondes ?

— Papa… grognai-je. Si j'avais su que tu ferais la leçon à Justin, je ne l'aurais pas invité à dîner.

— Je pense que tu y réfléchiras la prochaine fois, dit-il en riant avant de taper dans le dos de Justin

Le joueur de base-ball aux cheveux bruns tituba avant de reprendre rapidement l'équilibre.

— Calme-toi, je rigole. Je n'ai pas l'intention de faire du mal à ce garçon, dit-il avant de s'interrompre. *Pour l'instant.*

Le silence retomba avant que papa n'éclate une nouvelle fois de rire.

— Je plaisante ! Ha, là, là. Tout le monde est si sérieux. Il n'y a aucun souci à se faire.

Son sourire s'effaça de son visage alors qu'il plissait les yeux en regardant le joueur de base-ball.

— Il n'y a aucun souci à se faire, hein, Justin ?

Justin secoua la tête.

— Non, monsieur.

— Très bien.

C'était une erreur.

Avant que je puisse protester, papa guida mon petit copain du salon jusqu'au bureau avant de fermer la porte à clé. Le bruit de la serrure me fit sursauter et je restai bouche bée devant la porte fermée pendant environ vingt secondes. Je fus tentée de m'approcher et de cogner contre le bois jusqu'à ce que papa ouvre la porte pour que je puisse traîner Justin hors de la pièce.

Je n'aurais jamais dû le ramener à la maison. C'était vraiment la dernière fois. Le seul garçon dont papa supportait la présence était…

Je jetai un coup d'œil en direction du grand homme aux cheveux blonds.

Le terme « garçon » n'était probablement pas le bon pour le décrire. Rowan Michaels était définitivement un vrai homme.

S'il vous plaît, dites-moi que je ne venais pas vraiment de penser ça.

Coupable.

Oh, plus que coupable.

— Alors, dit-il en plongeant les mains dans les poches de son short chino.

Je m'éclaircis la gorge, incapable de décrocher mon regard du sien. J'étais prise au piège dans les profondeurs de ce bleu marin. C'était déconcertant. Bon.

Il désigna le canapé.

— Tu veux t'asseoir ?

Je fronçai les sourcils alors que je jetai un nouveau regard inquiet en direction du bureau.

— Je suppose.

Hésitante, je me dirigeai vers le canapé usé en microfibre fauve qui avait connu des jours meilleurs, avant de m'asseoir prudemment au bout. Au lieu de s'asseoir à l'opposé pour laisser une bonne distance entre nous, Rowan s'affala juste à côté de moi. Il était si proche que sa cuisse effleurait la mienne. Un soupçon d'attraction non désirée me parcourut le dos. Je serrai alors les dents dans une faible tentative d'ignorer cette sensation.

Au fil des ans, j'avais mis un point d'honneur à ne jamais me retrouver seule avec Rowan. Et maintenant que c'était le cas, je n'avais aucune idée de ce que je devais faire. Je fouillai dans ma tête à la recherche de quelque chose à lui dire, mais rien ne me vint. Le silence qui gagnait du terrain ne faisait que renforcer ma nervosité.

Ce fut presque un soulagement lorsqu'il prit la parole :

— Gros match demain, hein ?

Peu importe ce que tu fais, surtout ne le regarde pas.

Bien que je m'encourage à résister à la tentation, c'était comme un réflexe involontaire. Fixer Rowan des yeux ressemblait étrangement à regarder le soleil. C'était dangereux pour ma santé. À tout moment, mes rétines risquaient d'être réduites en cendre.

— Oui, répondis-je en tripotant nerveusement l'ourlet de mon short en espérant qu'il s'étire le long de ma jambe. C'est l'UNC.

— J'ai regardé un petit bout de l'enregistrement du match, lança-t-il. Fais attention au numéro 55 et tout ira bien.

J'écarquillai les yeux avant de tourner le visage vers le sien.

— Tu as regardé l'enregistrement ?

De football ?

Pourquoi aurait-il fait ça ?

Son aveu déclencha un ouragan de chaleur en moi. Et je dus faire beaucoup d'efforts pour l'étouffer.

Il haussa les épaules et ses muscles dansèrent sous son tee-shirt.

— J'avais un peu de temps à tuer entre deux cours, et j'étais curieux de voir à quoi ressemblait l'UNC cette saison.

Je n'avais... aucune réponse à ça.

— Une de leur milieu de terrain, le numéro 31, est blessée et ne participera pas au match.

Euh... oui, je savais. L'entraîneur et moi en avions longuement discuté l'après-midi même. C'était simplement que je ne m'attendais pas à ce qu'il soit au courant lui aussi. Je clignai des yeux en tentant de retrouver mon équilibre. À chaque fois, Rowan trouvait le moyen de me déstabiliser. Il se déplaça et étira le bras sur le dossier du canapé.

Lorsqu'il effleura mon épaule du bout des doigts, un millier de minuscules frissons parcoururent ma chair.

Punaise, que se passait-il ?

Pourquoi mon corps réagissait-il de la sorte ?

— Ça ne sera pas une victoire facile, poursuivit-il, comme s'il n'était pas conscient de l'anxiété qui m'envahissait. Mais je pense que vous devriez vous en sortir si vous jouez avec une stratégie offensive.

Du football.

Oui, c'est ça.

Nous parlions de football. Du match du lendemain pour être précise.

Concentre-toi, Demi !

Je clignai des yeux en tentant de maîtriser tous les sentiments étranges et incontrôlables qu'il déclenchait en moi.

Non, je ne pouvais pas. Je ne pouvais pas rester assise ici à discuter nonchalamment avec Rowan. Il me rendait nerveuse. Il me crispait. J'avais beaucoup de mal à me concentrer quand il se tenait aussi près de moi. Et pire que tout, je ne voulais pas ressentir ça avec lui.

Avant même de m'en rendre compte, je bondis du canapé tel un diable hors de sa boîte.

— Il faut que je boive quelque chose.

Après l'avoir annoncé, je me précipitai hors du salon comme si mes fesses étaient en feu.

— Tu veux quelque chose ?

— Non, merci.

Nul besoin de me retourner pour savoir qu'un sourire illuminait son visage alors que je remuai des fesses jusqu'à la cuisine. Une fois là-bas, j'expirai en essayant de reprendre mes esprits.

C'était ridicule.

Je n'étais *pas* attirée par Rowan.

Je ne l'appréciais même pas.

Quoi ?

Mais c'était la vérité, je ne l'aimais pas !

J'avais les nerfs à vif parce que papa avait séquestré Justin dans le bureau. Et que je n'imaginais même pas le genre d'interrogatoire qu'il lui faisait passer. Je me frottai les tempes pour faire disparaître le rugissement qui cherchait à se libérer. J'espérais vraiment qu'il n'avait pas ouvert son coffre et sorti son fusil pour tenter d'effrayer Justin.

Il l'avait déjà fait une fois. Personne n'avait trouvé ça amusant à part mon père.

Il me fallut quelques minutes pour refouler toutes les émotions se bousculant en moi. Si papa ne sortait pas du bureau d'ici dix minutes, je prendrais la pièce d'assaut pour faire sortir Justin. Avec un plan d'attaque bien précis en tête, toutes mes émotions se clamèrent alors que j'ouvrais la porte du réfrigérateur pour en sortir une bouteille d'eau avant de la refermer.

Je me retournai pour me retrouver face à Rowan, debout à quelques centimètres de moi. Un petit cri de surprise s'échappa de ma gorge. Il était si près qu'en un pas je heurtais la large étendue de sa poitrine. La bouteille d'eau en plastique tomba à mes pieds sur le parquet avant de rouler.

Rowan ne me quitta pas du regard lorsqu'il se baissa. J'étais là, sous le charme, alors qu'il tendait la main pour attraper la bouteille avant de se redresser de toute sa hauteur. Ce ne fut qu'à cet instant qu'il me la tendit.

En me voyant clouée sur place, il sourit.

— J'ai changé d'avis à propos de ce verre.

Le ton profond de sa voix me tira de ma paralysie, et je tendis alors la main pour lui arracher la bouteille en plastique des mains et battre en retraite en titubant. Il suffit d'un pas avant que mon dos ne heurte la porte en inox. Un courant électrique crépitait dans l'air tandis que Rowan se rapprochait de moi, franchissant la distance entre nous jusqu'à ce que son souffle chaud effleure mes lèvres. Je me plaquai contre le réfrigérateur alors que mon cœur battait à un rythme effréné.

Il prit mon regard en otage tout en ouvrant la porte du réfrigérateur. Son avant-bras m'effleura lorsqu'il y plongea la main pour attraper de l'eau. Son torse était si proche de moi que je ressentais la chaleur suffocante que dégageait son corps. Une fois la bouteille entre ses doigts, il referma la porte sans s'écarter. Il me serrait toujours contre la porte. Lorsque je glissai ma langue hors de ma bouche pour m'humecter les lèvres, il porta son attention sur mon geste. La noirceur de ses pupilles se dilata et je fus transpercée par une flèche d'excitation.

Pendant un bref instant, je me demandai s'il s'approcherait encore pour m'embrasser. Ce n'était que maintenant que j'étais enfin prête à admettre combien je désirais sentir la douce pression de ses lèvres contre les miennes.

Je l'avais peut-être toujours désirée. Je ne m'étais jamais permis de l'admettre. Pas même en mon for intérieur.

Surtout pas en mon for intérieur.

Tout mon être se tendit tel un fouet alors que j'attendais ce qui se passerait ensuite. Ce fut l'ouverture de la porte du bureau qui vint briser le silence rempli de tension qui s'était abattu sur nous et qui me sortit de la brume épaisse que Rowan venait de générer.

Oh punaise !

Une bouffée d'air s'échappa soudainement de mes poumons alors que je me glissai sous son bras avant de fuir vers la sûreté du salon où papa nous attendait avec Justin. Mon regard se posa sur le garçon aux cheveux bruns et je ne ressentis…

Rien du tout.

Ce qui me décevait sans me surprendre. Cela ne fit que renforcer ma décision de débrancher cette relation le plus tôt possible. Du coin de l'œil, j'aperçus un petit sourire sur le visage de Rowan. C'était comme si cet enfoiré savait exactement que je pensais et qu'il était tout à faire d'accord avec moi.

Mes épaules s'affaissèrent.

Je n'étais certaine que d'une seule chose, cette soirée s'annonçait longue.

DEMI

Tu pourrais passer dans mon bureau dès que possible ?

Je jetai un œil au texto de papa avant de ranger mon téléphone dans ma poche alors que je sortais de mon dernier cours de l'après-midi et que je m'engageais sur le chemin de ciment qui serpentait à travers le campus. Il était 15 heures et je devais rentrer et manger quelque chose avant de ramener mes fesses sur le terrain.

Heureusement pour papa, le stade était sur le chemin de la maison. Moins de dix minutes plus tard, je me promenais dans le couloir. Je pris un virage à gauche, puis un autre à droite, ce qui me mena au vestiaire des hommes près duquel se trouvait le bureau de mon père. Au moment où je poussais la porte, mes oreilles furent agressées par un chœur de voix masculines endiablées. Ça aurait pu décourager certaines filles d'y mettre les pieds, mais pas moi. Un rapide coup d'œil à l'intérieur me conforta dans l'idée que l'équipe venait de terminer son entraînement. Il y avait des hommes à divers stades de nudité ou d'habillement. Certains étaient déjà en sous-vêtements alors que d'autres portaient de petites serviettes enroulées autour de leurs tailles. J'aperçus quelques fesses nues avant de diriger mon regard droit devant.

— Salut Demi ! m'interpellèrent plusieurs des garçons peu soucieux de leur nudité.

Ce qui montrait bien la différence entre les hommes et les femmes. La plupart des filles que je connaissais ne se seraient pas pavanées volontairement devant le sexe opposé.

Je levai la main et les saluai rapidement sans prendre la peine de regarder dans leur direction. J'étais entrée dans le vestiaire des dizaines de fois. Il n'y avait rien de grave. Je connaissais ces garçons depuis la première année, alors la plupart des joueurs me voyaient comme l'une des leurs.

La fille de l'entraîneur.

Alors que je passai devant un autre vestiaire, ce fameux picotement d'intuition me parcourut le dos. Il n'existait qu'une personne capable de déclencher ce genre de sensation en moi. Et je n'avais pas besoin de jeter un coup d'œil pour confirmer mes soupçons.

Ce qui n'empêcha pas mes yeux de regarder dans sa direction. Et le voilà, le quarterback blondinet se prélassant devant son casier, une simple petite serviette enroulée autour de ses hanches étroites. Il tourna son attention vers moi, et je sentis cette connexion me parcourir jusque dans mes orteils. Presque comme s'il s'agissait d'une caresse physique. Avant de pouvoir m'en empêcher, mon regard se posa sur son torse nu.

Punaise.

Pourquoi fallait-il qu'il soit aussi beau ?

La puissance toute en muscles qui se dégageait de son corps suffisait à me faire saliver. Comment ses muscles pouvaient-ils être développés ?

Tous les rires rauques s'évanouirent derrière moi alors que mon attention dérivait de ses pectoraux parfaits pour se poser sur ses abdominaux aussi saillants qu'une tablette de chocolat. C'était comme si je partageais un moment pas si privé que ça avec lui. Même si je ne portais qu'un short et un tee-shirt en coton fin, mon corps était à deux doigts de prendre feu. Je fus tentée de tirer sur le col de mon tee-shirt pour l'écarter de ma poitrine et tenter de me rafraîchir.

Mon attention se porta sur la serviette, et je plissai les yeux en regrettant pour la première fois de ma vie de ne pas avoir une vision à rayon X.

Mais qu'étais-je en train de faire ?

Mortifiée par mon regard indiscret, je détournai les yeux avant de foncer vers le bureau de mon père, où je claquai la porte et m'effondrai contre elle. J'inspirai difficilement tout en fermant les yeux pour essayer de bannir les images de Rowan presque nu de mon esprit.

Sans succès. Cette dernière minute était dorénavant gravée dans ma mémoire pour toujours. Et quant à ma culotte… eh oui, elle était honteusement humide.

— Salut, ma puce, me salua papa en m'arrachant à mes pensées dérangeantes.

Mes yeux s'ouvrirent avant de se poser sur lui. Dieu merci, il ne pouvait pas voir les images classées X qui défilaient dans ma tête. Il aurait fait une crise cardiaque s'il avait appris que j'étais attirée par son quarterback vedette.

Nous avons toujours eu plutôt une relation de frère et sœur qui se supportaient à peine. Bon, d'accord, ce n'était peut-être pas entièrement vrai. C'était moi qui avais un problème, et non l'inverse. Rowan ne semblait avoir aucun problème avec moi.

Ça aurait été tellement plus facile si tel avait été le cas.

Il me fallut rassembler toute ma volonté pour chasser ces pensées et plaquer un sourire sur mon visage.

— Salut papa.

— Merci d'être passée si rapidement.

Il brassa quelques documents sur son bureau qui débordait de paperasse. Il assurait que son bazar était organisé. Mais selon moi, il disait n'importe quoi. Il sortit une télécommande d'un tiroir et éteignit la vidéo d'un match qu'il était en train de regarder. Il devait visionner plus de cent heures de film par semaine. Il était obsédé. C'était ce qui faisait de lui l'un des meilleurs entraîneurs de première division de football américain. Mais c'était aussi ce qui avait fait de lui un terrible mari. Et c'était précisément la raison pour laquelle il était encore célibataire après cinq ans de divorce. Maman était dorénavant heureuse en ménage avec un homme qui se pliait au moindre de ses désirs.

— Pas de problème, il me reste quelques heures avant le match.

— Oui, dit-il en s'adossant contre sa chaise pivotante et en croisant les mains derrière sa tête. J'y serai. Ça promet d'être un beau match.

Une nouvelle vague d'angoisse me submergea. J'étais toujours nerveuse avant un match. Surtout en jouant pour l'UNC. C'était une équipe de première division dont plusieurs joueuses étaient devenues professionnelles. Jouer dans une équipe professionnelle de football féminin était mon rêve depuis toute petite. Avec les recruteurs présents dans les tribunes, le match d'aujourd'hui était décisif. Je repoussai cette idée dès qu'elle se glissa dans ma tête. Si je me concentrais dessus, je finirais par trop réfléchir. Et je ne pouvais pas laisser la pression me faire perdre mes moyens.

— Tu vas être géniale, dit papa la voix remplie de convictions comme s'il ressentait cette soudaine montée de stress.

— Merci.

J'avais fait tout ce que je pouvais pour me préparer au match de ce soir. Maintenant, je n'avais plus qu'à entrer sur le terrain et laisser mon instinct prendre les commandes.

— Pourquoi voulais-tu me voir ?

— Ah oui, c'est vrai !

Il baissa les bras et se redressa sur son fauteuil avant de se rapprocher de moi et de fouiller dans une petite montagne de papier. Puis il ouvrit une chemise et jeta un coup d'œil au premier document se trouvant à l'intérieur.

— Je sais que tu as déjà beaucoup de choses sur le dos ce semestre, mais aurais-tu le temps d'aider l'un des joueurs ?

— Dans quelle matière ?

Après trois ans passés à Western, j'avais donné des cours particuliers à une dizaine de joueurs.

J'étais une élève brillante, les études avaient toujours été faciles pour moi.

— Les statistiques.

Un picotement de malaise prit vie au fond de mon ventre alors que je m'écartai de la porte pour me glisser sur la chaise posée devant son bureau et poser mon sac à dos sur les carreaux de linoléum du sol.

Avant de répondre, il ajouta rapidement :

— Ça ne te prendrait que quelques heures par semaine pendant un mois environ. Juste le temps qu'il lui faut pour s'assurer qu'il comble ses lacunes. Tu es si douée pour les mathématiques !

Papa ne me l'aurait pas demandé si cela n'avait pas été absolument nécessaire. Même si je n'avais pas beaucoup de temps libre, dégager quelques heures dans mes semaines ne devrait pas être trop compliqué.

— Bien sûr, je peux sûrement m'arranger.

— Super !

Un sourire de soulagement se dessina sur son visage.

— Tu sais ce que c'est de trouver quelqu'un qui veuille vraiment donner des cours particuliers plutôt que de parler football américain.

Ce n'étaient pas les discussions sur le football américain qui posaient problème. Mais les filles qui ne s'intéressaient qu'à l'idée de coucher avec un joueur avant de transformer le tout en une véritable relation. C'était l'un des aléas du métier qui venait avec le rôle d'athlète dans une université obsédée par tout ce qui concernait le football américain.

Je ramassai mon sac à dos posé au sol avant de me lever pour partir.

— Sinon, dit-il, j'ai vraiment aimé rencontrer Jackson hier soir.

Je plissai les yeux en me demandant s'il s'était intentionnellement trompé de prénom.

— C'est Justin.

— C'est ça, me dit-il en pointant un doigt vers moi. *Justin*. Peu importe, j'ai vraiment apprécié de faire sa connaissance. Il a l'air d'être un type sympa. Tu devrais l'inviter plus souvent.

— Vraiment ?

Je plissai le front. Ce n'était pas ce que je m'attendais à entendre sur lui. En général, quand je présentais mon père à un éventuel petit copain, il pinaillait et trouvait toujours quelque chose à redire sur lui.

Pour être honnête, j'étais légèrement déconcertée par son comportement détendu.

Il me sourit et s'adossa de nouveau contre son siège.

— Oui. J'ai vraiment aimé notre conversation dans le bureau.

— Ah oui ?

Je fronçai les sourcils et baisai la tête en essayant de trouver un indice indiquant qu'il me faisait marcher.

— Bien sûr.

Un air innocent s'empara de ses yeux sombres.

— Pourquoi ? Ça ne devrait pas être le cas ?

Hmm. Il y avait quelque chose de bizarre dans cette conversation.

— Je ne sais pas. D'habitude, tu n'aimes pas les garçons que je te présente.

Ce qui était précisément la raison pour laquelle je ne le faisais jamais à moins d'être certaine que notre relation durerait longtemps. La plupart du temps, ça ne valait pas le coup de s'embêter.

Le dîner de la veille s'était assez bien déroulé. En apparence, tout le monde s'était bien entendu. C'étaient les courants profonds qui avaient failli m'engloutir. Surtout avec Rowan. Même si j'avais refusé de le regarder dans les yeux après ce que j'avais ressenti dans la cuisine, j'avais tout de même pu sentir son regard posé sur moi durant toute la soirée. Je fus soulagée quand il fut enfin 20 heures et que nous partîmes.

— Jasper sera-t-il présent au match ce soir ?

— Justin, rectifiai-je automatiquement en clignant des yeux pour évacuer ces pensées tout en me balançant. Je ne pense pas. Il a une réunion obligatoire pour le base-ball.

Papa haussa les épaules avant d'ajouter en plaisantant :

— C'est dommage. Mais ne t'inquiète pas, Rowan et moi serons là pour t'encourager. Et si jamais Justin décide de venir, il pourra se joindre à nous et nous pourrions reprendre là où nous nous sommes arrêtés hier soir.

D'accord, c'était officiel. Mon père me faisait vraiment peur. Alors que je le fixais du regard pour essayer de déceler son petit jeu, un sourire se dessina sur son visage. Oui, ça lui plaisait vraiment.

— *Quoi* ? Est-ce un crime de vouloir apprendre à connaître le garçon qui fréquente ma fille ?

Probablement.

Oh. Je devrais probablement lui donner des nouvelles de notre relation pour qu'il cesse avec ce comportement étrange. C'était un peu flippant. J'avais pensé qu'il serait préférable d'avoir cette discussion avec Justin avant de le dire à mon père. Et comme je n'avais pas voulu en parler dans la voiture et avoir cette conversation étrange sur le chemin du retour la veille, je n'avais encore rien dit. Ce n'était pas non plus un sujet que j'allais approfondir juste avant mon match. Donc… je le ferais le lendemain. Je mettrais un terme à ma relation avec Justin le lendemain. Il n'y avait aucun intérêt à laisser cette relation battre de l'aile alors que je n'avais pas de sentiment pour lui.

— Tu peux arrêter de faire semblant d'être gentil, lui marmonnai-je enfin. Je ne pense pas que ça va fonctionner avec Justin.

Il se redressa sur son fauteuil alors que les coins de ses lèvres s'affaissaient.

— Quoi ? Sérieusement ?

Avant que je puisse m'assurer de ce qu'il pensait, ses sourcils se détendirent, et il leva les mains en l'air.

— Bon, bah, c'est dommage.

Allez… je le connaissais par cœur.

— Hmm, hmm, tu sembles avoir le cœur brisé par cette nouvelle.

— Crois-moi, c'est le cas, dit-il en se tapotant la poitrine. À l'intérieur, là où tu ne peux pas le voir.

Je secouai la tête et réajustai la lanière de mon sac à dos posée sur mon épaule avant de me diriger vers la porte de son bureau. Alors que je tendais la main vers la poignée, je me rendis compte que papa ne m'avait pas dit lequel des joueurs avait besoin de cours particuliers. Je m'immobilisai en jetant un coup d'œil par-dessus mon épaule.

— Qui a besoin d'aide en stats ?

Il y eut un moment de silence.

— Rowan.

Et en une seconde, mon ventre tomba en chute libre avant de stopper sa course dans mes orteils.

En voyant que je restai silencieuse, il ajouta :

— Row m'a dit que vous étiez dans le même cours. Je me suis dit que ça faciliterait les choses.

Faciliterait les choses pour qui ?

Certainement pas pour moi.

Tuez-moi, s'il vous plaît.

ROWAN

Du coin de l'œil, j'observai la porte fermée du bureau du coach. J'écoutais à peine le gars à côté de moi qui jacassait dans mes oreilles. De temps en temps, je grognai pour lui faire comprendre que j'essayais d'écouter, même si je n'avais aucune idée de ce dont ils parlaient. Au-delà de ça, je m'en fichais.

Qu'est-ce que Demi fichait dans les vestiaires ? Elle n'avait rien à faire ici avec une bande de gars à moitié nus. La colère s'était emparée de moi alors que j'observais la scène. Certains d'entre eux étaient complètement à poil, debout avec leur bazar pendouillant à la vue de tous.

Bon sang, elle n'avait pas besoin de voir ça.

— Mec, est-ce que tu m'écoutes au moins ?

Cette question m'arracha de mes pensées toutes tournées vers Demi, et je dirigeai à contrecœur mon regard sur Brayden Kendricks. C'était la quatrième année que nous jouions dans la même équipe. C'était le meilleur receveur des Wildcats. Comme moi, il faisait partie des étudiants de dernière année qui se présenteraient au draft au printemps. Il laisserait un grand vide dans le programme une fois diplômé.

— Oui, je t'ai entendu.

Il croisa les bras contre et fronça les sourcils.

— Vraiment ? Qu'est-ce que j'ai dit ?

Grillé.

Je passai une main dans mes cheveux en signe d'agacement avant de hausser les épaules.

— Je ne sais pas.

Il jeta un coup d'œil vers le bureau du coach.

— Ta distraction serait-elle due à une certaine joueuse de foot brune ?

Et mince.

Je n'avais pas l'habitude de parler de mes sentiments pour Demi. C'était une chose que j'évitais à tout prix. Quand bien même je n'aurais pas dû être si surpris que Bryan l'ait deviné. Il était malin. C'était la raison pour laquelle il était aussi doué à son poste.

Bon, il y avait deux façons d'aborder cette situation. Je pouvais me comporter en homme et dire la vérité ou bien…

— Non.

Nie tout.

Nie tout.

Nie tout.

Il renifla avant de prendre un tee-shirt dans son casier et de l'enfiler.

— Comme tu veux, mec.

La porte du sanctuaire s'ouvrit enfin et la fille dont nous parlions sortit.

— En parlant du loup, murmura-t-il, un sourire frémissant dans la voix.

Si j'avais pu détourner mon regard d'elle, je lui aurais lancé un regard noir.

— Salut, Demi, hurla Brayden pour qu'elle l'entende par-dessus le brouhaha en provenance des vestiaires.

Une fois qu'elle eut jeté un coup d'œil dans sa direction, il ajouta :

— Bonne chance pour ton match de ce soir.

Son expression s'adoucit et elle sourit.

— Merci.

Brayden s'éclaircit la gorge alors que je restais silencieux.

— T'as quelque chose à dire, Rowan ?

Un sourire stupide se dessina sur son visage. Il parvenait à peine à réprimer le rire qui tentait de s'échapper de sa gorge.

Son regard croisa le mien, et la fureur de ses pensées les plus intimes me frappa en plein ventre. La douleur ressentie à la tête après le plaquage d'un défenseur n'était rien en comparaison avec celle ressentie en sa présence. Ce fut comme si tout ce qui nous entourait s'effondrait avant qu'elle n'arrache son regard du mien et accélère le pas, disparaissant alors en silence de notre champ de vision.

— Waouh, très intelligent, Casanova. Clairement, tu as bien mérité ta réputation de joueur.

— Ferme-la, grognai-je avant de prendre un air renfrogné.

— Peut-être que tu as un faible pour elle, mais elle par contre ne veut *absolument* pas de toi.

Non sans blague.

— Tu dois tout de même admettre que la situation est ironique.

Mon regard furieux ne l'empêcha pas de continuer à me dire ce qu'il pensait.

— Tu peux avoir toutes les filles que tu veux sur le campus, à l'exception de celle-là, dit-il en pointant du doigt l'endroit où Demi se tenait quelques minutes plus tôt.

Encore une fois... sans blague...

— En plus, je ne pense pas que le coach serait content que tu tournes autour d'elle.

C'était précisément la raison pour laquelle je n'avais jamais rien tenté.

— Mais, punaise, cette fille est canon ! cria un étudiant de première année en interrompant le monologue de Brayden.

— C'est clair. J'aimerais bien la choper, lança un autre crétin à l'autre bout de l'énorme pièce.

— Quand est-ce qu'elle est devenue aussi canon ? s'écria Aaron McKinley.

Incapable de supporter un mot de plus, j'explosai :

— Fermez-la.

Puis le silence s'abattit sur la pièce.

— C'est la fille du coach dont tu parles.

Aaron grimaça avant de lever les mains en signe de reddition.

— Quoi ? Je dis juste ce qui est évident.

Il jeta un coup d'œil autour de lui, comme s'il s'attendait à ce que les autres soient d'accord avec lui. La plupart d'entre eux étaient assez intelligents pour fermer leur clapet.

— On pense tous la même chose.

— Eh bien, arrêtez, grognai-je. Un peu de respect, bon sang.

J'étais sur le point de m'en prendre à deux jeunes garçons quand le coach ouvrit la porte de son bureau en criant,

— Michaels, viens me voir avant de partir.

Après avoir jeté un dernier regard noir à travers la pièce, je pris un tee-shirt dans mon casier et l'enfilai. Mon sang se précipitait dans mes veines avant de pulser dans mes oreilles. Je n'aimais pas que ces gars regardent Demi, et encore moins qu'ils parlent d'elle. Tout ça me rendait fou. Il valait mieux pour eux que je ne les entende plus déblatérer comme ça encore une fois, ou je risquais de briser des crânes les uns contre les autres. Je me fichais qu'on soit dans la même équipe ou non.

— Oh, oh, on dirait que quelqu'un a appris pour ton *crush*, ricana Brayden tel l'enfoiré qu'il était.

J'espérais vraiment que ce n'était pas le cas. Le coach ne serait pas content que je m'intéresse à sa fille.

Au lieu de répondre à sa raillerie, je lui fis un doigt d'honneur. Brayden me sourit avant de glisser son short de sport le long de ses cuisses et de faire claquer l'élastique autour de sa taille.

Un nœud se forma au fond de mes tripes alors que je me dirigeai vers le bureau du coach. J'hésitai un moment devant la porte avant de frapper du poing contre le verre dépoli et de passer la tête à l'intérieur.

— Bonjour coach, vous vouliez me voir ?

Une bouffée d'air resta coincée dans mes poumons lorsque l'homme leva les yeux de la pile de paperasse posée sur son bureau métallique. Il me fit signe d'entrer en désignant la chaise qui se trouvait face à lui.

— Oui, assieds-toi. Ça ne durera pas longtemps.

Et mince.

Peut-être que Brayden avait raison, et que le coach avait fini par s'en rendre compte. Depuis le premier jour, je faisais de mon mieux pour cacher mes sentiments lorsque nous étions tous les trois ensemble. Je n'imaginais pas ce que ferait le père de Demi s'il découvrait mon sale petit secret. Il me virerait probablement de l'équipe. Il arrêterait de m'inviter aux dîners du mercredi soir comme si je faisais partie de la famille et me laisserait dans mon coin. Je ne pensais pas pouvoir le supporter. Je n'avais pas seulement besoin d'être proche de Demi, mais aussi de Nick Richards. Cet homme était comme une figure paternelle pour moi. Plus que le donneur de sperme qui m'avait engendré.

— Oui coach ? lui demandai-je en m'asseyant timidement sur la chaise.

Il leva les yeux après avoir étudié le dossier dans sa main.

— Ta note générale en statistiques a baissé. J'ai parlé avec M. Peters cet après-midi, et tu as un C-.

Mes épaules se relâchèrent en signe de soulagement. J'aurais dû comprendre que c'était ça le problème. Les stats étaient vraiment une tannée pour moi. Je n'avais aucun problème à m'adapter à la plupart de mes cours. Mais celui-là, pour une raison quelconque, m'échappait. Le professeur P. ne faisait que parler de données quantitatives, de statistiques différentielles et de paramètres, et ça me donnait un peu le tournis. C'était comme s'il parlait dans une langue étrangère. Si j'avais pu éviter ce fichu cours, je l'aurais fait volontiers.

Malheureusement, c'était une matière obligatoire dans ma spécialité. Certains gars dans ma situation auraient pu la sauter et ne pas prendre la peine de finir leur diplôme, mais j'avais déjà parcouru tout ce chemin ; je n'allais certainement pas laisser un cours de statistiques m'empêcher d'être le premier de ma famille à obtenir un diplôme universitaire. J'aurais besoin de quelque chose de solide sur lequel m'appuyer si la NFL ne fonctionnait pas à long terme.

J'étais persuadé que la présence de Demi dans le même cours n'arrangeait pas les choses non plus. J'avais du mal à me concentrer sur le professeur et ses leçons monotones quand elle était assise à côté de moi. Surtout quand l'odeur de son shampoing floral agitait mes sens. Je devais me contenir de toutes mes forces pour m'empêcher de me rapprocher et de prendre une énorme bouffée d'elle. Si je n'avais pas été aussi masochiste, je serais allé m'asseoir ailleurs. Mais ça n'arriverait pas.

J'avais vu la façon dont les autres gars la regardaient en classe, comme si c'était un steak juteux dans lequel ils avaient envie de mordre à pleines dents. M'asseoir à côté d'elle à chaque cours était ma façon de revendiquer mes droits. Peut-être qu'elle ne réalisait pas ce que je faisais, mais oui… c'était *exactement* mon intention. J'aurais été dévasté si un autre mec l'avait draguée juste devant moi.

Demi serait probablement en colère si elle réalisait mes intentions.

Visiblement, je ne m'y prenais pas comme il fallait. C'était comme ça depuis notre rencontre l'été précédant sa première année de lycée. Je n'avais jamais vu une fille faire autant d'efforts pour éviter d'entrer en contact avec moi. Ça aurait été drôle si ça ne m'avait pas attristé. Elle était plutôt amicale avec la plupart des autres gars de l'équipe, mais avec moi, elle faisait toujours attention à maintenir une distance. Comme si j'avais la lèpre. Je ne parvenais pas à me débarrasser de la plupart des filles du campus, mais elle, comme le disait Brayden, elle ne me donnait même pas l'heure.

Même si je détestais parler de statistiques, je préférais parler de ça plutôt que de l'érection que me provoquait la présence de sa fille. Je passai une main dans mes cheveux humides et les chassai de mes yeux avant de me dandiner sur la chaise. Le simple fait de penser à elle suffisait à m'exciter.

— Oui, je dois consacrer un peu plus de temps à ce cours. La dernière interrogation ne s'est pas très bien passée.

C'était un euphémisme.

Les devoirs seraient la seule chose qui me permettrait de me rattraper maintenant.

Mais de peu.

Le coach secoua la tête et me désigna mes cheveux.

— Tu as une sacrée tignasse, Michaels. Tu devrais peut-être songer à les couper, dit-il alors qu'un sourire se dessinait à la commissure de ses lèvres. J'ai un rasoir quelque part par là. Je serais ravi de te les couper tout de suite. Tu n'as qu'un mot à dire.

Cette conversation familière apaisa quelque chose en moi, et je souris.

— Non. Si je coupe mes cheveux, je vais perdre tout mon charme. Vous voulez vraiment être responsable de ça ?

Il renifla et retira sa casquette, passant les doigts dans ses mèches clairsemées.

— C'est sûrement ce qui a dû m'arriver, dit-il en se raclant la gorge et en tripotant les papiers devant lui. Si tu n'arrives pas à remonter cette note, alors tu n'auras plus à te soucier de ton charme. Tu passeras une partie de la saison sur le banc de touche, poursuivit-il en haussant un sourcil. Et je ne pense pas que tu aimerais que ça arrive.

— Non.

Le simple fait d'y penser suffit à figer mon sang dans mes veines. Avec la sélection à venir, tous les yeux seraient rivés sur moi cette saison. Je devais enchaîner les yards et mener les matchs en *touchdowns*, ce qui m'aiderait à intégrer Heisman.

— Bien. Réglons cette histoire avant qu'elle ne devienne incontrôlable.

J'inclinai la tête.

— Comment ?

Avec un sourire, il agita la main de l'autre côté du bureau.

— Je suis content que tu poses la question.

Oh, oh. Ça ne sentait pas bon.

— Je t'ai trouvé une tutrice.

Super. La dernière chose que je voulais, c'était travailler avec une groupie plus intéressée par mon membre que par l'amélioration de mes notes. J'étais passé par là, je connaissais déjà. Et réitérer l'expérience ne me tentait pas.

Avant que je puisse demander s'il existait une autre option, il poursuivit :

— Demi a accepté de te donner des cours particuliers pendant le mois à venir. Avec un peu de travail, il n'y a aucune raison pour que tu ne puisses pas améliorer ta note.

Et mince. C'était encore pire.

Toutes mes entrailles se raidirent comme sous un coup de fouet.

— Demi ?

— Vous êtes dans le même cours, non ?

— Hmm, oui. Elle est avec moi.

Il jeta le dossier sur le bureau et frappa dans ses mains comme s'il venait de résoudre la paix et la faim dans le monde d'un seul coup.

— Alors c'est parfait.

Je n'irais pas si loin. Quand bien même rien ne me ferait plus plaisir que de passer un peu de temps seul avec sa fille, c'était tout de même une mauvaise idée. J'arrivais à peine à me contenir quand elle était assise à côté de moi en classe. Travailler en tête à tête avec elle allait probablement me tuer. Ou je briserais la promesse que je m'étais faite longtemps auparavant de ne pas la toucher.

Je repensais soudainement à ce qui s'était passé dans la cuisine la veille. J'avais dû rassembler toute ma volonté pour ne pas la prendre dans mes bras et l'embrasser. J'étais sur la corde raide. Je faisais de mon mieux pour refouler mes sentiments pour Demi, mais ça ne donnait rien de bon. Au contraire, ils avaient seulement continué à s'amplifier et à s'épanouir. Sept ans, ça fait longtemps à brûler pour une fille. À un moment donné, tout allait finir par exploser et se déchaîner.

Je refusais que ça arrive.

— Tu peux établir un planning directement avec elle, dit-il, interrompant le tourbillon de mes pensées.

Bon sang, l'enfer. J'aurais peut-être dû suggérer de travailler avec le M. Peters. Sauf que… il m'ennuyait à mourir. C'était comme si mes yeux étaient conditionnés pour se fermer dès qu'il ouvrait la bouche. D'où l'expression « être coincé entre le marteau et l'enclume ». J'étais fichu si je le faisais et fichu si je ne le faisais pas.

Je réfléchis à mes choix avant de finalement marmonner :

— Oui, d'accord. C'est bon.

Une fois cette décision prise, je me levai de mon siège et me dirigeai vers la porte. Au moment où j'attrapai la poignée, je m'interrompis.

Ne dis rien, abrutis. Ce ne sont pas tes affaires.

Peut-être pas, mais quand même…

Avant même de m'en rendre compte, le mot sortit de ma bouche.

— Coach ?

— Oui ? demanda-t-il en levant les yeux de son bureau pour croiser mon regard.

— Ce n'est probablement pas une bonne idée pour Demi de traverser les vestiaires quand les gars sont en train de se changer.

Le silence s'installa. J'aurais probablement dû garder ma grande bouche fermée.

Ses sourcils se froncèrent tandis qu'il passait soigneusement sa langue sur ses dents.

— Tu as sans doute raison.

Le soulagement m'envahit alors que je m'éclipsai du bureau.

Si cette fille devait voir l'entrejambe de quelqu'un, c'était le mien.

Je grimaçai.

Bon sang.

Le coach pensait peut-être me faire une faveur en me faisant travailler avec sa fille, mais c'était tout le contraire.

DEMI

Il restait dix secondes au chrono. Le temps ralentit, et je sentis le tic-tac de chaque milliseconde alors que je dribblais, le ballon entre mes pieds, et que je courais vers le but à l'autre bout du terrain. Les supporters dans les tribunes, les entraîneurs sur la ligne de touche et les autres joueurs passèrent au second plan. Ma respiration s'accélérait avant de résonner dans mes oreilles. Il y avait une fille de l'UNC à côté de moi, qui cherchait une occasion de me voler le ballon.

Le match était à égalité et se jouait sur le fil. Une sorte de vision en tunnel se produisit, et mon attention se concentra sur le filet de l'adversaire. La gardienne me regarda en plissant les yeux. Elle s'accroupit, déplaçant son poids d'un côté à l'autre, attendant que je fasse un geste. Son regard restait fixé sur mes hanches.

Comme Shakira le disait dans sa chanson : les hanches ne mentent pas. Même si, dans ce cas précis, c'étaient ses hanches qui lui indiquaient dans quelle direction j'allais me déplacer, et où j'essaierais de tirer la balle dans le filet.

Elle le savait, et moi aussi.

La joueuse à mes côtés me bouscula alors qu'elle tentait de prendre le ballon. Avec un grognement, je lui donnai un coup de coude pour avoir un peu plus d'espace.

Ça ne va pas être si facile, ma petite. Tu es peut-être douée, mais moi aussi.

Alors que je me rapprochais du but, elle fit une autre tentative, et je me dis que c'était maintenant ou jamais. Il ne me restait plus beaucoup de temps. Si le buzzer sonnait avant que je puisse tirer, le match se terminerait sur un nul, et ce n'était pas bon. En une nanoseconde, j'évaluai la situation et j'essayai de placer le ballon là où il aurait le plus de chances de finir dans le filet. Le temps ralentit alors que je lançai mon pied en arrière puis envoyai le ballon dans les airs. La fille qui me suivait tenta de l'arrêter de la tête, mais elle arriva un instant trop tard, et le ballon fila en avant. La gardienne de but s'élança. Les bras tendus, elle s'envola gracieusement dans les airs.

Je portai les mains à ma tête et attendis en regardant. Les doigts de la gardienne effleurèrent le ballon, mais cela ne suffit pas à l'empêcher de rentrer dans le filet. Le temps reprit son cours normal et les acclamations de mes coéquipières et des supporters résonnèrent à mes oreilles, surchargeant mes sens.

Oui !

Nous l'avions fait ! Nous avions gagné.

J'observai les tribunes. Papa était debout, il applaudissait et sifflait. Un immense sourire lui dévorait le visage. Rowan était à côté de lui, et applaudissait aussi. Alors que nos regards se croisaient avant de se river l'un à l'autre, une vague chaude se répandit malgré moi dans ma poitrine. Je me convainquis que ça n'avait rien à voir avec Rowan ou la fierté évidente sur son visage. Mais même moi, je savais que c'était un mensonge. Le joueur de football américain assistait à tous les matchs à domicile depuis la première année, sans exception. Et, selon l'endroit où se déroulaient nos matchs à l'extérieur, il s'y rendait aussi. J'étais persuadée qu'il venait parce que c'était une occasion de plus pour lui et papa de discuter de stratégie sur le terrain. Je refusais de croire que c'était pour moi. Si c'était le cas, je n'aurais d'autre choix que de reconnaître qu'il y avait quelque chose entre nous, et j'étais loin d'être prête à le faire.

Le contact visuel se rompit alors que je fus engloutie par mes coéquipières, qu'elles aient été sur le terrain ou sur le banc. Vingt-cinq filles se pressèrent autour de moi, me tapant dans le dos et sautant d'excitation. Un sentiment de jubilation imprégnait l'air tandis que nous passions la ligne et serrions la main de nos adversaires. Un refrain de « bon match » fut répété alors que nous avancions sur le terrain.

Puis nous nous rassemblâmes autour de l'entraîneur Adams pour une brève discussion avant d'être libérées dans les vestiaires pour prendre une douche et nous changer.

En poussant cri d'excitation, Sydney bondit sur mon dos et enroula ses bras autour de mon cou.

— Cette dernière action de jeu était franchement incroyable ! Tu es vraiment la femme de l'année !

Un tourbillon de gaieté bouillonna en moi. L'adrénaline provoquée par une victoire durement disputée était un sentiment incomparable. Même le sexe ne pouvait pas le battre.

— Tu as remarqué que le beau gosse du campus était dans les tribunes ?

Comment ne pas le remarquer ? L'énergie qui l'entourait faisait se dresser le duvet de mes bras. Sans le chercher, je savais qu'il est là. Cela étant dit, il n'y avait aucune chance que je l'admette auprès de Sydney.

— Je suis désolée, mais de qui tu parles ?

— S'il te plaît, ma belle, dit-elle en ricanant, pas du tout dupe de mon attitude nonchalante. Bien essayé.

Je grognai et le bord de mes lèvres se retroussa.

Elle pencha la tête.

— Je suppose que Justin a planté le dernier clou de son cercueil en ne se montrant pas, hein ?

— Le clou était déjà là. C'est mieux comme ça. Je ne veux pas me sentir coupable d'avoir mis fin à notre relation.

J'observai les gradins une dernière fois pour m'assurer qu'il n'était pas en retard et je remarquai qu'Ethan était assis avec d'autres joueurs de base-ball.

Tu parles d'une réunion obligatoire. Cela ne fit que renforcer ma décision de le lâcher et de passer à autre chose.

— Tu ne m'as pas dit que tu avais arrangé les choses avec Ethan.

— C'est parce que je ne l'ai pas fait.

Toute l'excitation qui l'animait auparavant disparut.

— Et pourtant il est quand même venu. Tu vois ? *Ça*, c'est un garçon qui s'intéresse. Qui prend le temps, malgré son emploi du temps chargé, de soutenir sa copine.

Sydney haussa les épaules avant de jeter un coup d'œil par-dessus son épaule.

— Oui, dit-elle d'un ton plus doux. C'est vrai.

— Ça mérite un bon point.

Je grimaçai et fermai la bouche. Mais qu'étais-je en train de faire ? Je n'aurais pas dû encourager ces ceux-là. Ils devaient se séparer.

— Peut-être.

Alors que je guidai Sydney au vestiaire, quelqu'un me heurta par derrière, et je titubai sur quelques pas avant de me redresser. Avec ma colocataire accrochée à mon dos comme un bébé singe rhésus, ça aurait pu très mal finir.

Je fixai la jeune fille aux cheveux auburn qui passa devant nous à grandes enjambées. Ses lèvres se retroussèrent avec mépris.

Annica.

Cette joueuse de foot junior s'avérait être une vraie casse-pieds. Je n'étais pas certaine de ce qui s'était passé pour qu'elle me montre autant de haine. Quand Annica est arrivée en première année, je l'avais prise sous mon aile et l'avais encadrée. Nous avions lié connaissance assez intimement et passé beaucoup de temps ensemble. Nous étions toutes les deux attaquantes, et pendant un moment, nous avions vraiment bien travaillé ensemble. Nous étions un duo inarrêtable.

Jusqu'à ce que ça change.

Un battement de cils, et soudain tout était devenu une compétition que ce soit sur le terrain ou en dehors. C'en était devenu inconfortable. J'avais essayé de l'ignorer, en espérant qu'elle grandirait et réaliserait que nous étions dans la même équipe, mais mon silence eut l'effet inverse et l'avait enhardie.

— Oups, désolée.

Son sourire en coin indiquait qu'elle n'avait pas le moindre remords et qu'elle ne m'avait pas percutée par accident.

— Regarde où tu vas, grogna Sydney.

En tant que capitaine, j'essayais de montrer l'exemple. Cette tactique ne fonctionnait pas avec Annica. Elle prenait mon silence pour de la faiblesse. Je ne me faisais pas d'illusions au point de penser que les vingt-six filles de cette équipe pouvaient s'entendre, mais nous devions travailler ensemble pour le bien de toutes. J'avais essayé de faire passer l'intérêt de cette équipe avant mes sentiments personnels pour une personne en particulier.

Quelques jeunes joueuses entouraient Annica. J'avais remarqué qu'elle était devenue le chef de troupeau pour toutes les filles de première et deuxième années. C'était comme si elle rassemblait soigneusement leurs forces pour préparer un coup d'État. Un jour ou l'autre, elles s'attaqueraient à moi, et je serais décapitée.

— Je t'avais bien dit dès le premier jour que cette fille serait un problème, marmonna Sydney.

Ce fut avec méfiance que je la regardai, elle et ses sbires, se pavaner jusqu'aux vestiaires. Même si ça me faisait mal de l'admettre, je devais tout de même reconnaître que Sydney avait eu raison. Elle avait vu juste. Dès le début, ma meilleure amie n'avait pas du tout apprécié Annica et n'avait cessé de me répéter que la jeune joueuse se moquait de moi. Je pensais que Sydney était paranoïaque (ou même peut-être un peu jalouse) et j'avais refusé de l'écouter.

— Oui, tu l'avais dit.

— Un de ces jours, il va falloir que tu la remettes à sa place.

Un soupir s'échappa de mes lèvres alors que je réalisais qu'elle n'avait pas tort. Même si je redoutais une confrontation avec cette fille, ça faisait un moment que ça me travaillait. Et je ne pouvais pas laisser cette situation durer plus longtemps. Les équipes brisées de l'intérieur ne pouvaient pas remporter de championnats.

Et c'était ma dernière année. Sûrement la dernière où je jouerais au football. Arriver deuxième ou perdre en play-off n'était donc pas une option.

Soit on se ressaisissait, soit on abandonnait tout.

Fin de l'histoire.

DEMI

Sydney ouvrit la porte de la maison et cria par-dessus son épaule :

— Voilà, c'est ce que je veux dire !

Une énorme fête battait son plein sur Spring Street. Ce n'était qu'une des nombreuses fêtes qui se déroulaient ce soir-là. Six joueurs vivaient dans cette résidence, dont Rowan. Ce groupe de garçons était bien connu pour ses célébrations de victoire qui partaient dans tous les sens. Et il fallait s'attendre à la folie totale puisque l'équipe de football américain des Wildcats venait d'écraser ses adversaires cet après-midi sur le terrain. Il était 21 heures, et cet endroit était déjà plein à craquer.

Sydney passa son bras autour de mon cou et me serra contre elle avant de se frayer un chemin à travers la marée humaine. La musique retentissait et se répercutait contre les murs et dans mon crâne. Les gens buvaient et riaient alors que tout le monde se lâchait après une longue semaine de cours.

L'université Western n'était pas seulement réputée pour la rigueur de ses cours, elle était également connue pour organiser les meilleures fêtes du pays. Les étudiants ici aimaient se défouler autant qu'ils étudiaient. Peut-être même plus. Je n'avais jamais été une grande fêtarde. Comme vous vous en doutez, Sydney était plus sociable que moi. C'était elle qui me traînait dehors la plupart des week-ends. Je ne dis pas que je n'aimais pas sortir, mais ça m'allait tout aussi bien de commander une pizza et de regarder un film en pyjama.

Peut-être que je me focalisais trop sur le fait que tout le monde savait qui j'étais, et que mon comportement était le reflet direct de mon père. Je mettais un point d'honneur à ne jamais être bourrée ou incontrôlable. Je refusais que ce genre de ragots fassent le tour du campus et remontent aux oreilles de mon père. La plupart de ces jeunes n'avaient pas à s'inquiéter que leurs parents découvrent ce qu'ils faisaient. Ils pouvaient vivre selon le vieil adage : « Ce qui se passe à l'université reste à l'université. »

Malheureusement, on ne pouvait pas en dire autant pour moi. Papa faisait partie du campus tout comme moi. Probablement même plus. C'était mieux pour tout le monde que je reste en dehors des projecteurs. Je m'étais déjà fait avoir par le passé, lorsque des filles étaient devenues si jalouses qu'elles avaient répandu des rumeurs selon lesquelles je couchais avec certains joueurs de football américain, ce qui était précisément la raison pour laquelle je gardais des relations strictement platoniques avec eux.

Comme à son habitude, Sydney se fraya un chemin jusqu'à l'avant de la file d'attente pour la bière et nous attrapa deux gobelets rouges remplis de mousse dorée avant d'en mettre un dans ma main. Nous trinquâmes.

— Santé, me dit-elle avant d'engloutir, de manière plutôt impressionnante, la totalité du gobelet en une seule gorgée assoiffée.

Je haussai les sourcils et pris une petite gorgée.

— Quoi ? s'exclama-t-elle en s'essuyant les lèvres du revers de la main. Cette semaine était fichtrement longue.

Même si Ethan avait tenu à venir au match, Sydney ne lui parlait toujours pas. Il fallait attendre de voir ce qui se passerait. Enfin, j'avais mon idée sur ce qui allait arriver. Ces deux-là étaient comme Kourtney Kardashian et Scott Disick. Ils ne pouvaient pas être ensemble, et pourtant ils ne pouvaient pas rester l'un sans l'autre.

— Je reviens tout de suite, je vais en prendre un autre, dit-elle.

Alors qu'elle se détournait, je criai :

— Hé, je ne veux pas avoir à te porter jusqu'à la maison ce soir. Tu pèses une tonne quand tu es inconsciente.

Elle me lança un sourire avant de revenir à une vitesse record.

— J'avais besoin de ce premier verre pour me détendre.

Mission accomplie.

Lorsque la chanson de l'été retentit, Sydney poussa un cri et leva la main en l'air avant de bouger son corps en rythme. Plusieurs garçons aux alentours la remarquèrent. Incapable de résister à l'envie de la rejoindre, je fis de même et laissai le rythme s'emparer de moi. Une chanson en suivit une autre, et nous dansions dans le petit espace que nous avions réussi à nous créer. Lorsqu'une paire de mains masculines s'enroula autour de la taille de Sydney et la fit tourner, je jetai un coup d'œil pour voir qui était le coupable. Ses épaules se contractèrent, et toute la légèreté qu'elle avait réussi à retrouver en dansant s'évanouit, laissant à la place une Sydney énervée.

J'aurais dû le savoir… Ethan.

— On peut parler ?

Sa voix était à peine audible parmi les bavardages des gens et la musique qui nous entouraient.

L'émotion se lut le visage de Sydney, puis elle haussa les épaules.

— Avons-nous vraiment quelque chose à dire ?

On aurait bien dit que le moment était venu pour moi de me faire toute petite. Je ne cherchais pas à arbitrer cette conversation.

Le chagrin remplit les yeux d'Ethan et son visage se décomposa.

— Je suis désolé, Syd. J'ai été un crétin. Je tiens à toi, et je ne veux pas que ça se termine.

Elle fit un pas hésitant vers lui avant de glisser une mèche de cheveux derrière son oreille.

— Je ne sais pas. Peut-être qu'on est mieux en tant qu'amis. On passe notre temps à nous disputer quand on est ensemble.

Elle avait raison. Il aurait vraiment dû l'écouter.

— Oui, je sais. Mais j'ai quand même envie que ça marche. Il s'interrompit, puis reprit : Pas toi ? Notre couple ne vaut-il pas qu'on lui accorde une dernière chance ?

Comme elle ne répondait rien, il se rapprocha d'elle avant de prendre ses joues dans ses mains. Puis il se pencha et déposa un baiser sur ses lèvres.

Quand on connaissait Sydney (et c'était mon cas), elle pouvait réagir de deux façons. Soit elle allait lui arracher les yeux, soit… Elle allait fondre sous ses mains, et ils se mettraient à se lécher le visage.

Quand sa bouche s'ouvrit sous la pression de la sienne, je sus exactement comment le reste de la nuit allait se dérouler. C'est-à-dire avec eux deux dans un match intense de hockey sur amygdale pendant que je restais là, telle la cinquième roue du carrosse.

Sydney lança son gobelet vide par-dessus son épaule avant d'entourer de ses bras le cou d'Ethan. Quelque part derrière elle retentit un « héé ! » de mécontentement.

Je pris une autre gorgée de ma boisson maintenant tiède avant de grimacer. La bière glacée se buvait beaucoup plus facilement que le mélange de houblon et d'orge à température ambiante.

Beurk.

Alors que je m'éloignais pour leur laisser un peu d'intimité – même s'ils étaient en train de s'embrasser au beau milieu d'une fête bondée –, Ethan se détacha de Sydney en me fixant d'un air hébété.

— Hmm, Justin est dans le coin.

Super. Exactement la personne que je voulais voir. Cette soirée venait officiellement de partir en fumée. Justin et moi n'avions pas parlé depuis qu'il m'avait déposé mercredi soir. Il y avait eu deux ou trois textos, mais à part ça, nous avions tous les deux été occupés.

Je levai le pouce par-dessus mon épaule et me dirigeai vers nulle part.

— Je suppose que c'est le signe pour moi de m'en aller.

Ethan m'adressa un sourire en coin avant de recoller ses lèvres sur celles de Sydney. J'observai une dernière fois le couple et secouai la tête avant de m'éloigner. Il y avait encore plus de monde qu'à notre arrivée une heure plus tôt. Les gens étaient entassés comme des sardines au premier étage de cette maison.

En entrant dans la salle à manger, j'aperçus un groupe de garçons de l'équipe de football. Ils me firent signe, et comme je n'avais rien de mieux à faire, je me joignis à leur petit groupe, soulagée de trouver quelques visages familiers dans la foule. Rien ne faisait plus loser que de rester seul au beau milieu d'une foule en délire.

— Félicitations pour votre victoire ! m'écriai-je à l'adresse de Brayden Kendricks avant qu'il ne me prenne dans ses bras pour m'enlacer rapidement. Je le connaissais depuis la première année. Il était comme un grand frère pour moi. Même s'il était super sexy, je n'avais jamais ressenti autre chose que de l'amitié pour lui.

Il jeta un coup d'œil autour de lui avant de reposer son regard sur moi.

— Quoi ? Aucun signe de ta colocataire ? Je pensais que vous étiez toutes les deux reliées par la hanche.

— En fait, elle est reliée à la hanche de quelqu'un d'autre en ce moment, plaisantai-je.

Son sourire disparut pour laisser place à un froncement de sourcils.

— Elle est toujours avec ce type ?

Je haussai les épaules, surpris qu'il ait suivi les montagnes russes romantiques de Sydney et Ethan.

Ce qui était… plutôt intéressant.

— Pour le moment. Repasse demain. On pourrait avoir une réponse différente.

Les sourcils froncés, son regard se promena sur la foule.

Presque comme s'il la cherchait.

Même si cela semblait douteux, je ne pus m'empêcher de le taquiner :

— Hmm, serait-ce un coup de cœur que je sens ?

Il porta une bouteille de bière à ses lèvres et en but une longue gorgée.

— Cette fille est vraiment sexy, mais elle représente beaucoup trop de boulot.

Je reniflai et secouai la tête.

Le truc avec Brayden, c'était qu'il ne courait pas après les filles, c'étaient elles qui lui couraient après. Avec ses cheveux et ses yeux noirs, ce type était un vrai bourreau des cœurs. Il était drôle, intelligent, avec une personnalité géniale. Sans compter qu'il était musclé. En d'autres termes, il attirait les filles du campus comme des mouches. Il avait été élu coqueluche du campus trois années de suite. Et sans trop m'avancer, je pouvais parier qu'il recevrait probablement cette distinction pour sa quatrième et dernière année à la fac, une première à l'université Western.

Avant même de pouvoir examiner de plus près la situation, une blonde aux jambes interminables et aux seins énormes se glissa entre nous pour presser son double bonnet D contre lui. Il sourit, son attention maintenant portée sur la groupie.

J'avais vu cette scène trop de fois pour ne pas savoir comment ça allait finir. Il afficherait son fameux sourire, et elle soupirerait avant de s'allonger sur le dos et d'écarter les jambes.

Que quelqu'un me passe un sac à vomi avant que je ne sois malade.

Pendant un bref instant, j'avais cru qu'il était intéressé par Sydney. Je le regardai à nouveau. La blonde était maintenant accrochée à lui comme une moule à son rocher, et il ne se débattait clairement pas. Je pouvais vous garantir que cette fille ferait un tour à bord du Brayden express ce soir.

Je fus tirée de ces pensées quand un garçon plus jeune vint se coller contre mon dos avant de se frotter contre moi. Mitch Harrison était en deuxième année. Il occupait le poste de plaqueur défensif et c'était un gros nounours qui pesait dans les cent trente kilos. On avait eu un cours en commun l'année précédente. Mais d'après ce que je savais, il était plutôt du genre inoffensif. J'étais à deux doigts de faire un mouvement quand un bras musclé se glissa entre nos deux corps avant de me tirer. J'eus le souffle coupé lorsque je fus pressée contre un torse dur.

Pas besoin de regarder qui me tenait pour comprendre de qui il s'agissait. Ma peau frémissait après l'avoir reconnu. Il n'y avait qu'un seul homme capable de me procurer ce genre de sensation.

Rowan.

Et pour confirmer mes soupçons, il grogna :

— Arrête, Harrison.

Il me tira si près de lui que je pus sentir chacun des traits saillants de son corps. Une autre vague de conscience me submergea avant de se réfugier au plus profond de mon ventre.

— Laisse-la tranquille.

Le grondement profond de sa voix emmêla mes entrailles en un tas de petits nœuds serrés. J'avais beau essayer de faire semblant d'être froide à l'intérieur et de ne rien ressentir pour Rowan, je n'y parvenais pas. L'attraction était beaucoup trop explosive pour être ignorée.

Mais qu'est-ce qui n'allait pas chez moi ?

Pourquoi ne parvenais-je pas à contrôler les réactions de mon corps en sa présence ?

C'était frustrant de désirer quelqu'un tout en sachant qu'on ne pouvait pas l'avoir. Quelqu'un qui n'était pas bon pour vous. Et pourtant, ça n'empêchait en rien cette poussée d'hormones de m'envahir et de m'illuminer de l'intérieur. Depuis le premier jour, alors que nous avions quatorze ans, je ne connaissais que trop bien Rowan Michaels. Il était ridiculement beau. Je devais le reconnaître. Au moins en privé, pour moi-même. Et d'après l'attention qu'il suscitait, je n'étais certainement pas la seule à le penser.

Jusqu'à présent, j'avais réussi à refouler toutes ces pensées au fond de mon esprit, là où je pouvais les ignorer. Cela ne semblait plus être le cas, et je ne comprenais pas pourquoi. Quelque chose d'irréversible s'était produit, mais je ne savais pas vraiment quoi. C'était comme si nous avions atteint un point de basculement.

Ce dont j'avais besoin maintenant, c'était que notre relation redevienne ce qu'elle avait toujours été.

Était-ce possible ?

Je n'en étais pas certaine.

Et ça, mes amis, c'était un énorme problème. Un problème que je ne savais absolument pas comment résoudre.

N'ayant pas d'autre choix que d'affronter la situation, je me retournai dans ses bras avant de presser mes paumes contre sa poitrine.

Pourquoi mon pouls s'emballait-il autant en sa présence ?

Je n'avais jamais été attirée par les hommes aux cheveux longs jusqu'aux épaules. J'avais toujours préféré les garçons bien rasés. Et pourtant, les doigts me démangeaient de s'emmêler dans cette épaisse et longue tignasse. Et lorsqu'il portait un de ces bandeaux durant ses entraînements ?

Un frisson me parcourut rien qu'en l'imaginant.

L'intensité de son regard consumait le mien, et il me fallut un moment pour trouver mes mots.

— Tu es un peu un rabat-joie.

J'expirai alors que le tourbillon en moi se calmait enfin. Je n'avais ni envie ni besoin qu'il se rende compte de la facilité avec laquelle il arrivait à me déstabiliser.

Rowan fronça les sourcils.

— C'est vrai ?

— Oui. Nous étions en train de danser. Ce n'était pas grand-chose.

Tout en restant immobile, il parvint à se rapprocher de moi, et tout autour de moi s'obscurcit, à part lui. La fête bruyante s'estompait alors que j'étais piégée dans le bleu de ses yeux. Ils me rappelaient tellement l'océan ! Des vagues qui s'écrasent sur le rivage. Je fis tout ce que je pus pour ne pas détourner le regard et révéler à quel point il me perturbait. Même si mes genoux se transformèrent en gelée et que j'étais à deux doigts de glisser sur le sol, je me tenais toujours debout.

— Je ne pense pas que le coach approuverait que ses joueurs draguent sa fille.

Il avait raison. Papa n'aimerait pas du tout ça.

Mais ça ne m'empêcha pas de répliquer :

— Tu crois qu'il approuverait que tu me tiennes comme ça ?

Ses mains brûlaient ma peau nue, et je me demandais si elles n'allaient pas laisser des marques pendant des jours.

Ses lèvres s'amincirent et ses yeux s'assombrirent.

— Probablement pas.

Lorsqu'il baissa les bras à contrecœur, je reculai d'un pas précipité, il me fallait de la distance pour retrouver mes repères. Je ne me faisais pas d'illusion, je savais qu'il s'agissait d'une vraie fuite. Je devais m'éloigner de Rowan avant qu'il n'arrive quelque chose. Une énergie explosive crépitait dans l'air. C'était comme si un seul coup d'allumette pouvait tous nous faire exploser. Je ne pouvais pas prendre le risque que notre relation évolue encore.

— Je dois trouver Justin.

Avant que Rowan ne puisse m'en dissuader, je m'éloignai et traversai la foule qui se pressait autour de moi. Plus je mettais de distance entre nous, plus il m'était facile d'avoir les idées claires. Personne ne m'avait jamais affectée de cette façon. Certainement pas Justin. Avec un peu de chance, je ne croiserais plus Rowan de toute la soirée. C'était déjà bien assez de le voir trois fois par semaine en classe alors qu'il insistait pour s'asseoir à côté de moi à chaque cours. Et maintenant, j'allais devoir passer plus de temps avec lui pour lui donner des cours.

Seuls.

Je ravalai l'étrange mélange de nervosité et d'excitation qui éclata en moi comme une bulle de savon.

En sortant ce soir-là, je n'avais aucune envie de rencontrer le joueur de base-ball aux cheveux noirs. Je pensais qu'on se parlerait plus tard pendant le week-end et que je mettrais fin à notre relation en douceur. Mais pour l'instant, il me semblait être l'alternative la plus sûre. Une fois que je l'aurais trouvé, j'avais l'intention de rester collé à lui comme de la glu.

Pendant les dix minutes qui suivirent, je parcourus le premier étage de la maison avant de me rendre dans l'arrière-cour où la fête s'était étendue. Mais toujours aucun signe de lui. Peut-être qu'Ethan s'était trompé et qu'il n'était pas là. Ou peut-être qu'il était parti pour une autre fête. Il y en avait suffisamment sur le campus.

J'étais sur le point d'annuler ma mission et de retourner à Sydney quand je vis Sasha, l'une de nos gardiennes de but. Je lui fis signe, et nous finîmes par discuter pendant quelques minutes. Je n'avais pas réalisé que d'autres filles de l'équipe étaient ici. J'avais ratissé tout l'endroit et je n'avais croisé aucune autre coéquipière. Sasha m'informa qu'une partie d'entre elles faisaient la fête et qu'elles étaient arrivées trente minutes plus tôt. La plupart des filles étaient comme moi, elles aimaient sortir et s'amuser, mais elles n'avaient pas besoin de le faire souvent. Un certain nombre d'entre elles bénéficiant des bourses sportives qui payaient une grande partie de leurs frais de scolarité et elles ne voulaient pas prendre le risque de les perdre. Même si c'était une école où l'on faisait la fête, les sanctions en cas d'infraction étaient sévères, surtout si vous étiez un athlète.

— Tu n'aurais pas vu Justin dans le coin ? criai-je par-dessus la musique pour me faire entendre.

Pourquoi le lui demandai-je ? Ce n'était pas comme si j'avais réellement envie de le croiser. Maintenant que j'avais trouvé Sasha, je pouvais passer le reste de la soirée avec elle. Ou je pouvais essayer de retrouver Sydney en espérant qu'ils aient fini de se lécher la figure avec Ethan.

Cette pensée me fit grogner.

Les sourcils de Sasha se rapprochèrent et la confusion se lut sur son visage.

— Je ne savais pas que vous étiez encore ensemble.

— Et si !

À ce stade, ce n'était plus qu'un détail technique. Il fallait vraiment que je parle à Justin avant de dire à quelqu'un que nous n'étions plus ensemble.

— Oh.

Son regard se troubla avant qu'elle ne le détourne.

— Hmm, d'accord, marmonna-t-elle. Je l'ai vu il y a environ dix minutes dans l'une des pièces du fond.

— Super, merci.

Sa réaction peu enthousiaste fit naître un sentiment de malaise au creux de mon ventre. Je le chassai avant qu'il ne prenne racine.

— Je l'ai cherché sans résultat. Cet endroit est une vraie maison de fous, dis-je en haussant les épaules. Je pense que je ferais mieux de lui dire bonjour s'il est ici.

— Oui, me répondit Sasha en m'adressant un léger sourire en retour. Je suppose.

Décision prise, je me dirigeai vers les chambres du fond quand elle tendit le bras, enroulant ses doigts fins autour de mon avant-bras. Même si Sasha et moi étions copines et coéquipières, nous n'avions jamais été proches. Mais nous nous étions toujours bien entendues.

— Je suis désolée, Demi. Je ne savais pas.

Son commentaire était tellement étrange que je n'avais aucune idée de ce qu'il signifiait.

— De quoi es-tu désolée ?

Avant que je puisse dire autre chose, elle me relâcha et disparut dans la foule. En un battement de cils, elle était partie.

C'était vraiment bizarre de me dire ça. Sacha avait peut-être bu un peu plus que ce que je pensais.

Malgré cela, je me triturai le cerveau, essayant de trouver une réponse cohérente

J'étais tentée de la suivre et d'aller au fond des choses, mais ce serait comme chercher une aiguille dans une botte de foin. Je la prendrais à part lundi à l'entraînement et je chercherais à savoir ce qu'elle avait voulu dire.

Il me fallut un effort pour me débarrasser de ses paroles énigmatiques alors que je me frayais un chemin à travers la masse de corps en direction du couloir derrière de la cuisine. Dans la première chambre où je jetai un coup d'œil, il y avait environ huit personnes assises un peu partout en train de fumer un joint. L'air était imprégné d'une fumée épaisse. Une inspection rapide m'indiqua que Justin n'y était pas. Et comme je ne cherchais pas à me défoncer, je m'éloignai rapidement. La dernière chose dont j'avais besoin était d'être testée positive à l'herbe. Tous les athlètes de la fac faisaient des tests antidopage tout au long de l'année. Ils acceptaient de se soumettre à des tests aléatoires lorsqu'ils signaient leurs documents d'éligibilité à la NCAA avant de mettre les pieds sur le campus. La plupart d'entre nous avaient travaillé toute leur vie pour atteindre ce niveau de jeu et n'étaient pas prêts à tout gâcher pour quelques heures de plaisir gratuit.

Je vérifiai deux autres chambres, mais Justin restait introuvable. Sasha avait très bien pu se tromper en pensant le voir et en prenant quelqu'un d'autre pour lui. À ce stade, je n'étais même pas certaine que ce soit important. J'en avais assez et j'étais à deux doigts de m'en aller.

Je m'apprêtais à faire demi-tour dans le couloir quand un bruit attira mon attention. Il était à peine audible par-dessus le rythme intense de la musique qui se répercutait contre les murs minces.

Je ne savais pas vraiment ce qui m'avait poussée à m'aventurer dans ce coin. Un sixième sens peut-être. Malgré la pénombre ambiante, le plafonnier ne couvrant pas toute la pièce, il y avait tout de même assez de lumière pour distinguer le type debout dos contre le mur. Un gémissement rauque s'échappait de ses lèvres tandis que mon regard s'écarquillait en se posant sur la fille à genoux devant lui. Il était facile de deviner ce qui se passait ici. Mes poumons se remplirent d'air alors que la fille s'occupait de lui avec sa bouche, l'aspirant profondément dans sa gorge avant de glisser presque jusqu'au bout et de répéter la manœuvre.

Je vais vous dire, cette nana était une vraie pro. Elle savait comment faire une fellation. La chose polie à faire était de reculer prudemment et de disparaître dans le couloir, mais j'en fus incapable. Mes pieds étaient enracinés sur place. J'aurais aimé que ce soit un type sans visage et sans nom, mais ce n'était pas le cas.

Il s'agissait de Justin.

Malheureusement, le regard de Sasha prenait maintenant tout son sens. Elle savait qu'il couchait avec quelqu'un d'autre.

Le grognement qui échappait à mon petit ami avait suffi à me faire cligner des yeux et revenir au présent. Il avait les yeux fermés et les lèvres entrouvertes. Ses doigts étaient emmêlés dans les cheveux épais de cette fille.

Des cheveux auburn, si je ne m'abusais.

Annica.

Pourquoi n'étais-je pas surprise ?

Même si c'était la pire bassesse de tous les temps, même pour elle.

Comme si elle réalisait que quelqu'un les observait, Annica ouvrit les yeux et les fixa sur moi. S'ils ne brillaient pas de surprise, d'embarras, ou même de culpabilité, une lumière victorieuse les remplissait. Comme si c'était ce qu'elle voulait depuis le début. Que je les trouve ensemble. Il avait beau faire sombre dans ce couloir exigu, le regard qu'elle me lança était flagrant. Tout comme sa bousculade sur le terrain après le match de jeudi, cet acte était intentionnel. J'étais persuadée que si sa bouche n'avait pas été prise par le membre de Justin, elle aurait souri jusqu'aux oreilles.

Quelle ordure.

Elle n'avait vraiment aucune honte. Je n'avais jamais rencontré une fille comme elle. Et pour être franche, j'avais eu ma part de sales garces au fil des ans, mais celle-là battait toutes les autres.

Lorsque Annica amplifia ses mouvements, les doigts de Justin s'agrippèrent à ses cheveux avant de la tirer plus près de lui. Même si je me moquais complètement de lui, ce n'était pas dans ma nature de m'enfuir la queue entre les jambes. Je voulais que le brun sache qu'on venait de le surprendre le pantalon sur les chevilles.

Littéralement.

Le fait qu'il ait choisi de me tromper avec l'une de mes coéquipières le rendait plus que méprisable. Je croisai les bras en attendant le moment idéal pour l'interrompre.

Son visage se crispa et il pencha la tête en arrière, exposant sa gorge.

— *Oui, comme ça. Je vais...*

— Je dois admettre que je m'attendais à un peu plus concernant sa longueur, me moquai-je en désignant son aine. C'est vraiment décevant.

Ses paupières s'ouvrirent et il reprit conscience. Il resta un instant bouche bée avant de repousser rapidement Annica loin de lui. La jeune fille atterrit sur les fesses en grognant.

Un petit sourire se dessina sur mes lèvres et je levai la main.

— S'il vous plaît, ne vous arrêtez pas à cause de moi. Je voulais juste vous interrompre un bref instant pour te dire que c'est terminé, annonçai-je en jetant un coup d'œil à la fille aux cheveux auburn qu'autrefois j'avais considérée comme une amie. Vous allez parfaitement bien ensemble.

— Demi ! s'écria-t-il.

Je me retournai, sans prendre la peine de regarder par-dessus mon épaule alors que je traversais dans le couloir. Et moi qui pensais que nous pourrions rester amis après notre rupture !

Ha !

Ce n'était plus le cas. Avec un peu de chance, j'allais pouvoir éviter Justin pour le reste de l'année. Malheureusement, on ne pouvait pas en dire autant d'Annica. Le niveau auquel cette fille était prête à s'abaisser pour me faire du mal frisait l'incroyable. En plus d'être effrayant. J'aurais dû écouter Sydney depuis le début.

Un jour, je me chargerais de ma coéquipière vindicative. Mais pas ce soir-là. Ce soir-là, mon plan consistait à rentrer à la maison et à me noyer dans un pot de glace au chocolat. Le nom du parfum – « suicide au chocolat » – prenait maintenant tout son sens.

Je reniflai en continuant de me frayer un chemin vers le salon, alors que je ne rêvais que de laisser cette fête – et ces souvenirs – derrière moi.

ROWAN

Je portai la bouteille de bière à mes lèvres et en bus une gorgée. Elle glissa doucement dans ma gorge, mais ne parvint pas à apaiser le mécontentement qui bouillonnait en moi. Il n'y avait qu'une seule personne capable de provoquer ça, et ce n'était pas sa pâle copie qui me collait aux baskets.

— On devrait s'éclipser.

Ses fines mains caressèrent ma poitrine tandis qu'elle me fixait de ses yeux sombres.

— On peut aller chez moi pour discuter.

Très bien. Nous étions probablement tous les deux conscients que discuter n'était pas l'objectif final de cette fille. La seule chose qu'elle voulait mieux connaître, c'était mon entrejambe.

Pourquoi prétendre le contraire ?

Ce que j'avais appris en trois ans à la fac, c'était que la plupart de ces filles étaient des copies conformes les unes des autres. Les cheveux, les yeux et la taille pouvaient varier, mais sous les traits extérieurs, elles étaient toutes les identiques. Elles ne cherchaient que la notoriété qu'apportait le fait de sortir avec un athlète très en vue sur le campus. Ajoutez à cela quelqu'un ayant le potentiel de devenir joueur professionnel et de gagner des millions, et vous obteniez un tombeur de niveau cinq.

C'était bien la dernière chose que je voulais.

Ou dont j'avais besoin.

Mais en louchant suffisamment et avec quelques verres en plus, cette fille ressemblait étrangement à quelqu'un d'autre. Et ce genre de pensées étaient précisément celui qui me créerait des problèmes.

— Rowan ?

Comme je ne répondais pas, elle se rapprocha et plaqua ses seins contre mon torse.

— Tu m'as entendue ?

Oui, j'avais entendu. Mais si je partais avec elle, ce ne serait pas pour les bonnes raisons. Elle ressemblait peut-être à Demi avec ses cheveux et ses yeux noirs, mais son corps était beaucoup plus doux au lieu d'être gainé et athlétique.

J'étais à cinq secondes de céder quand ma peau se hérissa, et je jetai alors un coup d'œil autour de moi, sachant qu'elle se trouvait quelque part dans les environs. On pouvait voir ça comme un super-pouvoir bizarre. Je scrutai la foule jusqu'à ce que mon regard se fixe sur son visage sombre. Ses lèvres formaient une entaille crispée sur son visage, et elle avait un regard vide dans les yeux. Même à cette distance, je réalisai bien que quelque chose n'allait pas.

Sans réfléchir, je criai :

— Demi !

Bien que la musique ait été odieusement forte et que je n'aie pas été certain que ma voix porte, son regard se dirigea vers le mien comme si elle savait que j'étais là depuis le début. Cela ne faisait que confirmer que je n'étais pas le seul à ressentir cette étrange attraction. Qu'elle veuille l'admettre ou non, un lien nous unissait.

Pendant un court moment, nos regards se croisèrent avant de se soutenir. La douleur envahit son regard avant qu'elle ne la chasse en clignant des yeux. Elle détacha son regard du mien avant de se frayer un chemin à travers la masse de corps vers la porte d'entrée.

Je n'étais pas conscient de bouger jusqu'à ce que la fille collée à moi quelques instants plus tôt m'interpelle :

— Hé ! Où vas-tu ?

Je m'arrêtai à peine pour balancer par-dessus mon épaule :

— Désolé, une amie a besoin de moi.

Bien que cette affirmation soit très discutable. Il était peu probable que « mon amie » ait besoin de l'aide de quelqu'un comme moi.

— Je pensais qu'on partait, se plaignit-elle, toujours pas décidée à jeter l'éponge.

— Peut-être une autre fois.

Ou plutôt… jamais.

Grâce à ma taille et à ma notoriété sur le campus, inutile de me frayer un chemin dans la foule. Si vous ne cherchiez pas à vous faire faucher, il valait mieux dégager de mon chemin. En moins de trente secondes, mes pas m'avaient conduit directement à Demi. J'enroulai mes doigts autour de son biceps, interrompant avec succès sa fuite.

— Hé, l'interpellai-je en la faisant tourner jusqu'à ce qu'elle n'ait d'autre choix que de croiser mon regard. Qu'est-ce qui se passe ?

— Rien.

Elle secoua la tête, mais le mensonge était là, tapi dans les sombres tréfonds de son âme.

— Pourquoi est-ce que tu mens ? lui demandai-je en l'attirant plus près. Dis-moi ce qui s'est passé.

— Je suis simplement fatiguée, répondit Demi en secouant son bras, tentant de se libérer de l'emprise que j'avais sur elle. Je veux rentrer à la maison.

J'observai ses traits crispés pour déceler la vérité.

— Pourquoi est-ce que je ne te crois pas ?

Une lueur de colère traversa son visage.

— Je me fiche de ce que tu crois.

Pour la deuxième fois, elle essaya de libérer son bras, mais je refusai de la laisser s'échapper aussi facilement. Je n'aimais pas la douleur qui se reflétait dans ses yeux, et je voulais savoir qui l'avait provoqué.

— Laisse-moi partir !

— *Demi !*

Nos têtes pivotèrent lorsque Justin déboula, interrompant notre conversation. La lutte de Demi cessa alors que tous les muscles de son corps se recrispaient.

— Je suis désolé, lâcha-t-il, le regard fixé uniquement sur elle.

Pas étonnant que je ne sois pas un grand fan de Justin. Même avant qu'ils ne se mettent ensemble, je n'avais jamais pu me sentir ce type. Il m'avait toujours paru vaniteux. Et je l'aimais encore moins depuis qu'ils se fréquentaient. Il était loin d'être assez bien pour elle. J'avais espéré que le coach mettrait un terme à leur relation l'autre soir, mais ça n'avait pas été le cas.

Mes yeux se rétrécirent et je tirai Demi près de moi.

— De quoi tu t'excuses exactement ?

Justin détacha son regard d'elle suffisamment longtemps pour me lancer un regard furieux. Une vague de chaleur envahit ses joues.

— Ce ne sont pas tes affaires, dit-il en agitant un doigt entre lui et la fille pressée contre moi. C'est entre nous deux. Il s'avança, un pas après l'autre, avant de baisser la voix : S'il te plaît, Demi, on peut aller quelque part et parler en privé ?

Un gargouillis d'incrédulité jaillit de la gorge de Demi.

— Tu te fichais pas mal d'être en privé il y a quelques minutes.

Mais qu'est-ce que ça veut dire ?

Justin serra les dents alors que la rougeur de ses joues descendait encore plus bas dans son cou.

— Tu veux bien m'écouter ?

Quand elle se pressa contre moi, je réalisai que ce qui la contrariait était en rapport avec lui. C'était tout ce qu'il me fallut pour passer mon bras autour de ses épaules et la plaquer doucement contre mon corps.

Justin glissa une main dans ses cheveux alors que la frustration se lisait sur son visage. Il baissa le ton, prenant un ton suppliant.

— J'ai fait une erreur, d'accord ? N'en fais pas tout un plat.

Les sourcils de Demi se haussèrent sur son front.

— Tu es sérieux ? Avant qu'il ne puisse répondre, elle enchaîna : Manifestement, tu ne comprends pas que c'est grave de mettre ta queue dans la bouche d'une autre fille. Et le fait que cette fille soit une de mes coéquipières rend la situation encore plus impardonnable.

— *Tu l'as trompée ?*

Pourquoi Justin aurait-il fait ça ? Ne réalisait-il pas à quel point cette fille était spéciale, bon sang ? N'importe quel gars assez chanceux pour avoir Demi devait vénérer le sol sur lequel elle marchait. Je savais déjà que ce gars était un idiot fini, mais étonnamment, il avait réussi à descendre encore dans mon estime.

Un puissant mélange de fureur et d'irritation tourbillonna dans les yeux de Justin qui me regardait.

— Va te faire voir, Michaels, grogna-t-il. Ça ne te concerne pas. Pourquoi tu n'irais pas faire une tour ?

Ha ! Il était vraiment fou s'il pensait un seul instant que j'allais m'en aller et laisser Demi seule avec lui. Tout ce qu'il avait fait, c'était la blesser, et il devrait me passer sur le corps pour lui causer encore plus de tort.

— Je ne vais nulle part, alors fais-toi une raison.

— Ce n'est pas la première fois que tu fais ça, n'est-ce pas ? intervint Demi, attirant l'attention de Justin sur elle.

— Quoi ?

Sa voix faiblit tandis que la surprise scintillait dans ses yeux.

Elle lui lança un regard sévère en répétant :

— Ce n'est pas la première fois que tu me trompes.

Lorsqu'une perle de transpiration se forma sur son front et que son regard vacilla, je réalisai que Demi avait raison. Il avait couché avec d'autres filles durant toute leur relation.

Bon sang !

Je dus faire appel à tout mon sang-froid pour ne pas balancer un coup de pied dans les fesses de cet enfoiré.

— Alors ? Il y eut une pause avant qu'elle ne crie : J'attends une réponse !

Quand il devint évident que Demi ne lâcherait pas le sujet, il se racla la gorge.

— J'ai peut-être reçu quelques fellations ici et là, mais c'est tout ! Je voulais y aller doucement avec toi.

Elle fit la grimace et se redressa de toute sa hauteur, comme si quelqu'un lui avait enfoncé une pique dans les fesses.

— Attends une minute, tu essaies vraiment de… poursuivit-elle en se tapant la poitrine, de rejeter la faute sur *moi* ?

Il cligna des yeux plusieurs fois avant de marmonner :

— Non, je dis simplement que notre relation n'était pas vraiment sérieuse, et je ne voulais pas te presser. Je pensais que tu apprécierais que je te respecte.

— Donc… j'étais censée *apprécier* que tu te fasses tailler des pipes par d'autres filles ?

Elle poursuivit, l'empêchant de répondre :

— Tu sais ce que j'aurais encore plus *apprécié* ? Que tu gardes ta queue dans ton pantalon.

— Ce n'est pas ce que je voulais dire ! Tu sors tout du contexte et tu déformes mes propos pour me faire passer pour le méchant.

— Flash info, bâtard, tu *es* le méchant ! Pour ce qui est de tout sortir du… – elle mima des guillemets avec ses doigts –, « contexte », je ne pense pas. Tu n'as jamais demandé si je voulais y aller doucement. Tu as juste supposé. Pourquoi une fille voudrait que le gars qu'elle voit sorte avec d'autres personnes derrière son dos ?

Elle secoua la tête alors qu'une autre prise de conscience la frappait.

— Même si on était devenus un couple sérieux, tu aurais continué à me tromper.

Elle leva la main lorsqu'il ouvrit la bouche pour répondre.

— J'en ai fini avec cette conversation et, plus important encore, j'en ai fini avec toi !

— *Quoi ?* dit-il en élevant la voix, si bien que plusieurs personnes aux alentours se tournèrent dans sa direction. *Attends !*

Quand il s'approcha de Demi pour essayer de l'attraper, je le repoussai de quelques pas. Je dus me contrôler pour ne pas lui rentrer dedans.

— Demi t'a déjà dit qu'elle n'est pas intéressée. Alors réfléchis, mon pote, et laisse-la tranquille.

— Fiche-moi la paix, Michaels, grogna Justin. Comme si tu ne trempais pas ta queue tous les soirs de la semaine ? dit-il en faisant un geste du bras pour impliquer tout le monde. Tu as probablement baisé tous les culs d'ici. Alors, ferme ton clapet et ne te mêle pas de mes affaires !

Le dégoût traversa le visage de Demi et elle se dégagea de mes bras.

— Peut-être que vous deux devriez devenir amis. Il semblerait que vous ayez beaucoup de choses en commun.

Sur cette dernière remarque, elle se fraya un chemin à travers la foule.

Une fois Demi hors de portée de voix, Justin grogna :

— Le seul truc qu'on a en commun, c'est de vouloir lui enlever son pantalon, dit-il en souriant. Même si je suis sûr que tout ce que tu as à faire est de parler au coach Richards, il te donnera sûrement sa fille en deux secondes. J'ai entendu dire que c'était l'un des avantages d'être un joueur de football américain, ici.

Que venait-il de dire ?

La rage obscurcit mon jugement. Je lançai mon bras en arrière et percutai le visage de cet enfoiré avant que quoi que ce soit d'autre ne puisse sortir de sa stupide bouche. Avec un peu de chance, ça le ferait taire.

Il couina comme un petit cochon avant de porter ses mains à son nez.

— Tu sortais avec la seule fille qui valait le coup sur le campus, et tu as tout fichu en l'air parce que tu n'as pas pu garder ton bazar dans ton pantalon, lui dis-je avant de me rapprocher pour me planter en face de lui. Toi et moi n'avons *rien* en commun.

Comme Justin ne répondait pas, je m'éloignai et me mis à la poursuite de la seule fille ayant jamais compté pour moi. Celle-là même qui ne voulait rien avoir à faire avec moi.

DEMI

J'étais encore furieuse alors que je descendais le trottoir à grands pas. C'était incroyable que Justin ait tenté de rejeter ses tromperies sur moi.

Sur moi !

Comme si c'était ma faute qu'il ait sorti sa verge et l'ait fourrée dans la bouche d'une autre.

Non. Pas question.

La température avait beau avoir chuté aux alentours des vingt degrés, ce ne fut d'aucune aide pour refroidir mon humeur. C'était comme si la conversation tournait en boucle dans ma tête, et que j'étais incapable de l'arrêter.

Le culot de ce type !

Au lieu de s'excuser – ce qui n'aurait rien changé –, il avait en fait essayé de justifier sa tromperie ! Je n'avais jamais rencontré deux personnes qui se méritaient autant l'une l'autre. Justin et Annica étaient parfaitement compatibles.

Le bruit sourd de pas dans mon dos me tira de mes pensées. Je le jurais devant Dieu, s'il s'agissait de Justin, j'allais complètement péter les plombs. Je ne pouvais plus supporter son comportement stupide.

Si j'avais été intelligente, j'aurais mis fin à notre relation en rentrant du dîner mercredi soir. Au lieu de cela, j'avais attendu.

Les poings serrés, je me retournai. En général, je n'étais pas du genre violente, mais ce soir-là, on m'avait poussée au-delà de mes limites. Mais ce n'était pas Justin. Mon regard se heurta à des yeux inquiets couleur océan. Un léger soupir s'échappa de mes lèvres tandis que mes muscles se relâchaient.

Rowan.

Il avait assisté à mon humiliation et c'était la dernière personne que je voulais voir ou à qui je voulais parler.

Il lui fallut une seconde pour me rattraper. Pendant un demi-pâté de maisons, nous marchâmes en silence avant qu'il ne demande :

— Ça va ? C'était brutal.

Je gardai le regard fixé droit devant moi.

— Je vais bien.

Menteuse.

Ce qui me faisait le plus mal, c'était qu'une de mes propres coéquipières me méprise au point de m'infliger ce genre d'humiliation. J'avais déjà décidé de couper les ponts avec Justin. Mes sentiments pour lui n'étaient pas si profonds.

Mais Annica ?

Quelqu'un que j'avais pris sous mon aile et que je considérais comme une amie ? Quelqu'un qui aurait dû assurer mes arrières en tant que coéquipière ?

Ça me faisait plus mal que je ne voulais l'admettre.

Des étudiants ivres traînaient sur les pelouses devant les maisons où de multiples fêtes battaient leur plein. Quelques personnes crièrent le nom de Rowan sur notre passage.

Au lieu de répondre, il concentra son attention uniquement sur moi.

— Tu es sûre ?

Ma peau se hérissa sous l'intensité de son regard. Je n'imaginais même pas de tomber amoureuse d'un type comme lui. Il réduirait mon cœur en fine poussière d'un coup de crampon.

Au lieu de répondre calmement, je me mis en colère.

— Pourquoi tous les gars de ce campus sont-ils des saletés de coureurs ?

La question franchit mes lèvres avant que j'aie le temps de la retenir. Je jetai un coup d'œil dans sa direction pour voir ce qu'il pensait avant d'ajouter à contrecœur :

— Au moins, tu ne prétends pas être fidèle. Cela impliquerait de sortir avec quelqu'un, et tu ne fais pas ça.

Durant toutes ces années depuis que je connaissais Rowan, je ne l'avais jamais vu plus d'une ou deux fois avec la même fille. Sa base de groupies adoratrices était légendaire. Un bourgeon de jalousie fleurit au creux de mon ventre avant que je ne l'étouffe rapidement.

— Attends une minute, dit-il en s'immisçant dans mes pensées, tu penses que je suis un bâtard coureur de jupons comme Justin ?

Hmm... *oui*. C'était exactement ce que je pensais. Vous auriez pu demander à tout le monde qui était le plus grand tombeur du campus de Western, et la réponse aurait sans aucun doute été Rowan Michaels.

Allions-nous vraiment prétendre le contraire ?

— Écoute, je ne pense pas que tu sois un bâtard, mais on est à l'école ensemble depuis trois ans, lui dis-je en lui lançant un regard, tu essaies de berner qui ? Les histoires sur tes conquêtes sont légendaires.

— Peut-être que tu ne devrais pas accorder autant d'importance aux ragots que tu entends sur le campus, Demi.

Sérieusement ?

J'avais entendu beaucoup trop d'histoires pour qu'il n'y en ait pas au moins quelques-unes de vraies. C'était un peu difficile de ne pas y croire quand l'information venait directement de la bouche des pouliches. Et par « pouliches », je voulais dire des filles qu'il se tapait.

— Oh, s'il te plaît, ricanai-je avant de pousser son bras.

Pourquoi essayait-il de me mentir ? Il aurait dû se contenter d'avouer.

— Tu es le tombeur que tous les tombeurs observent pour l'imiter. Tu devrais porter ce statut honorable avec fierté.

— Tu ne sais pas de quoi tu parles, grogna-t-il.

Après la soirée que je venais de passer, tout ce que je voulais, c'était une conversation honnête et savoir comment mieux discerner les abrutis des gars qui valaient la peine qu'on apprenne à les connaître. Pour l'instant, j'étais perdue.

Je fus arrachée à ces pensées lorsque les doigts de Rowan s'enroulèrent autour de mon bras et que nous nous arrêtâmes sur le trottoir. Avant que je ne réalise ce qui se passait, il me tira près de lui. Je titubai en avant et m'écrasai contre sa poitrine. Mon regard s'élargit et se plongea dans le sien. Un air sévère remplissait ses yeux. Un regard que je ne lui avais jamais vu auparavant. Ma bouche s'asséchait et mes nerfs se bousculèrent le long de ma colonne vertébrale. Lorsque je sortis ma langue pour m'humecter les lèvres, son attention se porta sur mon geste. Un mélange d'excitation et de peur fleurit en moi tandis qu'une étrange énergie crépitait dans l'air.

C'était exactement le genre de sentiments que j'avais toujours essayé d'éloigner concernant Rowan. C'était comme s'il essayait de percer toutes mes défenses sans que je ne sache pourquoi. L'émotion s'empara de moi, me laissant déstabilisée et confuse.

— Qu'est-ce que tu fais ?

Il me fallut rassembler toutes mes forces pour pousser cette question sur mes lèvres crispées.

Le visage de Rowan s'approcha tellement du mien que son souffle chaud se posa sur ma peau. Cette sensation n'aurait pas dû être aussi enivrante. Elle n'aurait pas dû me donner envie de l'aspirer goulûment pour le capturer au plus profond de moi. L'excitation tourbillonnait dans le creux de mon ventre et tout devint silencieux à l'intérieur de moi.

— Même si tu penses me connaître, tu ne sais rien du tout.

Ce n'est pas vrai !

— On se connaît depuis sept ans, chuchotai-je. Comment peux-tu dire ça ?

— As-tu déjà pris le temps de découvrir qui je suis ? Je parle du gars enfoui sous tout le battage médiatique.

Plissant les yeux, il me transperça du regard.

— Parfois, je pense qu'il est plus facile pour toi de me cataloguer comme ce personnage que tu as créé plutôt que de voir le gars que je suis réellement.

Je chassai un nouvel accès de nervosité.

Cette conversation était ridicule. Je savais exactement qui était Rowan Michaels. On m'avait contrainte à supporter un dîner par semaine en sa compagnie durant ces trois dernières années. Je les avais écoutés, lui et papa, discuter de football à n'en plus finir. Nous avions suivi les mêmes cours presque tous les semestres.

Il ne faisait aucun doute dans mon esprit que le gars qui se tenait devant moi était un serial tombeur. Comme la plupart des athlètes de Western, il avait passé la majeure partie de ses années d'université à faire la fête et à coucher avec des groupies. Il se débrouillait dans ses cours parce qu'il devait conserver son éligibilité pour jouer au football, mais il n'avait aucune intention d'utiliser un jour son diplôme dans le monde réel.

Alors… est-ce que j'ignorais vraiment qui était Rowan Michaels ?

Non, j'étais certaine que non.

J'ouvris la bouche pour l'envoyer promener avant de réaliser que nos visages n'étaient qu'à quelques centimètres l'un de l'autre. Ma respiration se coinça dans ma gorge sous le regard enflammé qui brillait dans ses yeux. Il s'agissait de colère mélangée à quelque chose d'encore plus puissant. Mon regard se posa sur ses lèvres et tout en moi se resserra. Une image de nous dans la cuisine mercredi se faufila dans ma tête. Nous étions si proches, et je m'étais demandé s'il allait m'embrasser.

Même si je détestais l'admettre, j'avais envie qu'il le fasse.

Et juste au moment où je pensais que Rowan allait se pencher et que j'allais enfin sentir ses lèvres effleurer les miennes, il fit soudainement un pas en arrière. Les mains puissantes qui agrippaient mes bras retombèrent, laissant derrière elles une sorte de regret étrange comblant le vide. J'étais tellement tentée de tendre la main et de l'attirer plus près ! Au lieu de cela, mes mains se resserrèrent le long de mon corps.

Je voulais dire quelque chose.

Quelque chose pour apaiser la tension étouffante entre nous qui vibrait dans l'air frais de la nuit, mais mon esprit restait désespérément vide.

— Peut-être que tu devrais prendre le temps d'apprendre à me connaître au lieu de supposer des choses qui ne sont pas vraies. Si tu me donnais ne serait-ce que la moitié d'une chance, Demi, je pourrais bien te surprendre.

Sur ce, il fit volte-face et marcha sur le trottoir dans la direction d'où nous étions venus. Pendant un long moment, je ne pus détacher mon regard de lui alors qu'une étrange concoction d'émotions tourbillonnait en moi.

Je ressentis vraiment du soulagement. Et si je devais être honnête avec moi-même, une bonne dose de déception surgit également.

C'était presque suffisant pour me faire oublier ce que j'avais découvert par hasard durant la fête.

Presque.

Mais pas tout à fait.

DEMI

Je fus arrachée d'un sommeil profond par quelque chose – ou plutôt quelqu'un – qui se posa sur ma poitrine. Mes paupières s'ouvrirent brusquement et je fixai alors des yeux d'un vert éclatant qui semblaient bien trop éveillés pour… Je jetai un coup d'œil au réveil posé sur la table de nuit : mon Dieu, il n'était même pas 7 heures !

Et un dimanche matin en plus. L'un des deux jours où je ne courais pas et où je m'autorisais le luxe de faire la grasse matinée. Et Sydney venait tout gâcher.

— Pourquoi es-tu réveillée si tôt ? bredouillai-je.

— S'il te plaît, j'ai à peine pu fermer l'œil la nuit dernière.

— Oh.

Je tentai de m'éloigner d'elle et de rouler sur le côté, mais Sydney refusait de bouger de sa position perchée au-dessus de moi.

— Je n'ai vraiment pas envie d'entendre parler de tes « sexcapades ».

— S'il te plaît, ma belle, dit-elle en roulant des yeux, tu l'aurais tout de suite entendu haut et fort.

Elle avait raison sur ce point. Ethan et elle étaient très bruyants. Comme s'ils tournaient un porno à chaque fois.

— Je parle de ce qui t'est arrivé hier soir.

— À moi ?

Toute la somnolence à laquelle je m'étais accrochée disparut en un clin d'œil. Il ne s'est rien passé.

— De quoi tu parles ?

Elle m'adressa un regard l'air de dire : « T'as bu combien de verres ? »

— Hmm, réveille-toi. Une *tonne* d'histoires circulent dans tous les sens. J'en ai entendu parler avant même de quitter la fête.

Génial. Exactement ce que je voulais entendre à l'aube. En voyant que je ne répondais pas, elle m'enfonça un doigt dans la poitrine.

— Aïe ! m'écriai-je en frottant l'endroit qu'elle venait de toucher.

Bon sang ! Ça faisait mal.

Elle croisa ses bras.

— Oh, et merci de m'avoir avertie que tu partais. As-tu la moindre idée combien j'étais inquiète pour toi ?

— S'il te plaît, grognai-je. La dernière fois que je vous ai regardés, Ethan avait sa langue enfoncée si loin dans ta gorge qu'on avait l'impression qu'il faisait un test de streptocoque.

Un sourire narquois courba les lèvres de Sydney.

— D'accord, on y est peut-être allés un peu fort. Mais quand même, tu aurais dû me tenir au courant.

— Tu as raison, j'aurais dû t'envoyer un texto.

J'étais tellement en colère contre Justin qu'il ne m'était pas venu à l'esprit d'informer Sydney que je rentrais seule à la maison. Ce n'était probablement pas la décision la plus intelligente que j'aie prise. D'habitude, on restait ensemble lors des fêtes. Les filles étaient toujours plus en sécurité quand elles rentraient à deux.

— Excuses acceptées, dit-elle avant de relancer le sujet initial. Tu veux entendre ce qui se dit ?

— Ai-je vraiment le choix ?

— Non, répondit Sydney en levant un doigt. Premièrement, on dit que tu as surpris Justin en train de faire un plan à trois.

Après la nuit dernière, ça ne m'aurait pas étonnée de lui, mais ce n'est certainement pas arrivé.

— Deuxièmement, dit-elle alors qu'un deuxième doigt rejoignait le premier, il paraît que Rowan l'a tabassé et que Justin a passé la nuit aux soins intensifs avant de porter plainte.

Sérieusement, les gens ?

C'était de la pure folie.

— Ni l'un ni l'autre ne s'est produit.

Il n'y avait même pas eu de bagarre, bon sang. C'était l'exemple parfait que le moulin à rumeurs de Western tournait à vide.

— Troisièmement, continua-t-elle, et un autre doigt rejoignit les deux premiers, Justin t'a trouvée avec un autre gars et a pété les plombs.

Le coin des lèvres de Sydney frémit quand j'éclatai de rire. Bon sang. Qui inventait ces bêtises ?

— Crois-moi, il y en a d'autres, mais ce sont celles qui me semblaient les plus crédibles.

— Ce n'est qu'un tas de salades.

— Hmm, maugréa-t-elle alors que ses épaules s'affaissaient. C'est décevant.

— Vraiment ? lui demandai-je en fronçant les sourcils. Tu espérais que Justin se ferait tabasser, ou que l'un de nous se ferait scandaleusement prendre en train de tromper l'autre ?

— Peut-être bien, répondit-elle en haussant les épaules sans hésiter. Tu dois admettre qu'on commence un peu à s'ennuyer par ici. On a besoin d'un petit truc pour épicer les choses.

Il n'y avait aucun intérêt à taire ce qui s'était passé la veille.

— Alors tu seras ravie d'apprendre que j'ai surpris Justin en train de se faire sucer.

Ses yeux s'écarquillèrent.

— *Par un mec ?*

— Non, pas par un mec ! Mais bien par notre très chère Annica Weber.

— *Impossible !*

— Eh si.

Toute cette histoire sordide me laissait un mauvais goût dans la bouche. Bien que ce goût soit loin d'être aussi mauvais que celui qu'Annica avait dans la sienne la veille. Personne ne savait où le machin de Justin avait traîné.

Sydney s'effondra sur le matelas à côté de moi avant de rouler sur le dos.

— Quelle sale petite garce !

— C'est exactement ce que je pense, lui dis-je avant de m'interrompre. Honnêtement, je me fiche de Justin et de ce qu'il fait. Notre relation ne menait nulle part, mais s'il ressentait la même chose, il aurait dû être franc avec moi au lieu de s'envoyer en l'air dans mon dos.

Ou plutôt en face de moi.

— C'est le comportement d'Annica qui me dérange le plus, poursuivis-je en tournant la tête pour croiser son regard. Tu vois ce que je veux dire ?

— Oui. C'est vraiment super chelou.

Sans blague.

Une image d'Annica à genoux se fraya un chemin dans ma tête.

— Tu aurais dû voir la façon dont elle me regardait, Syd. C'était comme si elle était ravie que je sois tombée sur eux, comme si c'était son intention depuis le début. Elle n'a même pas pris la peine d'arrêter ce qu'elle était en train de faire. Elle a continué jusqu'à ce qu'il la repousse.

Un frisson de dégoût parcourut mon corps.

— Sérieusement ?

Sydney haussa les sourcils comme si elle était choquée, ce qui n'était pas peu dire. Il en fallait beaucoup pour la choquer.

— Oui, dis-je, puis ma voix s'adoucit. Je ne comprends pas son problème.

Les deux dernières années défilèrent dans ma tête. Quand Annica était arrivée en première année, elle était si douce et si gentille ! Désireuse d'apprendre tout ce qu'elle pouvait sur le terrain. Elle avait suivi tous mes mouvements sur le campus. Elle était comme la petite sœur que je n'avais jamais eue mais que j'avais toujours désirée. Deux ans plus tard, je n'aurais jamais pu imaginer que notre relation serait si conflictuelle. Je ne lui avais rien fait. Ou du moins rien pour susciter ce genre de haine obstinée. J'ignorais comment changer le cours des choses.

Une expression contemplative s'installa sur le visage de Sydney, qui se mordait la lèvre inférieure.

— Tu veux mon avis sincère ?

— Évidemment.

Je me préparai à ce qui allait suivre. Sydney n'était pas du genre à tourner autour du pot. Demandez-lui la vérité, et elle vous donnera la version brute. Son honnêteté sans faille était l'une des choses que j'aimais chez elle.

— Je pense qu'Annica a été dévorée vivante par le monstre aux yeux verts. Elle veut ta place dans l'équipe, dit-elle avant de poursuivre devant mon silence. Si cette fille pouvait t'écorcher vive et te porter comme un manteau, elle le ferait.

Je fronçai le nez en visualisant l'image qu'elle venait de susciter.

— C'est assez perturbant.

— Tu sais quoi ? poursuivit-elle sans prendre la peine d'attendre une réponse. C'est *son* comportement qui est assez perturbant.

Sydney avait raison sur ce point. La situation avec Annica était devenue incontrôlable. J'avais espéré qu'en lui laissant suffisamment de temps et en ne lui offrant aucune la réaction qu'elle attendait, elle finirait par se lasser et qu'elle passerait à autre chose, mais ce n'était toujours pas le cas. Au contraire, elle était encore plus méchante et impitoyable.

— Dem, dit Sydny, coupant court à mes pensées, tu ne peux plus laisser passer ça. Certaines des plus jeunes lui demandent déjà des conseils et l'admirent en tant que leader. Elle va continuer à faire des ravages dans cette équipe si tu la laisses faire.

C'était exactement ce que je redoutais.

Quand est-ce que tout avait si mal tourné ?

Quand on m'avait nommée cocapitaine la saison précédente ? Notre relation était définitivement tendue l'année dernière, mais j'ignorais si c'était la raison de ce changement. Dorénavant, j'étais capitaine et Annica ma cocapitaine. J'avais probablement l'espoir que cela l'apaiserait et qu'elle prendrait son rôle de leader avec plus de grâce. Mais ce n'était pas le cas. À chaque fois, elle tentait de saper mon autorité. Je n'avais pas parlé de ce problème à l'entraîneur parce que je devais être capable de le résoudre par moi-même. Ça faisait partie des responsabilités de capitaine.

Quel beau de gâchis !

— Je lui parlerai, marmonnai-je, peu pressée d'avoir cette conversation.

Sydney tendit la main et entrelaça ses doigts avec les miens.

— Bien. Maintenant... que dirais-tu de me faire un petit déjeuner ?

Elle frotta son ventre tonique de l'autre main.

— Je suis morte de faim.

Je ris et secouai la tête.

— Tu es vraiment folle.

— Tu le sais depuis un moment, et pourtant tu es toujours là. Donc, je suppose que ça veut dire que tu es coincée avec moi.

Je la pris dans mes bras et la serrai fort contre moi. Honnêtement, je n'aurais voulu me retrouver coincée avec personne d'autre dans cette vie. Sydney était ma partenaire à vie, ce qui signifiait que c'était à moi de préparer le petit déjeuner.

— Œufs ou crêpes ? demandai-je.

— Les deux !

Un gloussement s'échappa de mes lèvres alors que je secouai la tête.

Pourquoi n'étais-je pas surprise ?

Avec Sydney, c'était tout ou rien. Et pour rien au monde je n'aurais voulu qu'elle soit différente.

DEMI

— Hé, Demi ! Attends !

Je me raidis en reconnaissant immédiatement cette voix. Au lieu de ralentir, je baissai la tête et je fonçai en espérant le semer dans le troupeau d'étudiants qui se déplaçait sur le campus comme du bétail. D'habitude, je n'étais pas du genre à fuir et à me cacher, mais dans ce cas-là je m'apprêtais à faire une exception.

— Demi !

La voix s'amplifia, et je réalisai qu'il était plus proche que je ne l'avais d'abord cru.

Punaise... Mince, mince, mince.

Lorsqu'une lourde main se posa sur mon épaule, je reconnus en silence que l'évasion n'était pas dans mes cordes ce matin. Un mélange puissant d'incrédulité et de colère s'empara de moi alors que j'essayais de le repousser. Après avoir trouvé Justin et Annica ensemble samedi soir, c'était la dernière personne que je souhaitais voir me toucher. Honnêtement, j'étais un peu surprise qu'il ait le culot de venir me voir pour commencer. Je pensais que, sur un accord tacite, nous nous éviterions mutuellement pour le reste de l'année.

— Justin.

À contrecœur, je jetai un coup d'œil dans sa direction et découvris que son nez était amoché et gonflé.

C'était nouveau. Il n'était certainement pas comme ça lors de mon départ de la fête. Mon cerveau bouillonnait, essayant de comprendre en silence ce qui s'était passé. Y avait-il du vrai dans les rumeurs que Sydney avait entendues ? Rowan s'était-il battu avec Justin après mon départ samedi soir ?

Il dut deviner à quoi je pensais, car ses doigts effleurèrent avec gêne la chair meurtrie. Au lieu de parler de sa blessure, il demanda :

— Tu aurais une minute pour discuter ?

— Pas vraiment, répondis-je en accélérant le pas. Je dois aller en cours.

Ne prenant pas ma réponse comme un non, il dit rapidement :

— Je vais marcher avec toi, on pourra parler en chemin.

Génial.

Heureusement, Corbin Hall se profilait à l'horizon. Si je marchais vite, je pourrais y être en cinq minutes, au maximum. Moins j'avais de relation avec Justin, mieux nous nous porterons tous les deux. Après avoir découvert ses activités parascolaires, il n'y avait plus rien à dire.

— Alors, dit-il en s'éclaircissant la gorge alors que je restais stoïquement silencieuse, je voulais encore m'excuser pour l'autre soir.

Ce type se faisait des illusions s'il pensait qu'on balayerait tout ça sous le tapis, puis continuer comme avant. Ce qui s'était passé n'était pas un accident. Tout espoir que nous restions ensemble était mort. Je n'avais même pas envie de le regarder.

— Tu veux dire quand je suis tombée sur toi en train de te faire sucer par Annica ?

Il eut la bonne grâce de tressaillir en entendant ma description brutale.

— Oui, je suis désolé. Ça n'aurait pas dû arriver.

Sans blague, Sherlock.

— Je ne veux plus en parler, répondis-je en haussant les épaules alors que je souhaitais simplement passer à autre chose dans ma matinée et aussi dans ma vie.

Vous connaissez la définition de la folie ?

Faire la même chose encore et encore et s'attendre à un résultat différent.

La leçon que j'avais tirée de cette expérience était de me tenir à l'écart des athlètes du campus. C'était sûrement injuste de tous les mettre dans le même panier, mais je m'y étais brûlée trop souvent par le passé. Les garçons d'ici avaient trop de choix. Chaque équipe masculine de Western avait son propre troupeau de chasseuses de maillots, de renifleuses de crampons ou de dénicheuses de palet.

J'en avais fini avec les sportifs coureurs de jupons. J'étais sortie avec une petite sélection d'athlètes au cours de ces dernières années.

Luke, un gardien de but de hockey.

Logan, un milieu de terrain de football.

Ashton, un *breaststroker*.

Et Justin… un lanceur de base-ball.

Et ils s'étaient tous avérés être des coureurs.

D'un côté, c'était agréable d'être avec quelqu'un qui comprenait les exigences physiques de la pratique d'un sport à un haut niveau. C'était un dévouement que les autres personnes ne pouvaient pas comprendre. Mais les tromperies formaient la face sombre de ce genre de relation.

Je renonçai officiellement aux sportifs.

Inconscient des pensées qui tourbillonnaient dans ma tête, Justin me dit :

—J'ai voulu venir te voir hier, mais je me suis dit que tu avais besoin de temps pour te calmer.

Suggérait-il vraiment que trente-six heures suffisaient pour digérer son infidélité et lui pardonner ?

Cela ne risquait pas d'arriver. En fait, plus j'y pensais, plus ça me mettait en colère.

Je restais là, silencieuse, les lèvres pincées, et il continua :

— J'espérais que nous pourrions surmonter mon… dit-il avant de réfléchir, mon erreur de jugement et résoudre ce problème.

Il plaisantait, n'est-ce pas ?

— Pardon ?

Mon regard se détourna du bâtiment de mathématiques pour se

poser sur Justin, qui restait obstinément à mes côtés. J'avais forcément mal entendu.

— Je veux que notre relation avance. On était vraiment bien ensemble, dit-il en m'adressant un sourire plein d'espoir. Au lieu de laisser ma bêtise nous déchirer, on devrait travailler ensemble pour la surmonter. Ça rendrait notre couple plus fort dans le temps.

Bon sang, ce type était sérieux. Eh bien, j'étais stupéfaite. Je ne pensais pas qu'il était possible pour Justin de me choquer plus qu'il ne l'avait déjà fait, mais je me trompais. Cette conversation m'avait totalement déstabilisée.

— Pourquoi ferions-nous ça ? demandai-je alors que mes sourcils se rejoignaient et que la confusion s'emparait de moi. Ce n'est pas comme si on se voyait depuis si longtemps, poursuivis-je en agitant une main dans sa direction. En fait, c'est toi qui as dit que notre relation n'était pas sérieuse. Et il est évident que tu ne m'aimais pas assez pour rester fidèle. Alors… pourquoi s'embêter ? Pourquoi ne pas passer à autre chose ?

— Tu as raison, j'ai dit ça. Je pensais que j'étais prévenant en m'occupant de mes besoins ailleurs.

Un grognement d'incrédulité s'échappa de mes lèvres. Je ne pouvais tout simplement pas supporter ce type.

— Je t'aime bien, Demi. *Beaucoup*. Et je suis humain.

Jouait-il vraiment la carte de l'humanité ?

— J'ai fait une erreur, poursuivit-il. Tu ne serais pas capable de trouver dans ton cœur la force de me pardonner ?

Non, je ne pouvais vraiment pas. Une fois la confiance brisée, il était presque impossible de la regagner à nouveau. Pourquoi se battait-il pour cette relation ?

— Écoute…

Je perdis patience alors que je voulais seulement mettre un terme à cette conversation. À ce stade, je regrettais d'avoir donné une chance à Justin. C'était une erreur de jugement de ma part. Au fond de moi, je me doutais que ça ne marcherait pas sur le long terme, mais je n'aurais pas pu imaginer comment ça allait imploser.

— J'apprécie tes excuses, mais notre relation est terminée.

Bien sûr, j'aurais pu lui dire que j'avais l'intention de mettre fin à notre relation avant même de le trouver avec Annica, mais à quoi bon ? Il devait accepter que ma réponse soit définitive et passer à autre chose.

Le soulagement me submergea lorsque je réalisai que nous étions arrivés à Corbin Hall et que cette conversation, qu'il le veuille ou non, était terminée. Tout comme notre relation.

Mon regard se tourna à contrecœur vers Rowan, qui se prélassait devant le bâtiment en briques. Je ne fus pas surprise de le voir encerclé par un groupe d'étudiantes qui se disputaient son attention. Il y avait quelque chose chez ce joueur de football américain blondinet qui attirait les hommes comme les femmes. Il était comme le soleil, et tout le monde voulait être dans son orbite, même si ce n'était que temporaire. J'aurais menti si je n'avais pas admis que je ressentais moi-même cette attraction. Elle avait une puissance implacable qui refusait d'être maîtrisée. J'avais passé des années à lutter contre sa force.

Les images du samedi soir ressurgirent sans que je le veuille dans ma tête. Des jours plus tard, je pouvais presque encore sentir le courant chaud de son souffle sur mes lèvres, et l'espoir qui m'avait envahi lorsque j'avais pensé qu'il allait m'embrasser.

Heureusement, ça n'était pas arrivé. Cela n'aurait fait que compliquer les choses. J'avais déjà l'impression que nous marchions sur une corde raide.

Et pourtant… le sentiment qui m'envahissait n'était pas du soulagement.

Nos regards se croisèrent, et Rowan plissa les yeux avant de se tourner vers Justin qui continuait obstinément de marcher à mes côtés.

— Au lieu de prendre une décision si rapide, que tu regretteras probablement, pourquoi ne pas prendre quelques jours pour y réfléchir ?

— Ce n'est pas nécessaire…

Je m'interrompis lorsque je me sentis attirée contre un corps ferme.

— Tu l'as entendue, Fischer, grogna Rowan, elle n'a pas besoin de plus de temps. C'est terminé.

Justin pinça les lèvres en une mince ligne tandis que l'expression sur son visage se brouillait.

— Pourquoi tu rôdes toujours autour d'elle Michaels ?

Son regard étroit se remplit de suspicion tandis qu'il agitait un doigt entre nous.

— Oh. Je comprends. Peut-être que la raison pour laquelle tu n'as pas envie d'arranger les choses avec moi, c'est que tu as fait deux ou trois trucs dans mon dos ! Peut-être que c'est pour ça que tu n'étais pas intéressé par l'idée d'écarter les jambes, dit Justin en pointant un doigt dans la direction de Rowan. Tu t'amusais avec *lui*.

Ma mâchoire s'effondra devant ce revirement soudain de situation, et je reculai comme si l'on venait de me gifler. Je ne pensais pas que son comportement pourrait me blesser davantage.

— Tu le penses vraiment ?

Ma poitrine se contracta et je parvins à peine à formuler cette question.

Une horrible lueur s'alluma dans ses yeux et il haussa les épaules. Sa voix s'amplifia, s'élevant au-dessus de la foule et attirant encore plus d'attention indésirable.

— Vous pensez duper qui ? Tout le monde sait que tu te tapes tous les footballeurs depuis des années.

Même si Justin ne représentait rien pour moi, la douleur et l'humiliation m'envahirent. Ces rumeurs avaient toujours circulé sur le campus. De temps en temps, elles ressortaient. C'était la raison pour laquelle je ne sortais pas avec des joueurs de football américain. Alors que je jetais un regard gêné sur les personnes rassemblées autour de nous, une chaleur vive me monta aux joues.

— Tu sais que ce n'est pas vrai.

Je dus me contrôler pour empêcher ma voix de trembler. Je me redressai de toute ma hauteur, refusant de donner à Justin la satisfaction de voir combien il me blessait.

Qu'il aille se faire voir. Et que tous ceux qui pensaient me connaître ou connaître la vérité aillent aussi se faire voir.

La voix de Justin s'intensifia, comme s'il voyait ce qui se profilait et qu'il voulait changer la portée de la rupture.

Les mains de Rowan tombèrent de mes épaules et il fit un pas dans la direction de Justin.

— Vas-y, continue Fischer, et je t'offrirai un coquard pour aller avec ton nez cassé.

Je saisis le bras de Rowan pour l'empêcher d'avancer plus. S'ils se battaient tous les deux, cela ne ferait qu'attirer davantage l'attention sur la situation. Et je refusais que Rowan en subisse les conséquences à ma place. J'étais la mieux placée pour gérer mes propres problèmes. Et Justin s'était avéré être un sacré problème. Un problème qui ne valait pas tous les ennuis qu'il avait causés.

— Ne fais pas ça, murmurai-je, en essayant de garder une voix neutre, sans émotion. Il n'en vaut pas la peine.

Le regard de Rowan se tourna vers moi.

— Tu as raison… Lui n'en vaut pas la peine, mais toi, si.

Justin grogna, attirant à contrecœur mon attention sur lui.

— Peut-être que si j'étais un joueur de football américain, tu serais plus disposée à écarter ces jolies cuisses.

Cet horrible commentaire fut suffisant pour anéantir le sang-froid de Rowan. Sans prévenir, il bondit en avant. Mais avant qu'il n'atteigne Justin, le joueur de base-ball se retira, disparaissant à travers la foule des badauds. Mon cœur tambourinait douloureusement dans ma poitrine.

— Ce type est un vrai enfoiré, murmura Rowan, plissant les yeux pour fouiller du regard la foule dense, comme s'il envisageait de le poursuivre.

Oui, rien de nouveau. Même si je n'avais pas réalisé l'abruti qu'il était avant cette dernière confrontation. Si je l'avais compris plus tôt, j'aurais pu m'épargner une tonne d'humiliations. Je venais d'apprendre la leçon à la dure. Après cette débâcle, il allait me falloir beaucoup de temps pour faire confiance à un autre homme. En fait, peut-être qu'une longue pause avec le sexe opposé était la meilleure option.

— Tu vas bien ? demanda Rowan, me tirant de mes pensées troublées.

Avant que je n'aie le temps de répondre, ses bras puissants entourèrent mon corps et m'attirèrent vers lui. J'avais tellement envie de m'enfoncer dans le confort de la chaleur de son corps, de fermer les yeux et de faire comme si tout cela n'était qu'un affreux cauchemar qui se dissiperait de ma mémoire une fois que je me réveillerais ! Malheureusement, cela ne ferait qu'alimenter les ragots qui étaient probablement, en ce moment même, en train de se répandre sur le campus comme une traînée de poudre.

Au lieu d'enfouir mon visage contre son corps d'acier, je me forçai à jeter un coup d'œil aux personnes qui le fixaient encore les yeux écarquillés. Un rougissement de gêne me monta aux joues, les inondant de chaleur. De bruyants chuchotements parcoururent le groupe.

Ces gens n'avaient-ils rien de mieux à faire que de rester là bouche bée ?

Apparemment non.

Consciente que je ne pouvais pas rester dans ses bras, ressentant alors la nécessité de m'éloigner, je m'écartai de Rowan. Les vilaines spéculations allaient déjà bon train. Je n'avais certainement pas besoin de jeter de l'huile sur le feu. J'étais déjà assez mortifiée pour la journée.

— On devrait peut-être aller en cours, murmurai-je.

La tête baissée, je me glissai vers Corbin Hall. Rowan resta fermement à mes côtés. Quelque part au fond de ma tête, je me rendis compte qu'il essayait de me soutenir, mais ses attentions ne faisaient qu'empirer les choses. Les chuchotements et les ricanements me brûlaient le bout des oreilles.

Une fois devant les portes, Rowan tendit le bras devant moi et saisit la poignée métallique avant de l'ouvrir. Mon esprit retournait l'affaire dans tous les sens tandis que nous traversions en silence le couloir bondé. Le soulagement m'envahit lorsque nous arrivâmes dans le petit amphithéâtre et que je pus me glisser dans la dernière rangée. Au moins, je n'aurai pas à sentir une douzaine de paires d'yeux percer l'arrière de ma tête durant ces cinquante prochaines minutes. Avec un peu de chance, tout serait oublié d'ici un jour ou deux. Un soupir s'échappa de mes lèvres et je m'affalai sur une chaise.

Lorsque Rowan s'installa à côté de moi, je marmonnai :

— Ça te dérangerait de t'asseoir ailleurs ?

Mon regard se posa sur nos camarades de classe qui remplissaient déjà la pièce. La moitié d'entre eux se tournèrent pour regarder dans notre direction. L'interrogation se lisait sur leurs visages avides, comme s'ils attendaient que l'on attise l'incident qui venait de se dérouler dehors. Je serais fichue si leur offrait un détail de plus sur lequel saliver.

La douleur envahit les yeux de Rowan, me donnant l'impression d'être une idiote de première classe. J'avais des excuses sur le bout de la langue, mais je fus incapable de prononcer le moindre mot.

En me voyant silencieuse, il marmonna :

— Oui, bien sûr. Pas de problème.

Du coin de l'œil, je le regardai glisser jusqu'au bout de la rangée avant de descendre l'escalier recouvert de moquette. Quelques filles lui firent signe, essayant de capter son attention avant de l'appeler vers une place inoccupée.

Mon ventre se tordit d'une jalousie non désirée. Son expression se métamorphosa et il sourit avant de se concentrer sur le trio de filles. J'aurais dû me sentir soulagée qu'il comprenne et qu'il aille s'asseoir ailleurs. Comme nous ne nous donnions plus en spectacle, les gens avaient déjà perdu tout intérêt et s'étaient détournés.

Que Rowan le comprenne ou non, j'avais fait ce qu'il fallait. Aucun de nous ne voulait que le moulin à rumeurs tourne à nos dépens.

Et pourtant, je me sentais encore plus mal.

DEMI

Cette journée s'était avérée sacrément mauvaise. On devait m'expliquer comment Justin avait pu me tromper tout en réussissant à retourner la situation pour faire de moi la méchante dans ce scénario foireux. Au lieu du sien, mon nom était sur toutes les lèvres.

Les regards détournés que je recevais de gens que je ne connaissais même pas étaient ridicules. Au début, je m'étais dit que ce n'était que mon imagination. Mais il était devenu clair tout au long de la matinée que ce n'était pas le cas. Je continuais d'entendre mon nom associé à Rowan et à l'équipe. Apparemment, j'étais une fille débordée et j'avais couché chacun d'entre eux. Dieu sait où je trouvais le temps pour autant de sexe entre les cours et le football.

Ignorant quoi faire, je m'étais enfuie vers le seul endroit capable de me remonter le moral.

Je m'étais allongé sur le dos au milieu du stade et j'avais fixé la toile bleue lumineuse du ciel qui s'étendait au-dessus de moi. D'habitude j'aurais pris quelque chose à manger entre mon deuxième et mon troisième cours, mais il était hors de question que je me rende à la cafèt sans renfort.

Mes doigts caressaient distraitement le gazon alors que j'essayais de calmer toutes les émotions qui se déchaînaient en moi. Je n'avais jamais été du genre à laisser les petites bêtises m'atteindre, mais ce qui se passait en ce moment me piquait. J'avais stupidement laissé entrer dans ma vie celui qui y avait mis le bazar. Au lieu de s'excuser et d'assumer la responsabilité de son mauvais comportement, Justin préférait me faire passer pour la méchante de cette histoire.

De temps en temps, ces rumeurs avec les joueurs de football revenaient sur le tapis. Quand c'était le cas, je craignais toujours que papa en entende parler. Il ne m'avait jamais dit que je ne pouvais pas sortir avec l'un des gars de l'équipe. C'était plutôt une règle tacite. Si je devais sortir avec un de ses joueurs, cela ne ferait que compliquer les choses. Pas seulement entre moi et mon père, mais aussi entre lui et les garçons. Alors j'avais toujours fait ce qui était le mieux pour tout le monde et je m'étais tenue à l'écart.

Et pourtant, voilà où nous en étions.

Encore une fois.

Un gros soupir s'échappa de mes lèvres.

— C'est vraiment si grave ?

La voix grave de Rowan me tira de mes pensées. Je clignai des yeux face à la lumière du soleil, me protégeant le regard alors qu'il s'asseyait à côté de moi. Un silence inconfortable s'installa entre nous. Un silence que je ne savais pas comment rompre. J'avais honte de mon comportement de tout à l'heure. Je savais qu'il essayait seulement de m'aider.

— Qu'est-ce que tu fais là ?

Il n'y avait jamais d'entraînement à cette heure-là de la journée.

Sa voix s'adoucit.

—Je sais que tu es bouleversée par ce que cet abruti a dit, et je voulais m'assurer que tu allais bien.

L'inquiétude qui modulait sa voix ne fit qu'aggraver mon trouble. Rowan était si gentil, et je ne le méritais pas après la façon dont je l'avais traité.

La culpabilité menaçait de m'engloutir, et je me forçai à dire :

— Désolée de t'avoir demandé de changer de place en stats. Je n'aurais pas dû faire ça.

Rowan s'étendit à côté de moi. Sa tête n'était qu'à quelques centimètres de la mienne. Le bout de nos doigts se touchait sans s'enlacer. Et pourtant je la ressentais fortement.

Sa présence.

Il suffirait d'un léger mouvement, et nous nous tiendrions la main. La tentation qui s'abattait sur moi ne fit que me perturber davantage. Si je devais être tout à fait honnête avec moi-même, j'étais ridiculement sensible à la présence de Rowan à tous les niveaux. Je percevais la façon dont sa poitrine se soulevait et s'abaissait à chaque inspiration. Personne ne m'avait jamais fait ressentir ça, et je ne savais pas comment réagir.

— Ce n'est pas grave, dit-il alors que le ton de sa voix baissait pour devenir rauque et grave. Je comprends pourquoi tu l'as fait.

Et pourtant, la douleur qui venait de traverser son visage disait tout le contraire.

— Je n'aurais pas dû. Tu essayais seulement de m'aider. Les rumeurs ont déjà circulé, et je suis sûre qu'elles circuleront encore avant que je sois diplômée.

J'avais aimé étudier ici et jouer au football, mais les ragots faisaient partie des choses qui ne me manqueraient pas du tout.

— Justin est un bâtard d'avoir tout retourné contre toi.

En effet.

— Oui, c'en est un.

Pour la énième fois, des regrets me serrèrent le cœur.

—J'aurais aimé m'en rendre compte plus tôt.

— Ne dis pas que je n'ai pas essayé de te prévenir.

Je fis pivoter ma tête jusqu'à ce que nos regards plongent l'un dans l'autre. Un petit sourire se dessina sur son visage.

— S'il te plaît, tu n'as jamais aimé aucun des garçons avec qui je suis sortie.

— Ce n'est pas ma faute si tu as des goûts terribles en matière d'hommes !

— Oh, vraiment ? répondis-je en haussant les sourcils

J'étais sur le point d'argumenter quand je me tus soudain. Il avait raison. J'avais vraiment mauvais goût en matière d'hommes, ce qui était exactement la raison pour laquelle aucune de mes relations précédentes n'avait fonctionné.

— Bon, d'accord. Si un jour je suis prête à sortir avec quelqu'un, je te laisserai choisir ma prochaine victime. Tu ne pourras pas faire pire que moi.

— Je te le rappellerai, répliqua-t-il. Même si mon choix risque de te surprendre.

Le raclement de sa voix profonde enclencha une nouvelle cascade nerveuse le long de ma colonne vertébrale. Ses yeux bleus perçants posés sur moi me creusaient le ventre.

Un silence pesant s'installa.

Il leva un sourcil en guise de défi.

— Tu ne vas pas me demander qui j'ai en tête ?

C'était une question bizarre, et nous le savions tous les deux. Je n'étais pas tout à fait prête à aborder ce sujet. Pas alors que j'étais encore en train de panser les blessures que Justin m'avait inutilement infligées plus tôt ce matin. Comme ni l'un ni l'autre ne poussa la conversation plus loin, la lourde tension qui imprégnait l'air se dissipa progressivement, laissant derrière elle une tranquillité surprenante alors que nous étions étendus au milieu du terrain de football. J'avais l'impression que quelque chose d'inconnu venait de changer, sans vraiment savoir de quoi il s'agissait, ni comment c'était arrivé.

Après environ cinq minutes, je m'éclaircis la gorge et me forçai à poursuivre la conversation.

— Je voulais aussi te remercier d'avoir pris ma défense. Tu n'avais pas besoin de t'impliquer.

Il tourna la tête, je fis la même chose jusqu'à ce que nos regards se croisent. L'incompréhension lui fit plisser son front.

— Pourquoi ne l'aurais-je pas fait ?

Je haussai les épaules et essayai de trouver une explication plausible avant de finalement admettre la vérité.

— Je suppose qu'on n'a jamais vraiment été amis.

— Oui, j'avais remarqué.

Mon cœur s'arrêta de battre une seconde.

— Pourquoi, à ton avis ?

Je me mâchouillai pensivement la lèvre inférieure avant de recentrer mon attention sur le ciel dégagé au-dessus de ma tête. J'avais l'impression de marcher sur un champ de mines. Une mauvaise réponse pourrait me faire exploser en mille morceaux.

Face à mon silence, il relança :

— Demi ?

Sa voix était étrangement pressante. Assez pressante pour faire ressurgir la tension qui semblait toujours mijoter sous la surface. Il se tourna sur le côté de façon à soutenir sa tête avec sa paume et me regarda fixement.

Je sortis ma langue pour m'humecter les lèvres.

— Je ne sais pas...

Comment expliquer ma peur face à l'énergie intense que nous dégagions à chaque fois ? Que je n'aie jamais connu ce niveau d'attraction avec quelqu'un d'autre ? C'était sûrement à sens unique, et il n'en avait peut-être pas conscience. D'une certaine façon, ce serait pire s'il le ressentait parce qu'il ne pouvait rien se passer entre nous. Rowan était le quarterback vedette de papa. Et j'étais la fille de l'entraîneur. Je n'étais pas du genre à penser que les règles étaient faites pour être enfreintes.

— Je pense que si, et je veux que tu me le dises, insista-t-il.

Comme je ne répondis pas, il poursuivit :

— Tu m'as toujours tenu à distance. Vas-tu enfin me dire pourquoi ?

— Ce n'est pas vrai, murmurai-je.

Mais Rowan avait raison, c'était *exactement* ce que je faisais.

Un sourire complice se dessina sur ses lèvres.

— Si, c'est vrai. Et j'ai l'impression que tu le fais exprès.

Je fus surprise de voir tout ce qu'il avait remarqué au fil des ans. Trop effrayée pour révéler la vérité, je me démenai pour trouver une alternative crédible.

— Je ne pense pas que tu comprendrais

L'intensité de son regard ne faiblit pas.

— Essaie toujours.

J'inspirai avant d'expulser délicatement l'air de mes poumons.

— Parfois, j'ai l'impression qu'on est en compétition l'un avec l'autre.

Cette déclaration engendra un silence de mort, et je jetai alors un regard nerveux vers lui.

Il fronça les sourcils. Peu importe ce à quoi il s'attendait, ce n'était pas ça.

— Je ne comprends pas. Dans quel domaine ?

Si seulement il avait été possible d'annuler cette conversation gênante ! En un regard sur son visage, je compris qu'il ne laisserait pas tomber si facilement. Alors je me forçai à continuer, cherchant à en finir. Même si je n'avais pas envie de lui en faire part, mieux valait révéler la vérité. Le peu de paix que j'avais réussi à trouver au stade avait maintenant volé en éclats à cause de la présence de Rowan, et il y avait peu de chance pour que je la retrouve.

— Tout au long de la carrière d'entraîneur de mon père, les joueurs vont et viennent dans sa vie. Une fois qu'ils ont obtenu leur diplôme, ils restent toujours en contact, mais aucun n'a jamais fait partie de notre vie comme toi, dis-je en haussant les épaules d'un air gêné. Tu es sûrement ce qui se rapproche le plus d'un fils pour mon père.

Ce sentiment me fit l'effet d'une flèche dans le cœur, car c'était indéniablement la vérité.

Les émotions s'emparèrent de ses beaux traits.

Le bonheur.

La nostalgie.

Et enfin, la compréhension.

— Demi.

Il prononça mon nom comme si quelque chose de profondément enfoui en lui s'était mis à vibrer. Il baissa la voix, comme s'il la puisait du fond de l'océan.

— Tu sais que le coach t'aime profondément.

— Oui, je sais, le coupai-je, les joues flambant d'humiliation.

J'avais l'air d'une gamine jalouse et gâtée, et je détestais ça. Ça ne me ressemblait pas.

À aucun moment durant ma vie je n'avais douté de l'amour de mon père. Mais je savais aussi qu'il aurait probablement souhaité que je sois un garçon. Un fils avec qui il aurait pu partager sa passion pour le football – qui aurait suivi ses traces. C'était le genre de relation qu'il avait avec Rowan. Il y avait un lien incassable entre eux. Un lien dont je ne faisais pas partie.

Je tressaillis lorsque Rowan caressa la courbe de ma mâchoire.

— Personne ne compte plus que toi pour lui. Il dit toujours que tu es une excellente joueuse de football et que tu pourrais essayer de jouer dans la Ligue nationale de football féminin. Ou à quel point tu es intelligente, et que tu as une moyenne excellente.

Avant que je puisse l'interrompre, il poursuivit :

— Tu *es* la personne la plus importante de sa vie.

Mon cœur se gonfla et une grosse boule se forma alors dans ma gorge, bloquant l'oxygène que je tentais d'expulser. Je savais que mon père m'aimait, mais entendre tout ce que disait Rowan était comme un baume pour mon âme. Surtout après la matinée que j'avais passée.

— Tu ne le réalises peut-être pas, mais je dois tout à ton père. Il était là quand j'avais besoin d'une main masculine forte pour me guider. Sans lui… Il secoua les épaules alors que l'incertitude remplissait ses yeux : je ne sais pas où je serais.

Il y avait une véritable vulnérabilité dans son expression. Une vulnérabilité qui me déstabilisa et me prit par surprise. Rowan et moi nous ne nous étions jamais ouverts l'un à l'autre comme ça. J'avais toujours pris soin de maintenir une relation superficielle avec lui. C'était tellement plus facile comme ça. Mais je le réalisai avec un coup de poing dans les tripes que ce n'était plus possible.

Nous venions à peine d'abattre les murs entre nous, et je commençais seulement à le voir avec clarté, alors que je réalisai combien j'en savais peu sur lui. Je fouillais dans ma mémoire, en remontant au jour où mon père l'avait repéré pour la première fois. La seule chose dont je me souvenais, c'était d'avoir entendu parler d'un gamin de quatorze ans avec un tir d'enfer. Je l'avais rencontré juste avant ma première année de lycée, et depuis, Rowan faisait partie intégrante de ma vie.

Je ne m'étais jamais posé de questions sur la raison de sa présence.

Sa famille était-elle présente ? En avait-il même une ?

Si vous me demandiez ses statistiques de football, j'aurais pu les énumérer parce que j'avais entendu mon père et lui en discuter sans cesse. Mais des informations personnelles ? Je n'en avais pas la moindre idée. C'était un grand vide.

— Et tes parents ?

Il venait de mentionner son besoin d'une main masculine forte, était-ce parce que son père était absent ?

Tout à coup, la curiosité me rongea, et je voulus en savoir plus.

Une ombre noire passa sur son visage, qui se referma.

— Quoi, mes parents ?

Je clignai des yeux, surprise par sa réaction. Maintenant que nous creusions et que nous partagions nos vies intimes, je ne m'attendais pas à ce qu'il se taise.

— Je ne sais pas… Tu les vois souvent ?

— Non.

Il cracha ce mot tout en s'agitant comme la tournure que notre conversation venait de prendre le mettait mal à l'aise.

— Pourquoi ? demandai-je alors.

Une idée me frappa et mes yeux s'écarquillèrent. Je parvins à peine à lui poser la question :

— Sont-ils… *morts* ?

— Non, répondit-il en secouant la tête alors que sa voix s'adoucissait. Ils sont tous les deux encore bien vivants.

D'après son expression, je n'arrivais pas à avoir s'il s'agissait d'une bonne chose ou non.

— Mais tu n'as pas beaucoup de contacts avec eux ?

Ce que je voulais vraiment, c'était que Rowan s'ouvre de lui-même et m'explique pourquoi mon père était un paternel pour lui alors qu'il était évident qu'il avait sa propre famille.

Au lieu de cela, il dit :

— C'est compliqué.

— Ah.

Ce qui était clair après notre brève conversation, c'était que Rowan n'était pas à l'aise lorsqu'il s'agissait de discuter de son passé. Et je devais le respecter. Cela prouvait seulement que Rowan et moi n'étions pas amis. Si nous l'avions été, il n'aurait pas eu autant de mal à s'ouvrir. Et c'était peut-être mieux comme ça. Le fait de devenir copains-copains – ou plus – n'aurait fait que compliquer les choses, et c'était la dernière chose dont j'avais besoin.

Un nouveau silence s'installa, et je laissai alors mes paupières se fermer. La chaleur du soleil caressait mes joues. Il y avait quelque chose d'apaisant dans cette chaleur. C'était comme recevoir une bonne dose de vitamine D.

Je me réveillais de ma somnolence lorsque Rowan dit doucement :

— Si tu ne veux plus que je vienne dîner ou que je traîne avec ton père, je comprendrais, dit-il avant de s'interrompre. Ça ne me pose aucun problème de m'éloigner. Je n'avais pas réalisé que ça te dérangeait autant.

Quand mes paupières s'ouvrirent, je vis que Rowan me fixait du regard. L'intensité de la lueur dans les yeux me coupa un peu le souffle. Ce qui rouvrit soudainement la porte que je tentais de claquer.

— Je ne veux pas causer de problème entre vous deux, ajouta-t-il comme je restai silencieuse.

La possibilité qu'il se retire de nos vies – de ma vie – suffit pour qu'un soupçon de peur me glisse le long de la colonne vertébrale.

— Ce n'est pas ce que je veux.

Il scruta attentivement mon regard comme s'il était capable de passer au crible mes pensées et de découvrir la vérité par lui-même.

— Tu en es sûre ?

— Oui.

Un soupir de soulagement s'échappa de mes lèvres lorsqu'il changea de sujet.

— On peut se retrouver à la bibliothèque ce soir pour travailler sur le devoir de statistiques ?

Ah oui, c'est vrai.

Le tutorat.

— Oui, répondis-je en passant mentalement en revue mon emploi du temps du reste de la journée. On dit 19 heures, ça t'irait ?

Lorsqu'il acquiesça, j'ajoutai :

— Aile est du deuxième étage, près de la collection des programmes d'études ?

Il me lança un regard perplexe, et je haussai les épaules d'un air gêné.

— Quoi ? J'y ai étudié assez souvent pour savoir que c'est calme.

Je passais beaucoup de temps à la bibliothèque. Cette tranquillité et le fait d'être entourée de tous ces livres m'aidaient à me concentrer. C'était l'endroit que je choisissais quand papa me demandait de donner des cours particuliers à certains des garçons.

— Très bien, dit-il, va pour ce rendez-vous.

Mes yeux s'écarquillèrent, et je secouai la tête.

— Quoi…non ! On ne ferait qu'étudier…

— Détends-toi, Richards, me lança-t-il alors qu'un rictus apparaissait sur son visage. C'était une façon de parler.

— Oh ! m'exclamai-je nerveusement. Bien sûr, j'avais compris.

Rowan se leva avec agilité. Sa façon de me regarder fixement me donna des frissons. Nos regards se croisèrent avant de se plonger l'un dans l'autre. Une émotion non identifiable vacilla dans le bleu profond de ses yeux avant de disparaître, et il tendit une main pour que je la saisisse. Au moment où je glissai mes doigts dans les siens, un courant me parcourut. Sans le moindre effort, il me tira sur les pieds. Ma main resta nichée dans la sienne tandis que mon regard cherchait le sien.

Ressentait-il cette connexion qui bourdonnait entre nous, ou était-ce seulement mon imagination ?

Mais bon, est-ce vraiment important ?

Rien ne pouvait se passer.

Ces pensées eurent l'effet d'un seau d'eau froide déversé sur ma tête, et je me dégageai d'un pas précipité pour battre en retraite. Nos mains s'éloignèrent alors avant de retomber le long de nos corps.

J'avais pour règle très stricte de rester éloignée des joueurs de football américain, il était très important que je m'y tienne maintenant plus que jamais.

DEMI

— Non mais t'y crois, toi ? marmonna Sydney lorsque nous nous assîmes sur le gazon pour nous étirer avant l'entraînement.

Je ne pris pas la peine de lui demander de qui elle parlait, je le savais déjà. Elle réservait ce niveau particulier de dédain à très peu de personnes.

Incapable de m'en empêcher, je jetai un coup d'œil vers la ligne de touche et vis Annica parler avec l'entraîneur Adams. De temps en temps, la fille aux cheveux auburn tendait la main pour toucher son avant-bras nu. C'était une caresse inoffensive, à peine perceptible.

Sauf que… je savais que ça ne l'était pas.

La façon dont elle souriait, repoussant une mèche de cheveux derrière son oreille et riant, montrait que c'était tout sauf innocent.

Devant mon silence, Sydney continua de bouillonner à côté de moi. D'un moment à l'autre, elle se mettrait à baver.

— Est-ce qu'elle pense sérieusement que le coach fera d'elle un starter si elle flirte suffisamment avec lui ?

Oui… c'était exactement ce qu'elle pensait. J'espérais seulement que notre coach ne serait pas assez crédule pour se laisser avoir par son comportement de bêcheuse. Ce n'était pas dans ma nature de voir le pire chez les gens, mais au cours de l'année dernière, Annica avait prouvé qu'elle était manipulatrice. J'aurais été idiote de ne pas la surveiller de près. Peut-être que Sydney avait raison, et je ne pouvais pas être trop méfiante lorsqu'il s'agissait de mes amis, mais elle m'avait attaquée trop de fois pour que je baisse ma garde.

— Ignore-la.

Je dus faire un effort pour détourner mon regard et me concentrer sur l'étirement de mes quadriceps. J'avais déjà assez de soucis sans ajouter Annica à la pagaille. Les rumeurs couraient toujours sur le campus.

L'entraîneur siffla, et nous nous mîmes au travail. Durant les deux heures qui suivirent, nous effectuâmes des exercices, puis des mêlées. Même si Annica et moi faisions partie de la même équipe, elle me rentra continuellement dedans, essayant de me voler le ballon avant que j'aie la chance de l'envoyer d'un bon coup de pied. Le dernier que j'envoyai vers le filet fut facilement intercepté par Sasha.

Bon sang !

Mon placement aurait été meilleur si je n'avais pas essayé de me battre contre la rousse.

— Vous devez travailler ensemble, mesdemoiselles ! beugla le coach depuis la ligne de touche. Le travail d'équipe assure les résultats !

C'était peut-être un cliché ringard, mais c'était vrai. Nous n'arriverions à rien si nous nous battions entre nous plutôt que contre l'autre équipe. Je posai les mains sur mes hanches pour reprendre mon souffle. Annica me lança un regard mauvais en passant devant moi.

Une dernière mêlée de vingt minutes, et l'entraîneur siffla.

— C'est bon pour aujourd'hui. Aux douches.

Quelques-unes des plus jeunes joueuses se rassemblèrent autour d'Annica alors que nous nous dirigions vers les vestiaires. J'en avais assez de ses bêtises. Nous étions divisées au lieu de former une seule et même équipe.

Il y avait *l'équipe d'Annica* et *l'équipe de Demi*.

C'était tellement immature ! Si Annica et moi ne parvenions pas à nous entendre et à trouver un moyen de coexister, je n'étais pas certaine que nous arriverions aux play-off, et encore moins au championnat. Même si je détestais l'idée d'une confrontation, on ne pouvait plus l'éviter.

— On te retrouve dans les vestiaires, dis-je à Sydney qui haussa un sourcil avant que j'ajoute : Je dois régler un truc.

— Il était temps. Tu es sûre que tu ne veux pas que je reste ? Je peux être tes muscles, dit-elle en faisant craquer ses articulations. Ta technique d'intimidation.

Cette idée me fit grogner. Sydney pouvait définitivement être intimidante. Même si j'appréciai l'offre, je secouai la tête.

— Non. Il est préférable qu'Annica et moi ayons une conversation privée.

— D'accord, murmura-t-elle, comme si elle n'était pas certaine que ce choix soit judicieux.

Avant que Sydney ne puisse me faire changer d'avis, je me dirigeai vers l'autre fille sur le terrain en élevant la voix.

— Annica ?

Ma coéquipière aux cheveux auburn se retourna et me lança un regard noir. Son air glacial transpirait la haine. Un frisson de malaise me parcourut l'échine. Pour la énième fois, je ne pus m'empêcher de me demander ce que j'avais fait pour qu'elle éprouve tant de haine envers moi. J'avais toujours été gentille avec elle et toutes les filles. J'avais croisé assez de personnes élitistes au lycée, et je refusais que ce soit pareil dans mon équipe.

Je tournai la tête vers le terrain vide.

— Il faut qu'on parle.

Ce n'était pas une option. Nous avions dépassé ce stade depuis longtemps.

Annica pinça les lèvres comme si elle avait voulu me faire un doigt d'honneur et me dire d'aller me faire voir. Mais après un coup d'œil à nos entraîneurs, elle se dirigea vers moi.

Une fois à moins de deux mètres de moi, elle s'arrêta et croisa ses bras.

— Qu'est-ce que tu veux ?

Très bien. Si j'avais l'illusion qu'elle pourrait s'excuser pour avoir sucé mon petit ami le week-end dernier, cette idée n'était plus une option. Il n'y avait pas la moindre trace de regret ou de gêne dans son expression. Au contraire, c'était comme si c'était moi qui avais fait quelque chose de mal. Je ne savais vraiment pas quoi faire avec cette fille. Je n'avais jamais eu affaire à quelqu'un comme elle auparavant.

— Eh bien, dis-je en m'éclaircissant la gorge, momentanément décontenancé par les étincelles de colère qui jaillissaient de ses yeux, je voulais te parler de ce qui s'est passé sur le terrain.

Elle commença à s'agiter alors que l'ennui transparaissait sur son visage.

— D'accord. Que s'est-il passé ?

Sérieusement ?

Était-ce vraiment trop demander que d'agir telles les adultes que nous étions censées être ?

Je pris une inspiration régulière en prenant sur moi pour rester patiente. Je n'étais pas du genre à facilement perdre mon sang-froid, mais Annica me poussait dans mes retranchements. Dans un monde parfait, je me serais contentée de l'éviter, mais c'était impossible sachant que nous jouions dans la même équipe. Elle ne me contraindrait pas à abandonner le football. Une fois la saison terminée, nous pourrions nous séparer. Avant ça, nous devions coexister en paix.

Annica était peut-être joueuse, mais pas moi. Je refusais de me laisser entraîner dans d'autres magouilles. La seule façon de gérer cette situation était d'aller droit au but.

— Tu m'as bien fait comprendre que tu ne m'aimais pas, lui dis-je, enchaînant avant qu'elle puisse me couper : Et ce n'est pas grave. On n'est pas obligées d'être meilleures amies ni même de nous apprécier, mais on doit jouer en équipe. Je pense que nous voulons toutes les deux la même chose, c'est-à-dire gagner autant de matchs que possible cette saison et remporter un championnat, poursuivis-je avant de faire une pause le temps de préparer la phrase suivante. Pourrions-nous nous de mettre de côté nos différends et travailler en équipe à partir de maintenant ?

Non pas qu'Annica le mérite, mais j'essayais d'être un bon leader et de lui tendre la main. Malheureusement, je ne pouvais pas le faire seule. Annica devait laisser sa colère de côté et mettre de l'eau dans son vin.

Une vive tension crépita dans l'air tandis qu'une myriade d'expressions traversaient son visage. J'ignorais complètement si ce que je venais de lui dire avait résonné en elle. Une petite lueur d'espoir s'alluma en moi lorsqu'elle fit un pas en avant, réduisant la distance qui nous séparait. Au lieu de m'offrir un sourire timide, le coin de ses lèvres se tordit, accompagné d'un affreux froncement de sourcils, et elle plissa les yeux.

Tous les espoirs que j'avais pu nourrir éclatèrent comme des bulles de savon. Je n'avais pas besoin d'entendre sa réponse pour comprendre que mes mots venaient de tomber dans l'oreille d'une sourde. J'aurais dû savoir que régler nos problèmes ne serait pas si facile. Rien n'était simple avec cette fille. À en juger l'expression furieuse qui déformait ses traits d'habitude harmonieux, il devint clair que j'avais sous-estimé l'ampleur de son dégoût. Je mentirais en niant que toute cette haine ne me décontenançait pas légèrement.

Mes muscles se raidirent lorsqu'elle fit un autre pas rapide dans ma direction, jusqu'à ce que nous nous retrouvions quasiment coude à coude. Je fus tentée de battre en retraite, mais je refusai de lui donner la satisfaction de penser qu'elle pouvait m'intimider.

— Tu as raison. Je ne t'aime pas. Je ne t'ai jamais aimée, dit-elle alors qu'un sourire méchant se dessinait sur son visage. Et devine quoi ? La plupart des filles de l'équipe ne t'aiment pas non plus. Tu te crois très spéciale, mais la vérité, c'est que tu es loin d'être aussi douée que tu le penses. Si tu avais un minimum de cervelle, tu nous rendrais à toutes un fier service en quittant l'équipe.

C'est quoi ce bazar ?

Ma bouche s'ouvrit et mon cœur s'emballa douloureusement dans ma cage thoracique. Son comportement de samedi soir n'était rien en comparaison du vitriol qui sortait de sa bouche.

Mon esprit se vida.

Devant mon silence, une lumière victorieuse remplit ses yeux.

— Le fait que tu sois capitaine et starter est la plus grosse de toutes les blagues, dit-elle alors que sa lèvre supérieure se courbait malicieusement. Tu te pavanes comme une star alors qu'en réalité tu n'es rien. C'est pathétique. Tu sais ce qui est le plus drôle ?

Avant que je puisse répondre, elle enchaîna :

— Tout le monde semble le remarquer sauf toi.

L'air se bloqua dans ma gorge. C'était comme si j'étouffais de l'intérieur.

Depuis que j'avais commencé à jouer au football à l'âge de quatre ans, je m'étais donné corps et âme à ce sport. Je ne faisais pas partie de ces enfants qui essayaient plusieurs sports avant d'en choisir un. Le foot avait toujours été mon premier amour. J'avais joué dans une poignée d'équipes de différentes avant d'intégrer celle du lycée. Lorsque j'avais fait ma demande d'inscription à l'université, j'avais reçu plusieurs offres d'écoles de division 1. J'avais choisi Western parce que le niveau d'études était excellent et que l'équipe féminine se classait régulièrement parmi les deux meilleurs programmes de sa division. Je n'étais pas arrivée en tant que titulaire en première année. J'avais gagné ma position en travaillant dur et en me dévouant.

Comment osait-elle insinuer le contraire ?

Il me fallut quelques instants pour retrouver ma voix.

— Excuse-moi ? Tu te prends pour qui ?

— Oh, je sais exactement qui je suis. Je sais aussi que je suis plus douée que toi, dit-elle en me poussant de l'épaule, ce qui me fit reculer d'un pas. La seule raison pour laquelle tu fais partie de cette équipe, c'est grâce à ton père, poursuivit-elle en souriant. Non seulement tout le monde le sait, mais en plus tout le monde t'en veut à mort.

Une vague de chaleur envahit mes joues.

— Mon père n'a rien à voir avec ma position ou le fait d'être capitaine !

— C'est vraiment ce que tu penses ? demanda-t-elle en levant les yeux au ciel et en faisant un signe de la main en direction des vestiaires. Tout le monde sait que c'est papa qui t'a assuré la place.

La rage bouillonnait en moi.

Je fis un pas en avant, refusant de reculer et de me laisser intimider par cette fille qui n'était rien d'autre qu'une vipère.

— J'ai bossé trois ans pour mériter ma place dans cette équipe.

Personne ne m'a rien donné. J'ai mis du temps et j'ai travaillé dur. Tu devrais peut-être essayer ça au lieu de flirter avec le coach et de semer la zizanie dans l'équipe.

Ses yeux se rétrécirent comme si elle ne s'attendait pas à ce que je rétorque.

— J'ai plus de talent dans mon auriculaire que tu n'en auras jamais.

— Ah oui ? répondis-je en haussant les sourcils. Alors, prouve-le ! Si tu es si douée, prends ma place en démontrant ton talent sur le terrain au lieu d'ouvrir constamment ta bouche et d'essayer de monter mes coéquipières contre moi.

Elle montra les dents tel un animal féroce.

— Quand j'en aurai fini avec toi, tu regretteras d'avoir touché un ballon de foot de toute ta vie.

— Bonne chance, Annica. Pour l'instant, la seule chose que je souhaiterais n'avoir jamais faite est de me lier d'amitié avec toi.

Ne voulant plus discuter avec elle, je m'éloignai, la laissant seule sur le terrain. Ce fut seulement après avoir pris mes distances que je réalisai que mes mains tremblaient. Même si cela devait arriver, je détestais les confrontations. La seule bonne chose qui était ressortie de cette conversation, c'était que nous savions exactement où nous en étions l'une et l'autre. Pour le meilleur ou pour le pire, tout avait éclaté au grand jour. Si j'avais espéré que nous pourrions mettre nos différences de côté et finir cette saison comme une équipe unie, cette idée était dorénavant réduite à néant. Annica ne serait pas satisfaite tant qu'elle ne m'aurait pas rayée de la surface de la terre.

Et je refusai de me coucher docilement sans me battre.

DEMI

près la journée que je venais de passer, la bibliothèque était le dernier endroit où j'avais envie d'être. Je me sentais comme un crottin de cheval écrasé. Ma prise de bec avec Justin ce matin, puis celle avec Annica cet après-midi m'avaient anéantie émotionnellement. Même si j'avais très envie d'annuler ma séance de tutorat avec Rowan, je n'avais pas pu me résoudre à le faire. La conversation au stade cet après-midi avait fait évoluer notre relation. Il s'était montré présent lorsque j'avais eu besoin d'aide et il avait tenu tête à Justin. S'il avait besoin d'aide pour ses statistiques, le moins que je puisse faire était de lui rendre la pareille.

Dès que ma confrontation avec Annica ressurgit dans ma tête, je me sentis à nouveau prise de court par la méchanceté de ses commentaires. Au cours de la dernière année, je m'étais progressivement rendu compte qu'il y avait un problème entre nous. Jamais, dans mes rêves les plus fous, je n'aurais imaginé qu'elle nourrissait autant de haine contre moi. C'était assez dérangeant. D'accord, peut-être un peu plus que ça.

Même si je connaissais tous les efforts que j'avais fournis pour arriver là où j'en étais et que j'avais mérité ma place dans l'équipe en tant que titulaire et capitaine, les méchancetés qu'elle m'avait lancées plus tôt me rongeaient de l'intérieur. Le doute me gagna. C'était stupide. Je ne m'étais jamais remise en question auparavant. Alors pourquoi écoutais-je ce qu'elle avait à dire maintenant ?

Et pourtant, le venin qu'elle avait craché tournait vicieusement au fond de mon cerveau, refusant d'être chassé.

— Salut !

Cette voix grave m'arracha à mes pensées et me fit cligner des yeux alors que Rowan se glissait sur la chaise à côté de moi. Pour la première fois de ma vie, c'était un soulagement de le voir. Sa présence me forçait à sortir de ma propre tête. Et j'en avais besoin plus que jamais.

— Salut, lui répondis-je en hissant mon sourire et en tentant de tout refouler dans les recoins de mon cerveau.

Rowan s'installa sur la chaise et sortit son livre et son carnet de notes de son sac à dos avant de scruter attentivement mon regard. Il fronça les sourcils. C'était comme s'il était capable de déchiffrer toutes les pensées intimes que j'essayais de refouler au fond de moi. Il ne me connaissait pas si bien que ça. Il n'aurait pas dû être capable de lire en moi si facilement.

— Tu vas bien ?

Sa préoccupation inattendue me déstabilisa.

— Oui, répondis-je et, au lieu de lui dire la vérité, je rétorquai : Je vais bien.

Une lueur sévère imprégna son regard, et son air doux disparut.

— Tu n'as pas eu un autre accrochage avec Justin, hein ?

— Non.

— Alors quoi ? demanda-t-il alors que sa mâchoire se crispait et que l'entêtement durcissait ses traits. Il est évident qu'il s'est passé quelque chose.

Même si certaines des barrières entre nous étaient dorénavant fissurées, cela ne signifiait pas nécessairement que j'avais envie de m'épancher. Peut-être qu'au fond de moi j'avais peur qu'Annica ait raison et que mon père ait quelque chose à voir avec le succès que je rencontrais à Western. Pas une seule fois je n'avais envisagé cette possibilité. Maintenant qu'elle avait semé cette idée dans la tête, je ne pouvais m'empêcher de penser qu'elle pouvait contenir une part de vérité.

— Demi, réponds-moi, dit-il en baissant la voix, son ton dorénavant plus autoritaire.

Mes dents s'enfoncèrent dans ma lèvre inférieure alors que je regardais ailleurs.

— Ce n'est rien.

Ses doigts s'enroulèrent autour de ma cuisse avant de la serrer doucement. Ce contact inoffensif me donna des frissons.

— Pourquoi ne pas me dire ce qui se passe pour que je me fasse ma propre idée ?

J'expirai en tentant de ramener la conversation sur un terrain plus sûr.

— On est censés travailler sur les statistiques, pas parler de toutes les embrouilles qui se passent dans ma vie.

— Je croyais qu'on avait décidé tout à l'heure qu'on était amis ?

Une seconde s'écoula alors que j'envisageais cette perspective. L'étions-nous devenus ?

Amis ?

Après avoir passé tant d'années à le tenir à distance, c'était un concept étrange auquel j'avais du mal à me faire.

Devant mon silence, il poursuivit :

— Les amis se parlent quand ils ont un problème. Et nous sommes amis, non ?

Je ne savais pas vraiment... L'étions-nous ?

Je hochai fermement la tête. Il semblait que c'était le chemin que prenait notre relation, pour le meilleur comme pour le pire.

Il serra ma cuisse une seconde fois. La chaleur de sa main s'incrusta dans ma chair nue pour l'éternité.

— Alors, dis-moi ce qui se passe.

Je pressai mes lèvres l'une contre l'autre, luttant contre l'étrange besoin que je ressentais de me confier à lui. Une fois lancée, je fus incapable de me retenir et tous les détails se déversèrent de ma bouche. Chaque fléchette empoisonnée qu'Annica avait lancée contre moi. Une vague de chaleur enflamma mes joues alors que je la purgeais de mon corps. Sydney m'avait harcelée pour avoir des détails sur le chemin du retour de l'entraînement, et bien que je lui en aie raconté la plupart, j'avais passé sous silence les parties les plus horribles. Celles qui me faisaient douter de mon propre talent. C'était nul de voir comme un petit commentaire pouvait vous faire douter autant de vous-même.

Lorsque mes épaules retombèrent enfin et que tout se détendit dans l'atmosphère, Rowan fulminait.

— Elle t'a vraiment dit tout ça ?

Je hochai la tête.

— Tu sais que c'est un tas d'idioties, n'est-ce pas ?

Était-ce le cas ?

Papa était l'entraîneur le mieux payé du campus. Tous les deux ans, l'université renouvelait son contrat. Elle devait s'assurer de le satisfaire. L'équipe de football américain rapportait beaucoup d'argent à Western. De l'argent qui permettait aux professeurs de poursuivre leurs recherches. Au fil des ans, papa avait reçu des offres de plusieurs programmes réputés dans tout le pays. Il avait toujours été heureux ici, alors il ne les avait jamais considérées sérieusement.

Mais… si je faisais partie de l'équation ?

Et si papa n'avait pas envisagé de partir parce que des accords avaient été passés me concernant ?

Mon cœur tressaillit à cette possibilité. Même si je détestais l'admettre, Annica avait fait la seule chose que je n'aurais jamais crue possible. Elle avait ébranlé ma confiance en moi.

Si je découvrais que papa avait quelque chose à voir avec le fait que j'étais titulaire ou capitaine, je serais plus qu'humilié. Je ne mériterais pas de jouer à ce niveau et je serais obligé d'abandonner. Cela gâcherait tous mes succès.

Devant mon silence, Rowan se rapprocha de moi.

— Demi ?

Je revins brusquement à la conversation.

— Oui.

— Mais ?

Il haussa les sourcils, détectant clairement l'incertitude qui se glissait dans ma voix.

Je détestais savoir que je l'avais laissée, *elle,* m'embrouiller l'esprit. En tant qu'athlète, la pire chose à faire était de laisser un adversaire vous atteindre. Même si nous étions dans la même équipe, nous étions tout de même des adversaires.

— Quatre-vingt-dix-neuf pour cent de moi n'y croit pas, mais il y a ce petit pour cent qui ne veut pas lâcher. Qui se demande si mon père a quelque chose à voir dans le fait que je suis dans l'équipe ou que j'ai été nommé capitaine.

Mon cœur s'emballa alors que je verbalisais les pensées qui se bousculaient dans ma tête.

— Je t'ai vue jouer. Il n'y a aucun risque que ce soit possible. Tout ce que tu as accompli est dû à ton travail acharné et à ton engagement dans ce sport. Ça n'a rien à voir avec le coach.

La voix de Rowan était remplie d'une telle certitude ! J'aurais aimé être aussi certaine de mes propres capacités et pouvoir aussi facilement balayer les commentaires. Les laisser entrer par une oreille et ressortir par l'autre.

— Cette fille a l'air jalouse. Elle essaie de te faire perdre tes moyens. Ne la laisse pas faire.

Mes lèvres se courbèrent en un léger sourire.

— Là, tu parles comme Sydney.

Comment se faisait-il que Rowan Michaels, entre tous, m'ait fait me sentir mieux dans cette situation ? Une semaine plus tôt, je n'aurais jamais pu imaginer lui confier quelque chose d'aussi personnel. Et pourtant, nous y voilà. C'était un peu déconcertant de voir à quelle vitesse une relation pouvait évoluer et se transformer.

Il me fit un sourire.

— Sydney est une fille intelligente. Tu devrais peut-être l'écouter. Elle semble savoir de quoi elle parle.

Je grognai alors qu'une partie du poids qui m'écrasait disparaissait, laissant place à une légèreté surprenante.

— Je doute que tu dirais ça si tu savais ce qu'elle m'a encouragée à faire ces dernières années…

— Peut-être, mais dans ce cas précis, son évaluation est juste. Cette Annica a l'air jalouse.

— Je ne sais pas.

C'était la seule chose que je ne parvenais pas à comprendre. Annica était une joueuse talentueuse. Elle n'avait pas de raison d'être jalouse. Si elle passait plus de temps à se concentrer sur le football et arrêtait d'essayer de créer des problèmes là où il n'y en avait pas, elle pourrait être meilleure que moi.

Lorsque la plus jeune des filles était arrivée en première année, j'avais été époustouflée par son talent brut. Je m'étais dit qu'à un moment donné elle me surpasserait en compétence. Au lieu de me sentir menacée, je m'étais liée d'amitié avec elle et j'avais essayé de l'aider à progresser en tant que joueuse. Si elle ne répondait pas à ses propres attentes, c'était sa faute.

— Eh bien, c'est le cas. J'espère qu'elle va se calmer maintenant que tu l'as prise à part.

J'avais eu beau espérer qu'Annica laisse tomber son animosité et tire un trait sur le passé, je n'y croyais plus. Ça ressemblait plutôt à un combat à mort.

Tout comme plus tôt cet après-midi, lorsque nous étions étendus sur le terrain de football, un calme étrange s'abattit sur moi. Le fait d'aborder ce problème avec Rowan m'avait aidée à me calmer. Rien n'était résolu, mais le bruit dans ma tête s'était presque transformé en murmure.

Comment, en l'espace d'une journée, avais-je pu avoir deux conversations avec Rowan plus profondes que toutes celles que nous avions eues au cours de sept années ?

Et qui en plus étaient… si j'osais dire… *agréables ?*

Oui, je venais de l'admettre. Nous passions du temps ensemble, et j'appréciais vraiment ça. Croyez-moi, personne ne pouvait être plus surpris par la tournure des événements. Et ça me donnait en quelque sorte envie de… je ne sais pas… passer plus de temps avec lui ?

Oh, mince.

Je me raclai la gorge en essayant de chasser tous les sentiments étranges qui tentaient de s'enraciner en moi avant de me forcer à baisser le regard vers le livre de statistiques ouvert sur la table.

— Il se fait tard. Nous devrions probablement commencer.

Pendant l'heure suivante, nous passâmes minutieusement en revue chaque problème que M. Peters nous avait assignés ce matin en classe. Rowan rapprocha sa chaise jusqu'à ce que sa cuisse frôle la mienne. Je sentis alors son after-shave boisé et l'odeur de bois de cèdre du shampoing qu'il avait dû utiliser après l'entraînement. La combinaison était étrangement distrayante, et je me retrouvai à me pencher pour aspirer une bouffée gourmande de son odeur. Lorsque je me surpris à le faire pour la troisième fois, je m'éloignai avant de recentrer mes pensées.

La prise de conscience de la raison pour laquelle j'avais tout fait pour l'éviter me percuta de plein fouet tel un camion. Il me faisait ressentir des choses avec lesquelles je n'étais pas forcément à l'aise. Par le passé, je m'étais convaincue que je le trouvais ennuyeux. Maintenant que nous avions gratté sous la surface de notre relation, je pouvais enfin admettre que ce n'était pas vrai. Ce n'était qu'un écran de fumée. Un moyen de me distancier de lui. Ce que j'avais fini par comprendre, c'était que j'aimais vraiment bien Rowan.

Plus que je ne le croyais possible.

Plus que je n'aurais voulu.

Et définitivement plus que je ne le devais.

Aujourd'hui, j'avais malheureusement réalisé beaucoup de choses.

— Et voilà.

Inconscient des pensées perturbantes qui se bousculaient dans ma tête, Rowan fit glisser le cahier vers moi pour que je vérifie son travail.

Je clignai des yeux et me concentrai sur le problème qui flottait devant mes yeux. Il me fallut beaucoup plus d'efforts que normalement pour comprendre les étapes.

— Oui, dis-je, légèrement déstabilisé par les émotions qui me submergeaient, tu as compris.

Lorsque le bord de ses lèvres se releva, une sensation dangereuse se déclencha au fond de mon ventre. Ses yeux s'assombrirent, et mon souffle se coinça au fond de ma gorge, m'empêchant de respirer. Rowan se rapprocha jusqu'à ce que je sois capable de décomposer toutes les petites taches étonnantes qui formaient cette couleur semblable à celle de l'océan. La nuit du samedi fit irruption dans ma tête, et je me souvins de ce que j'avais ressenti en étant pressée contre la puissance d'acier de son corps.

Combien j'avais désiré qu'il m'embrasse, et la déception qui m'avait envahie lorsqu'il avait reculé. La bibliothèque, avec ses rangées d'étagères et de bureaux qui nous entouraient, s'effaça en arrière-plan jusqu'à ce qu'il ne reste plus que nous deux. Il était la seule chose que je voyais. Tout ce dont j'étais consciente. Ma tête commençait à tourner à cause du manque d'oxygène. C'était une sensation étrange, mais pas totalement désagréable. Presque comme si j'étais ivre.

Tout en moi se tendit telle une corde. Le temps s'étira à mesure que la distance entre nous s'amenuisait. Il était si proche que je pouvais sentir son souffle chaud sur mes lèvres.

C'était le moment. Il allait m'embrasser.

Et vous savez quoi ?

J'allais le laisser faire.

Après toutes les embrouilles de la journée, j'en avais besoin. J'avais besoin de sentir la pression ferme de sa bouche contre la mienne, m'entraînant pour que je n'aie plus à penser. Alors que mes paupières se fermaient, un chœur de voix gazouillantes me tira de l'étrange paralysie qui s'était installée.

— Salut, Rowan !

Je fis un bond en arrière si rapide que je fus à deux doigts de me briser la nuque.

Son regard glissa à contrecœur de moi vers deux filles qui s'étaient installées à côté de notre table. Un sourire courba ses lèvres, mais son intensité était différente de celle qu'il m'avait adressée.

— Salut. Quoi de neuf ?

J'expirai une grande bouffée d'air en tentant de me ressaisir. Mon cœur battait la chamade comme s'il allait exploser de ma poitrine. Je n'arrivais pas à croire que ça avait failli arriver. À quoi avais-je bien pu penser ?

La brune s'était rapprochée, tout en lui faisant un grand sourire. L'éclat de la blancheur de ses dents était presque aveuglant. Elle avait le regard d'un requin affamé. Je crois que nous savions tous ce qu'elle voulait engloutir en une seule bouchée savoureuse.

— Mandy et moi allions à une fête à la résidence des Sigma Kappa, dit-elle en se collant presque à lui avant de passer une main sur son épaule. Tu devrais venir avec nous, poursuivit-elle en lançant un regard en coin à son amie. Ça va être tellement fun !

Je savais *exactement* ce que ce regard signifiait. Apparemment, ces trois-là se connaissaient bien.

Intimement bien, même.

Comme il était peu probable qu'une invitation me soit adressée, je pris ça comme un signal pour me tirer de là. Ça montrait bien quel genre de journée je venais de vivre si Rowan Michaels pouvait si facilement m'atteindre. J'avais passé ces sept dernières années à garder le beau joueur de football à distance. Si j'avais appris quelque chose aujourd'hui, c'était que j'allais devoir travailler un peu plus dur pour rebâtir les murs que nous venions d'abattre. Surtout quand il s'avérait le tombeur que je soupçonnais.

Je n'avais pas besoin de quelqu'un comme lui dans ma vie.

— Ça a l'air sympa, mais…

Je me levai avant qu'il puisse finir sa phrase.

— Je dois y aller.

— Attends…

Détournant le regard, je secouai la tête.

— J'ai encore mes devoirs à faire. Je dois partir.

— Oh.

Sa voix baissa alors que sa déception retentissait dans son timbre profond.

Même si je me disais de ne pas le faire, mon regard papillonna dans sa direction.

— On se voit mercredi en cours.

— Oui, bien sûr.

Avant de me laisser piéger par le bleu de ses yeux, je fourrai mes affaires dans mon sac et me précipitai vers l'escalier. Le soulagement m'envahit lorsque je poussai les portes vitrées du rez-de-chaussée et que la brise fraîche de la nuit caressa sur mes joues échauffées.

Si je savais bien une chose, c'était que ce qui venait de se passer dans la bibliothèque ne devait pas se reproduire.

J'avais mis Rowan dans une petite boîte marquée « ne pas toucher », et c'est exactement là qu'il devait rester.

DEMI

— Il y a tellement de fêtes ce soir. Et crois-moi, j'en ai besoin. J'ai l'intention de me lâcher un peu.

Je jetai un coup d'œil dans la direction de Sydney lorsqu'elle fit irruption dans ma chambre et s'écroula sur mon lit.

Un froncement de sourcils s'installa sur son visage alors que son regard se posait sur le sac en toile que je remplissais de vêtements.

— Qu'est-ce que tu fais ?

— Papa est parti pour le week-end, alors je me suis dit que j'allais rentrer à la maison et me détendre.

— Quoi ? s'exclama-t-elle en se redressant d'un coup sec. Tu pars ?

— Oui, soupirai-je.

La semaine avait été compliquée. Au lieu de se taire au bout de quelques jours, les rumeurs avaient fait le tour de la fac. Les gens me montraient du doigt en chuchotant sur le campus. J'avais l'impression d'être un insecte sous un microscope. Aucune des histoires que j'avais entendues n'était exacte. Certaines étaient tout simplement farfelues. C'était comme si les gros titres de ma vie sortaient tout droit de l'intrigue de *Gossip Girl*.

— J'ai besoin de m'éloigner d'ici pour un moment.

Avec un peu de chance, la vie de quelqu'un d'autre imploserait ce week-end, et lorsque je retournerai à Western lundi, tout serait comme par magie revenu à la normale.

Le dîner du mercredi avec papa et Rowan avait été gênant. J'avais passé la plupart du temps à m'inquiéter que mon père ait non seulement eu vent des rumeurs, mais aussi qu'il y croie vraiment. Si tel était le cas, il n'en avait pas pipé mot. J'avais passé le reste de la soirée à éviter Rowan, ce qui était difficile avec seulement trois personnes autour de la table. Je m'étais collée à côté de papa comme de la glu avant de m'envoler dès qu'il avait fallu laver la vaisselle.

— Fuir ne résoudra rien.

— Ce n'est pas ce que je fais.

Bon... donc c'était *exactement* ce que je faisais. Je méritais une pause. Tout au long de la semaine, j'avais gardé la tête haute et j'avais ignoré tous les commentaires sournois et les regards de conspirateurs dirigés sur moi. Je n'y parvenais plus.

— Tu veux venir avec moi ? On pourrait se détendre et faire bronzette au bord de la piscine.

— Je ne peux pas, dit-elle en secouant la tête. J'ai dit à Ethan qu'on allait dîner et régler quelques affaires, puis que j'allais passer du temps avec quelques filles de l'équipe. Je pensais que tu aurais autant que moi besoin d'un verre.

— Je pense que ce qui m'aiderait le plus, c'est de m'éloigner de cet endroit, répondis-je sans mentionner que j'avais besoin de mettre un peu de distance entre Rowan et moi.

Sydney s'allongea sur le lit et fixa le plafond.

— Annica n'a pas intérêt à ce que je la croise ce soir. Je sais que cette petite saleté est derrière tout ça.

Justin et elle parlaient partout à travers le campus.

Un duo dynamique.

Ce qui était hilarant, en plus d'ironique, c'est que ce n'est pas moi qui avais été infidèle. Mais eux deux. Et pourtant, c'était de moi qu'on parlait. C'était mon nom qu'on traînait dans la boue.

Je jetai un bikini noir dans mon sac. Il était censé faire un temps magnifique ce week-end. Je prévoyais de passer au moins une partie du samedi et du dimanche allongée au bord de la piscine pour me détendre. Avec un peu de chance, j'oublierais tout ce gâchis. Au moins pour quelques jours.

— S'il te plaît, ne fais rien qui puisse t'attirer des ennuis, d'accord ? Annica n'en vaut pas la peine.

Sydney fit un signe de la main.

— S'il te plaît, tu me connais bien.

Mon regard se posa sur elle.

— Oui, c'est pour ça que je le dis.

Elle renifla.

— Je vais essayer de me contrôler du mieux que je peux.

— Et ne bois pas trop. Je ne serai pas là pour te faire changer d'avis.

Le seul week-end où je l'avais laissée seule l'année précédente, Sydney s'était battue et avait frappé une fille qui avait fait des avances à son copain.

Elle se redressa et pointa un doigt vers moi.

— Hé ! J'avais prévenu cette traînée de ce qui arriverait si elle continuait. Ce n'est pas ma faute si elle n'a pas pris mon avertissement au sérieux. Je n'ai aucun regret !

— C'est en partie le problème. Tu as de la chance que le coach Adams ait pu te sortir de ce pétrin, sinon tu aurais dû prendre des cours de gestion de la colère.

Elle grogna.

Je connaissais Sydney depuis trois ans, et j'avais vite appris qu'il ne fallait pas se frotter à elle. Cette fille pouvait être sacrément rosse. Elle pouvait paraître douce et innocente avec ses cheveux blonds et ses yeux vert vif, mais sous son apparence de poupée se cachait un tempérament qui explosait aussi facilement que de la dynamite. C'était ce qui arrivait quand on avait cinq grands frères. On apprenait un peu à botter des fesses. Sydney avait l'habitude de se défendre et de se battre pour ce qu'elle voulait.

Quand j'eus fini de remplir le sac de sport, je le fermai et le hissai sur mon épaule.

— Je serai de retour dimanche en fin d'après-midi. Appelle-moi si tu changes d'avis et que tu veux passer chez moi.

Elle se leva.

— Tu es sûr de toi ?

— Oui. Une pause me fera du bien.

— D'accord, murmura-t-elle, mais tu vas me manquer.

Je la pris dans mes bras pour lui faire un rapide câlin. Sydney avait toujours été une bonne amie. J'avais de la chance de l'avoir.

— En plus, tu auras l'appartement pour toi toute seule. Tu pourras faire autant de bruit que tu veux.

— Tu sais que je suis toujours bruyante.

Elle me serra dans ses bras avant de reculer.

— Ce n'est jamais bon de garder ses sentiments à l'intérieur. Ça fout en l'air ton *chi*.

Elle avait raison sur son côté bruyant. Cette fille n'avait aucune gêne.

Sydney me raccompagna à la porte. Avec un signe de la main, je sortis dans le couloir et avant de quitter le bâtiment. Une fois installée sur le siège avant de ma Jeep blanche et le moteur démarré, une sensation de soulagement me parcourut. À chaque kilomètre me séparant du campus, la tension s'échappait de mon corps. En me garant dans l'allée de chez moi, je me sentais à nouveau presque comme d'habitude.

J'avais prévu de passer le week-end à commander des pizzas, à regarder *Supernatural* en boucle et à faire des plongeons dans la piscine chauffée. Papa la couvrirait dans quelques semaines, alors je voulais en profiter tant que je pouvais.

En glissant la clé dans la serrure et en franchissant la porte d'entrée, je réalisai que j'avais pris la bonne décision. C'était exactement ce dont j'avais besoin. Un peu de temps pour moi pour me détendre, rembobiner et me ressourcer.

Avec un peu de chance, au moment où je retournerais sur le campus, j'aurais à nouveau les idées claires.

ROWAN

Je portai une bouteille de bière à mes lèvres tandis que mon regard se promenait sur la foule. La musique battait son plein, un groupe de gars de la fraternité jouait au bière pong près du bar improvisé, et un élève de première année s'était vomi dessus dans un coin. En d'autres termes, c'était un week-end classique ici à la fac. Dans des circonstances normales, je ne serais pas sorti un vendredi soir. J'aurais englouti un dîner plein de glucides pour me donner de l'énergie et je serais allé me coucher tôt. Mais c'était une semaine de repos, donc il n'y avait pas de match prévu. Je repérai quelques coéquipiers, il n'était que 9 heures, et deux des plus jeunes étaient déjà bourrés.

Ce n'était pas beau à voir. Le coach leur botterait les fesses s'il se rendait compte qu'ils étaient sortis faire la fête. Semaine de repos ou non.

Pendant la saison, je buvais une bière ou deux. Mais pas plus. Ça faisait longtemps que les cuites ne m'intéressaient plus. En arrivant sur le campus pour la première fois, je m'étais peut-être un peu emporté en appréciant la liberté, mais ça n'avait pas duré longtemps. Il y avait trop d'enjeux pour les gâcher en faisant la fête. J'avais passé des années à travailler pour réaliser mon rêve de devenir pro. Maintenant

116

qu'il était sur le point de devenir une réalité, il était hors de question que je le compromette.

Je cherchais un visage particulier. Jusqu'à présent, elle restait introuvable. Cette semaine avait franchement malmené Demi. Je ne la blâmerais pas de passer son tour pour cette fête. Même si, pour des raisons évidentes, j'espérais que ce ne serait pas le cas.

Alors que je continuai à observer depuis ma position telle une sentinelle, des bras minces se faufilèrent autour de moi par derrière. Un instant plus tard, des seins s'écrasaient contre mon dos.

— Salut Rowan, murmura une voix soyeuse contre mon oreille. J'espérais bien te croiser ce soir.

Super… Harper Davenport. Juste la personne que je ne voulais *pas* voir.

— Salut, Harp.

Maintenant, je devais trouver un plan d'extraction. Le plus tôt serait le mieux. Une trappe d'évacuation serait vraiment utile dans certaines situations. Et c'était l'une d'entre elles.

— Je ne t'ai pas vu dans le coin ces derniers temps, me dit-elle alors qu'elle se rapprochait, ses mamelons visibles à travers le haut fin qu'elle portait. C'est presque comme si tu m'évitais.

Oui, eh bien, il y avait une excellente raison à cela.

J'avais fait l'erreur épique de batifoler avec Harper en première année, et depuis, elle traquait le moindre de mes mouvements. Et je n'étais pas égocentrique. C'était la vérité. Je faisais de mon mieux pour la laisser tomber en douceur, mais elle refusait de comprendre que j'étais passé à autre chose et que je n'étais pas intéressé par un nouveau round.

Lorsque ses doigts migrèrent au sud de la frontière, je les saisis pour arrêter leur descente avant qu'ils n'atteignent leur destination prévue. Peut-être que certains gars aimaient se faire caresser au milieu d'une fête de fraternité bondée, mais ça n'avait jamais été mon style.

— Tu veux qu'on aille dans un endroit plus calme ? demanda-t-elle, la voix pleine de promesses sulfureuses.

Bon sang, non. C'était la dernière chose que je souhaitais. Je n'avais jamais encouragé cette fille, et elle refusait de me laisser tranquille. Il y avait plein de garçons prêts à donner leur testicule gauche pour passer un peu de temps en tête à tête avec elle. Elle était magnifique et avait un corps de folie.

Mais je n'étais pas l'un d'entre eux.

— Désolé, Harp. Pas ce soir.

Je détachai ses bras avant de l'attirer face à moi. Je m'assurai qu'elle restait à un mètre de distance. Elle avait la réputation d'un serpent : une fois qu'elle vous avait saisi, il était très difficile de s'en défaire.

Elle retroussa sa lèvre inférieure dans une moue qui se voulait sexy mais qui lui donnait en réalité un air enfantin.

— Tu dis ça à chaque fois.

Elle m'avait démasqué.

— Pourquoi ? demanda-t-elle en poussant ses seins l'un contre l'autre avec ses bras pour que je puisse bien voir son décolleté.

— Ça ne t'intéresse pas ?

Un non catégorique.

— Eh bien…

J'étais sur le point de lui répondre pour la énième fois quand j'aperçus Sydney. L'excitation me fit bondir et je scrutai immédiatement les environs à la recherche de Demi. Ces deux-là étaient attachés telle des siamoises.

— Je dois parler à quelqu'un. On se voit plus tard.

— Quoi ? s'exclama-t-elle en haussant la voix. On était au milieu d'une conversation !

— Désolé.

Je ne pris même pas la peine d'attendre une réponse avant de me frayer un chemin à travers la foule pour rejoindre Sydney et son petit ami.

Au moment où je les rattrapai, elle se retourna vers Ethan.

— Oh mon Dieu, ce n'est pas ce que j'ai dit ! Pourquoi tu prends toujours tout au pied de la lettre ?

Super.

Ils se disputaient.

Encore.

Je les avais vus sortir ensemble assez souvent pour savoir que ces deux-là soit se mangeaient le visage, soit se chamaillaient comme un vieux couple marié. Il n'y avait pas d'entre-deux avec eux.

Je fus tenté de disparaître dans la foule pour ne pas me retrouver mêlé à leur dispute – mais je ne pouvais pas m'éloigner. Je voulais savoir où était Demi. S'il y avait un problème ou s'il s'était passé quelque chose d'autre avec l'autre abruti. Il fallait que sache. J'aurais été plus qu'heureux de remettre Justin une nouvelle fois à sa place.

En utilisant mes poings.

J'avais entendu tous les mensonges qui circulaient sur le campus. Je savais très bien que ça venait de lui. Quelqu'un devait le faire taire avant qu'il ne crée plus de dégâts.

— Salut, hurlai-je, coupant leur conversation avant qu'elle ne dégénère davantage.

La bouche ouverte, ils se tournèrent vers moi.

— Ah, salut, me lança Sydney.

Ethan grommela quelque chose à propos de prendre un verre avant de s'éloigner. Un mélange de tristesse et d'irritation envahit les yeux de Sydney alors qu'il s'éloignait.

Je me raclai la gorge, attirant son attention sur moi.

— Tout ne se passe pas comme il faut ?

— Ça se voit tant que ça ? demanda-t-elle d'une voix adoucie, devenant presque pensive. Tu as déjà aimé quelqu'un et essayé de faire en sorte que ça marche, sans y parvenir ? C'est comme la quadrature du cercle. Ça ne passe tout simplement pas.

Je jetai un coup d'œil à Ethan en train de sourire à quelques camarades joueurs de base-ball. La tension qui marquait ses traits s'était déjà dissipée.

Si Sydney cherchait un conseil romantique, elle s'adressait à la mauvaise personne. Je sortis quelque chose en espérant que ça fonctionnerait.

— Pas vraiment. Je suppose que tu sauras qu'il est temps de t'éloigner quand le mal l'emportera sur le bien.

Elle réfléchit à ma pépite de sagesse.

— Oui, je pense que je devrais y penser.

Puis elle cligna des yeux, et toute l'émotion qui remplissait son regard disparut comme si elle n'avait jamais existé.

— Désolée. C'est vendredi soir, et je suis là, à deux doigts de pleurer. J'ai dû boire un verre de trop, dit-elle en inclinant la tête pour focaliser son attention sur moi. Du coup… tu voulais me demander quoi ? demanda-t-elle alors qu'une expression sournoise se dessinait sur ses traits. Comme si je ne le savais pas déjà.

À mon avis, Sydney savait exactement où se situait mon intérêt. Mais quand même… Je n'étais pas prêt à confirmer ou à nier mes sentiments. Pas encore, en tout cas.

— Je me demandais juste où était ta fidèle acolyte.

Toute trace d'humour disparut alors qu'elle jetait un coup d'œil à la pièce.

— Elle a décidé de rentrer chez elle pour le week-end. Ces ordures lui font vivre un enfer.

À la maison ?

J'étais presque certain que le coach était en voyage de recrutement, ce qui signifiait que Demi était seule.

— Est-ce qu'elle va bien ?

Ça m'énervait de savoir qu'elle avait ressenti le besoin de s'échapper du campus à cause de ça. Sydney avait mis le doigt sur le problème en disant que ces gens étaient des ordures.

Un bon nombre d'entre eux l'étaient.

— Elle est blessée et embarrassée par toutes ces rumeurs, dit-elle alors que la colère éclatait sur son visage. Rien ne me ferait plus plaisir que de botter les fesses de Justin.

Connaissant Sydney, ce n'était pas une menace en l'air. Justin ferait mieux d'espérer de ne pas la croiser pas ce week-end. Sa santé risquait d'en payer le prix.

— Si ça peut te rassurer, je me suis occupé de son nez samedi dernier.

Ses lèvres se retroussèrent à contrecœur.

— Oui, j'en ai entendu parler. Dommage que tu ne lui aies pas infligé plus de dégât.

Avant que je puisse lui poser d'autres questions, elle plissa les yeux en me jetant un regard malin.

— Quelles sont exactement tes intentions envers mon amie ?

— Je suis simplement un ami inquiet, répondis-je

Même s'il était probablement trop tard, je détournai le regard en essayant de la jouer cool.

— Est-ce vraiment un crime ?

— Ami ? demanda-t-elle en se rapprochant de moi avant d'enfoncer un doigt dans ma poitrine. Mouais, je ne pense pas. Je pense que tu l'aimes bien, poursuivit-elle après une pause.

Je levai les yeux au ciel en tentant d'éloigner ses soupçons.

— Quoi ? On est au collège maintenant ? Tu veux savoir si je *l'aime bien* ou si je *l'aime bien plus-plus* ?

— Oh, qu'il est mignon, dit-elle alors qu'un regard complice traversait son visage et qu'elle me tapotait la joue sans ménagement. Ne sois pas ridicule. Je pense que tu *l'aimes plus-plus*. Je voulais juste savoir si tu avais assez de courage pour l'admettre.

Sydney avait assez à faire avec Ethan. Elle n'avait pas besoin de s'inquiéter pour moi.

— Peut-être que tu devrais…

— Eh bien, eh bien, eh bien… regardez qui voilà. La fille que j'espérais voir.

Ma voix s'éteignit alors que Brayden s'approchait de nous. Il n'avait d'yeux que pour une personne, et ce n'était pas moi. Sydney se redressa de toute sa hauteur, qui restait inférieure de dix ou quinze centimètres à celle de Bray. L'expression taquine disparut de son visage. Sa mission pour collecter des informations était dorénavant oubliée.

Je jetai un coup d'œil à mon coéquipier pour évaluer la situation. Son attention était uniquement concentrée sur la blonde.

Hmm. Intéressant.

— Génial, grogna-t-elle, pile poil celui que j'espérais ne pas croiser.

Le sourire de Brayden s'étira en un véritable rictus, comme si cet accueil peu enthousiaste était exactement ce qu'il espérait. Il fit mine de regarder autour de lui.

— Quoi ? Pas de petit ami, ce soir ?

Elle rougit.

— Non pas que ça te regarde, mais il est là.

— Tu l'as déjà fait fuir ?

Elle grinça des dents avant de les montrer comme un animal enragé.

— Il est allé chercher un verre. Il va revenir d'une minute à l'autre. Qu'est-ce que ça peut te faire ?

Brayden haussa les épaules avant de réduire la distance qui les séparait.

— Si tu étais ma copine, je suis sûr que je ne te laisserais pas livrée à tes propres moyens.

— Heureusement, je ne suis pas ta copine, répliqua-t-elle.

— Ne jamais dire « jamais ».

— Tu délires complètement ? s'exclama-t-elle en écarquillant les yeux. Il n'y a aucune chance que je devienne – elle mima des guille-mets – « ta copine » !

Mon regard surpris passa de l'un à l'autre tandis que la tension montait entre eux. Une tension presque étouffante.

Mais que se passait-il ?

Même si je mourais d'envie de voir comment cet échange allait se poursuivre, le moment semblait idéal pour m'éclipser sans me faire remarquer. Je sentais qu'une bombe aurait bien pu exploser sans qu'aucun des deux ne le remarque.

Sans prendre la peine de dire au revoir, je m'enfuis à travers la foule, me frayant un chemin vers la porte d'entrée. Je n'étais pas certain de ce que Brayden mijotait. Je connaissais ce type depuis le camp d'entraînement de la première année. Sydney n'était pas son type de fille habituel. Il était habitué aux chasseuses de maillots et aux renifleuses de crampons qui lui collaient au train et flattaient son ego.

Sydney était tout le contraire. Elle le mâchouillerait avant de le recracher s'il ne faisait pas attention.

DEMI

La sonnette retentit, et je mis le film en pause avant de sauter du canapé et d'attraper l'argent sur la crédence près de la porte d'entrée. On aurait bien dit que la pizza venait d'arriver. Dieu merci, j'étais affamée. Papa ne gardait pas beaucoup d'en-cas dans le garde-manger, c'était exactement pour ça que j'avais commandé une grande pepperoni avec un supplément fromage. Il devrait en rester assez pour me permettre de passer le week-end. La plupart du temps, j'essayais de manger sainement. Mais après la semaine que je venais de vivre, j'avais balancé cette résolution par la fenêtre. Ce soir, j'allais déguster mes sentiments. Une tranche à la fois.

Merci beaucoup, Justin et Annica.

Mon ventre gargouillait d'impatience lorsque j'ouvris la porte d'entrée, prête à remettre l'argent en échange d'un délicieux dîner. One Hell of a Pizza était sans conteste mon restaurant préféré. Il proposait des pizzas à la new-yorkaise avec de grandes et fines parts.

Plus j'y pensais, plus j'en avais l'eau à la bouche.

Sauf que… ce n'était pas le livreur de pizza qui m'attendait de l'autre côté du seuil. Mais le footballeur blondinet qui occupait beaucoup trop mes pensées ces derniers temps.

— Qu'est-ce que tu fiches ici ?

La question s'échappa de ma bouche avant que je ne puisse la retenir.

Ses lèvres se tordirent.

— Et bonsoir à toi aussi.

— Désolée, répondis-je alors qu'une vague de chaleur me brûlait les joues et que je me dandinais d'un pied sur l'autre. Tu n'es pas la personne que j'attendais.

— Oh ? s'exclama-t-il en haussant les sourcils, son expression se durcissant.

Mais cette dernière disparut avant que j'aie la chance de déchiffrer exactement ce qu'elle signifiait.

— Et qui attendais-tu au juste ?

— La pizza, lançai-je en tentant de clarifier la situation.

Non pas que je lui doive une explication. Mais quand même… la tension soudaine qui crépitait dans l'air était étouffante.

Je m'accrochai au bord de la porte tandis qu'il enfonçait les mains dans les poches de son jean. C'était presque douloureux d'admettre à quel point il était beau dans ce tee-shirt bleu marine qui épousait la forme de ses biceps et moulait parfaitement son torse.

Concentre-toi, Demi !

Oui.

Je chassai ces pensées distrayantes de mon cerveau avant qu'elles ne puissent causer d'autres dégâts.

— Tu n'as pas répondu à ma question, demandai-je avant de reprendre : Que fais-tu là ?

Il haussa les épaules, répondant d'une voix adoucie :

— Tu as passé une semaine pourrie, et je voulais m'assurer que tu allais bien.

— Oh.

C'était la deuxième fois qu'il tenait à s'assurer que j'allais bien. Même si je voulais rester forte, mes entrailles se liquéfièrent.

— Comment as-tu su que j'étais ici ?

— J'ai croisé Sydney à une fête, et elle m'a mis au courant.

Le silence s'installa tandis que nous nous observions prudemment l'un et l'autre. Il s'éclaircit la gorge et se dandina sur place.

— Alors, tu vas me laisser entrer ?

Ça ne semblait pas forcément être la meilleure idée. Cette semaine avait été étrange, et j'étais encore chamboulée et écorchée. Dans des circonstances normales, garder une distance de sécurité, tant mentalement que physiquement, avec Rowan ne m'aurait posé aucun problème. Mais notre relation venait récemment d'évoluer de manière inattendue. Je repensai à notre discussion au stade et au moment passé à travailler ensemble à la bibliothèque. Les émotions qu'il avait suscitées en moi m'avaient laissé un sentiment étrange et gênant. Ce dont j'avais besoin, c'était que ma relation avec Rowan redevienne ce qu'elle avait toujours été – un peu plus que des étrangers forcés d'interagir de temps en temps.

Avant que je puisse prendre une décision, un tas de ferraille avec un problème de silencieux s'arrêta devant la maison. Il pétarada avant que le moteur ne s'éteigne, et un panache de fumée s'échappa du tuyau d'échappement.

Bon sang de bonsoir. Comment ce tas de ferraille avait-il pu passer le contrôle technique ?

Rowan se retourna, et un gamin d'à peine seize ans sauta de la voiture et courut jusqu'au siège passager avant de sortir une mallette rouge et de traverser la pelouse en courant.

— Salut ! Je suis ici pour livrer une pizza à…

Il jeta un coup d'œil au bon de commande avant de nous regarder. Ses yeux s'agrandirent.

— Hé ! Vous êtes Rowan Michaels, le quarterback des Wildcats !

Rowan sourit.

— C'est bien moi.

—Waouh !

Le gamin retira sa casquette de base-ball rouge avec le logo One Hell of a Pizza avant de passer une main dans sa crinière rousse.

— J'étais au match le week-end dernier, et vous étiez tellement génial ! Je n'arrivais pas à croire que vous ayez lancé cette passe de soixante-dix mètres à Brayden Kendricks !

— Merci. On a tous bien joué.

— Non, *vous* avez bien joué, Michaels.

Le gamin au visage boutonneux fixait Rowan d'un air admiratif, comme s'il était sous le charme. C'était assez amusant à voir. Mais bon, j'étais morte de faim, donc pas tant que ça.

Comme le livreur continuait de le fixer avec admiration, Rowan se racla la gorge avant de fouiller dans sa poche avant.

— Combien je te dois pour la pizza ?

— Non, c'est moi qui paie.

Je lui tendis les vingt dollars que j'attrapai sur le meuble d'entrée.

— Voilà.

Le gamin secoua la tête.

— Hors de question, Michaels ! J'offre la pizza.

Il s'approcha et baissa la voix comme s'il était en train de divulguer des secrets d'État :

— Les pizzas gratuites sont l'un des rares avantages de ce boulot gratuit.

Même si le gamin n'avait pas pris la peine de me regarder depuis qu'il avait réalisé qu'il se trouvait en compagnie de la vedette des Wildcats, je lui tendis l'argent.

— J'insiste pour payer.

— Je ne peux pas, c'est cadeau, dit le gamin en secouant la tête. Personne ne va croire que j'ai payé une pizza à Rowan Michaels ! dit-il avant d'écarquiller une nouvelle fois les yeux. Hé ! On peut prendre un selfie ?

— Hmm, je ne crois pas que…

— Bien sûr qu'on peut !

Je m'avançai et attrapai le sac isotherme du gamin avant de le dézipper et d'en sortir la boîte glissée à l'intérieur.

— Génial ! s'exclama le livreur.

Rowan me lança un regard suppliant, que j'ignorai rapidement avant de rentrer dans la maison avec ma grande pizza au pepperoni et de claquer la porte. Voilà ce qu'il obtenait pour s'être présenté à l'improviste sur le pas de ma porte et avoir plongé mes hormones dans le chaos.

Cinq minutes plus tard, j'avais sorti une assiette et ouvert la boîte sur la table de la salle à manger. J'étais sur le point de porter à ma bouche une énorme part de délice quand la porte d'entrée s'ouvrit et que Rowan entra.

Il jeta un coup d'œil autour de lui jusqu'à ce que son regard plissé se pose sur moi, puis il fit un signe du pouce par-dessus son épaule.

— Merci de m'avoir laissé dehors. Je m'en suis à peine sorti vivant.

Devant mon silence, il poursuivit,

— Tu sais qu'il voulait m'emmener au restaurant pour que je puisse rencontrer l'équipe ?

Je pouvais presque imaginer le gamin suppliant Rowan de revenir avec lui. Mes épaules tremblèrent d'un rire silencieux.

— Ce n'est pas drôle ! grogna-t-il avec un air renfrogné.

— Si, en quelque sorte.

En fait, il n'y avait pas de « en quelque sorte ». C'était vraiment drôle. Je n'avais pas rencontré beaucoup de raisons de rire cette semaine, et cette situation faisait définitivement l'affaire.

Il pointa un doigt vers la boîte ouverte.

— J'espère que tu apprécies cette pizza. Je me sens sale, en ce moment. Un peu comme si je venais de me prostituer.

— J'ai essayé de payer, dis-je en haussant les épaules. Il n'a pas voulu l'accepter.

— Le moins que tu puisses faire est de m'offrir une part.

J'agitai la main vers la cuisine.

— Fais comme chez toi. Tu sais où sont les assiettes.

Rowan connaissait probablement l'agencement de cette maison aussi bien que moi. Il était venu ici bien assez souvent.

Il fit un pas vers la cuisine avant de s'arrêter net. Avec plus d'intérêt, son regard glissa sur tout mon corps. Je ressentis cette caresse de manière physique jusque dans le dos. Ce n'est qu'alors que je pris conscience de mes choix vestimentaires pour la soirée. Comme je n'attendais pas de compagnie, je portais un petit short de pyjama et un maillot des Wildcats trop grand.

Sans soutien-gorge.

Ai-je mentionné que le nom de Rowan était estampillé dans le dos ?

— Hmm, hmm.

Le froncement de sourcils qu'il affichait s'était transformé en un sourire en coin.

— Beau maillot.

Un éclair de chaleur m'embrasa les joues. J'eus envie de me frapper pour avoir cédé à l'envie en tombant sur le maillot fourré dans le tiroir de ma commode.

— Ne te fais pas d'idée. Papa me l'a donné il y a un moment. Il a dit quelque chose comme quoi il y avait beaucoup d'extras dont ils devaient se débarrasser.

— C'est vrai ?

Avec un sourire, il passa ses doigts sur l'ombre sexy qui bordait sa mâchoire. Pendant un instant, je me laissai emporter par le mouvement.

— En général, la librairie du campus se fait dévaliser ses étagères.

Je haussai les épaules, ayant vraiment l'impression d'être une groupie avec un coup de cœur pour Rowan Michaels. Ce type avait déjà un énorme ego. Et je ne voulais surtout pas que l'on m'accuse de le flatter.

— Ça te va bien.

Le ton bas de sa voix sortait du plus profond de lui alors qu'une vague de chaleur envahissait ses yeux.

Hors de question que je relève ce commentaire.

Devant mon silence, il disparut dans la cuisine, sans doute pour prendre une assiette et quelque chose à boire. Une armée de papillons prit vie au creux de mon ventre tandis que je me dirigeai vers le canapé, m'installant au bout pour lui laisser assez de place au cas où il déciderait d'écarter l'option du fauteuil. Au lieu de ça, il prit place directement à côté de moi, laissant à peine quelques centimètres d'écart entre nous deux. Je ressentais profondément la présence de son corps musclé à côté du mien. Même quand j'essayai d'étouffer les étincelles d'attraction qui me traversaient, elles s'enflammèrent tels des feux d'artifice un 4 juillet.

Il désigna la télévision grand écran installée au-dessus de la cheminée.

— Qu'est-ce qu'on regarde ?

On ?

Quand est-ce qu'on était passé au « on » ?

— Un thriller psychologique qui est sorti l'été dernier.

Je m'éclaircis la gorge et fixai l'écran figé.

— Tu, euh, n'es pas obligé de rester, lui dis-je en tournant mon regard vers le sien. Je vais bien. J'avais juste besoin de m'éloigner un peu du campus.

— Ça ne me dérange pas de rester un peu, dit-il en haussant les épaules alors que son regard se heurtait au mien. En plus, j'ai besoin de souffler un peu. Ce serait pas mal de me détendre pour la soirée.

Je me rongeai la lèvre inférieure avec indécision. Le fait que nous passions plus de temps seuls tous les deux annonçait un désastre à venir. On m'avait privée de toutes mes armes habituelles, j'étais donc exceptionnellement gênée face à Rowan.

Devant mon silence, il dit à voix basse :

— Personne ne sait que je suis ici, si c'est ce qui t'inquiète.

Ces papillons s'étaient visiblement transformés en horde incontrôlable essayant de se frayer un chemin par tous les moyens possibles.

Est-ce cela qui m'inquiète ?

Que les gens puissent découvrir que nous passions du temps ensemble ? Cela ne ferait qu'alimenter les rumeurs et les spéculations qui couraient déjà. Et pourtant, j'étais étrangement partagée. Il y avait quelque chose de réconfortant dans sa présence.

— Demi ?

Le raclement de sa voix m'arracha à la lutte interne qui se livrait en moi.

— Ça va.

— Tu es sûre ? demanda-t-il en scrutant attentivement l'expression de mon visage. Si tu veux que je parte, je le ferai.

Même si j'étais confuse, je secouais la tête. Nous allions simplement manger une pizza et regarder un film. Que pouvait-il bien se passer ?

Il valait probablement mieux ne pas répondre à cette question.

En un rien de temps, nous engloutîmes la pizza. Apparemment, Rowan avait aussi faim que moi. Pendant qu'il emportait les assiettes à la cuisine, je redémarrais le film. Il me fallut environ quinze minutes pour me perdre dans l'intrigue et oublier le beau joueur de football assis à côté de moi. Je me rendis à peine compte de son mouvement lorsqu'il passa un bras sur le dossier du canapé. Mon attention resta fixée sur l'écran. Mes muscles se contractèrent lorsque la mélodie les violons de la musique du film s'amplifia. Je posai alors les mains sur les yeux avant de jeter un coup d'œil entre mes doigts.

Quelque chose était sur le point de...

Je poussai un glapissement lorsque le méchant surgit.

— Comment ça, tu ne t'y attendais pas ? gloussa Rowan en caressant mon épaule de ses doigts.

— Je savais que quelque chose allait se passer, marmonnai-je alors que mon cœur battait à tout rompre, mais pas ça.

Le bras qui m'entourait me rapprocha vers lui jusqu'à ce que je sois pressée contre les muscles d'acier de sa poitrine. Mon corps se modela contre le sien et je pris une grande bouffée de son odeur.

Il sentait si bon que je faillis loucher.

Attendez une minute.

Je revins soudainement à la réalité.

Mais qu'étais-je en train de faire ?

Ne me dites pas que je venais de renifler Rowan Michaels !

Une nouvelle fois.

C'était exactement la raison pour laquelle je n'aurais pas dû l'autoriser à rester. Mes émotions étaient un peu trop à vif. Un peu trop exposées. Je n'étais pas moi-même. C'était une erreur. Que je devais rectifier avant que la situation ne devienne incontrôlable.

Même si c'était la dernière chose que je désirais, je me levai d'un bond pour mettre une distance nécessaire entre nous avant de pointer vers la cuisine.

— Je vais faire du pop-corn.

Alors que je reculai d'un pas, il tendit la main et attrapa mes doigts. Ce contact inattendu me fit écarquiller les yeux et mon pouls s'emballa.

Il se pencha en avant et un éclair de nervosité me traversa. Alors j'essayai de me dégager, ses doigts se resserrèrent autour des miens.

— Pourquoi me fuis-tu toujours ?

Je déglutis et me forçai à mentir.

— Ce n'est pas ce que je fais.

Même en lançant ces mots dans l'air, je savais qu'il ne les croirait pas.

À sa façon de hausser les sourcils, je savais qu'il connaissait la vérité. Rien de bon ne sortirait de cette conversation forcée. C'était comme un bateau qui chavirait. Quelqu'un devait nous sauver. Lorsque je tentai de me libérer pour la deuxième fois, il me tira vers lui jusqu'à ce que je n'aie d'autre choix que de tomber sur ses genoux. L'air fut chassé de mes poumons alors que ses bras s'enroulaient autour de moi, me maintenant en place.

— Allez, Demi, dit-il doucement dans un souffle chaud qui frôla mes lèvres, sois honnête.

Une partie de moi avait une peur bleue d'admettre la vérité. Il était parvenu à créer l'inattendu en trouvant une faille dans mon armure. S'il continuait, la fissure se transformerait en un gouffre béant. Je ne pouvais pas me permettre qu'il s'y glisse plus qu'il ne l'avait déjà fait.

— Je suis honnête.

Ce mensonge me resta sur ma langue avec un goût de cendres amer. Je n'étais pas du genre à mentir. La vie semblait moins compliquée quand on s'en tenait à la vérité. Et pourtant, je ne pouvais pas me résoudre à le faire avec Rowan. J'étais toujours en train de le fuir ou, tout du moins, d'essayer de l'éviter. S'il entrait dans une pièce, je m'empressais de la quitter. Si j'avais le choix de l'endroit où m'asseoir, c'était aussi loin de lui que possible. La distance était ma meilleure défense contre lui. Je n'avais jamais décidé d'agir comme ça avec lui. C'était plutôt un instinct.

De l'autopréservation.

La vérité, c'était que Rowan me faisait peur. Il me faisait ressentir des choses pour lesquelles je n'étais pas forcément prête. C'était comme ça depuis le moment où j'avais posé les yeux sur lui.

Ses doigts se levèrent, écartèrent les cheveux de mon visage avant de les placer délicatement derrière mon oreille. Un frisson aigu parcourut ma colonne vertébrale. Nos regards se croisèrent et se retinrent jusqu'à ce que tout ce qui nous entourait s'efface, et je ne vis alors plus que lui. Le bleu de ses yeux était presque hypnotique, et je me retrouvais sans effort sous son charme.

— Tu en es certaine ? demanda-t-il.

J'humectai de la langue mes lèvres desséchées. Son regard suivit le mouvement. Quand il croisa à nouveau mon regard, il y eut assez de chaleur dans ses yeux pour me consumer.

Sans savoir quoi répondre, je restai silencieuse.

— Tu me tiens toujours à distance. De quoi as-tu si peur ?

Je dus ravaler la nervosité qui bouillonnait dans ma gorge, menaçant de m'étouffer.

Il avait raison. *J'avais* peur. J'avais toujours pensé que si je maintenais fermement le masque en place, il ne découvrirait jamais mon secret. Mais il voyait clair dans mon jeu.

— Dis-moi, Demi.

Le monde s'écroula autour de nous.

— Dis-moi de quoi tu as si peur.

— *De toi.*

Cet aveu fut un soulagement. C'était là, mijotant sous la surface depuis des années. Je n'avais jamais réalisé jusqu'à présent l'effort qu'il me fallait pour le garder enfoui au plus profond de moi, là où il ne pouvait pas voir la lumière du jour.

Ses lèvres se plissèrent comme s'il ne me croyait pas.

— Tu ne peux pas avoir peur de moi. Tu es la personne la plus intrépide que je connaisse.

Le rire monta dans ma gorge.

Comment pouvait-il dire ça ?

C'était peut-être ce qui paraissait à l'extérieur, mais ce n'était pas ce que je ressentais à l'intérieur. J'avais toujours eu peur de faire une erreur et de tout gâcher. D'embarrasser mon père. Ou de prendre le risque de donner mon cœur à quelqu'un qui le briserait. En fin de compte, j'étais une flaque d'insécurité. Ce n'était peut-être pas comme ça que je me montrais au monde, mais c'était tout de même ce que je ressentais. Peut-être que j'étais juste plus douée que les autres pour faire semblant.

Il passa les doigts dans mes cheveux, et je fus tellement tentée de fermer les yeux et de me pencher sur lui... Quand il me touchait comme ça, tous les bruits qui bourdonnaient dans mon cerveau devenaient étrangement silencieux. Cette sensation était addictive.

— Rowan ?

La façon rauque dont son nom s'échappa de mes lèvres ne me ressemblait pas du tout.

Son regard se tourna vers le mien.

— Oui ?

— Qu'est-ce qu'on est en train de faire ?

La tension monta en flèche jusqu'à atteindre un pic de fièvre, devenant presque insoutenable.

— Quelque chose que je désirais depuis longtemps.

Avant que je puisse aspirer une bouffée d'air, sa main glissa de mon visage vers l'arrière de ma tête. Ses doigts s'écartèrent largement autour mon crâne, le berçant dans sa paume. Comme au ralenti, il me tira vers lui. Les battements de mon cœur s'arrêtèrent lorsque ses lèvres se posèrent sur les miennes. D'abord, dans un sens, avant de pencher la tête dans l'autre. Nous nous complétions parfaitement. Il n'y avait pas d'angles gênants. Aucun choc entre nos nez, nos bouches ou nos dents. Il caressa la lèvre supérieure avant de mordiller ma lèvre inférieure. Un gémissement s'éleva dans ma poitrine.

Alors que je ne parvenais plus à supporter une seconde de plus de cette douce torture, sa langue sortit pour lécher la jointure de mes lèvres. Je ne pouvais pas résister plus longtemps à ce contact à la fois doux et exigeant et je capitulai, m'ouvrant sous la pression ferme de ses lèvres. Dès que je cédai, sa langue s'enfonça à l'intérieur de ma bouche pour se mêler à la mienne.

Je m'attendais à ce que son exploration devienne agressive. Comme un héros triomphant qui venait de terrasser son adversaire. Au lieu de cela, ses mouvements restèrent mesurés, lents et langoureux. Comme si Rowan voulait prendre tout son temps pour savourer chaque partie de mon corps. En l'espace d'un battement de cœur, je me perdis dans sa caresse maladive. Je ne réalisai pas que mes bras s'étaient enroulés autour de son cou avant de le tirer plus près de moi.

Avec un gémissement, il resserra son emprise, pressant mon corps contre le sien.

— Tu as si bon goût, murmura-t-il avant de m'entraîner au fond de l'océan où toute pensée rationnelle devenait impossible.

La seule chose dont j'étais consciente, c'était la façon dont sa bouche se promenait sur la mienne.

Tout dans le toucher de Rowan était magistral et sexy. Je comprenais parfaitement pourquoi les filles du campus réclamaient son attention. S'il faisait l'amour comme il embrassait…

Cette pensée eut l'effet d'un seau d'eau glacée déversé sur ma libido.

Mais qu'étais-je en train de faire ?

Rowan était plus un tombeur que Justin. À peine m'étais-je extraite d'une situation compliquée que je me jetais tête baissée dans une autre.

Non. J'étais plus intelligente que ça.

Correction… J'étais généralement plus intelligente que ça.

Même si rompre le contact physique était la dernière chose que je souhaitais, je posai mes paumes contre les muscles d'acier de sa poitrine avant de le repousser jusqu'à ce que nos lèvres se séparent et qu'il y ait assez de distance entre nous pour que la logique reprenne le dessus.

À ce stade, nous étions tous les deux essoufflés. Comme si nous avions couru un marathon. Je n'avais aucune idée du temps que j'avais passé enveloppée dans ses bras. Ça aurait pu être des heures comme de simples minutes. Et je mentirais comme un arracheur de dents si je n'admettais pas que tout en moi réclamait de sentir à nouveau le doux glissement de ses lèvres sur les miennes. On ne m'avait jamais embrassée aussi langoureusement. Et j'en voulais plus. Je voulais tenir la réalité à distance un peu plus longtemps et oublier toutes les raisons pour lesquelles c'était une idée terrible qui reviendrait me hanter dans un avenir pas si lointain.

Mais je ne pouvais pas faire ça.

Peu importait la tentation.

— Pourquoi as-tu arrêté ? demanda-t-il, les yeux encore dans le vague.

Il se lécha les lèvres, comme s'il était à deux doigts de replonger et de nous donner ce que nous voulions tous les deux.

— Ce n'est pas bien, me forçai-je à dire. Ça ne devrait pas arriver.

Il fronça les sourcils.

— Pourquoi ?

— Parce que je ne peux pas être avec un autre gars comme Justin.

Le brouillard de sensualité qui obscurcissait son expression s'évapora. Ses yeux s'agrandirent sous le choc avant que le dépit n'y apparaisse.

— C'est vraiment ce que tu penses ?

Un froid hivernal fouetta sa voix, la rendant dure et impitoyable.

— Que je ne vaux pas mieux que Justin ?

Il ne me laissa pas l'occasion de répondre avant de lâcher

— Tu devrais savoir que non.

Une lourde vague de culpabilité s'abattit sur moi. Au fond de moi, je m'en rendais compte. Mais quand même… ce type avait passé trois ans à cultiver une certaine réputation. Et l'on m'avait échaudée trop de fois pour que je prenne un autre risque.

— Comment pourrais-je savoir ?

Nous n'avions jamais été amis. Pas vraiment. C'était la raison pour laquelle j'avais été capable de le tenir à distance avec une telle facilité et de prétendre que nous n'étions rien de plus que des étrangers.

La douleur se dessina sur ses traits.

Même si le doute s'insinuait, je redressai les épaules. Il y avait trop de preuves pour qu'il n'y ait pas une once de vérité. Les rumeurs qui avaient parcouru le campus. Les filles qui s'étaient vantées de leurs exploits sexuels avec lui. J'avais vu de mes propres yeux des groupies s'accrocher à lui. Et pas qu'une. Mais deux ou trois à la fois. Il ne les avait pas vraiment repoussées. En fait, comme la plupart des athlètes sur le campus, il semblait accepter l'attention comme si c'était son dû.

— On se connaît depuis nos quatorze ans. On dîne ensemble une fois par semaine. On suit les mêmes cours depuis la première année.

J'assiste à tous vos matchs à domicile. Comment peux-tu me connaître aussi peu ?

La tension tourbillonnait dans l'air.

— Comment est-il possible que tu ne saches pas qui je suis vraiment ?

Pour des raisons que je ne comprenais pas bien, je répugnais à le voir sous un autre jour. Il était plus facile de s'accrocher à mes préventions plutôt que de reconnaître que je pourrais avoir tort à son sujet.

— Pourquoi est-ce important ?

Lorsque je tentai de descendre de ses genoux, ses mains se resserrèrent autour de moi.

— Parce que c'est important. Nous allons mettre les choses au clair une fois pour toutes. Je ne te laisserai pas me fuir à nouveau.

Je n'avais jamais eu réellement peur de Rowan, mais en cet instant, c'était le cas. Pas parce que j'avais peur qu'il me fasse du mal ou qu'il me force à faire quelque chose que je ne voulais pas. J'étais terrifiée à l'idée qu'il puisse briser les dernières barrières que j'avais mises en place pour me protéger de lui. Fuir et se cacher était tellement plus facile ! Et c'est exactement ce que je voulais faire. Mon instinct de survie s'était déclenché.

— N'essaie pas de le nier. Nous savons tous les deux que c'est ton mode opératoire.

Avant que je puisse me défendre par un autre mensonge, il dit,

— Tu me connais, Demi. Même si tu as fait tout ce qui était en ton pouvoir pour prétendre le contraire, tu sais parfaitement qui je suis. Réfléchis.

Un grand frisson parcourt mon corps alors que tout se figeait. C'était comme si je me tenais dans l'œil du cyclone. Le centre était calme alors que tout à l'extérieur était plongé dans le chaos.

Comme je ne réagissais pas, il pencha la tête, continuant à assaillir mes défenses affaiblies.

— Je sais des choses sur toi.

Ma bouche devint sèche comme un os, rendant impossible toute déglutition.

— Comme quoi ?

— Je sais que tu joues au foot depuis que tu as quatre ans et que tu as commencé à voyager à huit ans. Tes plats préférés sont la carbonara et les aubergines au parmesan. Tu aimes les cookies aux pépites de chocolat fraîchement sortis du four, et ton endroit préféré pour les vacances est Maui parce que c'est le dernier voyage que ta famille a fait avant que ta mère ne décide de partir.

Mes yeux s'écarquillèrent tandis que mon esprit faisait la roue.

J'étais perdue.

Même si Rowan faisait partie de ma vie depuis sept ans, je n'avais aucune idée qu'il prêtait une telle attention aux détails. Cette prise de conscience me coupa le souffle alors que la chaleur s'éveillait à contre-cœur en moi.

Son visage se rapprocha jusqu'à ce que je ne voie plus que lui. Jusqu'à ce que mon monde commence et s'écroule avec Rowan.

— Que tu veuilles le croire ou non, je te connais, Demi, dit-il en posant sa paume au milieu de ma poitrine. Je *te* connais.

Mon cœur se serra avant de se mettre à battre à la chamade.

Comment avais-je pu manquer tout ça ?

Pendant que j'étais occupée à le repousser, il était là, attendant patiemment que je voie le vrai Rowan Michaels.

Et je ne l'avais pas fait.

Je n'avais pas pu.

Je levai les mains jusqu'à ce que mes paumes puissent bercer ses joues.

— Dis-moi quelque chose que personne d'autre ne sait.

Une longue pause s'étira entre nous. Ce fut celle qui laissa mes nerfs en émoi. Au moment où je me demandais s'il allait refuser de répondre à la question, il me déstabilisa une fois de plus.

— Je suis toujours puceau.

ROWAN

Un silence pesant s'installa alors que ses mains quittaient de mes joues et que ses yeux s'écarquillaient de façon presque comique. Sauf qu'il n'y avait rien d'amusant dans ce moment. Loin de là. J'ai définitivement fait une erreur de jugement. Une erreur aux proportions épiques que je ne pouvais pas retirer. Mon secret était dévoilé, pour le meilleur comme le pire.

Bon sang.

Pourquoi ai-je pensé que c'était une bonne idée de lui dire la vérité ?

Il fallut quelques battements de cœur pour que son expression laisse place à la confusion. Un froncement de sourcils s'installa sur son visage et elle secoua la tête avec hésitation.

— Non, ce n'est pas vrai.

Le soulagement m'envahit alors que j'envisageai de mentir.

Je t'ai presque eue ! Ha, ha, ha. Je me suis tapé plus de filles que je ne peux en compter. Il suffisait d'écouter les ragots sur le campus. Mes statistiques avec la gent féminine étaient légendaires.

Mais je ne pouvais pas faire ça. J'en avais marre de faire semblant d'être ce que je n'étais pas. Plus encore, j'en avais marre de la façon dont Demi me regardait. Comme une ordure ne valant pas mieux que ce bâtard de Justin. En réalité, je n'avais rien à voir avec lui. Et c'était important qu'elle le comprenne. Je voulais qu'elle me connaisse. *Le vrai moi.* Pas celui sur lequel tout le monde murmurait. Ni celui sur lequel les filles inventaient des histoires pour se mettre en valeur. Comme si coucher avec moi allait renforcer leur popularité.

C'était vraiment tordu.

— Si, Demi. Je suis puceau.

L'émotion envahit son joli visage tandis qu'elle digérait cette information, l'acceptant progressivement.

Incrédulité.

Doute.

Étonnement.

Et enfin, acceptation.

Demi n'en était peut-être pas consciente, mais son visage était tellement expressif ! Ses pensées exposées à la vue de tous. Je savais toujours ce qu'elle pensait. Elle détesterait que je lui dise ça. Elle détesterait que je puisse lire en elle si facilement.

— Je ne comprends pas.

Ses traits se déformèrent alors qu'elle secouait la tête une seconde fois, comme pour s'éclaircir les idées.

— Et toutes ces rumeurs ?

Cette conversation était gênante et jamais je n'aurais imaginé l'avoir avec elle. J'étais tenté de quitter le canapé et de prendre la porte au lieu de mettre mon âme à nu et de m'exposer tel un imposteur.

— C'est tout ce qu'elles sont, m'efforçai-je d'admettre, des rumeurs.

Elle cligna des yeux plusieurs fois alors que ces pensées tournaient dans sa tête. La compréhension illumina son visage alors qu'elle levait sa main délicate vers ma joue pour la deuxième fois en quelques minutes. Il était rare pour elle de tendre la main et de me toucher. Ce n'est qu'alors que je fus capable d'expulser l'air retenu captif de mes poumons. Je fermai les yeux avant de m'enfoncer dans la chaleur de sa paume.

— Merci de me l'avoir dit, murmura-t-elle. J'apprécie que tu me confies la vérité.

J'ouvris les yeux et rencontrai son regard fixe.

— Honnêtement, je suis soulagé que tu saches.

— Je suis désolée que tu aies ressenti le besoin de cacher qui tu es vraiment, non seulement à moi, mais aussi au reste du monde. Tout ce temps, tu as vécu dans le mensonge.

Eh bien… je ne serais pas allé si loin.

— Ça ne regarde pas vraiment les autres.

— Tu as raison. Personne ne devrait te juger, dit-elle avant de se taire un instant. Et tes coéquipiers ? Ils le savent ?

J'écarquillai les yeux.

— Quelle horreur, non ! Tu imagines leur réaction ?

— Oh, Rowan.

La tristesse emplit sa voix et elle se rapprocha de moi jusqu'à poser ses lèvres contre les miennes dans un baiser chaste. Elle se retira alors que je commençai à plonger dans ce baiser.

— Ça doit être si difficile ! J'aurais aimé que tu me le dises plus tôt pour que je puisse te soutenir.

Me soutenir ?

Comment aurait-elle pu ?

— Hein ? m'exclamai-je en fronçant les sourcils.

Elle leva son autre main et la posa sur le côté de mon visage.

— Il n'y a absolument rien de mal à être gay.

Bien sûr que non.

Pourquoi amenait-elle ce…

Attendez une minute...

Elle pense que je suis...

— Demi ! Je ne suis pas gay ! aboyai-je dans un rire incrédule. Tu peux me croire quand je te dis que j'aime les femmes.

Mon regard tomba sur ses lèvres entrouvertes encore gonflées de nos baisers.

— Beaucoup.

Son expression se crispa. Comme si je l'avais perdue une fois de plus.

— Je ne comprends pas. Alors… pourquoi tu n'as jamais fait l'amour ? Ce ne sont clairement pas les occasions qui t'ont manqué.

Pour une fille si intelligente, Demi pouvait être parfois un peu bête. Apparemment, j'allais devoir lui faire un dessin. Et moi qui pensais que révéler que j'étais un fichu puceau serait la partie la plus difficile de la soirée !

— J'ai toujours eu des vues sur quelqu'un. Et comme je n'ai jamais désiré quiconque plus qu'elle, dis-je en haussant les épaules, j'ai attendu.

Même en sortant de ma bouche, ces mots semblaient absurdes et farfelus. Personne sur le campus ne pouvait s'envoyer en l'air plus facilement que moi et pourtant, j'avais choisi de rester célibataire.

Quel étudiant au sang chaud ferait ça ?

Aucun de ceux que je connaissais.

Et encore, je ne parlais pas vraiment de ma situation. Demi était la seule personne à savoir que j'étais puceau. Ça a toujours été un secret bien gardé. Non pas que j'en aie eu honte, mais quand même…

Nos regards se mêlèrent alors que la tension qui mijotait dans l'air augmentait de quelques centaines de degrés. Demi devint parfaitement immobile alors qu'elle restait assise sur mes genoux. Mes mains se refermèrent autour de sa taille pour la garder près de moi. Maintenant que j'avais dévoilé la grande révélation, j'avais à moitié peur que ce soit trop pour elle et qu'elle parte en courant.

Comme je ne pouvais pas supporter une seconde de plus ce silence étouffant qui pesait sur nous, je lâchai :

— Tu ne me demandes pas qui est cette fille ?

Elle secoua la tête, et tout l'espoir qui montait en moi éclata comme une bulle disparaissant dans un *plop* douloureux. Non seulement j'avais rendu évidents mes sentiments pour elle, mais en plus, je lui avais dit que j'étais puceau.

Bon sang.

Ce n'était pas bon.

D'autant plus que son refus de demander de qui il s'agissait montrait clairement que je ne l'intéressais pas. Et ce n'était pas grave. Si j'avais appris quelque chose au fil des ans, c'était qu'on ne peut pas forcer des sentiments qui n'ont jamais existé.

— Tu sais quoi ? demanda-t-elle, regrettant d'avoir trop parlé avant de s'éclaircir la gorge.

— Il est tard. Je devrais probablement y aller.

Je voulais rentrer chez moi et panser mes plaies en privé. Après cette débâcle, il était peu probable que je me remette en selle. Je n'avais pas besoin de ça.

Alors, oui… j'étais plus que prêt à fuir la scène du crime. Et la façon dont elle continuait à me regarder comme si une corne venait pousser sur mon front n'aidait pas non plus. Je me sentais simplement comme un énorme crétin d'avoir choisi de révéler la vérité.

Sérieusement, à quoi avais-je bien pu penser ?

Pour une fois dans ma vie, j'avais laissé la mauvaise partie de moi prendre les décisions.

Comme je ne parvenais plus à supporter l'oppression un instant de plus, je resserrai ma prise sur ses hanches et soulevai Demi de mes genoux avant de la poser soigneusement à côté de moi. Puis je me levai d'un bond, prêt à franchir la porte d'entrée comme une chauve-souris quittant l'enfer. J'avais besoin de m'éloigner de la douleur et de l'humiliation qui m'envahissaient.

Alors que je faisais un pas précipité vers la liberté, sa voix m'arrêta dans mon élan.

— Pourquoi tu ne passerais pas la nuit ici ?

Surpris par son offre, je jetai un coup d'œil par-dessus mon épaule.

— Il est tard, dit-elle en s'éclaircissant la gorge. Je vais dormir dans la chambre de papa, tu peux prendre la mienne.

Pas question. C'était une très mauvaise idée. Le meilleur plan d'action était de rentrer chez moi et de boire suffisamment pour oublier cet incident.

Boire pour oublier était devenu le nouveau plan pour la soirée.

— D'accord, je reste.

Bon sang.

J'aurais vraiment aimé que l'on me frappe à cet instant.

DEMI

Je fixai aveuglément le plafond, tandis que la conversation de tout à l'heure tournait en boucle dans ma tête. Il était impossible que Rowan Michaels soit puceau.

Comment était-il possible que j'aie couché avec plus de personnes que le tombeur du campus ?

Et pour être claire, j'avais fait l'amour avec cinq mecs au total.

Cinq.

C'était tout.

J'avais beau fermer les yeux et essayer d'éteindre mes pensées, elles refusaient d'être chassées. Elles tournaient dans ma tête comme tels requins affamés.

Tu ne me demandes pas qui est cette fille ?

Au lieu d'avoir le courage d'entendre la vérité, j'avais secoué la tête, trop effrayée pour pousser la conversation plus loin. Au fond de moi, je savais la vérité. Une fois que tout serait révélé au grand jour, il n'y aurait pas de retour en arrière possible. Nous ne pourrions qu'aller de l'avant. Et je n'étais pas sûre de savoir comment faire.

Au cours de l'heure qui s'était écoulée depuis que j'avais laissé Rowan sur le seuil de ma chambre d'enfant, j'avais réalisé que j'avais besoin de l'entendre dire *mon* nom.

Avant de pouvoir reconsidérer la sagesse de mes actes, je me débarrassai de la couette et traversai le couloir sombre pour arriver à ma chambre. Je trébuchai et m'arrêtai en trouvant la porte légèrement entrouverte. Je fis une pause, posant timidement une main sur le bois alors que mon cœur battait douloureusement sous ma poitrine. Si je poussais la porte et entrais dans la pièce, tout allait changer. Je serais obligée de reconnaître que j'avais toujours couvé des sentiments pour Rowan sous la surface, attendant l'occasion de les libérer.

Étais-je prête à ça ?

La petite voix au fond de mon cerveau me disait de fuir avant qu'il ne soit trop tard. Mais je ne pouvais pas faire ça. C'était bien trop important pour que je m'en détourne. Les doigts tremblants, je poussai la lourde porte en bois avant de franchir le seuil et de pénétrer dans l'espace sombre.

Une nouvelle vague de nervosité s'abattit sur moi, menaçant de me faire chavirer. Il me fallut rassembler tout mon courage pour poser la question :

— Tu dors ?

— Non.

Alors que mes yeux s'ajustaient à l'obscurité, je réalisai qu'il avait les mains croisées derrière la tête.

Je m'approchai prudemment d'un pas vers le lit. C'était comme si un aimant m'attirait vers lui. Un aimant auquel je ne pouvais échapper.

— Qui ?

Même si ce fut le seul mot qui tomba de mes lèvres, il comprit la question. Et la gravité qu'il y avait derrière.

Alors qu'il se redressait pour s'asseoir, le drap glissa le long de son torse nu jusqu'à sa taille.

— Je pense que tu connais déjà la réponse, dit-il avant de s'interrompre. Non ?

Si.

Quand il tendit la main, je n'eus aucune hésitation et m'approchai. Je me retrouvais à avancer vers lui avant de glisser soigneusement mes doigts entre les siens. Dès que sa main toucha la mienne, il me tira vers le lit jusqu'à ce que je finisse sur le matelas à côté de lui.

— Au cas où tu aurais le moindre doute, ça a toujours été toi, Demi.

Mon cœur se liquéfia. Même si j'essayais de l'ignorer, une lourde tension avait toujours plané au-dessus de nous. C'était la raison pour laquelle je tenais tant à garder mes distances. J'avais peur de m'ouvrir et de laisser entrer quelqu'un.

Surtout un garçon comme Rowan.

Il semblait impossible qu'un petit secret ait le pouvoir de tout changer, mais c'était exactement le cas.

Rowan tira le drap, et sans hésitation, je me glissai dessous, me blottissant à ses côtés jusqu'à ce que ma tête repose contre sa poitrine.

— Je ne comprends pas comment tu as pu attendre si longtemps quelque chose, entamai-je en lui lançant un coup d'œil, ou quelqu'un sans être certain que ça arriverait un jour.

Le silence s'installa alors qu'il enroulait son bras autour de moi et m'attirait plus près de lui.

— Je n'ai jamais décidé d'attendre ; c'est simplement arrivé. J'ai toujours eu des sentiments pour toi, et même s'il y a eu beaucoup d'autres filles, elles n'ont jamais retenu mon attention. Il semblait inutile d'être avec une autre fille alors que tu étais celle à laquelle je ne pouvais m'empêcher de penser.

L'émotion explosa en moi, et je bougeais, me déplaçant de façon que mon visage se trouve au-dessus du sien.

— Je ne sais pas trop quoi dire.

— Tu n'as rien à dire. Aussi embarrassant que ce soit d'admettre que je suis toujours puceau à vingt et un ans, il était plus important que tu comprennes que je ne suis pas du tout comme Justin.

La culpabilité me transperça comme une flèche brûlante.

— Je ne pense pas que tu sois comme lui.

Comment ai-je pu me tromper à ce point ? Pourquoi n'ai-je pas vu la vérité telle qu'elle était ?

Il haussa les sourcils.

— Si, tu le pensais.

— Tu as raison, je le pensais. Il y a toujours eu tellement de rumeurs qui circulaient ! Comment aurais-je pu ne pas les croire ?

— Elles ne sont jamais venues de moi.

Voilà ce qui était ironique. C'était les filles qui répandaient ces mensonges à tout-va. Comme si c'était prestigieux de coucher avec Rowan. Comme d'entrer dans un club exclusif qui faisait grimper la popularité.

Quand j'étais en première et même en deuxième année, mes coéquipières plus âgées se vantaient d'avoir couché avec lui. Ma poitrine se serrait alors que j'étais forcée d'écouter le compte rendu de leur rencontre. J'avais mal au cœur à l'idée qu'il puisse fricoter avec d'autres filles. Au lieu d'admettre qu'il me plaisait, je m'étais convaincue que ses frasques sexuelles me dégoûtaient. Qu'il n'était rien de plus qu'un enfoiré qui réussissait à la fac grâce à ses prouesses athlétiques et à son physique. Chaque fois qu'il essayait de se rapprocher, je le repoussais.

Les hommes avaient la mauvaise réputation de se vanter de leurs conquêtes sexuelles, mais parfois… parfois c'étaient les filles qui inventaient des choses pour paraître plus belles. Jusqu'à présent, je n'avais pas réalisé que ça pouvait aller dans les deux sens.

— J'ai entendu tellement de filles se vanter d'avoir couché avec toi !

— Oui, je sais.

Comme il ne disait rien de plus, je lui demandai :

— Ça ne te dérange pas ?

Il soupira.

— Je suppose que la réponse à cette question est un mélange entre oui et non.

— Je ne comprends pas.

À de nombreuses reprises, les gens avaient répandu des rumeurs sur mon compte. Non seulement c'était nul, mais c'était aussi humiliant. C'était la raison pour laquelle j'avais décidé de quitter le campus pour le week-end ; je ne pouvais plus supporter leurs regards une minute de plus.

— Ce n'est pas comme si je voulais que les gens parlent de moi, mais tant que les filles se vantaient que nous avions couché ensemble, alors personne ne spéculait sur la raison pour laquelle je ne couchais pas à droite, à gauche comme la plupart des gars de l'équipe.

Waouh. Je n'avais jamais pensé à ça.

— Regarde ta réaction, dit-il en s'interrompant l'espace un battement de cœur. Dès que je t'ai dit que j'étais puceau, tu as immédiatement pensé que j'étais gay.

Une vague de chaleur envahit mes joues. Il avait raison, c'était exactement ce que j'avais pensé. Je ne comprenais pas pourquoi un homme parfaitement en forme et séduisant ne voulait pas coucher avec autant de filles que possible. Surtout quand elles se jetaient sur lui de toutes parts. Dès leur plus jeune âge, on dit aux garçons que pour être des hommes, ils doivent coucher avec autant de femmes que possible. Si un homme n'adhère pas à cette idée, on suppose que quelque chose n'allait pas chez lui. Aussi douloureux que ce soit de l'admettre, j'étais aussi coupable de perpétuer cette notion que n'importe qui d'autre.

— Je suis désolée.

Maintenant, je me sentais encore plus mal d'y avoir cru sans réfléchir. Pas étonnant que Rowan n'ait pas pris la peine de corriger les ragots.

— Je n'aurais pas dû y croire.

Il effleura mon front de ses lèvres.

— Tu n'as rien à te faire pardonner. Dans notre société, c'est la façon dont les gens sont conditionnés à penser. Quelque chose cloche forcément chez un mec s'il décide d'attendre. Peu importe pourquoi, dit-il avant d'ajouter avec une pointe d'humour, je suis probablement le seul puceau du campus.

Son commentaire détendit l'atmosphère.

— Non, il y a peut-être un ou deux étudiants de première année.

— Merci, dit-il en grognant. Je me sens beaucoup mieux maintenant. Peut-être qu'on pourrait créer un club ou un groupe de soutien.

Je me tordis dans ses bras jusqu'à ce que ma bouche puisse se poser sur la sienne. Aussitôt, ses lèvres s'écartèrent et ma langue se glissa entre elles. Il m'attira à lui et me guida jusqu'à ce que je me retrouve allongée sur lui et que je sente tous ses muscles d'acier pressés contre moi.

C'était trop facile de me perdre en lui. La façon dont sa bouche me caressait. Le doux velours de sa langue se mêlant à la mienne. Le toucher léger de ses doigts qui dansaient sur mes seins avant de descendre le long de mes côtes.

Presque à contrecœur, il recula.

— Tu es si excitante !

Comme j'en redemandais, il s'éloigna doucement jusqu'à ce que son regard fixe le mien.

— Tu réalises que je ne cherche pas un coup rapide, n'est-ce pas ?

Comment l'aurais-je pu ?

Mais qu'est-ce que cela signifiait en réalité ?

Que nous ne pouvions pas faire l'amour ?

Pas tout de suite ?

Parce que je n'avais pas été aussi excitée depuis bien longtemps.

Peut-être même jamais.

Ses lèvres se tordirent comme s'il était capable de lire dans les pensées. Délicatement, il me repositionna jusqu'à ce que je sois blottie contre lui au lieu d'être allongée sur son corps.

Je suppose que cela répondait à la question, n'est-ce pas ?

— Tu es du genre allumeur, grommelai-je.

Malgré un ricanement montant de sa poitrine, il était à cran, comme s'il était aussi torturé que moi.

— Ce n'était pas mon intention.

— Ça n'a pas d'importance.

À ce moment précis, les hormones se déchaînaient dans mon corps, me brûlant de l'intérieur.

Il déposa un baiser sur le sommet de ma tête et ses bras se resser-rèrent autour de moi.

— Endors-toi, Demi.

Un grognement s'échappa de ma gorge.

Allais-je devoir attendre longtemps ?

Hors de question.

DEMI

*L*a lumière du soleil me caressa le visage et je me réveillai en m'étirant. Mes paupières s'ouvrirent et je me concentrai sur le plafond. Pendant un bref instant, un sentiment de calme m'envahit, ce qui était étrange. Je m'étais enfuie de l'appartement à cause de tous les ennuis à la fac. Alors, je ne comprenais pas pourquoi tout semblait en quelque sorte…

Parfait.

Ce fut alors que les souvenirs de la nuit dernière s'écrasèrent dans ma tête comme une tonne de briques. Pendant un instant, j'en étais merveilleusement inconsciente et la seconde suivante – boom ! Ils étaient là. J'étais soudainement bien réveillée et je m'assis.

Punaise ! Mon regard parcourut la pièce vide. À part l'odeur masculine se dégageant des draps, il n'y avait aucun signe que Rowan ait dormi dans mon lit. Après avoir pris une grande bouffée d'air pour me prouver que je ne délirais pas, je m'effondrai contre les oreillers.

La nuit dernière…

Est-ce que c'était vraiment arrivé ?

Je portais les doigts à mes lèvres.

Avais-je embrassé Rowan ?

Attendez une seconde… avait-il vraiment admis être puceau ?

Officiellement.

Bouche bée.

Cette idée me coupa le souffle.

Rowan Michaels.

Le tombeur du campus.

Une alléchante gourmandise avec un ticket d'entrée pour la NFL.

Maintenant s'ajoutait « puceau » à cette liste ?

Et il s'était réellement gardé pour moi ?

Moi ?

Ça semblait un peu trop tiré par les cheveux.

Et pourtant...

Je le croyais. Il n'y avait aucune raison de ne pas le croire. Je connaissais Rowan depuis longtemps, et la seule chose que je pouvais dire sans équivoque, c'était qu'il ne m'avait jamais menti. Je glissai mes doigts sur les draps froids. Nous avions parlé. Et nous nous étions embrassés. Puis nous nous étions endormis blottis dans les bras l'un de l'autre.

Et maintenant, il n'était plus là.

Rowan pensait-il qu'il pouvait tout me balancer et partir à l'aube ?

Étions-nous censés faire comme si rien ne s'était passé ?

Rowan aurait pu me laisser finir ma dernière année sans me dévoiler ses véritables sentiments, mais ce n'était pas le cas. Il avait pris un risque et avait tout admis. En même temps, il m'avait forcée à reconnaître ce que je m'étais toujours caché. Maintenant que je le savais, comment pouvais-je prétendre que mes sentiments n'existaient pas ?

Avec un soupir de frustration, je soulevai les couvertures et me dirigeai vers la fenêtre avant de tirer le rideau pour regarder dehors. On avait beau être début septembre, le temps était absolument splendide. Mon regard se posa sur la place désormais vide où le pick-up de Rowan était garé la nuit précédente. Je me mordillai la lèvre inférieure. Il était temps de sortir de ma bulle et de prendre du recul.

J'étais confuse quant à la signification de son absence. La balle était-elle maintenant dans mon camp ? Étais-je censée faire le prochain pas ? Quel *était* mon prochain pas ? En avais-je au moins un ?

Pas vraiment.

Eh bien… il semblerait que j'allais devoir réfléchir ce week-end. Je pouvais réfléchir à la question devant une tasse de café fumant. Avec un peu de chance, ça ferait fonctionner mes neurones.

Comme j'avais la maison pour moi toute seule, je ne pris pas la peine de mettre un peignoir par-dessus mon débardeur et ma culotte. Mon corps ne m'avait jamais gênée. J'avais toujours été une athlète. J'avais l'habitude de me changer dans un vestiaire rempli de filles.

L'esprit occupé par Rowan, je descendis l'escalier jusqu'à l'entrée avant de me tourner vers l'arrière de la maison. Le soleil se déversait à travers les fenêtres orientées vers l'est, et j'ouvris la porte du réfrigérateur avant de jeter un coup d'œil à l'intérieur.

Oui, comme je m'y attendais – un terrain vague et stérile. Comme papa vivait seul, il ne s'occupait pas des tâches ménagères comme la cuisine, le nettoyage et les courses. Après le divorce, il avait engagé Mme Granger, une femme âgée du quartier, pour remplir le réfrigérateur une fois par semaine, ranger la maison, faire la lessive et préparer quelques repas rapides pour les moments où il était en retard. Sinon, il camperait probablement au stade et se nourrirait avec la nourriture de la cafétéria.

Ce qu'il lui fallait, c'était une petite amie. De temps en temps, je le taquinais en lui disant qu'il mourrait seul. En levant les yeux au ciel, il me rappelait qu'il était parfaitement heureux de vivre en célibataire. Son excuse était qu'il n'avait pas assez de temps à consacrer à une petite amie, et qu'aucune femme ne voulait passer après le football. Il n'avait pas tort sur ce point, mais peut-être que si, la bonne rencontre se présentait, il reverrait l'ordre de ses priorités.

Quoi ?

Ça pourrait arriver. Même si je n'y croyais pas trop.

Il me fallut quelques secondes pour parcourir tout le contenu du réfrigérateur. Il ne restait même pas une seule part de pizza car Rowan et moi l'avions mangée la veille. Si j'avais su qu'il ferait une apparition inopinée, j'en aurais commandé deux grandes. J'avais prévu de la grignoter tout au long du week-end.

Je suppose que cette idée était réduite à néant.

Alors que je claquai la porte du frigo, la porte d'entrée s'ouvrit. Ce qui était... étrange. Il n'y avait aucune chance que papa soit à la maison. Il ne devait pas rentrer avant dimanche soir, et si, par hasard, ses plans avaient changé, il aurait appelé ou envoyé un SMS pour me prévenir.

Mes muscles se contractèrent et je me déplaçai prudemment vers le milieu de la pièce, ce qui me permettait de bien voir l'entrée. Un souffle d'air s'échappa de mes poumons lorsque je vis Rowan. Alors que nos regards se croisaient et se rivaient l'un ou l'autre, quelque chose s'agita malgré moi au fond de mon ventre. Pendant tant d'années, j'avais ignoré l'attraction physique, faisant de mon mieux pour me convaincre qu'elle n'existait pas ! Sa confession de la veille rendait cela impossible. Les vannes étaient ouvertes, et rien ne les fermerait à nouveau.

Ce ne fut que maintenant que je réalisai à quel point j'avais été déçue de ne pas le trouver dans mon lit ce matin.

Sa moue se métamorphosa en un sourire en coin et il me tendit un sac en papier avec un logo familier imprimé sur le devant.

— Je suis sorti acheter des bagels et du café.

Les bagels frais étaient mes préférés. Avant ses révélations de la veille, j'aurais supposé que ce n'était rien de plus qu'une coïncidence. Maintenant, je savais que c'était le contraire. Cela prouvait seulement que Rowan avait toujours été là, rôdant autour de moi, prêtant attention aux détails. C'était un geste insignifiant, et pourtant, il signifiait tellement ! Aucun autre homme n'avait jamais pris la peine de sortir pour aller me chercher le petit déjeuner le matin.

Mon cœur s'emballa, et il me fallut un effort pour chasser l'émotion prête à prendre racine au fond de moi. Je n'étais pas encore prête pour ça. Au lieu de cela, je m'éclaircis la gorge et souris.

— Je pensais que tu étais parti.

— Non.

Une vague de chaleur s'épanouit en moi tandis que je passai une main dans mes cheveux ébouriffés. Hésitante sur ce que je devais faire ou dire, je me dandinais sur place en désignant le patio. Il me faisait ressentir des émotions avec lesquelles je n'étais pas tout à fait à l'aise.

— Tu veux manger dehors ?

— Oui.

Sa réponse simple dissipa la tension qui vibrait dans l'air. Ayant besoin d'un moment pour rassembler mes pensées éparses, je me détournai, attrapai des serviettes et des assiettes avant de les emporter par la porte coulissante jusqu'au patio en ciment qui entourait la piscine. Nous nous installâmes autour de la table en fer sous un parasol surdimensionné bleu marine. Rowan posa un gobelet extra-large de café devant moi avant d'ouvrir le sac. Aussitôt, je sentis une odeur de bagels frais.

Miam !

En silence, nous disposâmes notre petit déjeuner sur nos assiettes. Une bouffée d'anxiété explosa dans mon ventre, et mon regard parcourut le jardin. La confession que Rowan m'avait faite la veille avait tout changé. Ma nervosité bourdonnait sous ma peau tandis que je me concentrais pour étaler le fromage frais sur mon bagel.

Quand il s'éclaircit la gorge, je bondis presque de ma chaise.

— Tu as prévu de faire quoi aujourd'hui ?

— Euh... répondis-je alors que mon cerveau se vidait. Ma journée ? Oh... oui. J'ai quelques devoirs à terminer, poursuivis-je en lui lançant un regard. Sinon, me détendre.

Il y eut une brève pause avant qu'il ne demande

— Ça te dérange si je reste avec toi ?

Un frisson me parcourut, et je dus faire un effort pour refouler mon excitation à l'idée de passer plus de temps avec lui.

— Pas du tout.

Le bord de ses lèvres se retroussa avant qu'il ne me tende la main et m'attrape les doigts, me tirant vers ses genoux. Ses bras m'entourèrent, me maintenant solidement en place. J'eus à peine le temps de trouver mes repères que sa bouche s'inclina sur la mienne. Mon cerveau s'éteignit alors que mes bras s'enroulaient autour de son cou. Comme la veille, c'était une lente exploration mutuelle de nos lèvres, nos dents et nos langues. La plupart des garçons avec qui j'étais sortie étaient pressés d'atteindre la ligne d'arrivée, qui se trouvait apparemment dans mon pantalon. Mais c'était bien différent. Lorsque ses larges paumes caressèrent mon dos, ses doigts laissèrent dans leur sillage une explosion de frissons délicats. Lorsque je gémis, il avala goulûment le son qui s'échappait de ma bouche.

— Tu es tellement sexy, bon sang, grogna-t-il, une faible vibration grondant dans sa poitrine.

Avant que je ne réalise ce qui se passait, Rowan était debout. Ses bras m'entouraient et me maintenaient en place tandis qu'il se tournait et me posait sur la chaise qu'il occupait. Je clignai des yeux lorsque ses doigts se dirigèrent vers l'ourlet de son tee-shirt de la marine, le remontant le long de son corps et le faisant passer par-dessus sa tête avant de le jeter sur le béton.

La vache…

J'avais déjà vu Rowan torse nu des dizaines de fois de loin. Hier soir encore, j'avais pu apercevoir sa poitrine, mais là, c'était différent. C'était en plein jour. De près et intimement. Avec la lumière vive qui l'éclairait, il ressemblait beaucoup à un dieu grec. Ce qui était ringard à en mourir, et néanmoins vrai.

Du genre peau hâlée et muscles saillants.

À ce stade, j'étais presque certaine de baver.

Lorsque mes yeux se levèrent enfin vers les siens, ils brillaient d'une lueur de complicité.

— Tu aimes ce que tu vois ?

Je dus me contrôler de toutes mes forces pour ravaler l'épaisse boule qui s'était installée au milieu de ma gorge.

— Comment ne pas aimer ?

Non, mais sérieusement.

Comment ne pas aimer ?

Cet homme était absolument magnifique. Il aurait dû faire la une d'une publicité pour des sous-vêtements de luxe sur un panneau d'affichage quelque part. C'était exactement la raison pour laquelle les filles mentaient en s'inventant des histoires avec lui.

Ses doigts se posèrent sur le bouton de son jean, où ils hésitèrent suffisamment longtemps pour que mon cœur batte la chamade avant qu'un claquement métallique ne brise le silence du matin. Ce ne fut qu'à ce moment-là que je pris conscience de l'air emprisonné dans mes poumons et je dus me concentrer pour l'expirer.

Avec une aisance ridicule, il défit la fermeture Éclair de sa braguette. Rowan Michaels me faisait un strip-tease privé. Avez-vous la moindre idée de ce que la plupart des filles du campus auraient donné pour être à ma place ?

Un rein par exemple.

Il fit glisser le tissu en jean le long de ses cuisses musclées avant de le faire tomber en tas autour de ses chevilles, et il se tint debout devant moi dans un simple caleçon noir moulant.

Ma bouche devint cotonneuse alors qu'un sourire en coin se dessinait sur ses lèvres.

Et vous savez quoi ?

Je m'en fichais.

Son corps méritait chaque once de mon ego. Il personnifiait la beauté. J'eus le temps de le dévorer des yeux avant qu'il ne s'avance vers moi. La distance entre nous deux une fois comblée, il plaça une main sur chaque accoudoir du fauteuil, m'enfermant. Ses lèvres s'approchèrent des miennes, les caressant d'avant en arrière. Quand il s'éloigna enfin, j'eus l'impression de brûler de l'intérieur. Ma culotte était devenue humide. Je n'eus pas à attendre longtemps son mouvement suivant. Il glissa ses bras autour de mon corps et me prit dans ses bras. Sans effort. Comme si je ne pesais rien du tout. Mes jambes se nouèrent autour de sa taille étroite et mes bras en firent de même avec son cou. Je ressentais mon corps pressé contre ses abdominaux gainés. Lorsqu'il me hissa plus haut, le mouvement me fit presque rouler mes yeux jusqu'à l'arrière de ma tête.

— Tu es prête ? me demanda-t-il, sa voix traversant à peine le bruit de l'océan qui emplissait mes oreilles.

Oh, mon Dieu...

Est-ce qu'il parlait de sexe ?

Au lieu de se diriger vers la porte coulissante et l'intérieur de la maison comme je m'y attendais, il alla dans la direction opposée.

Je ne comprenais pas. On allait le faire dehors ? Non pas que je sois opposée à l'idée, mais je pensais…

— Accroche-toi, murmura-t-il.

Accroche-toi ?

Je compris trop tard son intention. Me tenant toujours fermement entre ses bras, Rowan sauta dans la partie profonde de la piscine. Bien que ce ne soit pas désagréable, un cri de protestation s'échappa de mes lèvres lorsque nous percutâmes la surface de l'eau.

ROWAN

emi cracha du liquide cristallin alors que nous remontions à la surface. De minuscules vagues effleurèrent nos corps. Les yeux écarquillés par la surprise, elle me fixa bouche bée. Mes épaules tremblaient d'un rire silencieux. Mentalement, je me préparai à la raclée que j'étais sur le point de recevoir.

Il fallut un moment avant que le bord de ses lèvres ne tressaille et qu'un éclat de rire s'échappe de sa gorge. Au moment où je pensais que tout était pardonné, elle frappa sa paume contre l'eau, m'éclaboussant le visage.

— Je n'arrive pas à croire que tu aies fait ça !

Elle se trémoussa et m'aspergea à nouveau.

On était donc deux. Les choses commençaient à chauffer, et qui sait ce qui se serait passé si je nous avais conduits dans la maison plutôt que la piscine. Enfin, je savais *exactement* ce qui se serait passé. Je désirais cette femme plus que tout. Mais je voulais aussi y aller doucement.

Je me protégeai les yeux d'une main avant de répliquer. Hé, ce qui valait pour l'un valait aussi pour l'autre non ? Ou quelque chose comme ça.

Avec un cri, Demi s'éloigna de moi en nageant. Tout en mettant plus de distance entre nous, elle m'envoyait un jet d'eau régulier à la figure. Au cas où vous l'auriez oublié, ses jambes étaient musclées. Elle aurait facilement pu continuer pendant des jours. Son sourire indiquait qu'elle le savait aussi.

— Tu vas avoir des problèmes.

Je m'élevai hors de l'eau tel le monstre du loch Ness et bondis vers elle, les bras tendus.

Elle glapit et tenta de s'écarter. *Bien essayé.* Je parvins à poser la main sur elle un instant avant que sa peau glissante ne me file entre mes doigts, et qu'elle ne m'asperge d'eau dans les yeux. Pendant les quinze minutes suivantes, nous barbotâmes en jouant. J'avais nagé dans la piscine du coach des dizaines de fois. Il invitait généralement l'équipe à un barbecue durant la saison, et Demi était toujours là pour donner un coup de main.

Est-ce que j'appréciais vraiment que les gars la reluquent en bikini ?

Oh que non.

Mais je ne pouvais pas y faire grand-chose

À part briser quelques crânes quand ils regardaient un peu trop longtemps, non, rien du tout. C'était à la fois le paradis et l'enfer.

Lorsque nous commençâmes à perdre notre souffle, je finis par capituler :

— Très bien, j'abandonne. Tu as gagné.

Demi ricana. C'était une source inépuisable d'énergie, qui faisait partie de ses forces sur le terrain. Même dans les dernières minutes de jeu, elle restait toujours aussi forte, tournant en rond autour de l'autre équipe. C'était grâce à tous les entraînements supplémentaires qu'elle s'infligeait. Je n'avais jamais rencontré quelqu'un d'aussi déterminé et dévoué au sport qu'elle pratiquait. Et ça, mes amis, c'était super sexy.

Elle inclina la tête et son visage s'illumina.

— Tu es sûr ?

— Oui.

Quand elle sortit de l'eau, le débardeur était collé à son corps mince, moulant ses seins comme une seconde peau. Ses mamelons se resserraient en petits bourgeons fermes perçant à travers le tissu fin. Leur couleur sombre ressortait à travers le coton rose.

Ma bouche s'assécha tandis que je la fixais. Il m'était impossible de détourner le regard. J'étais complètement impuissant, totalement à sa merci. Cette fille avait-elle la moindre idée de combien elle était sexy ? Ou de combien j'avais envie d'elle ?

Combien je l'avais toujours désirée ?

Elle ne pouvait pas savoir. J'avais passé tant d'années à garder tous ces sentiments enfouis au fond de moi. C'était à la fois effrayant et merveilleux de les libérer enfin.

Son corps s'immobilisa. Comme une proie face à un prédateur. Elle ne bougeait pas un seul muscle. Au lieu de cela, Demi se tenait debout sous les rayons du soleil et me permettait de la regarder à ma guise.

Le temps s'étira et se prolongea en même temps que ma nervosité. Avec une détermination faisant bégayer mon cœur, ses doigts se posèrent sur l'ourlet de son débardeur avant de le faire glisser soigneusement le long de son corps et au-dessus de sa tête. Le regard plongé dans le mien, elle jeta le bout de tissu trempé sur le bord de la piscine. Il atterrit contre le béton avec un bruit mat.

Bon sang.

De bonsoir.

Si je ne l'avais pas encore réalisé, c'était dorénavant le cas. Demi Richards était la perfection absolue. Ses seins étaient hauts, fermes et ronds. Ses mamelons étaient roses et minuscules. Tout ce que je désirais, c'était entourer l'un d'eux de mes lèvres autour et le sucer.

Savez-vous depuis combien de temps je rêvais de faire exactement ça ?

Depuis le jour de notre rencontre, à l'âge de quatorze ans.

Comme au ralenti, Demi leva les bras avant de passer ses doigts dans ses longs cheveux bruns, essorant les gouttes d'eau claire qui coulèrent en ruisseaux sur sa peau nue. Les bras tendus, ses seins étaient au garde-à-vous, et mon membre se raidit douloureusement dans mon caleçon.

J'étais tellement excité !

— Tu ne veux pas me toucher ?

Sa voix se réduisait à un murmure rauque que faisait vibrer le désir enfoui en elle.

Était-elle sérieuse ?

C'était ce que je désirais le plus. Je dus me concentrer pour contenir la bête qui essayait de se libérer sous la surface de ma peau. Mais je ne pouvais pas la laisser faire. Je ne pouvais pas lui permettre de se frayer un chemin à coups de griffes et perdre mon sang-froid. Je ne voulais pas effrayer Demi avec le désir contenu en moi.

Mon ardeur étroitement maîtrisée, je me rapprochai. Alors que je n'étais plus qu'à un mètre d'elle, je tendis la main et entourai des doigts l'un de ses bourgeons froncés avant de le tordre doucement du bout des doigts.

Sa tête chavira en arrière, exposant l'étroite colonne de sa gorge tandis qu'un gémissement guttural s'échappait de sa bouche. L'excitation parcourut mes veines alors que je levai l'autre main pour jouer avec le second petit mamelon. En les pinçant et en les tordant, en les allongeant. Elle se cambra comme pour s'offrir à moi. J'enrobai de ma main les masses légères de ses deux seins, en proie au besoin de la sentir. Mes mains glissèrent de sa poitrine autour de sa cage thoracique, jusqu'à ce que je puisse l'attirer à moi. Me retrouvant alors suffisamment proche pour aspirer un mamelon délectable dans ma bouche. Plus je l'aspirai profondément, plus ses gémissements s'amplifiaient.

Avec un léger bruit sec, je la libérai. Ma langue dansa autour de l'aréole avant de lécher le petit bout dur. Demi se tortilla dans mes bras et ses mains se déplacèrent le long de mes biceps, sur mes épaules, avant de passer dans mes cheveux et de me tirer vers elle.

— Hmm, c'est bon, murmura-t-elle.

Et c'était bien vrai.

J'aurais pu passer un temps infini à adorer ses doux petits seins avec ma bouche.

Avant que je ne le réalise, ma jambe se retrouva coincée entre ses cuisses, et elle me chevaucha. Caressant contre moi son intimité couverte de sa culotte. Si je ne faisais pas attention, j'allais exploser comme une fusée. Je devais me ressaisir, et la seule façon d'y parvenir était de mettre un peu de distance entre nous.

Bon sang !

C'était la dernière chose dont j'avais envie à ce moment précis.

Je relevai la tête et admirai la vue. Demi avait l'air tellement langoureuse dans mes bras, avec sa poitrine dénudée sous la lumière vive du soleil ! Une expression hagarde remplissait ses yeux tandis que ses longs cheveux mouillés se collaient contre ses épaules et son dos. Ses lèvres étaient entrouvertes de façon si douce… Elle ressemblait à une vraie déesse prenant vie. Je ne pouvais pas la désirer plus que je ne le faisais déjà.

Plusieurs battements de cœur s'écoulèrent avant que le voile de désir qui obscurcissait ses yeux ne s'éclaircisse.

— Pourquoi tu t'es arrêté ?

Avait-elle la moindre idée de l'effet que me procura cette question ? Combien elle défiait mon sang-froid jusqu'au point de rupture ? Si ça n'avait tenu qu'à moi, je l'aurais prise comme un fichu animal. Je voulais enfouir mon sexe si profondément en elle jusqu'à ne plus distinguer son corps du mien. Mais je ne pouvais pas faire ça.

Demi représentait beaucoup pour moi.

Depuis toujours.

Mes doigts se faufilèrent dans ses cheveux jusqu'à ce que j'attrape les côtés de sa tête. J'attendis que son regard se fixe dans le mien pour être sûr d'avoir toute son attention.

— Quand je m'occuperai de toi, ce ne sera pas un coup rapide dans une fichue piscine. Ce sera long, lent et parfait.

Ses yeux sombres devinrent ténébreux, reflétant son envie.

— Oui, ça se passera *exactement* comme ça.

Il était important que Demi comprenne dans quoi elle s'engageait. Ça ne pouvait pas être une décision impulsive ne signifiant rien. Une démangeaison ayant besoin d'être soulagée.

— Tu dois savoir qu'une fois que je m'occuperai de toi, tu seras à moi, et je ne te laisserai pas partir de sitôt, lui dis-je avant de m'interrompre le temps que tout ce que je venais de dire fasse son effet.

Je la cherchai prudemment du regard.

— Tu comprends ?

Elle hocha la tête.

La tension nouée au fond de mes tripes se dissipa progressivement.

— Très bien. Je veux y aller doucement. Avec toi.

Elle laissa échapper un souffle régulier alors que ses épaules se relâchaient.

— D'accord

Maintenant que nous étions tous les deux sur la même longueur d'onde, je rapprochai son corps jusqu'à ce que ses seins se retrouvent plaqués contre mon torse. Il fallut un moment avant que ses muscles se détendent. Avec une détermination attisant le désir impérieux qui m'envahissait, je fis glisser mes doigts le long de sa colonne vertébrale et, pour la première fois de ma vie, je découvris ce qu'était le plaisir. C'était à la fois étrange et inattendu.

Déroutant.

Je n'en avais fait l'expérience que quelques fois. La première fois, c'était lorsque le coach était entré dans ma vie et m'avait pris sous son aile. La deuxième, lorsque j'avais réalisé que mon rêve de jouer dans la NFL n'était plus un rêve absurde comme mon vieux me l'avait enfoncé dans le crâne. Et la troisième, quand mon père avait plaidé coupable avant d'être envoyé en prison. Cela avait été de loin le meilleur jour de ma vie, car cela signifiait que maman et moi n'avions plus à nous occuper de lui ni de ses ennuis constants. Il ne rentrerait plus à la maison ivre à 2 heures du matin, ne frapperait plus maman et ne volerait plus ce qu'elle avait durement gagné. À part l'alcool, je n'avais aucune idée de la façon dont il dépensait l'argent de son loyer et de sa nourriture, mais j'avais ma petite idée.

— Rowan ?

Je fus soulagé lorsque la voix rauque de Demi me tira de ces pensées désagréables.

— Oui ?

Mon passé était laid et sombre. Je refusais qu'il affecte Demi. Elle représentait la légèreté et le bonheur. C'était sûrement la raison pour laquelle j'avais toujours été si attiré par elle. Elle était l'opposé de tout ce que j'avais connu en grandissant. Elle représentait tout ce dont me séparait la vitre contre laquelle on m'avait écrasé le visage quand j'étais enfant. Ce que j'avais toujours admiré depuis l'extérieur. Je n'étais jamais assez bien. Toujours sale, avide et en manque.

Un gémissement s'échappa de ma gorge lorsque ses dents s'enfoncèrent dans sa lèvre inférieure. J'avais tellement envie de pincer cette chair pulpeuse, ronde, et de l'aspirer dans ma bouche. Seins nus dans les bras, j'avais envie de rembobiner notre conversation et de lui dire que je n'avais pas l'intention d'aller doucement dans cette relation. Je voulais du rapide. Je voulais plonger la tête la première et tout prendre. J'étais comme un enfant dans un magasin de bonbons ayant l'intention de se gaver de toutes les douceurs étalées devant lui.

— Tu étais sérieux hier soir ? murmura-t-elle.

Mille idées bourdonnaient dans mon cerveau, rendant difficile la concentration.

— Hein ?

Devant son silence, je plongeai mon regard dans le sien et réalisai que ses joues étaient rouges.

Le voile de désir qui obscurcissait mon jugement se dissipa un peu.

— Sérieux à propos de quoi ?

Elle détourna le regard.

— Ne fais pas ça, grognai-je.

Je ne lui permettrais plus de se dissimuler face à moi ou ce qui se passait entre nous.

Son grand regard se posa sur le mien avant qu'elle lâche :

— Tu étais sérieux quand tu as dit que je te plaisais depuis des années ?

Mes mains se resserrèrent autour de sa tête.

— Tu ne comprends pas ? demandai-je avant de m'interrompre une seconde ou deux. Avec toi je suis aussi sérieux qu'une saleté de crise cardiaque.

Elle déglutit.

— Et c'est à cause de moi que tu ne veux pas faire l'amour ?

Je l'attirai plus près, posant mon front contre le sien.

— Depuis le moment où tu es entrée dans ma vie, tu as été ma motivation pour tout, lui dis-je en la fixant du regard. Ça te fait peur ?

Elle resta silencieuse un long moment, et je me mis à paniquer. Bon sang… Je n'aurais probablement pas dû lui balancer tout ça la veille. C'était trop, trop tôt. Malheureusement, il n'existait aucun moyen de faire marche arrière. Pour une raison stupide, j'avais décidé que c'était une bonne idée d'être honnête et de me mettre totalement à nu.

Quand elle secoua la tête, la tension qui envahissait mes muscles s'évapora.

— Je ne veux vraiment pas t'effrayer, loin de là, marmonnai-je, gêné.

— Je n'ai pas peur, répondit-elle en pressant ses lèvres l'une contre l'autre avant d'admettre : J'apprécie que tu aies attendu parce que tu voulais être avec moi. Ça me donne encore plus envie de toi.

Une chaude lueur s'empara de ses yeux, et c'était terriblement excitant. Un gémissement monta de ma gorge alors que mon sexe se raidissait. Je ne désirais qu'une seule chose, m'enfoncer en elle.

— Est-ce que… commença-t-elle tout en s'humectant les lèvres de la langue. Tu as déjà fait des trucs, non ?

— Oui, je ne suis pas un nigaud total, maugréai-je.

— Comme quoi ? demanda-t-elle alors que ses yeux s'illuminaient d'un intérêt non dissimulé. Dis-moi.

Je sentis mes joues rougir et je haussai les épaules comme un sentiment de honte m'envahissait, menaçant de m'engloutir. C'était humiliant d'avoir cette conversation avec la seule fille sur laquelle j'avais toujours fantasmé. Je ne voulais pas que Demi pense que je n'étais pas assez viril pour lui plaire sous prétexte que je n'avais pas couché avec une tonne de filles.

Ni *aucune*, en fait.

Mes mains posées de chaque côté de sa tête et nos fronts l'un contre l'autre, elle inclina le visage jusqu'à ce que sa bouche glisse sur la mienne. Dès que sa langue effleura la commissure de mes lèvres, j'ouvris la bouche jusqu'à ce qu'elle puisse s'unir à la mienne. J'étais à deux doigts de me perdre dans cette caresse quand elle se retira brusquement.

Son souffle s'échappa en courts halètements aigus me caressant les lèvres. C'était presque une drogue.

— Je ne vois aucune raison de ne pas en parler ouvertement.

Oh. Le voile de désir qui m'entourait se désintégra.

— Tu as raison, je suppose.

Comme si je voulais qu'elle réalise à quel point j'étais inexpérimenté ! J'avais déjà mis ça sur le tapis. Y avait-il une raison de remuer le couteau dans la plaie ?

— Ne sois pas gêné.

C'était beaucoup trop tard pour ça. Une petite partie de moi enfouie au plus profond était en train de mourir.

Doucement.

— Je veux être franche sur tous les sujets, dit-elle avant d'ajouter rapidement : Toi aussi, tu peux me poser des questions.

Nos corps étaient collés l'un à l'autre, et elle recula de façon à laisser un peu d'espace entre nos poitrines.

Mentalement, je me préparais à l'humiliation qui s'annonçait. S'il fallait céder pour que cette fille soit mienne, alors je le ferais.

— D'accord, vas-y, feu.

Et c'était exactement ce que je ressentais… comme si je me tenais devant un peloton d'exécution sans aucune chance d'en sortir indemne. Elle allait trouver mon inexpérience excitante ou non. Je ne pus m'empêcher de me demander pour la énième fois pourquoi j'avais laissé échapper le secret sur ma virginité. Ce n'était pas quelque chose qu'elle avait besoin de savoir.

— On t'a déjà fait une fellation ?

Je hochai la tête.

Devant mon silence, elle baissa la voix.

— Souvent ?

— Oui.

Ce n'était pas vraiment quelque chose que j'avais déjà compté, mais il y en avait eu un bon nombre. La première fois qu'une fille m'avait fait une gâterie, c'était en première. Elle ressemblait étrangement à Demi. Je n'en étais pas fier, mais avec la tête de la fille enfouie entre mes genoux, je pouvais passer mes doigts dans ses longs cheveux noirs et prétendre qu'elle était quelqu'un d'autre. Je me souvenais d'avoir explosé dans sa bouche et qu'elle m'avait aspiré jusqu'à ce que le moindre de mes muscles se ramollisse.

La meilleure sensation du monde, Seigneur.

Je ne sautais peut-être pas toutes les filles sur lesquelles je mettais la main, mais quand j'avais besoin de me soulager, ça faisait l'affaire.

Avec précaution, je passai en revue les pensées qui défilaient sur son visage.

— Est-ce que ça change ce que tu ressens pour moi ?

Elle secoua la tête.

— Bien sûr que non.

Il était temps d'inverser les rôles.

— Et toi, alors ? Combien de types as-tu sucés ?

Elle détourna le regard alors qu'un rougissement s'emparait de ses joues.

— Hé ! m'exclamai-je en posant la main sur sa mâchoire. Ça va dans les deux sens, tu te souviens ? Il n'y a aucune raison d'être gêné. Nous pouvons être honnêtes l'un envers l'autre.

— Quelques-uns.

Quand je levai un sourcil à la recherche de détails, elle ajouta :

— Trois. Elle haussa les épaules d'un geste brusque : Le sexe oral semble tellement plus intime que…

— Le sexe « réel » ?

— Oui.

La question m'avait échappé avant que je puisse la retenir.

— Combien de mecs t'ont fait un cunnilingus ?

Je voulais tout savoir sur cette fille, tous les détails intimes.

— Aucun.

— Vraiment ?

Je haussai les sourcils. D'après mon expérience limitée, les filles semblaient aimer ça. *Beaucoup.* Bon sang, certaines aimaient ça plus que le sexe. J'étais un peu surpris mais, encore une fois, j'appréciai qu'elle ne l'ait fait avec personne d'autre. C'était quelque chose de nouveau que nous pouvions explorer ensemble.

Le rouge lui monta aux joues alors qu'elle secouait la tête.

— J'ai couché avec cinq garçons, et les relations n'ont jamais duré plus de trois ou quatre mois. La plupart de mes petits amis étaient plus intéressés par le fait de prendre leur pied que de s'assurer que je trouvais ça bon aussi.

Je détestais l'admettre, mais les mecs de l'université étaient des enfoirés d'égoïstes quand il s'agissait de sexe. On ne disait pas « jeune, idiot, et plein de sperme » pour rien : ça correspondait à la plupart d'entre eux.

— Et toi, reprit-elle à voix plus basse, tu as déjà fait un cuni à une fille ?

— Si tu me demandes si j'ai rendu la pareille, alors oui… je l'ai fait. Ça semblait logique.

Le bord de mes lèvres se recourba en un sourire, alors que je murmurai contre son oreille :

— Je ne veux pas me vanter, mais j'ai de sérieux talents avec ma langue dans ce domaine.

J'aspirai son lobe délicat dans ma bouche avant de le mordre.

— J'aime tout dans le fait de manger un minou.

Lorsqu'elle eut repris son souffle, je poursuivis.

— J'adore enfoncer ma langue profondément à l'intérieur et toucher ce petit point qui rend les filles folles.

Demi gémit, faisant glisser son bassin contre le mien. Sa réponse ne fit que m'exciter encore plus.

— C'est exactement ce que je vais te faire. Je vais écarter tes lèvres et lécher ton sexe jusqu'à ce que tu sois trempée. Puis je vais sucer ce petit clito jusqu'à ce que tu cries mon nom encore et encore.

— *Oh, mon Dieu.*

— Tu sais ce que j'aime aussi ?

Elle gémit en secouant la tête.

— J'aime parler de manière cochonne.

J'avais à peine touché cette fille qu'elle était sur le point de chavirer.

Tellement.

Réceptive.

Comment Justin avait-il pu la laisser filer entre ses doigts ? Comment tous les gars avec qui elle était sortie l'avaient-ils laissée s'échapper ? N'avaient-ils pas réalisé ce qu'ils avaient ?

Dommage pour eux, bon sang. Leur malheur faisait mon bonheur. Et une fois qu'elle serait à moi, je ne la lâcherais plus jamais.

Je serrai ses fesses dans la paume de mes mains. Il était tellement musclé. Et c'était très excitant. Certains hommes aiment que leurs femmes soient douces et pulpeuses. Ça n'avait jamais marché pour moi. C'était peut-être parce que cette fille avait toujours dominé mes pensées. Je n'avais jamais été capable de voir au-delà d'elle. Même si son corps était gainé et athlétique, Demi avait des formes là où il fallait. J'avais hâte de la déshabiller et de parcourir chaque centimètre de son corps.

— J'ai tellement envie de toi, là, dit-elle en ouvrant les paupières, alors que le désir emplissait son regard. Tu es sûr de vouloir attendre ?

Bon sang, non.

Alors, je m'emparai de ses lèvres et ma langue plongea dans sa bouche pour s'emmêler à la sienne et danser. Je l'attirai contre moi jusqu'à ce qu'elle puisse sentir combien j'étais dur.

— Je te veux plus que tu ne peux l'imaginer, mais il faut que ce soit bien. Je veux prendre mon temps, et je veux que tu en sois certaine.

Elle fit glisser son bassin contre moi.

— Enlève ce caleçon, et je te montrerai à quel point je suis certaine.

Même si j'avais l'impression que le bout de mon membre allait exploser, ce commentaire fit tressaillir mes lèvres. Avais-je jamais imaginé qu'un beau jour Demi Richards me supplierait de lui faire l'amour ?

Non. Jamais de la vie.

— Lentement, chuchotai-je comme un rappel pour nous deux. On doit y aller doucement.

Même si ça n'empêchait pas de lui donner un aperçu de ce à quoi elle pouvait s'attendre. Un petit quelque chose à attendre avec impatience. Je fis glisser une main de ses fesses vers l'avant de sa culotte avant de plonger à l'intérieur. Je geignis lorsque mes doigts effleurèrent les douces lèvres de son intimité. Elle écarta les jambes quand je glissai deux doigts à l'intérieur.

Une fois qu'ils furent complètement enfouis dans sa chaleur, un gémissement s'échappa de sa gorge.

— Ça va mieux ?

— Oui.

Elle ferma les yeux et pencha la tête en arrière.

Je n'avais sûrement jamais rien vu d'aussi sexy que Demi se trémoussant contre moi, prenant son pied avec mes doigts. Lentement, je les retirai de la chaleur de son corps avant de les replonger à l'intérieur. En peu de temps, le rythme s'installa. Ses joues se tachèrent de rouge alors qu'elle plantait les dents dans sa lèvre inférieure.

Elle est si belle, bon sang !

Quand un sillon se creusa sur son front, je sus qu'elle était sur le point d'exploser. Ma main accéléra, je lui donnai tout ce dont elle avait besoin pour atteindre la jouissance. Son corps se crispa alors que ses mouvements devenaient frénétiques. Quand elle ouvrit la bouche pour crier, je refermai mes lèvres sur les siennes et avalai son plaisir. Je continuai d'enfoncer les doigts en elle jusqu'à ce que ses muscles se relâchent. Ce ne fut qu'à ce moment-là que la satisfaction m'envahit et que je me libérais de son corps.

Si ça ne tenait qu'à moi, ce ne serait que le premier des nombreux orgasmes que je donnerais à cette fille.

DEMI

ous passâmes le reste du samedi matin à travailler sur un devoir de statistiques et à jouer au foot dans le jardin. Le quarterback était peut-être sexy sur la pelouse du stade, mais que valait-il sur un terrain de football ? Je l'emportai sans mal. Comme le réfrigérateur était vide, nous décidâmes de faire un tour à la supérette et de prendre quelques produits de première nécessité pour le reste du week-end. Sur le chemin du retour, Rowan fit un détour et se retrouva sur le parking pavé de Twist 'N Dip, un petit stand de glaces situé au centre de la ville.

Il ne s'en rendait pas compte, mais cet endroit renfermait beaucoup de souvenirs d'enfance pour moi. Lorsque j'avais commencé à jouer au football, mon père m'amenait ici pour me faire plaisir après chaque match. C'était quelque chose que j'attendais toujours avec impatience. Une fois que j'étais entrée dans des équipes de plus haut niveau et que nous nous étions mis à voyager davantage, nous nous arrêtions lorsque nous étions dans la région, mais c'était devenu moins fréquent. Je n'étais pas venue ici depuis longtemps. Probablement depuis le collège.

— J'adore cet endroit.

La nostalgie m'envahit alors que j'observais le petit bâtiment en briques blanches avec une fenêtre en verre coulissante. Il n'avait pas changé depuis dix ans.

Rowan me fit un sourire.

— Oui, je me souviens que tu en as parlé.

Hmm… Je ne me souvenais pas de cette conversation.

— Vraiment ? demandai-je en haussant les sourcils alors que je passais au crible mes souvenirs.

C'était il y a un moment.

Il haussa les épaules.

— Tu disais que ton père t'emmenait ici après les matchs. Tu adorais les cônes nappés.

C'était exactement ce que je commandais.

À chaque fois.

Mon cœur palpita dans ma cage thoracique quand je compris qu'il avait retenu une information aussi insignifiante. Ce qui me rappela que Rowan n'avait jamais été très loin de moi, prêtant attention aux moindres détails, alors que j'avais l'intention de bâtir des murs pour le garder à distance. Je l'avais catalogué comme un tombeur qui ne ferait que me blesser.

Comment avais-je pu louper qui il était réellement ?

Pourquoi avais-je été assez têtue pour refuser de lui donner une chance ?

Je ne m'aperçus pas que j'étais piégée dans la toile de mes pensées jusqu'à ce que Rowan tende la main et caresse doucement la courbe de ma joue.

— Ça te fait bizarre que j'en sache autant ?

L'inquiétude et la gêne imprégnaient sa voix.

S'il s'était agi de quelqu'un d'autre, oui, j'aurais pu trouver cela effrayant ou harcelant. Mais comment aurais-je pu ressentir cela alors qu'il s'agissait de Rowan ? De quelqu'un qui faisait partie de ma vie depuis si longtemps ? Lui et mon père avaient formé un lien si fort. Nous nous retrouvions pour dîner tous les mercredis soir. Nous avions eu au moins un cours en commun à chaque semestre. Si j'avais fait plus attention, j'en aurais probablement sur autant sur lui que lui sur moi.

— Non.

Pour être honnête, j'aimais qu'il me connaisse si bien. Rowan comprenait ce qui était important pour moi. J'étais sortie avec suffisamment de garçons égocentriques qui ne demandaient rien sur moi. Certains ne prenaient même pas la peine de savoir quelle était ma position sur le terrain. Ils parlaient d'eux-mêmes sans cesse et posaient à peine de questions sur moi. Ils ne se souciaient pas de mes pensées ni de mes sentiments. Parfois, j'avais l'impression qu'ils auraient préféré que je n'en aie pas.

— Ce n'est pas le cas

— Génial, dit-il en effleurant ma lèvre inférieure de son pouce. Te faire fuir est la dernière chose que je souhaite.

— Je n'ai pas peur.

Ce qui était étrange. J'avais passé tant d'années à le garder à bonne distance, et maintenant, tout ce que je voulais, c'était me rapprocher de lui. Je voulais faire tomber les dernières barrières qui me séparaient de lui.

— J'aurais aimé ne pas être aussi têtue, admis-je.

La culpabilité m'envahit et mon regard se posa sur mes doigts qui se tordaient sur mes genoux.

— J'ai perdu tellement de temps !

— Je pense qu'il fallait que nous traversions tout cela pour en arriver là. Notre relation s'est développée quand elle devait le faire.

Sa réponse déclencha un petit frisson qui me parcourut, et les poils fins de mes bras se hérissèrent.

— Tu le crois vraiment ? demandai-je alors que mon regard se plongeait dans le sien et que l'intérêt me titillait. Que tout arrive pour une raison ?

L'émotion brillait dans ses yeux bleus. Pendant une fraction de seconde, ils s'approfondirent d'une couleur vibrante qui disparut aussitôt. C'était là avant de disparaître en un éclair et avant que je puisse déchiffrer ce que cela signifiait.

— Dans la plupart des cas, oui.

Ses doigts effleurèrent ma joue, et je mourais d'envie de me fondre en lui.

Sa façon de voir la vie me surprenait. Je ne m'y attendais pas.

Le destin.

La destinée.

L'inévitable.

Peu importe le nom qu'on lui donnait, ça voulait dire la même chose.

Je penchai la tête pour l'observer, intriguée par cette notion. Ce n'était pas le genre de conversation que je m'attendais à avoir avec Rowan, assise sur le parking du Twist'N Dip. Toutes les pensées de crème glacée s'envolèrent alors que je plongeais la tête la première dans le sujet.

— Ce n'est pas plutôt une question de oui ou non ? Soit on croit que tout arrive pour une raison, soit on n'y croit pas.

Un léger gloussement lui échappa.

— Dans la vie, les choses doivent forcément être soit noires soit blanches ?

L'émotion que je venais d'apercevoir quelques instants plus tôt revint en force, et j'eus l'impression que nous creusions un peu plus profondément sous la surface de notre relation. Il révélait une petite partie de lui-même que personne d'autre ne pouvait voir.

— *Ta vie* est vraiment soit noire soit blanche ?

Bonne question.

— Je n'y ai jamais pensé comme ça.

Alors que les mots glissaient sur ma langue, je réalisai que je n'avais jamais eu besoin d'examiner une question aussi existentielle. Même si mes parents étaient divorcés et que notre famille avait traversé des périodes difficiles, ma vie avait toujours été stable et assez facile. Mes parents avaient de bons emplois, nous avions eu beaucoup d'argent, et nous avions toujours eu un bel endroit où vivre. Et j'étais aimée. La plupart des filles avec lesquelles j'avais grandi en jouant au football venaient du même genre de milieu de la classe moyenne supérieure. Le football coûtait étonnamment cher ; il fallait avoir les moyens de s'entraîner, de se former et de voyager. Cette petite introspection me fit prendre conscience de la chance que j'avais eue. Peut-être que j'aurais réfléchi plus tôt à ce genre de question si ma vie n'avait pas été aussi tranquille.

Le fait que Rowan se soit déjà forgé une opinion sur le sujet me poussait à m'interroger sur son éducation. J'avais supposé qu'il avait grandi un peu comme moi – dans un quartier de banlieue de classe moyenne, avec deux parents aimants qui avaient soutenu son rêve de jouer au football américain. Je repensai à la conversation que nous avions eue au stade et au fait qu'il était devenu très réservé lorsque je lui avais posé des questions sur sa famille. Ce n'était que maintenant que je me rendais compte que je l'avais peut-être jugé un peu trop vite.

— Mais on dirait que c'est ton cas, dis-je doucement, en espérant lui arracher un peu plus d'informations.

Pendant un long moment, il resta silencieux. Au moment où je me demandais s'il allait répondre, il dit :

— Quand on grandit avec très peu de choses et qu'on voit les gens autour de soi en avoir beaucoup plus, on se pose des questions, dit-il avant de hausser les épaules. Alors oui, je me suis peut-être demandé si les choses qui nous arrivent pour une raison et si elles nous façonnent pour que nous devenions ceux que nous sommes. C'est un peu déprimant de penser que les épreuves que nous traversons dans la vie sont inutiles et ne nous poussent pas vers nos objectifs.

Je clignai des yeux, à moitié surprise seulement par la profondeur cachée derrière la jolie façade de Rowan. Il y avait tellement plus en lui qu'un beau joueur de football ! Je doutais que la plupart des gens prennent le temps d'apprendre à le connaître si intimement, ou qu'il leur donne l'occasion de le voir sous cet angle.

— Je suppose que je n'y ai jamais pensé de cette façon.

Il caressa mon visage.

— C'est peut-être pour cela qu'il t'a fallu si longtemps pour ouvrir les yeux et me voir devant toi. Peut-être que nous devions tous les deux changer et grandir avant d'être prêts pour cette prochaine étape.

Tout en moi se figea alors que je réfléchissais cette possibilité. Peut-être que Rowan avait raison, et que les choses se déroulaient lorsque le moment était venu. Les défis que nous relevions et que nous finissions par surmonter étaient là pour nous aider à devenir les personnes que nous étions destinés à devenir.

Cette pensée donnait le vertige.

Il haussa les épaules, et le sérieux qui emplissait ses yeux se dissipa.

— Tu es prêt pour cette glace ?

Quand je hochai la tête, il se rapprocha de moi et effleura mes lèvres des siennes.

— Cool. Ensuite, on pourra aller chez toi pour une petite revanche. Pour info, cette fois je ne serai pas aussi tendre avec toi.

Un éclat de rire bouillonnait dans ma gorge, chassant notre précédente discussion et allégeant l'atmosphère.

— Oh, je t'en prie ! On sait tous les deux que je t'ai botté les fesses à la loyale. Mais bon, ça me ferait plaisir de recommencer.

Il haussa un sourcil.

— Tu es toujours aussi arrogante ?

— Ce n'est pas de l'arrogance, grognai-je. C'est de l'assurance.

— Peu importe, dit-il en faisant glisser ses doigts sur ma cuisse nue vers le puits entre mes jambes, c'est terriblement excitant.

Mon regard se posa sur sa main avant de se diriger vers son visage. Je pointai du doigt son membre incriminé.

— Ça ne marchera pas, frérot. Je ne suis pas si facile à distraire.

— « Frérot » ? dit-il en éclatant de rire. C'est ce que je suis maintenant ? Ton frère ?

— Quand on est sur le terrain et que je te botte les fesses, c'est exactement ce que tu es.

— Ai-je mentionné combien ton assurance est sexy ?

Je lui fis un sourire.

— Ça veut dire que je vais recevoir ma récompense après ?

Un regard méfiant passa dans ses yeux.

— Je suppose que nous sommes sur le point de le découvrir maintenant, pas vrai ?

Oh que oui.

C'était parti.

DEMI

es paupières papillonnèrent, et je clignai des yeux, me concentrant sur le garçon allongé à côté de moi. Sa poitrine nue se soulevait et s'abaissait à chaque inspiration. Je jetai un coup d'œil par la fenêtre et réalisai que le soleil dépassait l'horizon, peignant le ciel d'éclatantes teintes roses et violettes. Aussi belle que soit cette vue, elle était loin d'être suffisante pour retenir mon attention, et mon regard revint sur Rowan. Ses cheveux blonds étaient étalés sur l'oreiller. La teinte ensoleillée de sa peau brillait contre les draps blancs comme la neige, lui donnant une couleur profonde.

Je secouai presque la tête.

Une semaine plus tôt, je n'aurais jamais pu imaginer que je me réveillerais dans un lit à côté de lui. Ni qu'il avait toujours eu envie de moi pendant tout ce temps – au point de rester puceau. Même maintenant, tout cela semblait tiré par les cheveux. Les trente-six dernières heures avaient irrévocablement changé notre relation. Nous ne pourrions jamais revenir à ce qu'elle était autrefois.

Même si tout s'était passé très vite, Rowan voulait aller doucement dans notre relation intime. Après nos ébats dans la piscine la veille au matin, tout ce que je voulais, c'était le sentir en moi. Malgré tous mes efforts, Rowan avait insisté pour qu'on prenne notre temps et qu'on attende.

C'était assez drôle. Et un peu une inversion des rôles. Dans la plupart de mes relations passées, c'était toujours moi qui freinais les choses. Et maintenant que j'avais enfin trouvé un homme dont j'avais envie d'arracher les vêtements et devant qui me mettre nue, c'était lui qui repoussait le sexe. J'avais lu assez de romans pour apprécier l'ironie quand je la voyais. Et cette situation en était remplie.

Je me rapprochai de la chaleur qui émanait de son corps mince. Ses bras étaient tendus au-dessus de sa tête, faisant ressortir sa poitrine bien dessinée. Ses muscles fermes et leur galbe puissant me laissèrent la bouche sèche. Même si ses cheveux avaient la couleur du blé fraîchement récolté sous un soleil éclatant, ses sourcils épais et ses cils étaient plus foncés – ces derniers balayant ses joues en croissants identiques. N'importe quelle fille leur aurait envié cette longueur.

Ses lèvres entrouvertes m'attirèrent près de lui. Je fus tentée de presser ma bouche contre la sienne. Personne ne m'avait jamais embrassée avec autant de talent. Et la façon dont il prenait son temps...

C'était comme si nous avions une éternité pour nous explorer et nous découvrir mutuellement.

Une horde de papillons fit irruption dans mon ventre alors que je l'étudiais avec fascination. J'avais passé tellement de temps à prétendre que Rowan n'était pas là que je ne m'étais jamais arrêtée pour le regarder sans que mes préjugés envahissent l'objectif !

Mes dents s'enfoncèrent dans ma lèvre inférieure. C'était comme si je le voyais pour la première fois. J'étais totalement renversée par l'homme que j'avais sous les yeux. Et ne vous y trompez pas, Rowan Michaels avait tout d'un homme. Délicieusement. Il y avait quelque chose en lui qui me captivait et m'attirait comme une abeille vers le miel. C'était peut-être pour cela que je m'étais donné tant de mal pour l'éviter dès le début. Au fond de moi, je savais que c'était le seul garçon qui pouvait me détruire, et je n'y étais pas prête. Sa révélation de vendredi soir avait fait disparaître toutes mes défenses. Je me trouvais maintenant étrangement impuissante lorsqu'il s'agissait de lui.

C'était aussi effrayant que libérateur. C'était presque comme si je m'étais débarrassée de toutes les contraintes qui m'avaient maintenue fermement sous contrôle pendant toutes ces années. Je ne pouvais m'empêcher de comparer cette sensation au fait de sauter d'un avion sans savoir si le parachute allait s'ouvrir avant que l'on s'écrase au sol.

J'espérais que mon parachute s'ouvrirait.

Mon regard parcourut les lignes ciselées de son visage. Il était tout en angles saillants avec des pommettes marquées, des lèvres pulpeuses et un menton affirmé. Pour la deuxième fois en quelques minutes, sa beauté me frappa comme un coup de poing sournois dans le ventre.

Ce que j'avais appris au cours des trente-six dernières heures, c'était que Rowan était bien plus qu'un joueur de football américain sexy. Il y avait une profondeur cachée en lui dont je n'aurais jamais imaginé l'existence. J'avais du mal à concilier le garçon que je croyais connaître avec celui qu'il était en réalité.

Depuis mon arrivée sur le campus en première année, j'avais été inondée par les rumeurs colportées de ses prétendues conquêtes sexuelles. Les histoires tourbillonnaient dans les couloirs et se cachaient à chaque coin de rue. Des photos de lui entouré de filles de sororité plantureuses inondaient Instagram après chaque week-end. Au fil des ans, j'avais entendu des dizaines de filles se vanter d'avoir couché avec lui. Et ce n'était qu'un tas de mensonges. Je n'arrivais pas à croire que ces filles avaient menti sur le fait d'avoir couché avec Rowan.

Pendant trois ans, je m'étais tenue à l'écart à cause de ces mensonges. Ça me retournait l'estomac d'entendre parler de ses exploits sexuels. Comme s'il était en quelque sorte incapable de garder son sexe dans son pantalon. Je ne réalisais que maintenant que je ne l'avais jamais entendu parler d'une fille ni même vu flirter avec aucune. C'étaient elles qui avaient toujours ouvert la bouche.

Il avait la réputation d'enchaîner les conquêtes alors qu'il n'avait jamais eu de relations sexuelles.

À quel point était-ce tordu ?

Je faillis renifler, mais réprimai le son à la dernière minute pour éviter de le réveiller. Je profitai de mon observation silencieuse, dans la lumière qui traversait les fenêtres et recouvrait le lit. Ma chambre faisait face à l'est et baignait dans le soleil le matin. Avant, je détestais ça et plaquais un oreiller sur mon visage pour pouvoir dormir.

Mais en cet instant ?

J'adorais ça.

Mon regard parcourut les lignes et les angles de son visage avant de glisser vers les sillons puissants de son torse. Même au repos, sa musculature était un régal pour les yeux. Rowan travaillait dur pour obtenir l'apparence qu'il avait. Il ne s'agissait pas simplement de bon héritage génétique. Il lui avait fallu des années d'haltérophilie rigoureuse pour obtenir ce tonus musculaire et cette force nerveuse. En tant qu'athlète moi aussi, je pouvais pleinement apprécier son dévouement. Sculpter son corps pour en faire une machine demandait une concentration et une détermination sans faille.

Les doigts me démangeaient de tendre la main et de la glisser sur sa poitrine plate. Je voulais absorber chacun d'eux dans ma bouche et les grignoter de mes dents pointues. Le besoin de le rendre aussi fou qu'il me rendait folle me retournait les sangs.

Était-ce réellement possible ?

Pour la énième fois, je fus bouleversée à l'idée que Rowan m'avait attendue. Cette idée ne faisait qu'attiser la faim qui me poussait à explorer chaque centimètre carré de son corps. Mon regard glissa vers son bas-ventre, où le drap était froissé. Il y avait tant de muscles alléchants exposés !

Rowan Michaels ressemblait plus à une sculpture qu'à un homme réel.

Une légère traînée de poils partait de son bas-ventre avant de disparaître sous le drap de coton. Mon regard se posa sur le tissu tendu. On aurait bien dit que quelqu'un avait une petite érection matinale. Même si, de toute évidence, il n'y avait rien de *petit* ici.

Mes dents s'enfoncèrent dans ma lèvre inférieure tandis que je tentais de tirer le drap le long de son corps jusqu'à ce que la taille de son caleçon soit visible. Petit à petit, la couverture glissa davantage jusqu'à ce que son mât soit révélé. Une puissante vague de désir explosa dans mon bas-ventre avant de s'installer dans mon cœur.

Incapable de résister à l'impulsion, je tendis la main et glissai mes doigts sur l'épaisse courbe. Même sous le tissu en coton, la chaleur irradiait de lui comme s'il était brûlant de fièvre. Ce qui déclencha des frissons à la surface de ma peau.

Une première fois.

Puis une deuxième.

À trois reprises, je caressai son sexe dur. Un autre coup de fouet d'excitation m'envahit. J'avais tellement envie de passer sous le tissu fin et d'enrouler mes doigts autour de lui ! Un gémissement s'échappa de la poitrine de Rowan alors qu'il bougeait à mon contact. Je levai les yeux, et le trouvai en train de me regarder à travers ses paupières entrouvertes, les yeux encore embrumés par le sommeil.

— Bonjour, murmurai-je en continuant à le caresser.

Il s'étira sous le bout de mes doigts, devenant incroyablement dur.

— Oui, c'est plutôt un bon jour.

Sa voix était profonde et rauque. Elle décocha une nouvelle flèche de désir jusqu'à mon cœur avant d'exploser comme un feu d'artifice. Ma culotte était déjà trempée par mon envie. La façon dont je le touchais était loin d'être suffisante pour apaiser le désir insatiable qui brûlait dans mon corps. Il m'en fallait plus.

Tellement plus.

Comme il n'avait pas mis le holà à ce que j'étais en train de faire, je décidai de repousser les limites et d'aller plus loin en tirant sur la ceinture de son caleçon. D'abord d'un côté, puis de l'autre, jusqu'à ce que je fasse descendre l'élastique le long de ses hanches étroites et que son membre épais se libère.

Mes yeux s'écarquillèrent à sa vue.

Bien sûr... je me doutais qu'il était gros. Je pouvais en voir la longue courbe sous le tissu, mais il était considérablement plus gros que je ne l'avais supposé. Excitée à vue, je fis courir le bout de mes doigts de la tête douce et veloutée sur toute la longueur et jusqu'à la racine enfouie dans un nid de boucles. Son érection tremblait à mon contact et une nouvelle vague d'excitation me traversa.

Je jetai un coup d'œil au sien en affichant un sourire en coin.

— Impressionnant.

Ses lèvres se retroussèrent avec amusement.

— Merci, j'essaie.

Je me concentrai à nouveau sur la partie de lui qui retenait mon attention.

— Oh, tu n'as pas à essayer.

Un grognement s'échappa de lui. Sous son regard attentif, je me rapprochai jusqu'à ce que son odeur masculine m'assaille.

— Qu'est-ce que tu fais ?

L'urgence tressaillait dans sa voix, comme s'il venait seulement de prendre conscience de mes intentions.

— Ça.

Je passai ma langue sur son gland.

Il gémit et arqua son bassin vers moi.

— *Demi... as-tu la moindre idée de l'effet que tu me fais ?*

— Si tu dois demander, alors je suppose que non.

Un sourire sournois dansait sur mon visage. C'était tellement bon de l'avoir à ma merci. Je fis tournoyer ma langue sur son bout rond avant de l'aspirer dans ma bouche.

Un son guttural vibra dans son corps tandis que ses doigts s'emmêlaient à mes longs cheveux.

Je n'étais pas une pro de la fellation, mais j'en avais assez fait pour savoir comment bien m'y prendre. Et si je devais prendre sa réaction pour une indication, alors ce que je faisais était sacrément bon. Voulant lui donner du plaisir, je glissai lentement de haut en bas sur sa verge. Ma langue tourbillonnait autour de la tête avant de lécher sa tige.

— Bon Dieu, siffla-t-il.

Les sons qu'il émettait ne firent que m'encourager. Ses dents s'enfoncèrent dans sa lèvre inférieure et ses paupières se fermèrent. Le plaisir se lisait sur son visage tandis que je l'attirais dans ma bouche de façon qu'il atteigne le fond de ma gorge. Lorsque son corps se tendit, je le libérai, léchant et grignotant sa chair ferme avant de répéter le processus encore une fois, le poussant sans relâche vers le précipice.

Il ne fallut que quelques minutes pour que son dos se cambre et que ses muscles se contractent. Ses doigts se refermèrent sur moi.

— Demi, je vais…

Ma succion devint plus vorace. Je n'avais laissé qu'un seul autre garçon jouir dans ma bouche. Ce n'était pas quelque chose que j'appréciais d'habitude, mais je voulais vivre cette proximité avec lui.

Plus encore, je voulais être celle qui lui ferait perdre le contrôle.

— *Oh, bon sang.*

Ses hanches se cambrèrent au-dessus du matelas alors qu'il éjacula. J'avalai son goût salé à gorgées assoiffées. Je ne m'arrêtai pas de traire son sexe avant que la moindre goutte ait disparu, et qu'il se ramollisse dans ma bouche.

Lorsque je le relâchai enfin, je caressai le bout velouté avec mes lèvres. C'était la première fellation que j'appréciais. Il y avait quelque chose d'incroyablement intime à utiliser sa bouche pour donner du plaisir à quelqu'un. Il y avait un échange de pouvoir auquel je n'avais jamais vraiment pensé.

Comme tout le reste avec Rowan, cela aussi était différent.

Une *bonne* différence.

Une différence *addictive.*

La *meilleure* des différences.

ROWAN

on sang.

Mon esprit s'emballait. J'étais à peine capable de me concentrer sur une seule pensée.

C'était incroyable.

Non… mieux que génial.

Incroyablement incroyable.

Des filles m'avaient déjà sucé auparavant, mais ce n'avait jamais été rien de plus qu'un moyen de me soulager. Cette expérience était bien différente. C'était en quelque sorte plus intime, plus significatif, et c'était seulement grâce à la fille avec laquelle je partageais ce moment. Celle que j'avais désirée pendant des années. Celle que je n'aurais jamais pensé avoir un jour.

Bon sang, vous comprenez ?

Je me fichais de passer pour une mauviette romantique. Alors que mon esprit s'éclaircissait, mon regard restait rivé sur elle. Regarder ailleurs n'était pas une option. Ça ne l'avait jamais été.

Mais, Seigneur, qu'elle était belle. Je veux dire, vraiment belle. Avec tous ces cheveux bruns désordonnés tombant sur ses épaules et en cascade dans son dos. Ils s'étalaient sur ma cuisse alors qu'elle me regardait fixement. Sa bouche était si proche de mon sexe que chaque douce inspiration attisait mon excitation.

Alors que nos regards se croisaient et plongeaient l'un dans l'autre, je ne pensais qu'à lui rendre la pareille. Je voulais presser mon visage contre sa chaleur et goûter chaque magnifique centimètre de son intimité. Je voulais découvrir la moindre courbe de son corps. Ma nouvelle mission dans la vie était de découvrir ce qui lui donnerait du plaisir et la pousserait à bout. Qu'est-ce qui la faisait crier et voir des étoiles ? Aimait-elle qu'on lui caresse les lèvres ? Qu'on lui suce le clitoris ? Qu'on lui étire son intimité ?

Je n'en avais aucune idée, mais j'allais le découvrir.

Je voulais lui faire oublier tous les autres garçons comme elle m'avait fait oublier toutes les autres filles.

— Bon sang, bébé, dis-je en haletant quand je fus enfin capable de me maîtriser.

Elle sourit, son menton reposait contre ma cuisse tandis qu'elle sortait la langue pour la passer sur mon sexe ramolli comme sur une sucette. Si elle continuait comme ça, j'allais me raidir à nouveau en un rien de temps. Cette fille m'excitait comme personne.

Avant que d'autres idées ne traversent sa jolie petite tête, je glissai les mains sous ses bras et la fis glisser le long de mon corps jusqu'à ce qu'elle soit étendue sur moi. Mes lèvres effleurèrent les siennes avant que je plonge ma langue dans sa bouche. Le fait qu'elle ait le même goût que moi était tellement excitant ! Je me laissai porter par ce baiser, léchant l'intérieur de sa bouche. J'aurais pu passer des jours à l'explorer, nos langues s'entremêlant, nos dents s'entrechoquant. Mais le besoin de découvrir d'autres parties de son corps me martelait comme un battement de tambour régulier. J'avais besoin de la goûter. D'un mouvement souple, je nous retournai jusqu'à ce qu'elle se retrouve à plat sur le dos. Puis je plaçai ses bras au-dessus de sa tête et coinçai ses poignets près de la tête de lit. Le pouls délicat de sa gorge battait comme les ailes d'un colibri tandis qu'elle me regardait avec de grands yeux.

Oh, bébé, tu n'as aucune idée du genre de bête affamée que tu as réveillée en moi, mais tu vas bientôt le découvrir.

Je baissai mon visage vers le sien avant de mordre sa lèvre inférieure pulpeuse.

— Et maintenant, à mon tour de découvrir quel goût tu as.

Mes doigts se détachèrent de ses poignets avant d'attraper l'ourlet de son débardeur et de le faire glisser le long de son buste. Je tirai le bout de tissu au-dessus de sa tête avant de le jeter au sol. L'excitation me gagna tandis que je me déplaçais sur le côté et la regardais fixement. Demi et ses seins nus étaient déjà un spectacle somptueux à contempler.

Mais Demi complètement nue ?

Oh oui… J'avais attendu ce moment trop longtemps.

Les doigts me démangeaient d'arracher la culotte afin qu'elle soit complètement nue sous mes yeux. Je refusai que quoi que ce soit nous sépare, pas même un mince bout de tissu. Mais au lieu de succomber, je m'efforçai de ralentir le mouvement. Aussi impatient que je sois, je voulais tout de même savourer ce moment. Je l'avais attendu des années. Je pris quelques secondes pour apaiser la bête furieuse en moi. Après avoir retrouvé mon sang-froid, je glissai les index sous l'élastique fin avant de faire descendre délicatement le tissu le long de son corps. L'excitation bouillonnait en moi.

Toute ma vie était construite autour du contrôle. Il y avait eu un temps où je n'en avais aucun. J'étais à la merci de mon père et de ses caprices. C'était le chaos total. Je ne savais jamais d'un jour à l'autre si nous aurions de quoi vivre. De l'argent, de la nourriture, un toit sur nos têtes : rien de tout cela n'était assuré. Tout avait changé une fois qu'on l'avait enfermé. Petit à petit, j'avais repris le contrôle. Je ne reviendrais pas en arrière. Si j'avais commencé à faire de la musculation et développé ma force, c'était en partie pour que personne ne puisse plus jamais débarquer dans ma vie et profiter de ma mère et de moi. J'avais voulu aller à l'université et jouer au football dans une école de première division, et j'avais fait en sorte que ça arrive. La première fois que j'avais vu Demi, j'étais tombé sous son charme. Ça m'avait peut-être pris des années, mais j'avais fait en sorte que ça arrive aussi. J'aurais pu m'envoyer en l'air dès la première. Au lieu de cela, j'avais exercé ce même contrôle, conscient qu'il s'agissait d'un jeu à long terme.

Vous vous rendez compte de la volonté qu'il m'avait fallu pour résister à toutes les filles qui m'avaient fait des avances ?

Une quantité monstrueuse.

Surtout quand elles rampaient complètement nues dans le lit avec vous, frottant leurs petits minous chauds contre vous. Il aurait été trop facile de m'enfouir dans leur chaleur étouffante et de décharger une partie de mon désir de Demi.

Mais je n'avais pas pu le faire.

Je ne pouvais pas coucher avec une fille tout en m'imaginant coucher avec une autre. C'était déjà assez grave de faire ça quand elles me taillaient des pipes.

Quand Demi gémit, je clignai des yeux pour revenir au présent et à la fille que j'avais toujours désirée.

Jamais je n'aurais pensé la voir réellement dans cet état.

Prête et consentante.

Me suppliant de la toucher.

Je me débarrassai de mes pensées et me concentrai sur la fille qui se trémoussait sous moi. Bon sang, mais qu'elle était sexy ! Bien plus que je n'osais l'imaginer. J'humectai mes lèvres sèches lorsque son intimité fut dévoilée. Le haut de sa fente visible.

Bon sang… elle était complètement nue.

Incapable de résister à cette vue magnifique, je me penchai et pressai un baiser contre ses plis délicats. Elle gémit, se cambrant contre ma bouche comme si elle s'offrait à mes lèvres. Je continuai à dérouler le tissu le long de ses hanches et de ses cuisses avant de le dégager de ses jambes et de jeter le petit bout de coton par-dessus mon épaule.

Puis je me plaçai entre ses cuisses écartées, découvrant de ce que je venais de dévoiler.

— Bon sang, Demi…

J'étais à peine conscient des mots rauques qui s'échappaient de mes lèvres alors que je contemplais ce qui s'offrait à ma vue. C'était comme regarder le soleil. J'étais presque aveuglé par l'éclat de cette vision et pourtant, je ne pouvais pas détourner les yeux. J'avais peur que, si je le faisais, elle scintille avant de disparaître tel un mirage.

J'avais fantasmé sur ce moment pendant si longtemps, imaginant à quoi elle ressemblait sous ses vêtements, mais rien n'aurait pu me préparer à la réalité de la situation. Ses longs cheveux noirs s'étalaient sur la taie d'oreiller, et sa chair ensoleillée contrastait avec le tissu pâle. Ses seins étaient bien ronds, surmontés de mamelons aux pointes roses qui suppliaient d'être sucés entre mes lèvres. Elle avait la taille étroite, et les hanches légèrement évasées. Sa chair ouvrait un puits nu et doux comme de la soie, niché entre les veines de ses cuisses. Sa fente tressaillait et ses lèvres étaient gonflées.

De mes mains plaquées contre l'intérieur, j'écartais davantage ses cuisses pour pouvoir voir chaque pli rose et doux.

— Tu es si belle, Seigneur, chuchotai-je en me parlant plus à moi-même qu'à elle.

Elle tressaillit lorsque j'écartai ses jambes. Avec précaution, je passai mon pouce sur son sensible bouton. Demi gémit, poussant ses hanches vers moi. Tout ce que je désirais, c'était l'écarter et lécher chaque délicieux centimètre. J'avais passé des années à me caresser en pensant à elle, mais rien n'était comparable à la réalité. Mon imagination ne lui avait pas rendu justice.

— Tu es la première fille avec laquelle je prenne mon temps et que j'aie vraiment regardée.

L'aveu s'échappa de mes lèvres sans que j'y pense.

— Vraiment ? demanda-t-elle d'une voix pleine de surprise.

— Oui.

Aussi embarrassant que cela puisse être, je poursuivis, je voulais qu'elle sache la vérité.

— Je me suis déjà amusé avec des filles lors de fêtes. Mais c'était généralement bruyant. Pas exactement un endroit où je pouvais prendre mon temps et savourer le moment. Et j'aimais faire ça dans le noir ; c'était plus facile d'imaginer que tu étais là avec moi.

La chaleur me monta aux joues. Si je ne faisais pas attention, j'allais faire fuir cette fille. Elle ne m'avait pas considéré comme un maniaque la veille, mais elle risquait facilement de changer d'avis.

L'air se coinça dans ma gorge alors que j'attendais sa réaction. Quand son expression s'adoucit, mes muscles se relâchèrent en signe de soulagement.

Demi tendit la main et s'empara de mes doigts avant de les serrer légèrement.

— Je suis heureuse que tu aies pris le risque de me dire la vérité, dit-elle avant de s'interrompre. Tu étais toujours là, au fond de ma tête, mais je ne voulais pas te laisser y entrer complètement. J'avais peur que tu sois le tombeur dont j'avais entendu parler.

Le regret m'envahit alors que je secouai la tête.

— Ça n'a jamais été le cas. Je suis désolé que tu aies pensé le contraire.

— Te garder à distance me semblait être l'option la plus sûre.

J'avais toujours été conscient des rumeurs. J'aurais peut-être dû y mettre un terme longtemps auparavant. Mais comment aurais-je pu ?

C'était une arme à double tranchant : me dénoncer ou rester discret et garder la face.

Chassant ces pensées, je fis glisser mon pouce sur son intimité.

Lentement.

Si lentement qu'elle frissonna sous mon contact alors que le désir se rallumait dans ses yeux.

Ma voix baissa et devint rauque.

— Ressens-tu toujours le besoin de garder tes distances ?

Elle s'humecta les lèvres et secoua la tête.

— Non.

— Très bien.

J'en avais assez de me retenir, et de prétendre qu'elle n'était pas ma raison de vivre. Maintenant que j'avais goûté à elle, il n'y avait plus de retour en arrière possible. Demi était à moi. Qu'elle s'en rende compte ou non.

Je libérai ma main de la sienne pour pouvoir placer mes pouces de part et d'autre de ses lèvres avant de les écarter doucement jusqu'à ce que son joli petit clitoris se retrouve exposé. Elle haleta lorsque j'enfouis mon visage entre ses cuisses. Un gémissement lui échappa lorsque je passai le dos de ma langue sur elle.

Une fois.

Deux fois.

Trois fois.

Ses doigts s'enfoncèrent dans mes cheveux comme pour me maintenir en place. N'avait-elle pas remarqué que ce n'était pas nécessaire ? Il n'y avait aucun risque que je parte de mon plein gré. Tout ce qu'elle voulait, je le lui donnerais. Tout ce qu'elle avait à faire, c'était de demander.

Au moment où je passai ma langue sur elle, la douceur explosa dans ma bouche. Bon sang, elle avait si bon goût ! Je ne pensais pas pouvoir m'en rassasier un jour. Le désir tambourina dans mes veines alors que ma langue plongeait entre ses plis soyeux. J'entrai et sortis plusieurs fois avant de la lécher du bout de la langue. Mes mains glissèrent de l'intérieur de ses cuisses vers sa taille tandis qu'elle se tordait sous moi. Plus je la torturais, plus elle mouillait. J'étais si avide de découvrir chaque partie d'elle ! Ma bouche glissa vers le haut jusqu'à ce que je puisse grignoter son clitoris. Au moment où j'aspirai le petit paquet de nerfs dans ma bouche, ses hanches s'agitèrent, et son dos se cambra sur le matelas. Lorsque ses muscles devinrent incroyablement tendus et que sa respiration s'accéléra, je réalisai qu'elle était sur le point de jouir. Au lieu de reculer et d'essayer de faire durer le plaisir, je tournai ma langue autour d'elle jusqu'à ce qu'elle crie dans son orgasme.

Mon nom sur ses lèvres était le plus beau son du monde.

Un son que je prévoyais d'entendre plus souvent.

Ce ne fut qu'une fois que son corps se fut détendu que je relevai la tête. Une expression alanguie noyait le visage de Demi, qui fixait le plafond d'un regard aveugle. La fierté gonfla dans ma poitrine lorsque je réalisai que j'avais réussi à déclencher autant de bien-être en elle.

J'appuyai un dernier baiser sur ses lèvres scintillantes avant de ramper le long de son corps offert. Lorsque j'arrivai à son visage, son regard plongea dans le mien et elle cligna des yeux comme si elle se réveillait d'un long rêve. Je déposai un baiser sur sa bouche entrouverte.

— C'était bon ?

— Oui.

Le son qu'elle émit se rapprochait d'un soupir de satisfaction.

J'affichai un sourire en coin. Elle avait l'air complètement à l'ouest.

— Mieux que bon ?

— *Bien* mieux que bon, admit-elle.

— C'est exactement ce que je voulais entendre.

Un sourire recourba ses lèvres.

Mes bras l'entouraient, je roulai sur le dos, l'entraînant avec moi jusqu'à ce qu'elle soit étalée sur mon torse nu. Un soupir lui échappa avant qu'elle ne se love contre moi comme si elle s'était déjà retrouvée là des milliers de fois. Le silence nous enveloppa, mais il ne s'agissait pas d'un silence gênant. Même si c'était nouveau et que c'était arrivé vite, on avait attendu longtemps avant que ça se réalise.

Je fis courir mes doigts sur la ligne délicate de sa colonne vertébrale, en me disant que je ne m'étais pas attendu à ce que le week-end se passe comme ça quand j'étais passé la voir.

L'avais-je espéré ?

Bien sûr… mais je ne m'étais pas vraiment attendu à ce qu'il se passe quelque chose. Et maintenant que c'était le cas, je ne voulais pas que quoi que ce soit vienne tout gâcher. Et je ne voulais surtout pas qu'elle ait des doutes. C'était la raison pour laquelle j'essayais de retarder le moment où nous ferions l'amour. Je voulais qu'elle soit sûre à cent pour cent de vouloir s'engager avec moi.

— Tu vas bien ?

Même si je voulais bien croire qu'elle était entièrement partante, j'avais besoin qu'elle s'en assure. J'avais besoin de savoir qu'elle ne regrettait pas l'intimité que nous avions partagée.

Demi leva la tête pour rencontrer mon regard.

— Oui.

Je passai les doigts dans la lourde cascade de ses cheveux, les repoussant loin de son visage. Je voulais voir la moindre lueur d'émotion qui traversait ses traits expressifs. Je voulais connaître la moindre pensée qui lui passait par la tête.

Un autre silence s'abattit sur nous avant qu'elle ne demande :

— Qu'est-ce qu'on fait maintenant ?

La question tomba comme un poids de quatre-vingt-dix kilos sur mon torse, m'empêchant d'avaler la moindre goulée d'air. À un moment donné, avant la fin du week-end, il faudrait que nous discutions de l'avenir – si nous en avions un. Je savais ce que je voulais. Mais c'était nouveau pour Demi. Je devais la jouer cool et ne pas la traumatiser en y allant trop fort.

— C'est à toi de décider.

Elle resta silencieuse pendant un long moment. Il ne fallut pas longtemps pour que l'immobilité devienne angoissante.

— Je ne sais pas trop.

Mon cœur tressaillit.

Une première fois.

Puis une deuxième.

— Je veux explorer notre relation, murmura-t-elle, mais il y a une bonne raison pour que je ne sorte pas avec des joueurs de football américain.

Pour la première fois ce week-end, l'incertitude se lut dans ses yeux, et j'aurais parié ma vie que cet enfoiré de Justin lui avait retrouvé le cerveau.

Mes mains se levèrent vers ses joues. J'avais besoin de la toucher. C'était magnétique.

Doucement. Je devais y aller doucement avec elle.

— On fera ce que tu veux.

Au lieu de répondre, elle se mordilla la lèvre et regarda ailleurs. Je pus presque voir les pensées qui se bousculaient dans sa tête. Alors qu'elle la secouait. Le tiraillement qui la déchirait de l'intérieur alors nous parlions.

— Je ne sais pas comment mon père réagirait. On n'en a jamais parlé, mais je sais que je ne dois pas m'approcher de ses joueurs.

Le coach.

C'était définitivement un obstacle dont j'allais devoir bientôt m'occuper. Même si je ne voulais pas m'attirer ses foudres, Demi en valait la peine. Les sentiments que j'éprouvais pour elle n'étaient pas près de changer.

— Je ne veux pas que les gens parlent de moi.

Le doute et la tristesse luisaient dans ses yeux sombres, leur donnant une apparence égarée. Autant je ne pouvais pas lui en vouloir, autant je détestais le fait qu'elle accorde de l'importance à toutes ces bêtises qui venaient de se produire dans la semaine.

— Je me fiche de ce que les gens disent, grognai-je. Laisse les enfoirés parler. Tout ce qui compte, c'est toi.

Une partie de son embarras disparut de son visage alors que son regard s'adoucissait.

— Je sais que c'est stupide, et que je ne devrais pas m'en soucier, mais c'est le cas. C'est arrivé tellement de fois maintenant, dit-elle en fronçant les sourcils et en détournant le regard. Et Justin…

Je méprisais ce type.

J'aurais dû lui casser la figure au lieu de le frapper dans le nez. Peut-être qu'alors il n'aurait pas ouvert sa grande bouche sur tout le campus comme une petite ordure.

Elle tergiversait. Je le voyais clairement dans ses yeux. Demi avait peur du retour de bâton qu'elle recevrait lorsqu'on découvrirait que nous étions ensemble. Son père finirait par apprendre la vérité, et elle craignait sa réaction.

Mon cœur se serra.

— Si tu veux que ça reste entre nous pour le moment, alors ça reste entre nous.

Les mots râpaient ma langue comme du bois et avaient un goût de cendre sur ma langue.

— D'accord ?

Je désirais plus que tout qu'elle me dise qu'elle n'en avait rien à faire des ragots et de son père.

Ses muscles se relâchèrent en signe de soulagement.

— Ça ne te dérange vraiment pas ?

Bon sang, si, ça me dérangeait, mais si c'était ce qu'elle voulait, alors c'était ce que nous allions faire. Ça craignait. Je voulais crier sur tous les toits que Demi était à moi. Je ne voulais pas que d'autres garçons la regardent sans savoir qu'il y aurait des répercussions. Et je voulais que les chasseuses de maillots arrêtent de se jeter sur moi. J'étais un homme pris. Je ne désirais qu'une seule femme. Malheureusement, il semblait que j'allais devoir attendre un peu plus longtemps pour qu'elle assume notre relation au grand jour comme je le souhaitais.

— Oui, mentis-je, c'est bon.

Maintenant que la question de notre avenir était réglée, elle se détendit, étirant son corps léger jusqu'à ce que ses lèvres effleurent les miennes.

— Merci.

Bien que la situation soit loin d'être parfaite, un soupir de satisfaction m'échappa.

Demi ne le réalisait peut-être pas encore, mais j'étais presque prêt à tout pour la rendre heureuse et la protéger.

DEMI

— *S*i nous observons cette variable de résultat…

Au lieu de prêter attention au manuel scolaire ouvert sur la table, le regard de Rowan était rivé sur ses doigts effleurant l'intérieur de ma cuisse. Une marque de chair de poule se formait dans leur sillage, et je dus me retenir de frissonner trop ostensiblement. Cela n'aurait fait que l'encourager à continuer ses bêtises.

— Rowan, grognai-je.

J'étais prête à tout moment à m'autodétruire, et je ne pouvais pas me permettre de m'effondrer dans la bibliothèque. Nous attirions déjà assez d'attention non désirée.

D'accord… Rowan attirait toute l'attention. Une demi-douzaine de filles étaient déjà passées devant lui, lui adressant de petits signes de la main et des sourires éclatants. Il les remarquait sans encourager leur comportement.

Étais-je jalouse ?

Ha !

Peut-être un tout petit peu.

Rien ne m'aurait fait plus plaisir que de reconnaître notre couple publiquement pour que ces filles s'éloignent. Mais nous avions convenu de garder notre relation discrète pour le moment.

Quand Rowan me regarda, je compris que j'étais dans le pétrin. Un sourire en coin se dessina sur ses lèvres, et je me retrouvai à pencher vers lui avant de me crisper avec une grimace. Même au milieu de la bibliothèque, il arrivait à me déconcentrer et à me faire oublier la raison pour laquelle nous étions ici.

Il fronça les sourcils et me demanda innocemment

— Un problème ?

Mon attention était captivée par ses lèvres.

Vous n'avez aucune idée de ce que cet homme était capable de faire avec cette bouche.

Tellement.

De.

Plaisir.

Ce qui suffisait à me faire loucher.

Il ne plaisantait pas quand il disait qu'il aimait jouer au sud de la frontière. Pour être tout à fait honnête... Ce n'était pas quelque chose que je pensais apprécier un jour. Bien sûr, j'avais entendu des filles en parler. Mais tout de même... ça semblait si intime. Laisser quelqu'un vous toucher comme ça...

Et maintenant, je ne pouvais pas m'en passer.

Je ne me lassais pas de Rowan.

Vous voulez savoir quelque chose de fou ?

Je l'avais presque supplié de coucher avec moi, et il refusait. Il n'arrêtait pas de me dire qu'il fallait attendre. Il voulait que je sois sûre de mon choix.

J'étais sûre, bon sang !

Je le désirais.

Sur-le-champ !

D'accord, peut-être pas sur-le-champ. Oh, qui essayais-je de berner ? S'il me donnait ne serait-ce que le moindre signe m'indiquant qu'il était prêt, j'emballerais ces livres si vite qu'il en aurait la tête qui tourne. Bon sang. J'étais pire qu'un mec. Le sexe envahissait totalement mon esprit. Je devais faire des efforts pour chasser ces pensées indisciplinées et me concentrer sur ce que nous étions en train de faire.

Sur quoi travaillions-nous déjà ?

Arf. J'étais une poussée d'hormones ambulante.

— Tu dois te concentrer pour qu'on puisse y arriver, grommelai-je, ignorant sa question.

Ça faisait presque une heure que nous étions sur le sujet et il ne restait que quelques problèmes à résoudre. Ensuite, nous pourrions sortir d'ici. Peut-être retourner chez moi. Si Sydney n'était pas là, je pourrais essayer de...

— Crois-moi, dit-il en baissant tellement la voix qu'elle fit vibrer quelque chose en moi, je suis concentré.

La peau calleuse de ses doigts continuait de danser sur l'intérieur de ma cuisse, se rapprochant du puits entre mes jambes.

— *Concentré à fond.*

Le glissement de la peau rugueuse contre la mienne n'aurait pas dû être sexy, mais punaise, c'était le cas. Ce short de course était une mauvaise idée. J'aurais dû me couvrir de la tête aux pieds.

À ce rythme, Rowan allait finir par échouer en statistiques.

— Malheureusement, tu n'es pas concentré sur la bonne chose, dis-je en pointant le livre, c'est-à-dire les statistiques.

— Non, dit-il en se penchant si près que son souffle chaud caressa l'ourlet de mon oreille.

Un autre frisson délicat se propagea le long de ma colonne vertébrale.

— Pour l'instant, j'ai autre chose en tête.

Lorsque ses doigts effleurèrent mon jardin secret, je me dandinai sur mon siège avant de jeter un coup d'œil prudent autour de moi. Nous n'étions certainement pas seuls. Des étudiants nous entouraient, en train de travailler aux tables voisines. Apparemment, tout le monde avait décidé de venir à la bibliothèque ce soir. L'endroit était étonnamment bondé pour un lundi soir. Lorsque nous étions arrivés au deuxième étage, notre table habituelle était déjà occupée.

— Rowan, marmonnai-je, aimant et détestant simultanément la façon dont il me rendait folle.

— On a fait le plus gros du devoir. On mérite une pause, dit-il en remuant les sourcils. Je suis sûr qu'on pourrait trouver un coin sombre pour s'embrasser.

Je détestais admettre à quel point l'offre me tentait. C'est à contre-cœur que je m'éloignai pour laisser une distance de sécurité entre nous.

— Tu ne devrais pas me toucher comme ça, dis-je en m'éclaircissant la gorge et en tentant d'étouffer l'excitation qui venait de prendre vie entre mes jambes. Trop de gens nous regardent.

— Est-ce vraiment important ?

Il jouait avec mes doigts sous la table qui les cachaient en partie.

Mes dents s'enfoncèrent dans ma lèvre inférieure.

Ça faisait une semaine que nous nous cachions, passant du temps ensemble quand personne ne regardait. Sydney restait béatement inconsciente de notre relation. Ce qui signifiait que Rowan et moi ne pouvions passer du temps ensemble chez moi que lorsqu'elle était en cours ou avec Ethan. Heureusement, ils étaient de nouveau ensemble cette semaine, donc ça fonctionnait parfaitement. Nous ne pouvions pas aller à la maison que Rowan louait hors du campus parce qu'il vivait avec un groupe de joueurs de football.

Cela ne faisait que deux jours que les rumeurs que Justin avait répandues sur le campus avaient commencé à se calmer. La dernière chose que je souhaitais était de les ressusciter. Surtout que cette fois, les ragots seraient vrais.

— J'ai besoin d'un peu plus de temps, répondis-je, la culpabilité me transperçant alors que je baissai la voix au volume d'un murmure. C'est tout.

L'émotion enflamma les yeux de Rowan, et pendant un instant, je me préparai à une dispute. Je ne pouvais pas lui reprocher de vouloir que notre relation soit exposée au grand jour. Ce n'était pas comme si j'étais gênée d'être avec lui. C'était plutôt le fait d'être la fille de l'en-traîneur principal. Et ces rumeurs sur le fait que je couchais avec l'équipe de football semblaient toujours surgir aux moments les plus inopportuns. Je ne refusais pas que les gens pensent ça. Rowan n'avait pas le droit de coucher avec moi en guise de bonus, en quelque sorte, pour devenir le joueur vedette. J'étais malade rien qu'en y pensant.

— D'accord, dit-il.

Ses larges épaules se détendirent alors que la tension le quittait.

— J'ai attendu tout ce temps ; ça ne me tuera pas de patienter un peu plus.

Une vague de soulagement me submergea. Je détestais lui faire subir ça, mais je n'étais pas encore prête à dévoiler notre relation.

— Merci.

Il haussa les épaules alors qu'une lueur d'espièglerie s'invitait dans ses yeux.

— Je te laisserai te rattraper plus tard.

Je haussai les sourcils avec intérêt et un sourire se dessina sur mes lèvres. C'était l'une des choses que j'aimais chez Rowan : il n'insistait jamais trop longtemps. C'était comme un orage d'été qui se dissipait rapidement. Il était là puis disparaissait avant qu'on ne s'en soit rendu compte.

— Et comment vais-je faire ça *exactement* ?

— Je suis sûr que tu vas…

— Salut, Rowan !

Un chœur de douces voix féminines me fit sursauter. Je serrai les dents, fatiguée de cette situation. Nous ne pouvions aller nulle part sans qu'il soit bombardé de groupies.

Mon regard se détacha de Rowan pour se reporter sur le trio de filles plantées à côté de nous. Deux d'entre elles étaient brunes, et la dernière était blonde. Toutes les trois avaient d'aguichantes courbes. Les filles aux cheveux bruns se ressemblaient étrangement. Elles étaient sans doute jumelles. Mais c'était difficile à dire car elles portaient toutes des tee-shirts assortis avec des lettres de sororité estampillées sur leurs énormes poitrines et de minuscules shorts blancs. Maintenant que je les examinai de plus près, je réalisai que leurs coiffures et leur maquillage étaient identiques. Comme s'il y avait un code vestimentaire strict à respecter, sous peine d'être expulsées de leur club exclusif.

Je grimaçai à cette pensée narquoise. Ce n'était pas mon genre. Je ne détestais pas les autres filles parce qu'elles étaient différentes.

J'avais mes priorités, et elles avaient les leurs. Aucune n'était meilleure que l'autre.

La frustration commençait définitivement à m'atteindre.

— Salut.

Même en se penchant en arrière contre la chaise, Rowan garda ses doigts fermement entrelacés aux siens sous la table.

Elles ne semblaient pas le remarquer. Ou peut-être qu'elles s'en fichaient. Comme Rowan n'était jamais sorti avec une fille en particulier, il était revendiqué comme propriété publique. Et ces nanas… apparemment, ça ne les dérangeait pas de partager. Moi, par contre, j'étais assez territoriale. En ce qui concernait les petits amis, je n'appréciais pas trop la présence des autres filles.

Dans une tentative flagrante d'attirer son attention, l'une des filles glissa une mèche de cheveux derrière son oreille.

— Tu nous as manqué samedi soir à la maison, dit-elle en se rapprochant de lui. Je pensais que tu allais passer, poursuivit-elle alors que le ton bas de sa voix se faisait sensuel. Ça fait un moment qu'on n'a pas fait la fête ensemble.

Je haussai les sourcils.

Faire la fête ensemble ?

J'avais l'impression qu'elle insinuait quelque chose d'entièrement différent.

— Oui, désolé, répondit Rowan en s'éclaircissant la gorge. J'étais occupé.

C'était l'inconvénient de sortir avec des athlètes. En général, ils étaient très demandés sur le campus et avaient une tonne d'options à leur disposition. Lorsque je tentai de retirer ma main de la sienne, il serra mes doigts, refusant de les lâcher.

— Les filles, vous connaissez Demi ?

J'eus droit à un chœur de salutations peu enthousiastes avant que leur attention ne revienne sur Rowan. En trois secondes environ, elles m'avaient évaluée et jugée insignifiante. Honnêtement, c'était précisément le type de filles avec lesquelles j'avais imaginé que Rowan passait du temps.

Je ne leur ressemblais en rien.

Elles considéraient probablement que c'était un sacrilège de quitter leur maison de sororité sans être parfaitement maquillées et sans veiller à ne pas avoir un cheveu qui dépasse. Punaise, elles avaient probablement un coiffeur et un maquilleur personnels. Moi, en revanche, il suffisait que je relève mes cheveux en queue-de-cheval ou en chignon désordonné pour que je me sente apprêtée. Points bonus si le haut était assorti à ce que je portais en bas. Voilà pourquoi je mettais beaucoup de jeans. Tout va avec un jean.

C'était exactement ce que je pensais.

— On se verra peut-être demain ? Sigma Tau organise une autre fête, dit la blonde en faisant glisser ses doigts sur le biceps de Rowan. Ça s'annonce épique.

Ah, d'accord…

Ces filles. Elles étaient toujours là, à roucouler autour Rowan. Et je ne pouvais rien y faire parce que je lui avais dit que je voulais rester discrète. Je ne pouvais pas revendiquer un droit sur lui juste parce que je me sentais étrangement peu sûre de moi. J'eus le souffle coupé lorsque je fus frappée par cette prise de conscience. Voici exactement ce qu'était cette vilaine émotion qui me traversait.

De la jalousie.

Il me fallut rassembler toute ma volonté pour retenir un gémissement de mécontentement. Je n'avais jamais aimé personne au point de le ressentir aussi fort. Même en trouvant Annica avec le membre de Justin fourré dans la bouche, je n'avais ressenti aucune once de possessivité. Honnêtement, je m'en fichais.

— Hmm, probablement pas, dit Rowan, me tirant de ces pensées dérangeantes.

L'une des brunes tordit sa lèvre inférieure en une moue boudeuse, ce qui lui donna l'air d'une enfant sur le point de faire un caprice. Si elle cherchait à être sexy, elle avait complètement raté son coup. Mais bon, c'était peut-être le genre de comportement que les hommes trouvaient attirant. Comment l'aurais-je su ? Ce n'était pas comme si j'avais déjà essayé d'être séduisante. Je n'étais pas du genre à faire la timide, à battre des cils ou à mettre ma poitrine en avant pour attirer l'attention. Ce genre de comportement était ridicule et, franchement, indigne de moi.

— C'est dommage. Les fêtes sont toujours plus amusantes quand on tu es là, dit l'une des jumelles.

Je faillis lever les yeux au ciel. Ces filles devaient disparaître.

Comme s'il sentait mon agacement, Rowan s'éclaircit la gorge et désigna le manuel scolaire sur la table.

— Désolé, mesdemoiselles, je déteste couper court, mais on a encore beaucoup de travail.

Au lieu de saisir l'allusion, l'une des filles baissa les yeux sur le livre.

— Oh, ce sont des statistiques ?

Ses yeux s'illuminèrent et elle sautilla sur place.

— Je pourrais t'aider ! Tu n'as pas besoin de payer un prof particulier.

— Oui, ajoutèrent les deux autres filles avec enthousiasme. On va toutes t'aider !

Oh Seigneur…

Pourquoi avais-je le sentiment que ce serait comme un aveugle guidant un autre aveugle ?

Rowan secoua rapidement la tête.

— Non, Demi est un excellent prof, mais merci.

— Tu es sûr ? demanda l'une d'entre elles.

— Oui, à cent pour cent.

— Très bien. Tiens-nous au courant si tu changes d'avis.

— Entendu.

Rowan pressa ses lèvres l'une contre l'autre et attendit qu'elles partent.

Il fallut encore cinq minutes avant que le trio ne quitte les lieux. Et même après ça, elles s'installèrent à une table voisine et continuèrent de lancer des regards séducteurs à Rowan.

Il me serra les doigts, attirant mon attention sur lui.

— Tu es prête à partir ?

— Oui.

Rowan jeta un coup d'œil aux filles qui se trémoussaient et lui faisaient des signes de la main avant que son regard ne rencontre à nouveau le mien.

— Tu sais que je ne m'intéresse pas du tout à elles, n'est-ce pas ?

Eh bien justement…

Pourquoi ne serait-il *pas* attiré par elles ? Elles étaient toutes jolies, dans le genre parfaites. Et clairement, ces sœurs aimaient partager.

La plupart des gars seraient sur elles.

Littéralement.

— Demi ?

Sa voix se fit plus grave, et je fis disparaître ces pensées vagabondes.

— Tu sais que tu es la seule fille que je désire, n'est-ce pas ? Ça a toujours été toi. Et ça ne changera pas de sitôt !

Toute la jalousie qui me rongeait de l'intérieur se dissolut.

En fin de compte, je le savais. Rowan s'était vraiment montré direct et honnête avec moi. De manière indéfectible.

J'acquiesçai, me sentant bête. C'est moi qui voulais garder cette relation secrète.

—Tu n'as qu'un mot à dire, et ce ne sera plus un secret.

Comme s'il lisait dans mes pensées, il tourna la tête vers ses admiratrices.

— Elles seront les premières à qui je le dirai.

Un léger sourire se dessina aux coins de mes lèvres.

— Bientôt, c'est promis.

— Très bien, dit-il en haussant les épaules. Quand tu seras prête.

Aussi tentant que cela puisse paraître de prendre son visage entre mes mains et de déposer un baiser sur ses lèvres devant tout le monde, je me retins. Je venais de réaliser qu'il était de plus en plus difficile de garder ces sentiments pour moi.

Je voulais les laisser voir au grand jour.

Je voulais qu'on se montre au grand jour.

Ce n'était qu'une question de temps avant que mon désir pour Rowan ne prenne le dessus sur la peur que j'avais de rendre notre relation publique.

DEMI

— Chut !

Je passai la tête dans l'appartement sombre pour voir si Sydney était à la maison. J'avais essayé d'évaluer la situation par SMS, mais elle n'avait pas répondu. La moitié du temps, elle passait la nuit chez Ethan.

Quand ils ne se disputaient pas.

Quelques jours plus tôt, ils avaient eu une autre prise de bec, mais il me semblait qu'ils s'étaient déjà rabibochés. Leur relation me dépassait.

— Tu dois te taire !

— Je me tais, murmura Rowan, en enroulant son bras autour de ma taille et en me tirant vers lui pour me caresser l'oreille.

Avant qu'il ne puisse me distraire de ma mission, je me libérai et continuai à me faufiler dans la minuscule entrée avant d'atteindre la cuisine et le salon. Les pièces étaient plongées dans l'obscurité. La tranquillité qui y régnait me laissait croire que Sydney était avec Ethan.

Ce qui signifiait… – roulement de tambour, s'il vous plaît – que Rowan et moi avions enfin la maison pour nous.

Oui !

Oui !

Oui !

À part le week-end que nous avions passé chez mon père, nous avions seulement pu voler quelques minutes par-ci par-là. Des baisers furtifs dans la bibliothèque quand personne ne regardait. Nous ne pouvions pas nous tenir la main sur le campus, mais de temps en temps, nos doigts se frôlaient. Et des étincelles de tension sexuelle explosaient en moi comme un feu d'artifice. Lorsque nous étions assis en classe, son genou se posait contre le mien. Tous ces petits contacts me rendaient folle, d'autant plus que nous n'avions pas encore fait l'amour.

L'occasion ne s'était pas présentée. Avec un peu de chance, ça arriverait ce soir. Je ne supporterais pas de passer un jour de plus sans le sentir en moi.

Existait-il un terme équivalent à « bourses pleines » pour les filles ?

Si oui, c'était exactement ce que je vivais en ce moment. Je n'avais jamais été aussi excitée.

Mes muscles se relâchèrent lorsque je me retournai pour lui faire face.

— Sydney est partie, ce qui signifie… dis-je en remuant les sourcils de manière suggestive, que nous sommes officiellement seuls.

— Excellent.

Avec un sourire, il glissa ses bras autour de moi, et cette fois, je me laissai aller à l'étreinte.

Dès que ses lèvres se posèrent sur les miennes, je m'ouvris sous la douce pression. Mes genoux faiblirent lorsque le doux velours de sa langue effleura la mienne. Il ne fallut pas longtemps pour que mon monde se rétrécisse, n'englobant que nous deux. À ce moment-là, rien d'autre ne comptait. J'aurais aimé que ce soit toujours comme ça.

Mes mains se glissèrent sous sa chemise jusqu'à ce qu'elles rencontrent sa chair chaude. Ses muscles étaient si rigides, comme ciselés dans le marbre… J'aurais pu les fixer pendant des jours sans me lasser de ce spectacle. Je rassemblai le tissu entre mes doigts avant de le faire glisser sur ses abdominaux en tablette jusqu'à ce que le haut de son corps soit révélé. Quelque part en arrière-plan, un chœur d'anges chantait. Même eux pouvaient apprécier un torse si bien sculpté. Je tirai le tissu par-dessus sa tête avant de le laisser tomber sur la moquette.

— Es-tu vraiment si impatiente que ça ? demanda-t-il, un sourire frémissant dans la voix.

— Tu n'as pas idée.

Tout ce que je voulais, c'était déshabiller cet homme. Rien que d'y penser, ma culotte s'inondait de chaleur.

— Je ne peux pas nier que c'est super excitant.

— Attends un peu, mon petit, et je vais te *montrer* ce qui est super excitant.

Je me surpris moi-même à dire une telle chose.

Sérieusement... qui était cette fille ?

Je n'avais jamais été aussi excitée de toute ma vie. Et je n'en avais certainement jamais autant parlé non plus. C'était une sorte de révélation.

— Hmm, ça me plaît d'entendre ça.

Sa voix devint rauque, comme s'il était aussi excité que moi. Ce qui fit vibrer quelque chose de profond en moi, ne faisant qu'amplifier mon désir pour lui. Mes paumes se posèrent contre la délicieuse musculature de sa poitrine tandis que je le poussai doucement dans le couloir.

— Oh ? s'exclama-t-il en haussant un sourcil pour me taquiner, on va quelque part ?

— Oui, répondis-je en lui lançant mon plus beau regard noir. Dans ma chambre pour que je puisse m'amuser avec toi.

Il suffit de quelques pas pour l'amener exactement là où je voulais. Alors que nous atteignions le seuil de ma chambre, la poignée de la porte de Sydney cliqueta, brisant le silence de l'appartement.

Mes yeux s'écarquillèrent lorsque je réalisai que nous n'étions pas aussi seuls que je l'avais supposé. Je poussai rapidement Rowan dans ma chambre et claquai la porte. Mon cœur s'emballa lorsque Sydney, l'air groggy, sortit dans le couloir sombre et me fit un clin d'œil. Elle avait le regard d'un animal en train de se réveiller d'une longue hibernation.

— Salut, dit-elle en passant une main dans ses cheveux blonds ébouriffés. Quelle heure est-il ?

— Hmm, hésitai-je en jetant un coup d'œil à mon téléphone, environ 20 heures

— Vraiment ? demanda-t-elle en se frottant les yeux. J'étais en train de réviser avant de décider de faire une petite sieste. C'était il y a deux heures. Je suppose que j'étais plus fatiguée que je ne le pensais.

— Oh. Désolée de t'avoir réveillée. Je pensais que tu n'étais pas à la maison.

Elle haussa les épaules avant d'étouffer un bâillement.

— C'est pas grave. J'ai un devoir à finir. C'est probablement une bonne chose que tu m'aies réveillée.

Elle m'adressa un léger sourire avant de se pencher et de jeter un coup d'œil dans l'appartement avec curiosité.

— Y a-t-il quelqu'un d'autre ici ? Je jurerais avoir entendu des voix.

— Hmm…non !

Punaise. Je détestais vraiment mentir. Mais ça ne m'empêcha pas de glisser mon portable de la poche arrière de mon jean et de l'agiter comme une preuve.

— J'étais au téléphone.

— Ah, s'exclama-t-elle en fronçant les sourcils en signe de confusion. C'est vraiment bizarre. Je pensais avoir entendu une voix masculine.

— C'était mon père, répondis-je avant de m'interrompre pendant que mon esprit moulinait, puis j'ajoutai avec un petit rire nerveux : Tu sais à quel point il est bruyant. Ça doit être à cause de tous ces cris sur la ligne de touche.

— Oui, dit-elle en haussant les épaules, sûrement.

Mon souffle se coinça dans ma gorge. Je n'arrivais pas à savoir si elle croyait ou non à mon histoire. Il était probablement préférable que je change de sujet au lieu de m'enfoncer davantage.

— Je pensais que tu serais avec Ethan.

Son sourire se transforma en froncement de sourcils.

— On fait encore un break.

— Oh.

J'avais perdu le compte du nombre de « breaks » qu'ils avaient faits en plus de quatre mois de relation, mais ils étaient nombreux. Trop.

Elle leva les yeux au ciel avant de croiser les bras et de s'appuyer contre le cadre de la porte.

— Oui, je sais. Il faut faire quelque chose. Je ne peux plus continuer comme ça.

Je détestais l'admettre, mais j'avais déjà entendu ce discours de la part de Sydney. Inévitablement, elle se remettait avec Ethan, et le cercle vicieux recommençait. Elle ne faisait jamais rien pour briser le schéma.

Devant mon silence, elle se redressa et changea de sujet.

— J'ai tellement faim. J'ai dormi pendant l'heure du dîner. Tu as déjà mangé ?

— Pas encore, répondis-je en désignant la cuisine, et d'improviser : J'étais sur le point de faire un sandwich au beurre de cacahuète.

Elle fronça le nez.

— Tu as quel âge ? Genre cinq ans ? Et si on sortait pour aller chercher un truc à manger ?

— Oh.

Ignorant la remarque sur mon sandwich préféré, je regardai la porte de ma chambre fermée. Impossible de dire à Sydney que Rowan se tenait de l'autre côté. Enfin, j'aurais pu... mais je n'étais pas encore prêt à le faire.

— Euh...

— S'il te plaît ! dit-elle en se tordant ses mains. J'ai besoin que tu me convainques de le quitter !

C'était impossible.

— S'il te plaît, s'il te plaît, s'il te plaît ! J'ai besoin de ta sagesse maintenant plus que jamais.

Mes épaules s'affaissèrent.

— D'accord.

Sydney avait toujours été là quand j'avais eu besoin d'elle. Comment aurais-je pu ne pas lui rendre la pareille ?

Un grand sourire illumina son visage.

— Génial ! Ça me manque de passer du temps avec toi. J'ai l'impression que tu as été très occupée cette semaine, et je ne sais même pas ce que tu as fait.

Le remords piqua ma conscience. J'avais passé tout mon temps libre à fricoter en douce avec Rowan. Honnêtement, je ne pensais pas que Sydney aurait remarqué mon absence.

— Laisse-moi me changer, et on pourra y aller.

Elle s'en alla avant que je puisse lui répondre, fermant la porte de sa chambre derrière elle.

Il y eut un moment de silence avant que la mienne ne s'ouvre et que Rowan ne jette un coup d'œil dehors.

— La voie est libre ?

— Oui.

La déception m'envahit. J'avais vraiment hâte de passer un peu de temps en tête à tête avec lui.

Comme s'il lisait dans mes pensées, ses lèvres se tordirent.

— J'imagine qu'on va devoir remettre ça à plus tard.

— On dirait bien, répondis-je en faisant la moue.

J'allais prendre feu si je ne m'envoyais pas en l'air bientôt.

Il montra du doigt le tee-shirt en boule sur le sol du salon.

— Je vais en avoir besoin avant de décoller.

— Je te préfère sans, lui répondis-je.

— Tu veux dire comme ça ?

Avec un sourire, il contracta ses biceps, et mes genoux flanchèrent légèrement. Je pouvais le fixer pendant des heures. Malheureusement, ce n'était pas le moment de m'attacher à son corps. Je me précipitai pour attraper le tee-shirt par terre et le lui lancer. Il le fit passer par-dessus sa tête et couvrit sa poitrine. Puis il déposa un baiser sur mes lèvres.

— Tu m'appelles plus tard ?

— Dès mon retour.

— Je serai prêt.

Et puis il partit, disparaissant presque sans bruit par la porte de l'appartement.

Au même moment, Sydney sortit de sa chambre, son sac à la main.

— Prête à partir ?

— Oui.

— Tu veux manger chinois ? Je mangerais bien du poulet et du riz sauté.

Mon ventre gargouilla en signe d'accord. Si je ne pouvais pas satisfaire un appétit, je pouvais au moins satisfaire l'autre.

— Ça me va.

Alors que nous quittions l'appartement, elle passa un bras autour de mes épaules et me tira vers elle.

— Je suppose que si ça ne marche pas avec Ethan, on sera toutes les deux célibataires en même temps.

Je me forçai à sourire.

— Oui.

Sauf que… je n'étais pas aussi célibataire qu'elle le pensait.

Et j'allais bien devoir lui dire la vérité un jour ou l'autre.

DEMI

nnica me heurta alors que je courais vers l'autre côté du terrain. Lorsque je jetai un coup d'œil par-dessus mon épaule, elle plissa les yeux et me lança un regard noir. Je levais les miens au ciel et la repoussai tel le parasite qu'elle était. Cette fille devait se ressaisir et passer à autre chose. Je refusais de m'abaisser à son comportement mesquin et de diviser notre équipe encore plus qu'elle ne l'était.

De toute évidence, Annica pensait différemment. Elle ne me lâchait pas les baskets. Si elle ne faisait pas attention, elle allait recevoir un coup de pied aux fesses. Comme elle n'obtint pas la réaction attendue de ma part, elle s'éloigna. Ses acolytes l'entourèrent et partirent dans la direction opposée.

— Tu devrais peut-être dire au coach ce qui se passe, grommela Sydney avant de pincer les lèvres et de lancer un regard noir à la fille aux cheveux auburn.

— Il est au courant de la situation et veut que nous agissions comme les adultes que nous sommes censés être en réglant nous-mêmes le problème.

Elle serra les poings sur ses hanches.

— Une bonne tarte. *Boum.* Et c'est réglé.

Un gloussement monta dans ma gorge. Même si j'aimais bien cette idée, ça ne ferait qu'empirer les choses.

Après trente autres minutes de mêlée, le coach donna un coup de sifflet. Nous nous regroupâmes avant de revoir quelques actions à travailler, puis il nous libéra pour l'après-midi.

Alors que Sydney et moi nous dirigions vers les vestiaires, je pensais à Annica. Elle ne serait pas satisfaite tant qu'elle n'aurait pas brisé cette équipe et moi avec. Je devais trouver un moyen de l'arrêter. Mais je ne savais pas trop quoi faire de plus. J'avais essayé de lui parler, mais elle refusait d'écouter. Au contraire, ça n'avait fait que l'énerver davantage.

— Hé, m'interpella Sydney, interrompant le tourbillon de mes pensées, ce n'est pas Rowan qui traîne près de la clôture ? dit-elle d'une voix devenue spéculative. Il doit coucher avec une des chaudasses de notre équipe.

Puis elle s'interrompit.

— Chanceuse.

Toutes mes réflexions sur Annica disparurent alors que mon regard se dirigeait vers le grillage de clôture qui entourait le périmètre du terrain. Évidemment, il était là, appuyé nonchalamment contre l'un des poteaux métalliques. Nos regards se croisèrent. L'intensité que je vis dans le sien suffit presque à me faire trébucher.

La puissance des sensations qui tourbillonnaient en moi me surprenait. Elle était à deux doigts de m'étouffer. Jamais je n'aurais pu imaginer vivre quelque chose comme ça avec lui. J'avais passé tellement de temps à prétendre que je ne ressentais rien pour Rowan ! Maintenant que je ne luttais plus contre moi-même, je me noyais presque dans l'émotion.

Les bruits du terrain s'estompèrent alors qu'il s'écartait de la clôture et se dirigeait vers moi. Aussi ringard que cela puisse paraître, c'était comme si une corde invisible nous tirait l'un vers l'autre. Je n'avais jamais ressenti cela avec personne d'autre. Jusqu'à présent, je ne croyais même pas que rien de la sorte puisse exister. Un sourire recourba le bord de mes lèvres. Même si j'avais envie de rester calme, ce n'était plus possible. Sa vue me donnait l'impression d'être une adolescente maladroite. Comme si des cœurs rouges et roses dansaient au-dessus de ma tête. Quelqu'un devait me gifler avant que ça ne devienne incontrôlable.

Sydney continuait de bavarder, mais je n'avais aucune idée de ce qu'elle disait. Sa voix était tel un bourdonnement incessant dans mes oreilles. Rowan était la seule personne sur laquelle j'arrivais à me concentrer.

Un sourire en guise de réponse retroussa ses lèvres, et mon cœur fut pris de spasmes.

Il était tellement beau dans son tee-shirt marron qui épousait chaque délicieux centimètre de son torse et de ses biceps ! Son jean descendait sur sa taille et suivait la forme de ses cuisses musclées. L'excitation m'envoya un coup dans l'estomac avant de migrer dans mon bas-ventre.

Pourquoi gardais-je tout ça et faisais-je comme si nous n'étions pas ensemble ?

J'avais tellement insisté pour que nous gardions notre histoire secrète et que nous nous cachions comme si nous faisions quelque chose de mal, alors que c'était tout sauf la vérité. Je n'avais pas honte d'être vue avec lui. Pourquoi me souciais-je de ce qu'une bande de commères avait à dire ?

Il lui fallut moins de trente secondes pour s'approcher de moi. Quand il fut à moins de deux mètres, il ralentit le pas. Il jeta un coup d'œil à Sydney avant de lever une main hésitante dans ma direction. Ce n'était que maintenant que je réalisai qu'il s'était arrêté parce qu'il ne savait pas comment me saluer devant mes coéquipières. Il essayait d'appliquer ce que je lui ai demandé. Tout à coup, je me sentis bête de l'avoir forcé à garder notre relation secrète.

Trois enjambées m'amenèrent à lui et je lançai les bras autour de son cou. Il haussa les sourcils lorsqu'il comprit mon intention. Du coin de l'œil, je vis la réaction de Sydney. Sa bouche s'ouvrit et ses yeux s'écarquillèrent. Un son étouffé lui échappa. Au lieu d'admettre mon attirance pour Rowan, j'avais toujours fait tout mon possible pour souligner que je ne l'aimais pas. C'était comme si, en le répétant suffisamment de fois, je pouvais me convaincre que c'était la vérité.

De toute évidence, ce plan s'était retourné contre moi. Sydney n'avait jamais réussi à comprendre mon intense dédain pour le quarterback. Elle ne se rendait pas compte que je nous mentais à toutes les deux.

Dès que ses lèvres entrèrent en collision avec les miennes, je les ouvris sous la pression ferme. Sa langue s'insinua dans ma bouche et s'emmêla avec la mienne. Ses bras m'entourèrent, m'attirant à lui. Je n'avais jamais aimé les marques d'affection en public, mais en cet instant, je me fichais complètement de qui nous voyait ensemble.

— Oh, mon Dieu, c'est toi la chaudasse ! hurla Sydney avec assez de décibels pour m'écorcher les oreilles. Je crois que je suis en train de perdre la tête !

Mes lèvres tremblaient et je m'éloignai de Rowan suffisamment pour croiser son regard.

— Eh bien, voilà que c'est officiel, murmura-t-il avec un sourire. Il n'y a plus de retour en arrière possible maintenant.

Un mélange de soulagement et de vertige m'envahit.

— Ça va se répandre sur le campus comme une traînée de poudre, dit-il avant de s'interrompre, cherchant soigneusement le remords dans mes yeux. Tu es prête à affronter ça ?

— Oui, laisse-les parler. Je m'en fiche.

Je n'avais aucune idée du moment où tout avait changé, et où j'avais commencé à me sentir différemment. Tout ce que je savais, c'est que ce changement était dû à Rowan. Au lieu de me pousser dans une relation pour laquelle je n'étais pas prête, il avait attendu patiemment et m'avait donné le temps dont j'avais besoin pour y arriver par moi-même. Et maintenant que c'était fait, j'étais la plus heureuse des femmes.

Sa bouche s'attarda sur la mienne.

— Très bien. Laisse-les parler. Ce n'est qu'un tas de commères.

Oui, c'était exactement ça.

— On dirait que c'est au tour de Rowan de se taper la fille du coach.

La voix odieuse d'Annica me fit l'effet d'un seau d'eau froide déversé sur ma tête. Et pourtant, ce n'était toujours pas suffisant pour éteindre la joie qui fleurissait à l'intérieur de moi.

— Écoute-moi bien… grogna Sydney en faisant un pas menaçant vers notre coéquipière aux cheveux auburn.

Je me séparai de Rowan à temps pour attraper le dos du maillot d'entraînement de mon amie et l'empêcher de faire des dégâts.

— Ignore-la, Syd. Elle n'en vaut pas la peine.

Annica sourit comme si elle venait de remporter une nouvelle bataille. J'étais vraiment épuisée des bêtises de cette fille. Je refusais de la laisser pourrir mon existence comme ça.

— En réalité, dit ma meilleure amie avec un regard noir, ça en vaudrait *vraiment* la peine.

Elle regarda Annica d'un air renfrogné jusqu'à ce que l'autre fille et ses copines passent à autre chose. Ce n'est qu'à ce moment-là que la rage qui remplissait ses yeux verts se dissipa avant qu'ils n'aillent d'un air interrogateur de Rowan à moi…

— C'est vraiment réel ? demanda-t-elle en secouant la tête comme si elle pensait rêver. Que quelqu'un me pince.

Avant même que je puisse répondre, elle leva les bras en l'air.

— Comment as-tu pu me cacher une information aussi croustillante ?

Elle s'interrompit assez longtemps pour prendre une grande inspiration avant de poser une autre question.

— Depuis combien de temps ça dure exactement ?

Rowan pencha la tête comme s'il réfléchissait sérieusement à la question.

— Deux semaines.

— Quoi ?

Ses sourcils se haussèrent en flèche vers la racine de ses cheveux, et on aurait presque pu voir les rouages tourner dans sa tête.

— Attends une minute… Jeudi dernier, quand je t'ai trouvée dans le couloir et que j'ai cru que tu parlais à quelqu'un…

Elle se redressa de toute sa hauteur et enfonça un doigt dans ma poitrine, me faisant mal.

— Je le savais ! Je *savais* que quelqu'un était là ! Mon sixième sens me démangeait et toi, tu m'as carrément menti !

Je grimaçai alors que la culpabilité pointait le bout de son nez.

Rowan passa son bras autour de mes épaules et me serra contre lui avant de déposer un léger baiser sur le dessus de ma tête.

— Ne sois pas trop dure avec elle. Elle avait besoin d'un peu de temps avant de rendre tout ça public.

Insensible à ce commentaire, Sydney croisa les bras et me lança un regard noir.

— Je ne suis pas une de ces grandes gueules du campus, dit-elle en appuyant une main sur sa poitrine. Je suis ta *meilleure* amie. J'ai toujours été là pour toi, poursuivit-elle en pointant un doigt vers les vestiaires. Je n'hésiterai pas à leur botter le cul si je dois le faire.

— Je suis désolée, Syd. Je n'ai jamais eu l'intention de te cacher ça.

Je m'interrompis un moment. Mon regard dériva vers Rowan avant de revenir vers ma meilleure amie.

— Après tout ce qui s'est passé avec Justin et toutes les rumeurs qui ont circulé, je voulais laisser passer un peu de temps pour que ça se tasse.

Ses épaules se détendirent un peu alors qu'elle jetait à nouveau un coup d'œil vers le vestiaire.

— Tu n'avais pas besoin de me cacher la vérité. Je t'aurais soutenue quoi qu'il arrive.

Un sentiment de regret m'envahit. Depuis que j'avais rencontré Sydney au camp d'entraînement avant la première année de fac, nous étions comme cul et chemise. Elle était devenue une présence solide dans ma vie, et je ne pouvais pas imaginer l'université ou le football sans elle. C'était ma sœur spirituelle, et rien ne changerait jamais cela, peu importe où la vie nous mènerait l'année prochaine. Au lieu de faire les choses derrière son dos, j'aurais dû être honnête avec elle.

Ressentant le besoin d'arranger les choses, je glissai hors des bras de Rowan avant d'entourer des miens ma meilleure amie et de la tirer vers moi.

— Désolé, ma belle. Tu es la dernière personne qui aurait dû m'inquiéter.

— Je te pardonne.

Sydney me serra à m'en briser les os. Lorsqu'elle me relâcha et s'éloigna, son regard revint sur le beau joueur de football.

— Ça doit vraiment être sérieux si tu as décidé de briser tes propres règles.

Je lui lançai un regard.

— Oui, c'est le cas.

Même s'il était encore tôt, les sentiments que j'éprouvais pour Rowan étaient plus profonds que tout ce que j'avais connu auparavant. C'est probablement parce qu'il était présent dans ma vie depuis des années.

Avec son bras autour de ma taille, Sydney plissa les yeux en le regardant avant que son expression ne devienne menaçante.

— Je te préviens tout de suite : je te botterai les fesses si tu fais quoi que ce soit qui blesse mon amie.

Ses lèvres se retroussèrent et il leva les mains en signe de reddition.

— Tu n'as pas à t'inquiéter.

Sydney jeta un nouveau regard vers le vestiaire.

— Et reste loin de cette vipère rousse. Connaissant cette traînée, elle va te faire du rentre-dedans pour blesser Demi.

Le sourire disparut du visage de Rowan tandis que son attention se portait sur le petit bâtiment. La compréhension se lut à son expression.

— C'est la fille que tu as surprise avec Justin ?

— Ouaip, répondit Sydney en me devançant. Ce n'est pas la première fois qu'elle flirte avec un petit ami de Demi.

Le regard troublé de Rowan rencontra le mien.

— Elle te pose encore des problèmes ?

Je haussai les épaules. Tout dépendait de sa définition des problèmes.

— Elle est jalouse que notre chérie soit non seulement une meilleure joueuse qu'elle, mais en plus une titulaire. Annica veut sa place. Demi est une concurrente pour elle, et si elle ne parvient pas à l'effacer sur le terrain, alors elle la détruira en dehors, dit-elle alors que son expression se durcissait. Cette fille est une vraie vipère.

— Il doit y avoir une autre raison, dis-je en levant les yeux au ciel alors qu'une vague de chaleur envahissait mes joues. Annica est une bonne joueuse.

— Tu as raison, c'est vrai. Mais elle n'est pas aussi dévouée que toi. Peut-être que si elle consacrait la moitié du temps qu'elle passe à se vanter à s'améliorer, elle serait plus performante sur le terrain.

Avant que je puisse contester l'avis de Sydney, elle se détacha de moi et fit un signe du pouce en direction des vestiaires.

— Je dois prendre une douche. Je retrouve Ethan pour le dîner, dit-elle avant de pincer les lèvres. Du coup, plus besoin de se faufiler en douce dans l'appartement, hein ?

Maintenant que tout était dit, c'était comme si un poids énorme venait d'être ôté de mes épaules. Même Annica ne pouvait pas gâcher cette sensation.

— Non, répondit Rowan en me fixant des yeux.

Puis Sydney s'en alla en trottinant, nous laissant seuls sur le terrain.

Rowan se rapprocha de moi avant de tendre la main et de me prendre dans ses bras. Je penchai la tête jusqu'à ce que mon regard croise le sien.

— Des regrets ? demanda-t-il doucement.

Je n'avais même pas à me poser la question.

— Aucun.

— Très bien, dit-il avant de glisser ses lèvres sur les miennes. Je n'aimais pas me faufiler en douce. Je veux que tout le monde sache que tu m'appartiens.

Ce sentiment possessif me donna des frissons.

— J'aime entendre ça.

Pendant un moment glorieux, tout allait bien dans le meilleur des mondes.

Rowan brisa cette paix en disant :

— Tu sais que nous allons devoir parler au coach, n'est-ce pas ?

Mon cœur s'emballa.

Papa.

D'une manière ou d'une autre, dans la frénésie du moment, je l'avais oublié. Était-il trop tard pour revenir en arrière ? Et si on envisageait de le mettre au courant après la remise des diplômes ?

Rowan sourit.

— Tu crois que je vais passer le reste de la saison sur le banc de touche ?

J'espérais vraiment que non.

Mais bon, avec mon père, tout était possible.

DEMI

— *D*étends-toi.

Rowan serrait mes doigts alors qu'il me traînait sur le trottoir de la maison de mon enfance. Même si nous faisions cela depuis la première semaine de collège, rien dans ce dîner en particulier ne semblait normal. J'étais une vraie boule de nerfs.

— Tout ira bien.

Je posai mon autre main sur mon bas-ventre comme pour calmer le malaise qui grondait en moi.

— Tu en es sûr ?

— Oui, répondit-il en portant nos mains entrelacées à sa bouche avant d'effleurer mes phalanges d'un doux baiser. Certain.

— Je ne sais pas.

Papa et moi avions un arrangement tacite concernant les joueurs des Wildcats. Ça facilitait les choses pour toutes les personnes impliquées. Pas une seule fois, pendant toutes ces années, je n'avais été tentée de franchir cette ligne.

Rowan s'était avéré être l'exception.

Je ne savais pas comment papa allait réagir à ce nouveau développement.

Serait-il sous le choc ?

Éprouverait-il la colère ?

De la déception ?

C'étaient les deux dernières possibilités qui m'effrayaient le plus. Je n'avais jamais franchi de limite de ma vie. Pourquoi ? J'avais une vie de famille heureuse. Même avec le divorce, je savais que mes parents m'aimaient. Certains enfants voulaient repousser les limites et flirter avec le danger. Je n'avais jamais ressenti ce besoin. J'étais trop concentrée sur le football et l'école pour faire des bêtises ou sortir avec des garçons qui, je le savais, me causeraient des ennuis.

Même si je n'avais aucune idée de ce à quoi je devais m'attendre de sa part, je ne voyais pas papa se réjouir que sa seule et unique fille sorte avec son quarterback vedette. Précisément le garçon qu'il avait pris sous son aile, accueilli dans notre maison et traité comme s'il faisait partie de la famille.

La seule bonne chose qui ressortirait de cette soirée était que je pourrais enfin dire la vérité et tout mettre à plat. Mon père et moi avions toujours été proches. Je n'aimais pas faire des coups en douce et des cachotteries. Il y avait eu deux dîners depuis notre week-end passé ensemble, et j'avais à peine réussi à survivre sans avouer la vérité. J'avais ri un peu trop fort et je n'avais pas arrêté de me lever, papillonnant nerveusement entre la cuisine et le salon. Papa m'avait demandé en plaisantant si j'avais des fourmis dans mon pantalon.

Il était loin de se douter que c'était Rowan qui était dans mon pantalon.

Enfin, pas littéralement. Nous n'avions toujours pas couché ensemble, et ça me rendait dingue.

Alors que Rowan tendait la main vers la poignée de la porte, je glissai la mienne hors de la sienne pour lisser ma tenue. Habituellement, je n'étais pas le genre de fille à porter des jupes, mais je voulais être belle ce soir. D'accord… j'avoue que Sydney m'avait peut-être interpellée avant que je ne passe la porte. On m'avait dit qu'un short de sport et un tee-shirt n formaient pas une tenue appropriée pour annoncer une nouvelle relation amoureuse à son père. Je portais une jupe bleu pâle qui arrivait à mi-cuisse et un pull beige clair à col en V qui épousait mes courbes.

Même si je m'étais battue contre Sydney pour changer de tenue, j'étais contente qu'elle m'ait forcée à le faire. L'expression de Rowan valait le coup. Ses yeux avaient failli sortir de leurs orbites lorsqu'il m'avait vue.

Qui sait… peut-être que ce soir serait mon soir de chance.

Je faillis pousser un petit grognement.

On peut bien rêver non ?

Il marqua une pause avant de pousser la porte d'entrée.

— Je t'ai dit que tu étais superbe ?

Mes lèvres se retroussèrent.

— Seulement une douzaine de fois.

— Je voulais juste m'en assurer.

Il me fit un clin d'œil et m'embrassa rapidement avant de pousser la porte. J'eus à peine le temps de me reprendre que papa jetait un coup d'œil dans l'entrée depuis le coin de la cuisine.

— Salut les jeunes !

Il brandit un plateau débordant de hamburgers et de hot dogs pas encore cuits.

— Il fait tellement beau dehors que j'ai pensé qu'on pourrait faire des grillades pour le dîner.

— C'est une bonne idée papa, répondis-je d'une voix trop enthousiaste.

Bon sang. Il fallait vraiment que je me calme et que je me la joue cool.

— Bonsoir, coach, dit Rowan en levant une main pour saluer. Besoin d'un coup de main ?

— Non, tout va bien. Le maïs est prêt à bouillir, et les frites sont dans le four, dit-il avant de jeter un coup d'œil entre nous deux. Vous êtes venus ensemble ?

Zut. Nous aurions peut-être dû prendre chacun notre voiture. Soupçonnait-il déjà notre relation ? Allait-il se précipiter dans son bureau et sortir son arme pour tenter de faire fuir Rowan ?

Je dus ravaler la vague de nervosité qui tentait de se frayer un chemin dans ma gorge.

Avant même que j'aie eu le temps de répondre, Rowan répondit d'un ton désinvolte :

— Oui. Ça me semblait inutile de gâcher de l'essence alors que nous allions tous les deux au même endroit.

Papa hocha la tête comme si c'était parfaitement logique, et je libérai précipitamment l'air retenu dans mes poumons. J'étais là depuis à peine deux minutes, et je savais déjà que je ne passerais pas une heure sans lâcher la vérité.

Le regard de mon père revint sur moi.

— Waouh, ma puce, tu es belle, s'exclama-t-il, puis son sourire se transforma en un froncement de sourcils. On fête quelque chose de spécial, ce soir ? Ce n'est pas ton anniversaire, si ?

— Non.

— Très bien. Je me sentirais mal si j'oubliais, dit-il avant de m'observer d'un peu plus près. Eh bien, tu es vraiment magnifique. Rowan est un homme chanceux.

Mes muscles se tendirent, et mes yeux s'écarquillèrent.

— Qu'est-ce que tu veux dire ?

Maudite Sydney, avec ses manières indiscrètes. Je savais que j'aurais dû m'en tenir à un short de sport et à un tee-shirt.

Il pointa du doigt ma tenue.

— Simplement que Rowan a la chance d'escorter une si belle fille ce soir.

Le coin des lèvres de Rowan trembla

— C'est exactement ce que je lui ai dit, coach.

— Je crois que tu n'as pas porté de jupe depuis des années, dit-il avant de se creuser la tête en silence. Probablement depuis la remise des diplômes du lycée ?

Je me forçai à rire.

— Oh, allez. Ça ne peut pas être vrai.

Mais, maintenant que j'y réfléchissais, c'était probablement le cas.

— C'était l'idée de Sydney, grommelais-je. C'est à cause d'elle.

Papa me lança un regard interrogateur.

— Pourquoi tu dis ça ? J'aime bien. Tu devrais en porter plus souvent. Pas vrai, Row ?

— Oui, répondit-il alors qu'un rire à peine contenu frémissait dans sa voix grave, elle est superbe.

Sans se rendre compte du stress qui était à deux doigts de m'étouffer, papa me fit un signe de la main.

— Je vais mettre cette viande sur le gril pour qu'on puisse manger. Je meurs de faim.

Puis il sortit par la porte coulissante et se dirigea vers le patio.

— Tu dois vraiment te détendre, me chuchota Rowan à l'oreille lorsque nous fûmes seuls.

— Oui, mais je ne vais pas y arriver.

Pas tant que la situation ne serait pas mise au clair.

— Si tu n'es pas prête, on n'est pas obligés de lui annoncer ce soir. Rien ne presse.

Aussi tentante que soit l'offre, je secouai la tête. Même si rien dans son expression ou sa voix ne laissait transparaître ses véritables sentiments, je savais qu'il serait blessé si je me dégonflais et ne mettais pas mon père au courant. Je ne voulais pas que Rowan pense que j'étais gênée de sortir avec lui.

— Je suis nerveuse, admis-je. Je ne sais pas comment papa va réagir. Je ne suis jamais sortie avec aucun de ses joueurs avant.

—Tout finira par bien se passer, dit-il en haussant les épaules comme s'il ne se souciait pas de la façon dont la soirée allait se dérouler. Et si ce n'est pas le cas, alors on fera face à la situation. Il n'y a aucune raison de s'inquiéter avant de savoir comment tout va se passer. C'est un gaspillage d'énergie.

Dans des circonstances normales, j'aurais été tout à fait d'accord avec cette déclaration. Mais ce n'était pas exactement des circonstances normales, si ?

Je relâchai une nouvelle expiration régulière et j'essayai de calmer mes nerfs en émoi. Comme je restai immobile dans l'entrée, Rowan posa la main sur mes reins avant de me pousser un peu en direction de la cuisine. J'avais vraiment l'impression d'avancer vers ma mort.

Trente minutes plus tard, les hamburgers et les hot dogs étaient prêts, et nous étions tous les trois assis autour de la table du patio, dehors. L'immense parasol était déployé, nous protégeant du soleil du soir qui dépassait la cime des arbres. J'attrapai un hamburger que je remplis de garnitures. Rowan et papa n'arrêtaient pas de mettre en place des stratégies pour le match à venir. Si Rowan ne réussissait pas les sélections, papa aimerait probablement l'engager comme entraîneur adjoint.

C'était assez drôle. Par le passé, leur badinage et leur proximité m'agaçaient. Leur relation était fluide. Peut-être même que j'en étais un peu jalouse. Papa et Rowan pouvaient parler de football américain pendant des heures et des heures.

Bien sûr, j'aimais ce sport. J'avais grandi avec un ballon de football américain dans les mains avant qu'il ne soit échangé contre un ballon de football. Mais je décrochais au bout d'un certain temps.

— Quelque chose ne va pas ? me demanda papa en me coupant dans mes pensées et en désignant mon assiette intacte. Tu as à peine mangé une bouchée.

— Oh.

Je suçotai ma lèvre inférieure et haussai les épaules. J'avais la vérité sur le bout de la langue, mais les mots refusaient de sortir.

— Je crois que je n'ai pas très faim.

Avec un froncement de sourcils, il m'observa de plus près.

— Tu te sens bien ? Les hamburgers sont l'un de tes plats préférés.

Je secouai la tête, ayant l'impression d'être la plus grosse poule mouillée au monde alors que je venais de me dégonfler.

— J'ai beaucoup mangé ce midi.

— Ha.

Il prit une bouchée de son hamburger avant de le mâcher et de l'avaler.

Je saisis mon verre d'eau et en avalai la moitié. Ma gorge était desséchée. Avec un peu de chance, l'eau ferait disparaître toute l'anxiété qui me rongeait et je trouverais le courage de lui dire ce qui se passait vraiment.

— Bon, dit papa sur le ton de la conversation, vous êtes ici depuis plus d'une heure. Quand aviez-vous prévu de cracher le morceau sur votre relation ?

L'eau passa par le mauvais tuyau, et je toussai avant de la recracher dans mon assiette. Des larmes remplissaient mes yeux tandis qu'une quinte de toux s'emparait de ma gorge. Papa se pencha et me donna quelques bonnes claques dans le dos, ce qui n'aida pas à détendre l'atmosphère. Soixante secondes s'écoulèrent avant que je puisse reprendre mon souffle.

— Qu'est-ce que tu as dit ? demandai-je en respirant bruyamment.

— Tu m'as bien entendu.

Papa s'assit et croisa les bras. Il portait un polo noir avec un emblème des Wildcats en haut à gauche. Une casquette de base-ball noire assortie était vissée sur son crâne, la visière bas sur ses yeux.

— Quand allais-tu me dire que vous vous fréquentez tous les deux ?

— Hmm.

Mon regard écarquillé se tourna vers Rowan avant que je ne me racle la gorge.

— Nous allions te le dire ce soir.

Le regard de papa rebondit entre nous deux. Je n'avais aucune idée de ce qu'il pensait. Mon père avait passé des années sur le banc de touche à perfectionner son visage impassible, et en cet instant précis, il me torturait.

— Coach...

Papa tourna son attention vers Rowan, et je me préparai à ce que l'enfer se déchaîne.

— Tu as fait des avances à ma fille ?

Et mince.

Le jeune homme inspira avant de se forcer à expirer et à redresser ses épaules.

— Oui, monsieur.

— Eh bien, je ne pensais pas que ça arriverait un jour.

Rowan fronça les sourcils comme s'il n'avait pas bien entendu.

— Je suis... désolé ?

Un lent sourire se dessina sur le visage de mon père. Il jeta un coup d'œil dans ma direction et me surprit en demandant :

— Tu l'aimes bien depuis un moment, n'est-ce pas ?

Il n'y eut aucune hésitation de la part de Rowan.

— Depuis le tout début.

— C'est ce que je pensais.

Même si mon cœur galopait inconfortablement sous ma poitrine, un mélange de joie et de soulagement éclata en moi comme un feu d'artifice. Je n'hésitais pas une seconde avant de tendre la main vers Rowan et de glisser mes doigts entre les siens. Lorsque je les serrai, il me lança un regard avant d'afficher un sourire. La tension qui s'était accumulée dans ses épaules s'évapora.

— Tout ce que j'ai à dire, c'est que tu as intérêt à mieux traiter ma fille que les autres crétins avec lesquels elle est sortie, ou tu auras affaire à moi.

Le ton de mon père était peut-être doux, mais il y avait une menace sous-jacente enfouie sous la surface.

Les lèvres de Rowan se pincèrent, tout comme les miennes.

— Vous n'avez pas à vous inquiéter à ce sujet.

— Oui, dit papa en buvant une gorgée de sa bouteille de bière. Je ne pense pas non plus, mais je dois néanmoins t'avertir.

— D'accord, répondit Rowan.

— Comment l'as-tu découvert ?

Ça ne faisait que quelques jours que nous avions dévoilé notre relation, et nous avions essayé d'être très prudents. Je pensais que nous avions un peu de temps avant de lui dire.

Mon père sourit avant de s'asseoir et de réajuster la casquette de base-ball sur sa tête.

— N'as-tu pas appris depuis le temps que peu de choses m'échappent ?

Je levai les yeux au ciel pour lui faire comprendre ce que je pensais exactement de cette déclaration. Sérieusement. J'aurais pu facilement faire le mur en étant adolescente, et je ne l'avais jamais fait. Il avait toujours été tellement préoccupé par le football ou occupé sur le terrain avec les garçons ! Bon sang, maman était déjà partie depuis deux jours avant qu'il ne le remarque et ne demande où elle était. Et c'était seulement parce qu'il était à court de vêtements propres à porter. Ça aurait pu prendre plus de temps s'il avait eu plus de vêtements.

— Je suis sérieuse.

Maintenant que mon père était au courant et qu'il était visiblement d'accord pour que nous sortions ensemble, mon appétit revenait en force, et je pris une frite pour la grignoter.

— Comment l'as-tu découvert ?

De la méfiance passa dans son regard tandis qu'un rictus jouait aux coins de ses lèvres.

— Tu as oublié la caméra de la sonnette devant la porte ?

J'ouvris la bouche et écarquillai les yeux.

Eh bien, mince. J'avais visiblement oublié.

Il opina du chef, jaugeant avec précision la consternation sur mon visage.

— Je sais que Rowan a passé tout le week-end ici pendant mon voyage de recrutement, dit-il en marquant une pause avant de se racler la gorge. Je suppose, bien sûr, que vous avez dormi tous les deux dans des chambres séparées ?

Et en un instant, la gêne s'installa.

Comme ni Rowan ni moi n'intervenions pour aborder cette question particulière, papa s'empressa de lever les mains.

— Vous savez quoi ? Peu importe. Je ne veux pas savoir. Jamais.

Il se leva d'un bond et attrapa nos assiettes avant de se traîner vers la cuisine comme s'il ne voulait pas s'éloigner de nous trop vite.

Une fois qu'il eut disparu par la porte coulissante, je regardai Rowan et secouai la tête. J'étais quasiment certaine que mon visage était à deux doigts de s'enflammer.

Il savait que Rowan avait passé le week-end ici…

Oh, l'horreur.

Rowan fit tourner sa main jusqu'à envelopper mes doigts avant de les serrer doucement.

— Dans l'ensemble, la conversation s'est mieux passée que prévu.

— Tu te rends compte, signalai-je au cas où ça lui aurait échappé, que mon père pense qu'on s'envoie en l'air ?

Ses épaules tremblèrent et il rit.

— C'est plutôt ironique sachant qu'on ne l'a pas fait, hein ?

— Oui, grommelai-je, ironique.

Il haussa les épaules.

— Si tu es d'accord, je serais plus qu'heureux de rectifier.

Non, merci.

Je ne savais pas ce qui était le pire : laisser mon père penser qu'on était déjà passés à l'acte ou lui dire la vérité.

On ne pouvait pas dire que j'avais déjà pensé que j'aurais à prendre *cette* décision.

ROWAN

*J*e poussai la porte d'entrée de la maison que je partageais hors du campus avec cinq joueurs de l'équipe de football. Dès que je franchis le seuil, des rires et des plaisanteries bon enfant rencontrèrent mes oreilles. Il y avait environ une douzaine de personnes entassées dans le salon. Quelques gars jouaient à *Madden* sur la Xbox. Des filles enlacées à eux, jalonnant leurs perspectives pour la soirée. C'était lundi soir, et tout le monde cherchait à se détendre, à jouer à des jeux vidéo et à boire quelques bières. Si l'on en jugeait par les filles en petite tenue, s'envoyer en l'air ferait probablement partie des priorités. Pour des raisons évidentes, cela n'avait jamais été mon truc, mais je n'allais certainement pas en vouloir à mes amis de vouloir le faire.

Chacun son truc.

Il m'était arrivé de penser qu'il serait agréable de vivre seul ou avec une autre personne, mais je n'avais jamais pu me permettre ce genre de luxe. Plus on était nombreux à partager le loyer, plus il était facile d'étirer sur toute l'année l'argent que je gagnais pendant l'été. Mes bourses sportives et universitaires couvraient les frais de scolarité, la chambre et la pension, mais pas grand-chose d'autre. Je devais donc être prudent. Une fois que je serai dans la NFL, la vie serait nettement plus facile. Pas seulement pour moi, mais aussi pour ma mère. J'avais travaillé très dur pour que ces rêves deviennent une réalité. Je devais faire de cette saison la meilleure de ma carrière universitaire et voir ce qui se passerait au printemps.

— Hé, Michaels, prends une bière fraîche et joins-toi à nous. Ça fait un moment que je ne t'ai pas botté le cul à *Madden*.

— S'il te plaît, Kendricks. Je ne pense pas que tu m'aies jamais botté le cul, sauf dans tes rêves. Et je vous ai déjà dit que ce n'est pas mon genre. Donc laisse-moi dehors de ça.

Il renifla en me faisant un doigt d'honneur et je lui répondis en lui envoyant un baiser.

— Yo, Michaels !

Mon regard se tourna vers Asher Stevens.

— Oui ?

C'était un *tight end*, l'un des meilleurs à être passé par le programme de Western depuis une bonne décennie. Il était impossible qu'il ne soit pas sélectionné au premier tour du draft. Le plus drôle, c'était qu'il aurait pu être encore meilleur, mais le gars faisait la fête comme si c'était son métier.

Nous avions terminé l'entraînement depuis un peu moins d'une heure, et il avait déjà l'air d'avoir déjà bien bu. Rien d'inhabituel à cela. C'était un gars qui aimait brûler la chandelle par les deux bouts. J'attendais encore qu'il s'écrase et brûle, mais il continuait à me surprendre en battant des records sur le terrain et en gardant des notes conformes aux exigences académiques.

La fille à califourchon sur ses genoux ne portait rien d'autre qu'un string.

En observant de plus près, je réalisai qu'elle n'était pas la seule à s'être déjà débarrassée de ses vêtements. On aurait bien dit que c'était à deux doigts de devenir chaud ici, ce qui ne fit que renforcer l'envie d'avoir mon propre appartement pour la énième fois. Quand j'avais accepté de vivre avec ces gars, j'avais pensé que la plupart d'entre eux en auraient fini avec l'alcool, la fête et les coucheries.

Il s'avérait que ce n'était pas le cas.

Bon sang, certains étaient plus que jamais à fond dedans. Un peu comme si c'était leur dernier jour à vivre. Chaque fichue nuit. Même au milieu de la saison. Si j'avais pensé un seul instant que cela affectait notre niveau de jeu ou l'issue des matchs, j'y aurais mis le holà. Mais nous nous en sortions plutôt bien. Si ça venait à changer, je serais le premier à leur botter les fesses.

— Une lettre est arrivée pour toi au courrier, dit-il en montrant du doigt la table délabrée de la salle à manger. Elle est là-bas.

Une lettre ?

Bizarre. Comme je changeais d'adresse presque chaque année, la plupart de mon courrier arrivait à l'appartement de ma mère.

— Merci.

Je me détournai de l'orgie sur le point de se déclencher et me dirigeai vers la salle à manger pour passer au crible une pile composée essentiellement de publicités et de prospectus avant de trouver une enveloppe blanche scellée avec mon nom et mon adresse griffonnés au recto.

Bien qu'il n'y ait pas d'adresse de retour dans le coin supérieur gauche, mes muscles se tendirent en reconnaissant l'écriture. Tout se figea en moi tandis que je fixai la missive entre mes mains. Je ne réalisai pas qu'elles tremblaient avant que mon nom se brouille. Il fallut un gros effort pour les immobiliser. C'était ridicule. Je pouvais l'ouvrir et voir ce que cet enfoiré voulait. Ou… je pouvais peut-être la jeter à la poubelle, à sa place initiale, et faire comme si je ne l'avais jamais vue.

Sauf que ce n'était pas ma façon d'aborder les problèmes. Je leur faisais face. J'avais appris très tôt que c'était la seule façon de gérer les ennuis. Et croyez-moi, les ennuis étaient ce qui caractérisait le mieux mon père.

C'était le cas depuis toujours.

Et ça ne changerait jamais.

Heureusement qu'il n'y avait pas d'adresse de retour. Je jetai un coup d'œil inquiet à mes coéquipiers, qui riaient et s'amusaient dans le salon. Aucun d'entre eux n'était au courant que mon père était un des résidents du pénitencier d'État. J'avais fait tout ce qui était en mon pouvoir pour séparer mon passé de la vie que je m'étais créée à l'université Western. Et s'il n'en tenait qu'à moi, il en serait de même une fois que je serais pro.

La fureur monta en moi tandis que je fixai l'enveloppe d'un regard aveugle.

Ce type ne se rendait-il pas compte que la meilleure chose à faire était de me laisser tranquille ? Apparemment non. De temps en temps, il envoyait une lettre me demandant de lui rendre visite. Je me disais qu'il avait un sacré culot. Pas une seule fois, pendant les dix années de son emprisonnement, je n'avais pris la peine de répondre. Après l'avoir lue, je déchirais la lettre en lambeaux et la jetais à la poubelle. Il me fallait généralement quelques jours pour que le malaise qui s'installait au creux de mon ventre se dissipe alors que je faisais de mon mieux pour oublier l'homme qui m'avait engendré, jusqu'à ce qu'une autre lettre sans adresse de retour arrive par la poste des mois plus tard.

Heureusement, elles étaient rares et espacées.

Au lieu de la jeter directement à la poubelle, j'ouvris soigneusement l'enveloppe comme si c'était une bombe à quelques secondes de la détonation et je dépliai le papier à l'intérieur. Mon cœur joua un staccato douloureux alors que je jetai un coup d'œil aux lignes éparses minutieusement écrites. Mon père n'avait jamais été un homme loquace. Honnêtement, je n'étais pas sûr qu'il ait obtenu son bac. Il avait été un petit voleur pendant la majeure partie de sa vie avant de se retrouver mêlé à une plus grosse opération organisée par quelqu'un d'autre.

Et il en avait payé le prix.

La première ligne me coupa le souffle. C'était comme si un cheval venait de me donner un coup de sabot dans la poitrine.

« Je voulais que tu saches que j'ai été libéré. »

Qu'est-ce que c'est que ce fichu bazar ?

Cette nouvelle inattendue me fit tourner la tête. Le procureur qui avait fait enfermer mon père avait dit qu'il passerait vingt ans en prison. Ce type avait assassiné quelqu'un de sang-froid. Sa place était derrière les barreaux, enfermé tel l'animal qu'il était.

Là où la société était à l'abri de lui.

Où maman était à l'abri de lui.

« *J'aimerais te voir.* »

Oui, aucune chance que ça arrive.

Refusant de lire le reste, je froissai la lettre dans mon poing jusqu'à ce qu'elle se réduise à une petite boule bien serrée. Je fus tenté de la lancer à travers la pièce mais je me retins. C'était la différence entre moi et mon vieux père. J'avais le contrôle et je l'exerçais à tout moment. Je ne me laissai jamais guider par mes impulsions. Si je faisais quelque chose d'irréfléchi, c'était uniquement parce que j'y avais pensé et que j'avais décidé que ça valait le coup de prendre le risque des conséquences.

Comme frapper Justin.

Ça en valait totalement la peine.

Je ne le regrettais pas une seconde.

Et en plus, je l'aurais refait.

Je sursautai presque lorsque des mains délicates se glissèrent autour de mon buste. Pendant un battement de cœur, je me détendis, supposant que c'était Demi. Après cette lettre foireuse, elle était exactement ce dont j'ai besoin. Cette fille était comme un baume pour l'âme. Elle était la seule personne capable de me faire oublier les ennuis qui essayaient de se glisser dans ma vie.

Sauf que... lorsque les mains s'insinuant autour de moi apparurent, les ongles étaient peints en rose vif. Il n'y avait aucune chance que Demi se montre en public en portant cette couleur de vernis. Bon sang, je ne pensais même pas l'avoir déjà vue porter du vernis. Qui que soit cette fille, ses ongles étaient longs et pointus comme des griffes. Ceux de Demi étaient courts et émoussés. Un peu comme les miens. C'était difficile de faire du sport avec des ongles longs. Surtout du football américain.

Comme je n'étais pas sûr de savoir à qui j'avais affaire, j'enroulai soigneusement mes doigts autour des poignets minces et les détachai de ma cage thoracique avant de me retourner. Ce que je trouvai fut une brune me souriant d'un air timide. Elle portait un décolleté plongeant qui dévoilait la majorité de sa poitrine. Refusant qu'elle se fasse de fausses idées, je fis précipitamment un pas en arrière pour battre en retraite. Elle avait un regard avide, comme si elle allait me dévorer tout entier si je lui donnais le feu vert pour continuer. J'avais à moitié peur qu'elle le fasse quand même.

— Salut, Rowan, dit-elle en faisant une vague avec ses doigts. J'espérais tomber sur toi.

Comme j'habitais ici, les chances que ça se produise étaient en sa faveur.

— Salut.

Je portais encore mon sac de sport en bandoulière. Je le glissai alors devant moi comme une barrière. Cette fille faisait probablement trente centimètres de moins que moi et la moitié de mon poids. Ce n'était pas comme si je ne pouvais pas la repousser si je devais. Mais elle avait un regard déterminé dans les yeux, comme si elle était en mission, et j'avais eu affaire à suffisamment de filles depuis mon arrivée sur le campus pour savoir lesquelles étaient les plus tenaces et avaient plus de mal à accepter qu'on leur réponde non.

Je secouai presque la tête. Ça me semblait fou. La plupart des mecs auraient été plus qu'heureux d'accepter ce qu'elle proposait pour la nuit.

Je n'étais probablement pas comme la plupart des gars.

Elle s'avança vers moi, réduisant la petite distance que j'avais réussi à mettre entre nous. Ses seins rebondissaient au gré de ses mouvements. Je doutais sérieusement qu'elle porte un soutien-gorge.

Ce qui ne signifiait pas que je les regardais.

Bon, j'avais peut-être jeté un coup d'œil. C'était un peu difficile de ne pas le faire.

Avec un sourire séducteur, ses doigts manucurés effleurèrent son ventre plat et son buste avant de se poser sur sa poitrine. Un doigt au bout rose tourbillonna autour de son mamelon jusqu'à ce qu'il durcisse. Elle tendit son autre main vers le haut et pressa ses deux seins jusqu'à ce que les pointes dépassent de l'avant de son tee-shirt comme des phares.

Je m'humectai les lèvres.

— Euh...

— Crois-moi, ils sont encore plus spectaculaires de près et en personne.

Je me raclai la gorge.

— Ah, je ne suis pas intéressé. Mais merci.

Je fis un pas de plus en arrière avant que la situation ne s'envenime.

Ses doigts se dirigèrent vers l'ourlet de son tee-shirt.

— Peut-être que tu devrais les voir par toi-même.

— Non, lui dis-je en secouant la tête, ce n'est pas vraiment…

— Ou peut-être que tu pourrais faire semblant d'avoir un peu de respect pour toi-même et saisir l'allusion. Il t'a déjà dit qu'il n'était pas intéressé.

Oh, bon sang.

Eh bien, ça ne sentait pas bon. Même si je fus soulagé de voir Demi, la dernière chose que je voulais, c'était qu'elle se fasse de fausses idées. Elle afficha un sourire sur son visage avant de se tourner vers la brune plantureuse qui avait heureusement lâché le bas de son tee-shirt.

L'autre fille fronça les sourcils avant de jeter une longue mèche de cheveux par-dessus son épaule.

— T'es qui, toi ?

Les lèvres de Demi esquissèrent un sourire tandis qu'elle glissait son bras sous le mien.

— Je suis la petite amie de Rowan.

Les yeux de la brune s'agrandirent. Elle cligna des yeux plusieurs fois comme si elle avait mal entendu avant de froncer les sourcils dans ma direction.

— Tu as une petite amie ?

— Oui, répondis-je en souriant, ravi que Demi ait admis la vérité. J'en ai bien une.

Je lui déposai un baiser sur la joue pour faire bonne mesure.

— Tu ne l'as pas mentionné, dit-elle avec une moue.

— Je suis sûre qu'il était…

Demi s'interrompit et son regard tomba sur les seins de l'autre fille :

— … *distrait.*

La brune sourit comme si elle recevait un compliment.

— Merci !

Elle leva la main et passa ses doigts sur ses seins jusqu'à ce que ses mamelons soient à nouveau au garde-à-vous.

— Ils sont incroyables, n'est-ce pas ?

Les sourcils de Demi se froncèrent tandis qu'elle fixait ouvertement les seins de l'autre fille comme si elle considérait sérieusement la question. Pour être totalement honnête... je ne comprenais pas vraiment ce qui se passait.

J'étais un peu mal à l'aise.

Et excité.

Ce n'était pas bien.

— Oui, en effet, finit-elle par admettre.

L'autre fille baissa la voix en se rapprochant d'elle.

— Y aurait-il une chance qu'un plan à trois t'intéresse ?

— Désolée, répondit Demi en secouant la tête. Je n'aime pas partager.

— Oui, dit l'autre avant de soupirer, son regard s'attardant sur moi comme pour me déshabiller des yeux. Je peux comprendre. Je m'appelle Cassie, poursuivit-elle en faisant un clin d'œil. Viens me voir si tu changes d'avis. Je ferai en sorte que ça en vaille la peine.

Une fois cette proposition lancée, elle s'en alla vers le salon.

Il me fallut un moment pour réaliser que mes sourcils se trouvaient quelque part à proximité de la racine de mes cheveux lorsque je rencontrai le regard arrondi de Demi.

— Je ne sais même pas quoi dire, murmura-t-elle avec un léger froncement de sourcils.

Sa réaction fit tressaillir mes lèvres. Il en fallait beaucoup pour déséquilibrer Demi.

— Désolé.

Une véritable confusion imprégnait sa voix et elle fit un signe de la main vers le salon.

—Comment as-tu réussi à garder ta virginité ?

Je haussai les épaules.

— Je suppose que la bonne fille ne s'est jamais présentée pour me faire une proposition.

— Oh, vraiment ?

C'était maintenant à son tour de hausser un sourcil.

— Je pense qu'on sait tous les deux que ce n'est pas vrai.

Un gloussement s'échappa de mes lèvres. Eh bien, elle m'avait eu, là. Cette fille s'était acharnée sur moi pendant trois semaines, et j'avais repoussé ses avances à chaque fois. Un peu comme un super-héros. Apparemment, rester puceau était mon superpouvoir. Je plaisante. Je l'avais désirée pendant des années, et maintenant qu'elle est enfin à moi, il était important d'y aller doucement.

Comme je ne répondis pas, elle désigna ma main.

— Qu'est-ce que c'est ?

Je jetai un coup d'œil au papier froissé et clignai des yeux pour reprendre conscience alors que le passé s'écrasait sur moi comme un immeuble de vingt étages.

— Rien. Juste un truc à jeter, répondis-je en m'éclaircissant la gorge, voulant orienter la conversation dans une autre direction. Tu es prête à étudier ?

— Oui.

Nous avions un test de statistiques le lendemain, et j'avais besoin de revoir la matière une fois de plus. Je devais améliorer cette note, ou la possibilité de me retrouver les fesses sur le banc de touches serait réelle. Je ne pouvais pas me permettre que ça arrive. Pas avec le draft à venir. Chaque fois que j'entrais sur le terrain, tous les yeux étaient rivés sur moi.

J'attrapai sa main et la traînai à travers le salon. Avant que nous atteignions la première marche, quelques gars l'appelèrent pour la saluer. Asher et Brayden sourirent comme des chats de Cheshire avec des plumes d'oiseaux sortant d'entre leurs dents.

Honnêtement… ils n'étaient qu'une bande de foutus gamins.

Comme je leur lançai un regard furieux, les sourires s'effacèrent de leurs visages, et ils détournèrent le regard. Une fois au premier étage, je nous enfermai dans ma chambre. La musique et les voix endiablées s'estompèrent. Au lieu de mentionner l'orgie qui était sur le point de se dérouler, Demi jeta un coup d'œil à la pièce non décorée. Il y avait un grand lit dominant la chambre, une grande commode et un bureau assorti que j'avais récupérés à l'Armée du salut l'année précédente lorsque j'avais déménagé hors du campus. Ces deux meubles avaient connu des jours meilleurs, mais ils me permettraient de passer le reste de l'année, et c'était ce qui comptait.

Elle jeta un coup d'œil au matelas.

— Eh bien, je suppose que c'est une façon de te pousser à t'allonger.

— Peut-être que ce serait mieux si on travaillait à la bibliothèque. Je ne suis pas sûr que tu puisses garder tes mains pour toi.

Un sourire se dessina lentement sur son visage, et il me frappa comme un coup de poing dans les tripes.

— Je suppose que c'est un risque que tu vas devoir prendre.

Probablement. J'avais tenu Demi à distance, mais je n'avais plus la force de continuer longtemps. Ce n'était pas seulement elle que je combattais, mais moi aussi.

Une heure plus tard, nous étions installés au milieu du lit, un livre de statistiques ouvert devant nous. Demi me bombardait de questions. Cette fille était implacable. C'était une des choses parmi d'autres que j'aimais chez elle.

— Ah…

Je me creusai la tête pour trouver une réponse. Comme aucune ne me vint immédiatement à l'esprit, j'improvisai en priant pour que ça passe.

— Je dirais les probabilités conditionnelles simples pour cinq cents dollars, Demi.

Demi plissa les yeux.

— Faux. C'est la « règle d'au moins un ».

Je passai une main sur mon visage.

— Mon cerveau fume. Je n'en peux plus.

Son expression s'adoucit alors qu'elle tendait la main et me caressait la joue.

— Tu te débrouilles très bien. Tu vas certainement réussir à avoir un B, c'est sûr.

— Hmm, pardon ? Je ne vais pas « certainement réussir ». Tu viens de fourrer toutes ces informations inutiles dans ma tête. Elles n'iront nulle part sauf dans ce test.

Elle jeta un coup d'œil à la montre de sport qui ornait son poignet.

— On devrait réviser pendant encore au moins une heure. C'est toujours mieux d'être surpréparé.

J'espérais vraiment qu'elle plaisantait. Ça avait l'air vraiment horrible. Je ne pouvais supporter qu'une quantité limitée de statistiques, et j'avais déjà atteint mon quota pour la soirée. Probablement la semaine. Mais le regard sur son visage m'indiquait que cette fille ne plaisantait vraiment pas.

Un gémissement quitta mes lèvres tandis que je joignais les mains.

— Je t'en supplie. On arrête. C'est de la torture. Je te dirais tout ce que tu veux savoir. S'il te plaît… plus de statistiques.

Elle devint silencieuse, presque contemplative, avant de proposer une alternative.

— Bon, et si on rendait ça intéressant ?

— Hein ? Rendre les statistiques intéressantes ? demandai-je avant de me taire une seconde. Tu dois sûrement plaisanter.

Je m'allongeai sur le lit et croisai les bras derrière ma tête.

— Je t'écoute. C'est quoi ton idée ?

Mes muscles se tendirent lorsqu'une étincelle apparut dans ses yeux.

— Et si, pour chaque bonne réponse, j'enlevais un vêtement, et que pour chaque mauvaise réponse tu en enlèves un ? Celui qui en a le plus à la fin des dix questions gagne.

Un sourire se dessina sur mon visage.

— Ça s'annonce tout bénef pour moi.

Elle arqua un sourcil sombre.

— Je suppose qu'on va bientôt le découvrir.

— Oui, on va bien voir.

J'effaçai le sourire de mon visage et tentai de prendre un air sérieux en mettant ma stratégie en place.

— Très bien, c'est parti.

— Comment calcule-t-on la probabilité des combinaisons ?

J'expirai profondément et fouillai les recoins sombres de ma matière grise. Après la dernière heure, ce n'était plus qu'un tas de neige fondue. Mais quand même… J'avais la possibilité de mettre Demi à poil, alors je devais creuser profondément et trouver mon second souffle. Une minute entière s'écoula pendant que j'examinais attentivement les mérites de plusieurs réponses différentes avant de les écarter.

— Si tu ne sais pas…

— Laisse-moi un moment, grommelai-je, refusant d'être pressé.

Bon sang, c'était difficile.

Attendez… je pensais avoir trouvé.

— On doit considérer le nombre d'issues favorables sur le nombre d'issues totales.

Pas vrai ? C'était ça… non ? Ou c'était l'inverse ?

Mince. Maintenant je n'en étais plus si sûr.

— Oui ! s'exclama-t-elle alors qu'un sourire fier illuminait son visage. Tu as trouvé !

Bon sang, oui, j'avais réussi. En avais-je seulement douté ?

Ne répondez pas à cette question.

Je me frottais les mains l'une contre l'autre avant de pointer un doigt vers elle.

— Déshabille-toi.

Elle attrapa l'élastique qui maintenait ses cheveux en queue-de-cheval.

— Oh, bon sang, non ! Tu me dois un vêtement ! Et ça, ma belle, ce n'est techniquement pas considéré comme un vêtement. C'est un truc à cheveux.

— Un truc à cheveux ?

— Oui, c'est un terme technique.

— Hmm. C'est ce qu'on avait convenu ?

Elle plissa les yeux et tapota son index contre ses lèvres.

— C'est drôle… je ne me souviens pas que ce soit spécifié dans les règles.

Je plissai les yeux comme elle. On pouvait être deux à jouer à ce jeu.

— Tu vas déjà te raviser ? C'est vraiment comme ça qu'on va commencer ?

— D'accord, grommela-t-elle, les doigts dérivant vers l'ourlet de son tee-shirt avant de le soulever lentement le long de son ventre tonique.

Ce fut suffisant pour que ma bouche devienne sèche. L'étoffe se souleva jusqu'à ce qu'un soupçon de son soutien-gorge de sport noir soit visible, puis…

Elle remit le tee-shirt en place. Lorsque mon regard interrogateur se tourna vers le sien, un sourire s'afficha sur son visage alors qu'elle levait les mains et faisait le tour de ses tétons avec ses doigts jusqu'à ce que les petits boutons se tiennent fermement au garde-à-vous.

Mes yeux s'écarquillèrent.

Punaise, c'était excitant.

Quand elle les pinça légèrement, mon membre devient insupportablement dur, et je gémis.

— Si les statistiques ne me tuent pas, alors c'est toi qui le feras

Un sourire malicieux recourba ses lèvres tandis que ses doigts descendaient vers l'ourlet de son tee-shirt avant qu'elle l'arrache et le laisse tomber sur le lit.

— Prêt pour la prochaine question ?

On ne peut plus prêt.

La petite manœuvre sexy se répéta dans ma tête tandis que je fixai ses seins. Ce que Demi venait de faire était bien plus aguichant que la fille d'en bas.

— Oui, prêt.

Si je répondais bien, ce soutien-gorge de sport serait le prochain à partir.

J'étais sur le coup. J'étais bien parti avec cette première question.

— Comment calcule-t-on la probabilité des permutations ?

Mon Dieu, l'horreur. Après quelques instants de silence, je débitai une réponse, sachant déjà que ce n'était pas la bonne.

Elle imita un bruit de buzzer du fond de sa gorge.

— Faux !

— Tu n'as pas besoin d'avoir l'air si joyeuse.

Demi sourit, en montrant mon torse.

— Je veux le tee-shirt.

Avec un haussement d'épaules, je me redressai. Elle voulait que je me débarrasse de mes vêtements ?

J'étais ravi de lui rendre service.

Je saisis l'arrière de mon tee-shirt avant de le faire glisser le long de mon corps et par-dessus ma tête. Puis je le jetai sur le sien. Visiblement ce serait la pile des perdants. Pour l'instant, nous étions à égalité.

La façon dont son regard dériva sur mon corps fut presque comme une caresse physique. Des filles m'avaient déjà dévoré des yeux, mais c'était différent avec Demi. Je contractai mes muscles, voulant lui donner un petit quelque chose devant lequel baver. Puis je léchai mes pouces et mes index avant de faire le tour de mes tétons comme elle l'avait fait. Elle éclata de rire lorsque je les pinçai d'un coup sec.

Je ne pus m'empêcher de sourire. Existait-il quelque chose de meilleur que des moments sexy mêlés à des rires ?

Non.

— Très bien, pose-moi la question suivante.

Elle en posa une autre et je trouvai la réponse sans avoir à réfléchir. Au lieu de se débarrasser de son soutien-gorge, elle enleva son short de sport. Bon sang, mais Demi avait un corps incroyable. Elle était mince et musclée, et c'était tellement excitant !

Nous passâmes en revue quelques autres questions. Je finis par enlever mon short, ce qui ne me laissait plus que mon caleçon, et elle enleva ses chaussettes. Les choses commençaient à devenir intéressantes, par ici. Espérons que je réussirais la prochaine fois, sinon j'allais devoir étudier les statistiques à poil. Jamais je n'avais pensé que ça arriverait.

— Qu'est-ce qu'une combinaison ?

Oui !

Je le savais !

Je m'éclaircis la gorge comme si ce que j'avais à dire était de la plus haute importance.

— Une combinaison est un arrangement d'objets où l'ordre n'a pas d'importance.

— C'est ça ! Superbe travail !

Déjà en train de saliver, je désignai le soutien-gorge.

— Enlève-le.

Au lieu de suivre l'ordre, elle dit :

— On s'arrête là et on déclare match nul ?

— Pas question. Enlève-le. Arrête d'essayer de tricher pour te soustraire à notre accord.

— Très bien.

Sur ce, Demi passa la main dans son dos et dégrafa le fermoir. Dès que le tissu extensible se détacha, les bretelles glissèrent le long de ses épaules, révélant un aperçu de chair alléchante. Sans la moindre gêne, elle enleva le soutien-gorge et le jeta sur la pile de vêtements qui ne cessait de grossir.

Demi s'assit en arrière, me permettant de la contempler à ma guise. Ça ne la gênait absolument pas que ses seins soient exposés. Son assurance était tellement sexy ! Ce n'était que l'une des choses qui m'attiraient vers elle comme un papillon de nuit vers une flamme vacillante. C'était le cas depuis le premier jour où je l'avais aperçue. Il m'avait peut-être fallu du temps pour capter son intérêt de la même manière qu'elle avait capté le mien, mais maintenant que je l'avais, je n'étais pas près de le laisser partir.

—Et si on arrêtait ?

Elle sourit. Nous étions tous les deux en culotte et caleçon.

— Une dernière question pour déterminer le vainqueur.

— Oh que oui, on va terminer la partie.

— Très bien. Dernière question pour la victoire…

Mes muscles se contractèrent alors qu'elle marquait une pause.

— Les statistiques sont l'étude et l'interprétation de quoi ?

Elle plaisantait, non ? Ça ne pouvait pas être la question. Il devait s'agir d'une sorte de ruse sournoise de sa part. Je fronçai les sourcils, mais son expression restait impénétrable.

Très bien, je me lançai.

— Des données.

Je marmonnai la réponse. Ça ne pouvait pas être si simple.

Elle esquissa un sourire.

— Ding, ding, ding… nous avons un gagnant.

Pas possible.

C'était bien *trop* facile.

Sans que je le demande, Demi glissa ses pouces dans l'élastique de sa culotte et la fit glisser sur ses hanches étroites et ses cuisses musclées avant de l'enlever d'un coup de pied. Et dorénavant, elle était glorieusement nue.

Une lueur malicieuse joua dans ses yeux tandis qu'elle s'étendait sur le lit.

Bon sang de bonsoir.

Mon regard se posa sur la partie d'elle qui m'obsédait.

Tellement magnifique, bon sang.

— Sois franche avec moi : as-tu saboté la dernière question ?

Au lieu de répondre, elle écarta largement les cuisses avant de faire glisser ses doigts sur les lèvres de son intimité étalée.

— Mais pourquoi ferais-je une chose pareille ?

Ma bouche devint cotonneuse tandis que mes yeux s'écarquillaient.

— Qu'est-ce qui ne va pas ? demanda-t-elle en souriant. Tu vois quelque chose qui te plaît ?

Hmm…

— Oui.

Le mot s'échappa à peine de mes lèvres.

— Alors, viens ici et fais quelque chose.

Elle n'eut pas besoin de me le dire deux fois. Je jetai le livre de statistiques du lit. Le lourd manuel atterrit sur le sol moquetté avec un bruit sourd. Puis je me mis à quatre pattes sur le matelas et calai mes épaules entre ses cuisses. Les paupières lourdes, je la fixai avant de baisser la bouche. Un gémissement lui échappa lorsque je touchai avec sa chair délicate.

La façon dont elle était étendue sur le lit, appuyée sur les coudes, la tête penchée en arrière et les lèvres doucement écartées, fit douloureusement palpiter mon sexe. Demi était la fille la plus sexy que j'avais jamais vue.

Je la léchai de haut en bas. Arrivant à son clitoris, je l'entourai de ma langue avant d'aspirer le petit paquet de nerfs dans ma bouche. Elle gémit en arquant son dos sur le lit comme si elle essayait de se rapprocher.

Qui aurait cru que l'étude des statistiques pouvait être aussi excitante ?

Nous devions peut-être faire ça plus souvent.

Beaucoup plus souvent.

Lorsque son corps se tendit, je me rendis compte qu'elle était à deux doigts de l'orgasme, et cela ne fit que m'exciter davantage. Je voulais lui donner plus de plaisir qu'elle n'en avait jamais connu.

— Rowan, gémit-elle.

— Quoi, bébé ? chuchotai-je contre la chair humide.

— Je te veux en moi.

— C'est exactement là que je suis.

Pour prouver que c'était vrai, j'enfouis ma langue dans sa chaleur.

— Non, je veux ta queue, dit-elle en aspirant un souffle frémissant. J'ai besoin de te sentir... s'il te plaît.

J'avais l'impression d'être dans un rêve. Est-ce que Demi Richards me suppliait vraiment pour mon sexe ? J'avais presque peur de me réveiller et que rien de tout cela ne soit réel. Qu'elle me tienne toujours à bonne distance, faisant comme si je n'existais pas. Maintenant que j'avais goûté à sa douceur, il était impossible de retourner à la relation que nous avions toujours eue.

Je levai la tête et fixai ses yeux voilés. Tant de désir tourbillonnait à l'intérieur. Bon sang, oui, je mourais d'envie de lui donner tout ce qu'elle voulait.

— Tu es sûre ?

Elle acquiesça.

Je me mordillai la lèvre inférieure et contemplai la situation actuelle.

Voici mon problème...

J'étais plutôt affamé, si vous voyez ce que je veux dire. Si j'essayais d'entrer en elle dans cet état, j'allais jouir dans les trente secondes. Probablement plus vite que ça. C'était déjà assez embarrassant d'admettre que j'étais encore vierge à vingt et un ans, faire exploser le chargement après quelques coups serait l'humiliation ultime.

Comme… *changer de nom, oublier le football et me faire transférer dans une autre université.*

— Rowan ?

Je passai une main dans mes cheveux et essayai de conserver l'expression torturée de mon visage. Je n'avais pas prévu que la soirée prendrait cette tournure. Bon sang, je pensais qu'on serait dans les stats jusqu'aux genoux. Et c'était la chose la moins sexy du monde.

Ou du moins, c'était ce que je pensais…

Si j'avais soupçonné que c'était la direction dans laquelle la soirée allait dévier, je me serais caressé une… ou peut-être trois fois en préparation.

Avant que je ne réalise ce qui se passait, Demi roula jusqu'à une position assise. Ses mains se dirigèrent vers mes joues, les berçant entre ses mains. Ma tête était toujours entre ses cuisses écartées.

— Je veux *le faire* et je te veux *toi.*

— Oui, répondis-je avant de déglutir, essayant de trouver la meilleure façon de verbaliser mon problème. Je ressens la même chose. C'est juste que…

Alors que ma voix s'éteignait, une lueur de compréhension apparut dans ses yeux.

— Retourne-toi.

Comme je n'obtempérai pas immédiatement, elle retira ses mains de mon visage et poussa mes épaules. Je me redressai avant de rouler sur le dos. Dès que j'atterris sur le matelas, elle rampa sur mon corps et presse ses lèvres contre les miennes. Elle descendit lentement le long de mon torse, déposant des baisers et des mordillements doux sur mes muscles durs jusqu'à ce qu'elle atteigne la ceinture de mon caleçon. Elle fit descendre le tissu d'un centimètre avant de me regarder et de caresser la chair fraîchement dévoilée.

Je me raclai la gorge alors que mon érection palpitait douloureusement.

— Tu te rends compte que tu n'arranges pas la situation, n'est-ce pas ?

Son expression devint charmeuse alors qu'elle me tourmentait avec sa bouche jusqu'à ce que je m'agite sous elle, essayant de tenir le coup. J'étais dur comme de l'acier. Il y avait de fortes chances que je n'arrive pas à la pénétrer avant de jouir comme un geyser.

Vous voyez les mecs qui ne tiennent que pendant deux va-et-vient ?

Je n'étais même pas certain de tenir pour un seul.

Ce n'était pas bon.

En réalité, c'était beaucoup trop bon, et c'était ça le problème.

Une fois mon membre libéré du tissu extensible, je serrai les dents. La détermination concentrée avec laquelle elle me fixait avec ne fit qu'empirer les choses. Elle passa la langue sur la tête de mon sexe avant de lécher cette satanée chose comme s'il s'agissait d'une sucette. Bien sûr, j'avais fantasmé sur elle faisant cela un million de fois, mais en cet instant, ça allait causer ma perte. J'étais comme un adolescent prépubère prêt à jouir partout à la moindre occasion.

C'était vraiment très embarrassant.

— Si tu continues comme ça encore longtemps, je vais jouir, dis-je, la voix écorchée par le désir.

Elle leva suffisamment la tête pour afficher un sourire en coin.

— Oui, c'est un peu le but.

Lorsque Demi aspira mon gland dans sa bouche dans une succion vigoureuse, je sus que c'était fini. Je ne me retins plus. J'enfouis mes doigts dans ses cheveux tandis qu'elle montait et descendait le long de ma queue rigide.

Bon sang, ça faisait un bien fou…

J'arquai les hanches et me délectai de chaque vague du plaisir intense qui s'abattit sur moi, m'entraînant au fond de l'océan. Je crois que rien n'avait jamais été aussi bon. Ce ne fut que lorsque je me ramollis dans sa bouche qu'elle me relâcha avec un bruit sec avant de remonter le long de mon corps et d'embrasser mes lèvres. Lorsque j'entrouvris ces dernières, sa langue se glissa à l'intérieur pour s'emmêler avec la mienne.

— Tu te sens mieux ?

— Seigneur, oui, bredouillai-je presque.

Ses lèvres tremblaient contre les miennes.

— Bien. Mon but est de te donner du plaisir.

Mission accomplie.

Avec un dernier baiser, elle se retira avant de s'asseoir et de se mettre à califourchon sur moi de sorte que son intimité soit largement écartée contre mes abdominaux. Je poussai mes hanches jusqu'à ce que son corps nu puisse glisser contre le mien. Mes mains parcoururent ses cuisses, ses hanches légèrement évasées, puis son buste avant d'atteindre ses seins et d'en palper le doux poids. Ses paupières se fermèrent alors qu'elle se cambrait, se pressant entre mes mains.

Mon Dieu, j'adorais ses seins. Il ne lui en fallait pas plus.

— Tu es si parfaite, bon sang, murmurai-je, captivé par sa vue.

Elle avait l'air si dévergondée, assise à califourchon sur moi, nue, telle la déesse qu'elle était. Elle n'avait aucune idée de la signification de ce moment pour moi. J'avais attendu si longtemps pour être avec elle ! J'aurais pris peur si je m'attardais sur cette pensée.

Bien que je vienne de jouir, mon membre se raidissait déjà. Je gémis quand elle fléchit ses hanches, se frottant contre moi. Mon sexe glissa dans ses plis soyeux jusqu'à ce que je serre à nouveau les dents. Demi bougea de façon que mon gland soit placé en face de son sexe.

Je dus faire preuve de toute ma volonté pour ne pas m'enfoncer profondément en elle et jusqu'au bout.

— Il faut un préservatif.

— C'est bon, dit-elle avant de s'interrompre et de calmer ses mouvements. Je prends la pilule et je n'ai pas eu de rapports sexuels depuis six mois.

J'étais à deux doigts de loucher à l'idée d'être dans son brûlant fourreau sans rien entre nous.

— Tu es sûre ?

— Oui.

Comme pour prouver ses dires, elle se baissa sur mon érection.

Bon sang !

— Mon Dieu, c'est tellement bon, gémit-elle, les yeux fermés comme pour savourer la sensation de nous découvrir enfin réunis.

— Oui, murmurai-je, Seigneur.

Ses lèvres se crispèrent.

— Ne parlons pas de Dieu dans un moment pareil.

— C'est toi qui viens de parler de religion, lui fis-je remarquer.

— Rowan… dit-elle en ouvrant les yeux pour les fermer avant de me lancer un regard exaspéré.

— Oui, compris.

Un sifflement m'échappa alors qu'elle glissait le long de mon corps jusqu'à être complètement assise.

Mon regard se déplaça vers l'endroit où nous étions dorénavant unis de la manière la plus intime possible. Il n'y avait rien de plus érotique. Bien sûr, j'avais vu du porno. Qui ne l'avait jamais fait ? Et je m'étais masturbé devant des photos, mais rien n'était comparable à la vue de Demi chevauchant mon sexe.

Mes mains tombèrent de ses mamelons galbés vers ses hanches avant de s'enrouler autour d'elles comme pour l'ancrer à moi. Peut-être était-ce exactement ce que j'essayais de faire. C'était la meilleure sensation au monde, et je voulais qu'elle dure pour toujours.

Même si je pense que nous savions tous les deux que ça n'arriverait pas.

Incapable de supporter une seconde de plus de cette immobilité, j'inclinai les hanches, glissant hors de son sexe chaud et étroit avant de pousser à l'intérieur. Ce faisant, une lourde vague de plaisir m'envahit. Elle pencha son visage vers le plafond tandis qu'un gémissement lui échappa. Même si j'avais joui dix minutes plus tôt, je n'allais pas tenir longtemps. Le plaisir qui se répandait dans toutes les fibres de mon être était bien trop intense. C'était presque insupportable.

Mais… je ne pouvais pas jouir à nouveau sans qu'elle jouisse d'abord.

Quoi qu'il arrive, je devais rester concentré. Je crispai la mâchoire et me concentrai sur le match à venir et sur le défi qu'il représentait. Mentalement, je décomposais l'enregistrement que j'avais regardé et me concentrais sur les faiblesses qui pouvaient être exploitées. J'exécutai chaque attaque, en poussant mes hanches et en m'enfonçant dans sa gaine serrée.

J'avais beau essayer de me distraire, je ne pouvais m'empêcher de penser à la façon dont nous allions parfaitement ensemble. Comme si elle était faite pour moi. Chaque fois que je m'élançais vers l'avant, Demi répondait à ma poussée vers le haut. Nous étions en rythme parfait, ce qui rendait presque impossible de maintenir ce qui me restait de sang-froid.

Les sons délicats qui s'échappaient d'elle seraient ma perte. Chacun d'entre eux entamant ma volonté. Jusqu'à présent, j'avais toujours été fier de mon autodiscipline. J'avais poussé mon corps jusqu'à ses limites et je m'étais refusé toute tentation. En tant qu'athlète, c'était le jeu. On ne pouvait jamais céder à la douleur. On devait constamment repousser ses limites. Si cela continuait encore longtemps, ce serait au bout du compte cette fille de quarante-cinq kilos qui finirait par me briser.

Et ça, je ne le permettrais pas.

Lorsque j'eus fini de me passer en revue toutes les actions possibles, mon esprit se tourna à nouveau vers les statistiques. Non, mais honnêtement, ça ne pouvait que me refroidir.

Sauf que... lorsque je me concentrai sur la probabilité d'événements indépendants, une image de Demi me vint en tête alors qu'elle enlevait un de ses vêtements, ce qui me fit durcir encore plus. C'était vraiment tordu.

— Je vais jouir, gémit-elle, s'immisçant dans mes pensées.

Merci mon Dieu !

Non, sérieusement. Je le pensais en toute sincérité. Trente secondes de plus, et je me serais mis dans l'embarras.

Au lieu d'accélérer comme mon corps l'exigeait, je maintins un rythme régulier. Mes bourses se resserraient à mesure que ses cris s'amplifiaient. L'extrémité de mon sexe était probablement à deux doigts d'exploser. Ce que j'avais appris de cette expérience était que les gâteries, c'étaient bien, mais que le sexe, c'était fantastique.

Ou peut-être, plus précisément, que c'était le sexe avec Demi qui était si incroyable. Je ne savais pas vraiment, même si je soupçonnais la deuxième proposition d'être la bonne.

Quand elle cria mon nom, son intimité fut prise de spasmes, étranglant mon sexe, et je perdis alors le contrôle, jouissant en retour.

C'était comme si les vannes venaient de s'ouvrir, et qu'il n'y avait aucune retenue. Des étoiles éclatèrent sous mes paupières, et il est fort possible que je me sois évanoui pendant un moment. Lorsque je revins à moi, Demi était penchée sur moi avec un sourire suffisant aux lèvres. Mes doigts se plantèrent dans ses hanches, voulant la maintenir assise sur mon sexe.

— Alors, demanda-t-elle, la satisfaction dégoulinant de sa voix, t'en as pensé quoi ?

Ce que j'en avais pensé ?

Ce que j'en avais pensé ?

Je pensais pouvoir faire l'amour à cette fille pendant le reste de ma vie.

Punaise. Cette pensée était quand même effrayante. Et pourtant… pas tant que ça. Je ne savais pas trop quoi en penser, alors je mis cette idée de côté pour l'instant. Puis je pris un air blasé avant de hausser les épaules.

— C'était bien. Mais, par curiosité… c'est tout ? Genre y'a rien de plus ?

Toute l'arrogance de son expression disparut et ses yeux s'agrandirent.

— Y'a… rien… de plus ?

La question sortit lentement, comme si elle était étrangère, et qu'elle avait du mal à lui faire franchir ses lèvres.

Je dus me contrôler de toutes mes forces pour garder un visage impassible.

— Oui, tu sais, genre un petit truc à la fin ou je ne sais quoi ?

Un son brouillé sortit du fond de sa gorge.

— *Un petit truc à la fin ?*

— Oui. C'était surtout des va-et-vient. Je pensais que tu ferais un peu plus de trucs.

Lorsque son corps se raidit et que le feu s'empara de ses yeux sombres, je ne pus empêcher mon rire de secouer mes épaules alors qu'il résonnait dans tout mon corps.

— *Attends une minute, tu te fiches de moi ?*

Elle se redressa et me frappa le torse

J'attrapai ses mains avant qu'elle ne puisse vraiment me faire mal.

— Oui, je plaisante. Tu dois bien savoir que c'était incroyable.

Elle fronça les sourcils et grogna :

— C'est vrai, c'était génial.

Je la tirai près de moi avant de déposer un baiser sur ses lèvres.

— Rien de ce que j'avais imaginé n'aurait pu me préparer à ce sentiment spectaculaire, et c'est grâce à toi.

Je levai la main vers sa joue avant de passer mon pouce sur sa lèvre inférieure.

Son corps s'adoucit, devint souple.

— D'accord ?

Très honnêtement, j'ignorais comment ça aurait pu être mieux.

Avec un soupir, elle se détendit contre ma poitrine. Son souffle régulier comblait l'espace entre nous. Pour la première fois de ma vie, un véritable contentement s'installa en moi. C'était comme si la dernière pièce du puzzle s'était mise en place. C'était un sentiment étrange. Un sentiment auquel je pourrais m'habituer, si je ne faisais pas attention.

ROWAN

lors que je me précipitai à travers le campus pour retrouver Demi pour le déjeuner, mon téléphone interrompit le tourbillon de mes pensées. Si vous vous demandez, ces pensées concernaient la joueuse de foot brune. J'étais tellement impliqué avec cette fille que je ne pensais pas pouvoir en sortir un jour. À ce stade, je n'en avais même pas envie.

Nous avions officialisé notre relation depuis plus d'une semaine, et les rumeurs sur le campus s'étaient enfin calmées. Les gens s'habituaient à nous voir ensemble. Je m'étais demandé si les gars de l'équipe allaient me mener la vie dure, mais à part quelques commentaires inoffensifs, personne ne m'avait rien dit. Mais ça ne voulait pas non plus dire que les gens ne parlaient pas dans mon dos, si ?

J'étais sûr que ça allait bon train. Ces mecs comméraient comme une bande de vieilles dames sur la place d'une église. Au moins, ils étaient assez intelligents pour ne pas se faire entendre. Ils se feraient botter les fesses, sinon. De plus, la plupart de ces gars considéraient Demi comme une petite sœur. Ils étaient protecteurs avec elle et feraient taire toutes les bêtises qu'ils entendraient sur le campus.

Donc oui, tout se passait vraiment bien dans ma vie ces derniers temps. Je n'avais pas à me plaindre.

Je sortis mon téléphone de ma poche et fixai l'écran.

Maman. La culpabilité me transperça. J'étais tellement absorbé par Demi que je n'avais pas pris de nouvelles pour savoir comment elle allait. D'habitude, nous nous appelions deux fois par semaine. Je devrais probablement passer à la maison et voir comment elle allait. Nous pourrions peut-être dîner au restaurant.

J'appuyai sur le bouton vert avant de porter le téléphone à mon oreille.

— Salut, maman. Comment ça va ?

Il y eut un silence, et je fronçai les sourcils, me demandant si la connexion n'était pas mauvaise. De temps en temps, il arrivait de tomber sur un point mort sur le campus.

— Bonjour, fiston.

Décontenancé par la voix masculine grave qui envahit la ligne, je vacillai sur mes pieds avant de m'arrêter en bégayant.

Que se passait-il ?

Je secouai la tête, m'accrochant à l'espoir irrationnel que mon cerveau me jouait un tour.

— Allô ? répéta-t-il avant de demander : tu es là ?

Au lieu de répondre, je râlai :

— Pourquoi tu as le téléphone de maman ?

Un frisson parcourut ma colonne vertébrale avant de se nicher inconfortablement dans mon ventre.

— Bon sang, où est-elle ? demandai-je en élevant la voix alors que la panique montait en moi. Passe-la-moi.

— Calme-toi, d'accord ? Ta mère va bien, répondit-il en gloussant avant d'éloigner sa bouche du téléphone. Dis bonjour, bébé. Ton fils s'inquiète pour toi.

Mes muscles se contractèrent alors que j'attendais d'entendre le son de la voix de ma mère. Je jurais devant Dieu que s'il lui avait fait quoi que ce soit, j'appellerais son agent de probation si vite qu'il aurait le tournis.

— Salut, mon grand, résonna la douce voix de maman de quelque part aux environs.

Tout mon être se relâcha.

— Donne-lui le téléphone, lui ordonnai-je, voulant lui parler en privé et comprendre ce qui se passait. Pourquoi était-elle avec lui ?

Ignorant ma demande, il dit doucement :

— Bonne nouvelle. Ta mère et moi avons décidé de remettre le couvert, dit-il alors que mon ventre s'écrasait au fond de mes orteils. Tu n'es pas heureux ?

C'était une blague ?

C'était la pire nouvelle possible. Après l'emprisonnement de mon père, il avait fallu des mois, voire des années, pour le chasser de la tête de ma mère. On avait tout simplement dû réinitialiser son esprit. Et maintenant, il était de retour. La dernière chose dont elle avait besoin, c'était qu'il bousille à nouveau sa vie.

Bon sang !

— Maintenant que je suis sorti, on peut former une grande famille heureuse.

Comme si ça avait déjà été le cas. Mon père avait prouvé maintes et maintes fois qu'il n'en avait rien à faire de nous.

— Je dois y aller.

Je n'avais pas le temps pour ces bêtises. Je ne voulais pas de lui dans ma vie, et je ne voulais surtout pas qu'il s'approche de maman. Je n'étais plus le gamin qu'il avait laissé derrière lui dix ans plus tôt et qui se laissait facilement intimider. J'étais un adulte. Je n'avais pas été capable de protéger ma mère de lui auparavant, mais j'étais certain d'y parvenir aujourd'hui.

— Ne t'avise pas de raccrocher !

Sa voix était plus profonde, elle craquait comme de la friture sur la ligne. Comme je m'en doutais, une partie de sa façade de mec gentil s'effondrait. Cela ne fit que confirmer mes soupçons : il essayait de me jouer un tour.

— Pourquoi ? On n'a rien à se dire.

— On a dix ans à rattraper.

— Non, Scott, ce n'est pas le cas.

— Tu as toujours été un petit bâtard insolent, hein ? ricana-t-il.

Même s'il semblait s'efforcer de garder patience, je pouvais presque l'imaginer serrer le poing avant de l'ouvrir et faire craquer ses articulations. Ce son avait toujours signifié l'arrivée des problèmes.

— Il n'y a aucune raison pour qu'on ne puisse pas se voir et régler nos problèmes. Tu es mon fils, nous sommes une famille. Je veux te voir. Comme je te l'ai toujours dit, tu peux choisir tes amis, mais tu ne peux pas choisir ta famille.

Je retins un grognement.

Ce raisonnement était réellement censé me convaincre ?

— J'aimerais pouvoir.

Loin de là, pensai-je.

— Mais j'ai beaucoup de choses à faire.

Alors que je m'apprêtais à raccrocher, il me dit :

— J'ai ton adresse. Peut-être que des retrouvailles surprises seraient plus amusantes.

Cette menace loin d'être subtile me glaça le sang. Je refusais qu'il s'approche du campus.

Bon sang.

Bon sang.

Bon sang.

Je passai mes doigts dans mes cheveux et réfléchis rapidement à ce que je devais faire. Il était toujours possible que ce soit une menace en l'air. Mais… voulais-je vraiment prendre ce risque ? Avec la chance que j'avais, cet enfoiré se présenterait sur le pas de ma porte.

— Quand veux-tu qu'on se rencontre ? demandai-je en serrant les dents si fort que j'avais peur qu'elles se brisent d'une seconde à l'autre.

— Tout de suite ça me va très bien.

Hors de question.

— Désolé, je ne peux pas…

— Écoute, je vais te faciliter la tâche. Il y a un relais routier à la périphérie de la ville, juste après l'autoroute 18 et la départementale 10. J'y serai dans une heure.

Il coupa la ligne avant que je ne puisse ouvrir la bouche. Une sueur froide perla sur mon front à l'idée de me retrouver face à face avec mon père après toutes ces années. Même si je ne voulais pas annuler mes plans avec Demi, je n'avais pas le choix. L'idée de lui mentir me laissait un goût amer dans la bouche, mais il était hors de question que je lui dise la vérité.

Hé, tu te souviens quand tu m'as posé des questions sur mes parents ? Eh bien, devine quoi ? Papa est sorti plus tôt que prévu de prison, où il purgeait une peine de vingt ans. Eh oui, c'est vrai, le sang d'un meurtrier coule dans mes veines.

Vous imaginez le regard d'horreur et de dégoût qui se dessinerait sur son visage ?

Je secouai la tête comme si le mouvement à lui seul allait chasser cette vilaine pensée de mon cerveau.

Ce fut inutile.

Je lui envoyai un rapide texto expliquant que j'avais un imprévu et que je ne pouvais finalement pas la rejoindre pour le déjeuner. Ce n'était pas vraiment un mensonge. Seulement, ce n'était pas la vérité tout entière. En quelques instants, un émoji au visage triste apparut sur mon écran, suivi d'un tas de cœurs et de baisers. Ce fut presque suffisant pour faire naître un sourire sur mon visage.

Je glissai mon téléphone dans ma poche arrière avant de prendre le chemin de la maison. Une heure plus tard, j'étais garé sur le parking de gravier devant un relais routier miteux le long de l'autoroute. Un panneau décrépi faisait défiler des annonces.

Oui, bon...

Ils offraient probablement beaucoup plus de services – du genre frotti-frotta. Je n'aurais même pas dû être surpris que mon père connaisse un endroit comme celui-ci. Je n'arrivais toujours pas à croire qu'il était en liberté. En toute honnêteté, après son incarcération, je n'avais jamais imaginé le revoir. J'avais bon espoir qu'il pourrisse en prison. Savez-vous à quel point cette pensée était réconfortante ? Et maintenant, tout était parti en fumée. Le sentiment de malaise que j'avais si souvent ressenti en étant enfant s'installa au creux de mon ventre. Je détestais constater qu'il était encore capable de me rendre nerveux.

Mes muscles se raidirent alors que j'étais assis dans mon pick-up et que je regardais la plupart des hommes aller et venir dans l'établissement. J'avais une casquette vissée bas sur les yeux. Jusqu'à présent, je n'avais pas encore vu mon père. Était-ce trop espérer qu'il ne se montre pas ? Même si, au fond de moi, je savais qu'il le ferait. La seule raison pour laquelle il m'avait contacté était qu'il voulait quelque chose. Et contrairement à ce qu'il avait craché plus tôt, ce n'était pas pour que nous devenions une famille heureuse. Nous étions beaucoup de choses, mais une famille heureuse n'avait jamais fait partie de cette liste.

Je jetai un coup d'œil impatient à ma montre de sport, souhaitant seulement en finir avec ça. Une fois que je l'aurais fait taire, je n'aurais plus à penser à lui. C'était sûrement pour le mieux. Je pouvais le faire sortir de ma vie une fois pour toutes.

Dix autres minutes s'écoulèrent sans aucun signe de Scott. Alors que j'envisageais de démarrer le moteur et de me tirer de là, une Chevrolet déglinguée entra sur le parking. Je plissai les yeux, pour essayer de bien distinguer le conducteur. Même si je ne pouvais pas clairement voir le profil de cet homme, les cheveux fins à l'arrière de mon cou se tenaient au garde-à-vous. Je ressentais une impression de déjà-vu. Il se passait exactement la même chose que lorsque j'étais enfant et qu'il rentrait ivre, prêt à se battre. Ça m'énervait qu'après une décennie j'aie toujours ce sixième sens pour détecter sa présence. Mon regard resta fixé sur la portière côté conducteur.

L'homme qui sortit du véhicule ne ressemblait que vaguement à celui que la police avait embarqué menottes aux poignets dix ans plus tôt... Ses cheveux blonds étaient coupés court. Presque comme s'il était entré dans un salon de coiffure et leur avait demandé de les couper avec un sabot d'un millimètre. Et il était plus musclé que dans mon souvenir. Mon regard se posa sur son ventre. Il n'y avait plus de ventre plein de bière dépassant de sa ceinture. Les manches de son tee-shirt noir moulaient ses biceps saillants. On aurait bien dit que quelqu'un avait passé beaucoup de temps à la salle de sport de la prison. C'était probablement plus une tactique de survie qu'autre chose. J'étudiai attentivement son visage et remarquai de nouvelles rides.

Les années n'avaient pas été tendres avec mon père.

C'était presque comme s'il pouvait sentir mon attention. Il plissa les yeux, jeta un coup d'œil sur le parking à moitié vide avant de tirer une bouffée de sa cigarette. Le bout brilla d'un rouge vif quand il inhala. Ma réaction immédiate fut de me replier sur moi-même alors que son regard se posait sur mon pick-up. Au moment où je réalisai ce que j'étais en train de faire, je redressai les épaules.

Qu'il aille se faire voir. Peu importait ce qu'il pensait, je n'étais plus le gamin timide qu'il avait laissé derrière lui.

Dès qu'il eut fini de fumer, il jeta sa cigarette sur le gravier et se dirigea vers le restaurant. Un carillon au-dessus de la porte résonna faiblement lorsqu'il franchit le seuil. J'expulsai la bouffée d'air qui s'était coincée dans ma gorge.

Mon instinct de survie se mit en éveil, me hurlant de démarrer le pick-up et de me tirer d'ici tant qu'il était encore temps. Ce qui prouvait seulement qu'on ne pouvait jamais échapper à son passé. Et reconnecter son cerveau, même après une décennie, était plus difficile qu'on ne le pensait.

Aussi tentant que ce soit de partir et de s'enfuir, je savais que c'était inutile. Il allait mettre à exécution sa menace et venir me trouver, et je refusais qu'il s'approche de Western University.

Ou de Demi.

Ma bouche s'assécha.

Surtout de Demi.

Il me fallut encore dix minutes pour trouver le courage de quitter le cocon de mon véhicule. Alors que je me dirigeai vers le restaurant délabré et tout ce qui s'y produisait, j'eus l'impression de marcher vers une mort certaine. Je tirai la porte et entrai l'intérieur dans la salle. J'avais peut-être les nerfs en pelote, mais j'étais fichu si je lui montrais autre chose que de la force. Mon regard balaya les banquettes en vinyle rouge délavé qui avaient connu des jours meilleurs – ou plutôt des décennies meilleures – jusqu'à ce qu'il se pose sur un homme tassé dans le coin le plus éloigné. Une serveuse qui semblait aussi usée que son environnement posa une tasse de café devant lui. J'expirai lentement et me forçai à réduire la distance qui nous séparait. J'étais à mi-chemin dans la pièce lorsqu'il sentit ma présence et leva ses yeux bleu clair qu'il posa sur moi.

Ils s'illuminèrent légèrement de surprise avant que l'émotion ne soit rapidement masquée. La commissure de ses lèvres s'anima d'un sourire forcé.

— C'est bon de te voir, fils.

La douceur de ses mots sonnait faux et m'irrita les nerfs.

— Ne m'appelle pas comme ça, dis-je en craquant, incapable de contenir mon agacement.

Il n'y avait pas d'amour entre nous. Quand j'étais enfant, il ne se souciait pas de me traiter avec une once de gentillesse. Je n'étais rien de plus qu'une nuisance. Ses lèvres se tordaient de dégoût et il m'enjoignait d'arrêter de me cacher derrière les jupes de ma mère et d'agir comme un homme, pas comme une petite mauviette. C'était probablement le meilleur souvenir que j'avais de lui. Non, en fait, le voir se faire embarquer par la police était mon meilleur souvenir.

Ce ne fut que lorsque je me tins à quelques mètres de lui que je réalisai qu'il devait lever le menton pour soutenir mon regard. Quand j'étais enfant, mon père me dominait, il semblait toujours plus grand qu'il ne l'était vraiment. Un concentré de force physique et de force brute qu'il utilisait pour forcer maman à lui donner ce qu'il voulait.

Ce n'était plus le cas maintenant.

Je me redressai de toute ma hauteur et carrai les épaules, espérant l'intimider comme il le faisait avec nous. Au lieu de cela, il fit l'inattendu et ouvrit les bras comme s'il s'agissait de retrouvailles heureuses et que ma venue ne représentait pas une menace pour moi. Je reculai à l'idée de le toucher et décidai de m'affaler sur la banquette à la place.

Il resta là un moment. L'agacement scintillait dans ses yeux avant qu'il ne se glisse en face de moi.

— Quoi ? Pas de câlin pour son vieux père ?

Je m'assis et croisai mes bras.

— Je crois que tu n'es pas venu ici pour des câlins.

Ses lèvres se tordirent. Le semblant de sourire qui n'atteignait pas la froideur de ses yeux. Au lieu de me répondre, il s'exclama :

— Oh, allez. On n'est pas obligés de réagir comme ça. On est une famille. Il y eut une pause, comme s'il évaluait l'effet de ses mots : Dis-moi ce que tu deviens.

J'avais vécu avec lui jusqu'à l'âge de onze ans, et pas une seule fois il n'avait pris la peine de me demander comment s'était passée ma journée à l'école. S'il n'y avait pas un moyen pour moi de me rendre utile, c'était comme si je n'existais pas. Et maintenant il voulait que je lui donne tous les détails de ma vie ?

Hors de question. Il pouvait aller se faire voir.

— On peut arrêter de faire semblant ? lui demandai-je en regardant ma montre d'un air insistant. Je n'ai pas beaucoup de temps.

Le regard dans ses yeux s'aiguisa, devenant presque féroce. Je me crispai, reconnaissant immédiatement sa réaction. Elle me ramena directement à mon enfance et je remerciai rapidement le ciel qu'on l'ait embarqué avant qu'il n'ait pu faire plus de dégâts. Quel genre de personne aurais-je été s'il n'avait pas appuyé sur la gâchette ? M'aurait-il attiré dans son orbite ? M'aurait-il impliqué dans ses petites escroqueries ? Certaines nuits, je restais éveillé à essayer d'imaginer un futur alternatif. Dieu merci, ça n'avait jamais été la réalité. Si tel avait été le cas, je ne serais sans doute pas là où j'en étais aujourd'hui.

La serveuse s'arrêta à notre table. En regardant de plus près, je me rendis compte qu'elle n'était pas aussi vieille que je m'étais imaginé de loin. C'est comme si cet endroit avait aspiré toute la jeunesse en elle.

— Qu'est-ce que je te sers, trésor ?

Je levai la main.

— Rien. Je ne vais pas rester longtemps.

Elle haussa un sourcil de surprise avant de tourner son regard vers mon père.

— Je vous ressers, mon chou ?

Quand ses lèvres s'étirèrent, je remarquai qu'il lui manquait une dent.

Mon père secoua la tête en lui adressant un sourire taché de tabac.

— Non, c'est bon.

— Appelez-moi si vous avez besoin de quelque chose, cria-t-elle par-dessus son épaule, passant déjà à une autre table.

— De quoi voulais-tu me parler ?

J'en avais assez de tourner autour du pot.

— Je t'ai déjà dit que je n'avais pas beaucoup de temps.

— Et pourtant tu es là.

Une lueur de satisfaction illumina son regard. Comme s'il jouait au jeu du chat et de la souris. Il ignorait que je ne serais plus jamais la souris.

— J'ai été absent pendant dix longues années. Est-ce trop demander que de passer un peu de temps ensemble ? Je vais être honnête, petit, ça me fait mal que tu ne m'appelles même pas « papa » comme au bon vieux temps.

Je fis tout ce que je pus pour ne pas lever les yeux au ciel.

Laisse-moi tranquille.

— Et si tu allais droit au but, *papa*, grinçai-je entre mes dents serrées.

Reconnaître que l'enfoiré assis en face de moi était autre chose qu'un donneur de sperme, c'était comme donner une gifle à tous les hommes qui avaient pris ce rôle au sérieux et qui avaient contribué à faire de leurs enfants des êtres humains valables.

Vous savez qui avait eu ce genre d'influence sur moi ?

Le coach. Sans lui, je ne sais pas ce que je serais devenu ni ce que j'aurais fait. Il m'avait donné de l'espoir et m'avait montré que la vie pouvait être différente. Je ne pourrais jamais lui rendre la pareille pour m'avoir donné un avenir auquel croire.

— Tu vois ?

Si ses yeux ne s'étaient pas durcis, j'aurais pu croire que tout son sarcasme s'était envolé.

— C'était si dur que ça ?

Oui, ça l'était. Cet homme ne savait pas à quel point ça me rendait malade de savoir que je descendais biologiquement de lui.

Il ne prit pas la peine d'attendre une réponse.

— Ta mère me dit que le football se passe bien et que tu seras recruté au printemps.

Mon ventre se souleva, se tordant douloureusement. Maintenant, tout s'expliquait. Il avait entendu que je devrais gagner de l'argent et il voulait sa part du gâteau, qu'il la mérite ou non. S'il pouvait potentiellement toucher de l'argent sans avoir à lever le petit doigt, mon père le flairait. C'était probablement son seul vrai talent.

Je haussai les épaules, voulant minimiser mon avenir. Quand bien même ce serait inutile. Il était comme un limier qui venait de repérer la piste.

— Je ne sais pas, marmonnai-je, voulant mettre fin à cette série de questions, rien n'est joué.

Ses lèvres esquissèrent un sourire jauni, comme s'il savait exactement ce que je mijotais et n'était pas dupe de ma modestie.

— Depuis que je suis rentré, ta mère ne parle que de ça. Combien d'équipes s'intéressent à toi et combien d'argent tu vas gagner l'année prochaine.

Il se lécha les lèvres comme s'il pouvait déjà le goûter.

Bon sang.

Pourquoi n'avais-je pas fermé ma grande bouche ?

Je vais vous dire pourquoi : je voulais que ma mère soit fière de moi. Elle avait travaillé si dur pour remplir nos assiettes, garder un toit sur nos têtes et payer le football américain ! Pour la première fois de sa vie, je voulais qu'elle sache que quelqu'un s'occuperait d'elle. Elle pouvait enfin arrêter d'angoisser pour les factures. Une fois que j'aurais signé ce contrat, tout deviendrait plus facile pour nous deux. Elle n'aurait plus à travailler un seul jour de sa vie. J'achèterais le foutu restaurant où elle était serveuse si elle le voulait.

Je pressai mes lèvres l'une contre l'autre et me dandinai avec gêne avant de jeter un coup d'œil par la fenêtre à mon pick-up sur le parking en gravier. J'avais envie de conclure ces petites retrouvailles et de partir.

Il pencha la tête et chercha des informations.

— Tu as un agent ?

— Oui, répondis-je d'un ton sec, sans rien ajouter. Où voulait-il en venir ?

Il me fallut peu de temps pour le comprendre.

— Parce que je pourrais l'être pour toi.

Comme je le regardai fixement, il s'agita sur la banquette et poursuivit avec impatience :

— Négocie bien ton contrat.

Mes yeux s'écarquillèrent, et un gargouillis de rire monta dans ma gorge avant que je ne puisse l'étouffer. Il ne plaisantait pas. Cet homme était aussi sérieux qu'une obstruction des artères à quatre-vingt-dix-neuf pour cent.

Une image de Greg Abbot, mon agent sportif, me vint à l'esprit. Je ne l'avais jamais vu habillé d'une manière moins formelle qu'un costume coûteux avec une cravate voyante. Il n'avait jamais un seul fichu épi. Ses cheveux étaient plaqués et soumis. Quand il souriait, la blancheur de ses dents m'aveuglait presque. Il me rappelait une publicité.

Ce n'était pas le genre de type avec lequel j'avais envie de sortir le samedi soir ou de prendre une bière en regardant un match, mais c'était le meilleur dans le métier et il m'avait promis une prime de signature à six chiffres. Je n'avais aucun doute sur sa capacité à tenir ses promesses. C'était un monstre de ténacité qui connaissait les tenants et les aboutissants du monde du sport. J'étais sacrément chanceux que le coach le connaisse. C'était la seule raison pour laquelle un inconnu comme moi avait fini avec un agent aussi célèbre.

Je clignai des yeux à contrecœur pour revenir à la conversation. Je pouvais presque voir le symbole du dollar danser dans les yeux de fouine de mon père.

Il se pencha vers moi, réduisant autant la distance entre nous que la table en formica le permettait.

— Maintenant que je suis de retour, je peux gérer ta carrière. Tout se passera parfaitement bien. J'aurai un travail, et mon agent de probation me lâchera la grappe.

Plus il parlait, plus mon rythme cardiaque s'accélérait jusqu'à ce que j'aie l'impression qu'il allait bondir de ma poitrine. Je secouai la tête, voulant mettre fin à cette discussion unilatérale dans son élan.

— Désolé, j'ai déjà un agent.

Comme si j'allais le laisser s'approcher de ma carrière ?

Il était fou ou quoi ?

— Vire-le, dit-il en tapant ses doigts sur la table comme si la décision était déjà prise. Gérons ça en famille. Tu n'as aucune raison de donner ton argent à des étrangers.

Non, il aurait préféré que je lui donne tout à lui. Il n'y avait pas la moindre chance que ça arrive.

— J'ai déjà signé un contrat. Je me suis engagé, dis-je en me glissant sur le bord de la banquette, prêt à déguerpir. Donc, si c'est tout ce dont tu voulais parler, je dois y aller.

Une partie de sa façade bienveillante se fissura et il se renfrogna en me pointant du doigt.

— Pose tes fesses. Je n'ai pas encore fini.

Je lui lançai un regard furieux avant de me laisser retomber à contrecœur sur le siège.

Il lui fallut un moment pour retrouver son calme. Il prit sa tasse et but une gorgée avant de grommeler :

— C'est glacé.

D'un geste de la main, il fit signe à notre serveuse et demanda une deuxième tasse. Ce qui prit cinq bonnes minutes. Je tambourinai impatiemment des doigts sur la table ébréchée alors que je bouillonnai de l'intérieur. Ce qu'il faisait était volontaire. Il essayait délibérément de m'énerver. Tout ce que je voulais, c'était qu'il en vienne au fait pour que je puisse le rembarrer.

Une fois sa nouvelle tasse sur la table, il me montra du doigt et dit d'une voix trop forte :

— Voici mon fils, Rowan Michaels. Vous le reconnaissez peut-être ? Il joue au football américain pour les Western Wildcats.

La serveuse plissa ses yeux maquillés d'une main trop lourde, m'inspectant attentivement.

— Je me disais bien que vous me disiez quelque chose, dit-elle en désignant une télévision décrépite fixée au mur. Hal diffuse le match tous les samedis après-midi.

— Enlève ta casquette, fiston, dit doucement papa, laisse la dame te regarder de plus près.

Je serrai les dents, partagé entre l'envie de refuser de lui obéir et celle de ne pas passer pour un gros idiot devant cette étrangère. Les bonnes manières l'emportèrent et je retirai la casquette de ma tête avant de passer les doigts dans mes cheveux indisciplinés. Je lui adressai un sourire crispé en espérant de ne pas avoir l'air aussi énervé que je l'étais.

Elle siffla.

— Vous êtes vraiment bel homme, s'exclama-t-elle en jetant un regard approbateur à mon père avant de lui faire un clin d'œil. Tout comme votre père.

Je fis tout ce que je pus pour retenir un haut-le-cœur.

— Eh oui, dit l'homme assis en face de moi alors qu'il souriait comme s'il était la raison de mon succès. Croyez-moi sur parole, lui dit-il en agitant un doigt, il va remporter des millions l'année prochaine.

— Génial.

Sa main vola vers sa poitrine étroite comme si elle n'avait pas la moindre idée qu'une telle chose était possible.

Il bomba le torse, clairement satisfait de sa réaction.

— Sa mère et moi sommes très fiers.

— Eh bien, alors, je devrais vous demander un autographe.

Elle gigota en cherchant un stylo dans ses poches avant de l'attraper dans ses cheveux.

— Quand vous serez un joueur pro, on pourra l'accrocher sur notre mur de la gloire.

Mur de la gloire ?

Je ne voulais même pas savoir de quoi il s'agissait.

— On devrait peut-être vous demander de l'argent en échange, gloussa mon père, l'air hautain.

Quand le regard écarquillé de la serveuse se tourna vers lui, il fit un signe de la main et se renfonça dans la banquette comme s'il était le Grand Manitou ou quelque chose dans le genre.

— Mais on va laisser passer pour cette fois.

La gêne me piqua les joues. Si seulement il était possible de s'enfoncer dans le plancher et de s'échapper de ce cauchemar !

Sur cette déclaration, la serveuse me tendit un petit bloc-notes. Je griffonnai mon nom, en espérant qu'il soit un peu illisible. Comme si je voulais que quelqu'un sache que j'avais mis les pieds dans ce taudis qui se fait passer pour un motel sans histoire ?

Ce fut un soulagement quand un autre client fit signe à la serveuse et qu'elle partit à contrecœur vers lui.

— Eh bien, dit papa en s'adossant contre la banquette avant de poser un bras sur le dossier déchiré, je pense qu'on peut dire que tu as égayé sa journée.

Enfoiré.

Je passai une main sur mon visage et décidai de mettre fin à cette mascarade plutôt que de la laisser continuer une minute de plus.

— Combien tu veux ?

Il prit une gorgée de son café chaud qui fumait encore.

— C'est beaucoup mieux.

Au lieu de répondre, il inspecta la saleté qui s'était incrustée sous ses ongles.

— Combien tu peux me donner ?

— Pas beaucoup, grognai-je avec amertume. Le football américain est mon métier pendant l'année, donc je ne peux pas travailler. Je vis sur mes économies de l'été.

— Quoi ? Ils ne te paient pas pour jouer au football ? demanda-t-il en fronçant les sourcils comme si je venais personnellement de l'offenser. Tu es pratiquement un professionnel.

— Ce n'est pas comme ça que le sport universitaire fonctionne. J'ai une bourse qui paie mes frais de scolarité.

Il secoua la tête comme si j'étais assez stupide pour me faire avoir. Je vais vous dire par qui je m'étais fait avoir…

— Tu vois ? Si j'avais été là, j'aurais négocié de meilleures conditions pour toi. Je t'aurais fait payer au black ou autre.

Bon sang.

— C'est illégal. Il y a des règles strictes de la NCAA pour ce genre de choses.

Il fit un signe de la main.

— Ils sont tous corrompus…

— Combien, papa ?

Je me pinçai l'arête du nez. Il y avait tellement de pression dans ma tête ! Elle menaçait d'exploser d'un moment à l'autre et tout ça n'aurait plus d'importance parce que je serais mort.

— De combien as-tu besoin ?

Combien faut-il pour que tu partes et ne reviennes jamais ? Donne-moi un chiffre.

— Mille dollars.

Waouh, nom d'un chien.

Il pensait vraiment que j'aurais autant d'argent qui traîne ?

Je gagnais deux mille dollars l'été en travaillant pour l'entreprise de jardinage d'un ami. J'en donnais un peu à maman et je mettais le reste de côté pour le répartir soigneusement pendant l'année. Un certain nombre de mes coéquipiers avaient beaucoup d'argent. Le fric n'était pas un problème pour eux. Ils pouvaient passer des séjours épiques aux Bahamas, au Mexique et au Costa Rica pendant les vacances de printemps.

Mais je ne pouvais pas me permettre ça. Si j'avais de la chance et qu'il faisait beau en mars, je pouvais travailler pendant une semaine.

— J'ai besoin d'une petite somme pour me dépanner jusqu'à ce que je trouve un travail qui paie bien, dit-il avant de poursuivre, comme je ne réagissais pas. Je te rembourserai dès que possible. Même si l'année prochaine tu n'auras plus besoin de moi. Tu auras la belle vie parmi les pros.

— Si je te donne cet argent, dis-je avant de faire une pause, réfléchissant soigneusement à ma réponse, tu devras le considérer comme un cadeau d'adieu. Je ne veux plus te revoir.

La surprise brilla dans ses yeux avant qu'ils ne se rétrécissent.

— Et je veux que tu laisses maman tranquille. Elle n'a pas besoin que tu lui pourrisses encore la vie.

— Pardon ? À qui crois-tu parler ? Tu as certainement dû oublier que je suis ton père.

Il pointa un doigt vers moi alors que la fureur se lisait sur son visage.

— Ne pense pas que tu es trop vieux pour que je te raisonne. J'aurais dû savoir que ta mère allait tout faire foirer. Elle t'a mis des idées dans la tête.

Le sourire qu'il m'offrait me faisait froid dans le dos.

— Je vois bien la façon dont tu me regardes. Comme si tu étais mieux que moi.

Une vilaine lueur joua dans ses yeux.

— Mais tu sais quoi ? On est pareils, fils.

Si j'avais vraiment pensé que c'était le cas, je me serais tiré une balle.

Je me levai de la banquette avant de le regarder fixement. Ce faisant, je ne ressentis que de la colère et du ressentiment. La première, parce qu'il n'était plus enfermé, et la seconde, parce qu'il ne serait jamais rien de plus qu'une sangsue essayant de me sucer à blanc.

— Nous n'avons rien en commun.

Incapable de supporter sa vue, je m'éloignai.

— Et l'argent ? me lança-t-il depuis la table.

Je m'arrêtai sans me retourner.

— Tu l'auras à la fin de la semaine.

Il me fallut trente pas pour atteindre la sortie avant de passer la porte et de pénétrer dans l'air frais de l'automne. Je pris une inspiration et la gardai captive dans mes poumons avant d'expirer lentement. La nausée tourbillonnait au fond de mes tripes avant de chercher une issue. Juste au moment où j'arrivai à côté de mon pick-up, je vomis près de la porte du conducteur, manquant de peu mes chaussures. Tout ce que j'avais englouti ce matin fit une nouvelle apparition. Dès que le contenu de mon ventre fut vidé, je m'essuyai la bouche du revers de ma main. Ce ne fut qu'à cet instant que je réalisai qu'elle tremblait.

Mon corps tout entier tremblait.

Je pris les clés dans ma poche avant et les insérai dans la serrure avant de m'affaler sur le siège et de démarrer le moteur. Je jetai à peine un coup d'œil autour de moi avant de quitter le parking et de rentrer à Western à la hâte.

DEMI

J'étais blottie contre la poitrine de Rowan sur le canapé de mon appartement. Son bras était autour de moi, et nous nous détendions en regardant *Hors contrôle*. Un gloussement s'échappa de mes lèvres alors que Zac Effron faisait une pitrerie. Ce film était stupidement drôle. Je l'avais probablement vu une douzaine de fois, et il ne vieillissait jamais. Quand je me rendis compte que j'étais la seule à rire, je jetai un coup d'œil à Rowan pour voir ce qui se passait. Il devint évident que, même si Rowan était physiquement avec moi, son esprit, lui, était ailleurs. Un regard distant emplissait ses yeux.

Un regard que je ne lui avais jamais vu auparavant.

Oubliant instantanément le film, je me levai et passai mes doigts sur sa joue pour capter son attention.

— Hé, tu vas bien ?

L'expression étrange se dissipa alors que les coins de ses lèvres se retroussaient.

— Oui, je vais bien. Désolé, je pense avoir décroché pendant une minute.

— Tu veux éteindre le film ? lui demandai-je en me redressant pour chercher la télécommande. On n'est pas obligés de le regarder.

Il secoua la tête.

— Non. Ça ne me dérange pas.

Même s'il niait qu'il y avait un problème, j'avais l'impression qu'il n'était pas sincère avec moi, et je détestais ça. Je détestais qu'il puisse – pour une raison ou une autre – mentir. Rowan avait toujours été honnête. Cette constatation ne me plaisait pas du tout.

Mike et Dave continuaient leur comédie burlesque, mais je n'arrivais pas à m'y replonger. Et je me retrouvai incapable de balayer les soupçons qui me rongeaient.

— C'est le match de demain qui t'inquiète ?

Il haussa les épaules et gigota sur le canapé. Il crispa légèrement la mâchoire.

— Pas vraiment. Leur défense est pourrie, on va donc tourner cette faiblesse à notre avantage.

O.K.… alors, quel était le problème ?

Ça ne pouvait pas être les stats. Rowan avait cartonné au dernier examen. Qui aurait cru qu'un simple jeu de strip-statistiques aurait cet effet ?

Cela prouvait qu'avec la bonne motivation, tout était possible.

Après cinq minutes de silence, je saisis la télécommande et éteignis la télévision.

Rowan me lança un regard interrogateur et fronça les sourcils.

— Je croyais que tu voulais finir de regarder le film ?

— Je ne suis plus dedans.

Plus maintenant, pensai-je.

— On pourra le regarder une autre fois.

— D'accord, dit-il alors qu'une étincelle d'intérêt s'allumait dans ses yeux. Tu as autre chose en tête ?

Un sourire recourba mes lèvres tandis que je me tordais dans ses bras avant de ramper sur ses genoux.

— J'espère que ça retiendra ton attention plus que le film.

Je glissai les doigts dans ses cheveux avant de presser mes lèvres contre les siennes.

— Qu'est-ce que tu en penses ?

— Hmm, oui, répondit-il d'une voix plus grave. Je peux t'assurer à cent pour cent que ce sera le cas.

— Bien.

Je passai ma langue sur sa lèvre supérieure avant d'accorder la même attention à sa lèvre inférieure. Rowan avait une bouche étonnante. Douce et pulpeuse. Parfaite à embrasser.

Pourquoi avais-je mis si longtemps à reconnaître mon attirance pour lui ?

Maintenant que j'avais cédé au désir qui m'animait, il n'y avait plus de retour en arrière possible.

Il gémit alors que je poursuivais ma douce torture. Peu importait ce qui se passait dans son esprit, je voulais le bannir. Son sexe se raidit sous son short de sport tandis que je me frottais contre lui.

— Tu me tues, Demi.

Le plus drôle, c'était que je ne faisais pas que le torturer, je me faisais subir la même chose… Je n'avais jamais ressenti ça avant. Bien sûr, j'avais toujours aimé le sexe. La plupart du temps, c'était agréable. Quelques-uns des garçons avec qui j'étais sortie s'assuraient de préparer le terrain avant de plonger directement dedans. Mais ces rencontres étaient toujours à double tranchant. Ce n'était pas le cas avec Rowan. Il prenait toujours son temps, s'assurant que j'étais à deux doigts de le supplier lorsqu'il me pénétrait.

Le sexe avait plus que jamais dominé mes pensées au cours du dernier mois. Tout ça à cause de Rowan et de ce qu'il me faisait ressentir. Pas seulement physiquement, mais aussi émotionnellement. Cette relation était différente de tout ce que j'avais connu. Elle était d'un tout autre niveau. Un niveau plus profond. Nous avions tellement plus en commun que ce que je m'autorisais à croire !

Et pour être honnête, son corps super sexy n'était pas mal lui non plus. J'étais obsédée par l'idée de passer mes mains sur tous ces muscles parfaitement sculptés. Il m'avait transformée en une véritable bête de sexe. C'en était presque gênant.

Les doigts me démangeaient de le toucher. Cédant à l'envie, j'attrapai l'ourlet de son tee-shirt avant de la faire glisser sur son torse et de la jeter au sol.

— Ton torse est incroyable, murmurai-je, le bout des doigts glissant sur ses muscles tendus.

Il tira sur mon haut, m'en débarrassant rapidement.

— Crois-moi, je suis un vrai fan de toi, moi aussi.

Mes lèvres s'entrouvrirent lorsqu'il caressa mes seins nus. Je me cambrai entre ses paumes, me délectant de la sensation que procuraient ses mains sur mon corps. Ses caresses étaient toujours délicates.

— Est-ce que Sydney va rentrer bientôt ?

— Non. Elle et Ethan ont prévu d'aller à une fête et de passer la nuit chez lui, répondis-je en souriant. Ce qui veut dire que nous avons l'appartement pour nous tout seuls.

Un sourire assorti au mien illumina son visage.

— Je suppose donc que je n'aurai pas à étouffer tes cris de plaisir.

— Ne sois pas arrogant, lui dis-je en levant les yeux au ciel alors qu'une vague de chaleur submergeait mes joues. Ce n'est arrivé qu'une fois, d'accord ?

— Ah les femmes ! grommela-t-il. Tout est question de fierté avec elles. Laisse-moi avoir raison.

Je ris et pressai mes lèvres contre les siennes.

— D'accord. Tu es un étalon.

Il plissa les yeux.

— Pourquoi ai-je l'impression que tu me flattes ?

— Quoi ? Moi ? Impossible.

Au moment où mes doigts se posèrent sur son corps robuste, il se pressa contre eux. J'étais sur le point de baisser le morceau de tissu quand la porte de l'appartement s'ouvrit avec fracas et que des voix fortes brisèrent la tranquillité de la pièce.

— Si c'est le genre de fille que tu veux, alors tu peux l'avoir ! C'est terminé !

Il y eut une pause avant que Sydney ne s'emballe :

— *Et cette fois, je suis sérieuse !*

Je glapis, mes doigts se resserrant autour du membre de Rowan.

Il grogna en grimaçant.

— Attention, j'aimerais pouvoir encore m'en servir.

— Désolée !

Je le relâchai, mes mains volant vers mes seins nus alors que l'appartement était inondé de lumière.

Sydney entra en trombe dans le minuscule salon, s'arrêtant net lorsqu'elle nous aperçut sur le canapé. Elle écarquilla les yeux de surprise. Ethan se heurta à son dos, et elle fit quelques pas en avant.

— Pourquoi as-tu...

Sa voix s'éteignit alors qu'il prenait conscience de la vue qui s'offrait à lui. La tension sur son visage disparut, laissant place à de l'amusement.

— Oh, s'exclama-t-il. Désolé, mec, on dirait bien qu'on a interrompu ton vendredi soir.

Rowan passa une main dans ses cheveux.

— Ce n'est pas grave.

Vraiment ?

J'étais perchée sur ses genoux.

Seins nus.

Ce qui semblait définitivement être un problème... un problème embarrassant.

Sydney se retourna pour faire face à son petit ami. Ou peut-être ex-petit ami. Son statut changeait tous les jours et il était difficile de s'y retrouver.

— Tu devrais partir. Non seulement tu as gâché ma soirée, dit-elle avec un geste dans notre direction, mais tu as aussi gâché la leur !

Les lèvres d'Ethan se pincèrent alors que l'humour qui s'y lisait quelques instants plus tôt disparaissait de son regard. Il croisa ses bras.

— Je n'irai nulle part tant que nous n'aurons pas réglé cette question. Comme d'habitude, tu réagis de manière excessive.

Les sourcils de Sydney s'élevèrent jusqu'à la racine de ses cheveux.

Je secouai presque la tête. C'était la dernière chose à dire à une fille déjà énervée.

— *Comme d'habitude ?*

Sa voix monta de quelques centaines de décibels jusqu'à pouvoir briser un verre.

— Qu'est-ce que ça veut dire ?

On put voir le moment exact où Ethan se rendit compte de son erreur lorsqu'il se passa une main sur le visage.

— Ce n'est pas ce que je voulais dire, marmonna-t-il.

— Très bien, dit-elle en serrant les poings contre ses hanches.

Ethan aurait dû abandonner, sachant qu'il ne pouvait déjà plus se rattraper. S'il continuait, ça finirait mal pour lui.

— Qu'est-ce que tu *voulais* dire exactement alors ?

Il pressa ses lèvres l'une contre l'autre avant de jeter un regard suppliant dans notre direction, comme s'il était possible pour nous de le sauver de lui-même.

Désolé mon pote, tu es tout seul sur ce coup-là.

— Il faut qu'on sorte d'ici, murmura Rowan, avant que ça ne dégénère.

Je jetai un coup d'œil vers mes seins nus toujours protégés par mes bras.

— Des idées pour y arriver ?

— Oui.

Avant que je puisse poser d'autres questions, Rowan m'entoura de ses bras et se leva rapidement. J'enfouis mon visage dans le creux de son cou en m'accrochant à lui comme à la vie.

—On va vous laisser un peu d'intimité pour parler, dit-il en guise d'explication à notre retraite précipitée.

Espérons qu'il y aurait plus de discussions et moins de cris. Mais je n'aurais pas parié là-dessus.

Ni l'un ni l'autre ne répondirent lorsque Rowan se dirigea rapidement vers ma chambre, fermant fermement la porte derrière lui. Une fois qu'il se fut installé sur mon lit, je levai mon visage pour croiser son regard. Un sourire recourba ses lèvres, et je me surpris à sourire. Un gloussement s'échappa avant que ses épaules ne tremblent, et nous nous retrouvâmes tous les deux à éclater de rire.

— Alors, dit-il, tu es toujours intéressée pour continuer ou…

— Ou ? répondis-je rapidement. *Définitivement ou.*

— C'est exactement ce que je pense aussi.

DEMI

Les élèves se dispersèrent comme des rats fuyant un navire en plein naufrage lorsque M. Peters nous libéra pour la journée en nous rappelant qu'il y aurait un quiz pas si petit que ça vendredi.

Rowan gémit, rejoignant le chœur des autres étudiants peu enthousiastes. Je lui adressai un sourire avant de lui donner un coup de coude dans les côtes.

— Oh, allez, tu t'es bien débrouillé au dernier. Bientôt, tu n'auras plus besoin de mon aide.

— Je devrais peut-être envisager de rater ce quiz exprès pour continuer à bénéficier de ton aide, dit-il, l'humour teintant sa voix.

— Tu n'as pas intérêt !

Je levai les yeux au ciel tandis qu'un sourire se dessinait aux coins de mes lèvres. Depuis que Rowan et moi étions ensemble, j'étais excessivement, ridiculement heureuse. C'était comme si je vivais dans ma propre version réelle d'un film de Disney. Je n'aurais été nullement surprise si je m'étais réveillée avec des créatures des bois chantant sur le rebord de ma fenêtre. Même les commentaires acerbes d'Annica ne suffisaient pas à m'abattre. Ses embrouilles étaient dignes d'une mouche du vinaigre. Je les ignorais facilement.

Une fois nos sacs bouclés, nous sortîmes dans le couloir bondé. Rowan agrippa mes doigts alors que nous nous dirigions vers la sortie du bâtiment. Les gens criaient son nom, le saluaient comme s'il était une célébrité. Je n'avais jamais remarqué toute l'attention qu'il suscitait. J'étais trop occupée à essayer de l'éviter. Beaucoup de garçons dans sa position s'en seraient délectés comme si c'était leur dû et se seraient prélassés dans l'adoration, mais il ne semblait pas se soucier de la notoriété. Il vaquait simplement à ses occupations comme si c'était normal. La façon dont il se comportait me faisait tomber encore plus amoureuse de lui. Il n'avait rien à voir avec ce que je supposais. Ou plutôt ce que je m'étais persuadée de croire.

Dieu merci, il n'avait jamais renoncé à moi. J'aurais raté l'occasion d'apprendre à connaître un type formidable et d'avoir une relation sérieuse.

Rowan tint la porte ouverte et nous sortîmes sous le grand soleil d'automne. Il y avait un soupçon de fraîcheur dans l'air alors qu'une brise soufflait sur nous. Même si j'adorais l'été, le temps des pulls restait mon moment préféré de l'année.

— Tu veux prendre un café avant ton prochain cours ?

Vous voyez comme il me connaissait bien ?

Je lui lançai un regard reconnaissant.

— Tu lis dans mes pensées. Je meurs d'envie d'un Frappuccino.

Mon prochain cours était encore plus ennuyeux que celui sur les statistiques. Imaginez si vous le pouvez. J'allais avoir besoin de toute l'aide que pouvait m'apporter la caféine pour tenir le coup ce matin.

Nous venions à peine de faire quelques mètres sur l'allée cimentée lorsque quelqu'un cria le nom de Rowan. Je jetai un coup d'œil autour de moi, sans repérer immédiatement l'individu. Les doigts de Rowan se raidirent alors qu'il accélérait le pas. Il ne devait pas se rendre compte que quelqu'un essayait d'attirer son attention. Sinon, il se serait arrêté. Il était toujours si aimable lorsque les fans voulaient parler de football ou prendre un selfie avec lui !

Je haussai les épaules alors que nous avancions sur le chemin.

— Hé, Rowan Michaels !

Cette fois, le nom retentit dans la foule. Plusieurs personnes tendirent le cou, nous regardant avant d'observer les environs. Lorsque les doigts de Rowan se plantèrent dans les miens, je grimaçai et je jetai un coup d'œil vers lui. Je fus surprise de constater que son expression était pincée. Même sous le soleil qui nous baignait, sa peau avait pris un teint de cendre. Il semblait à deux doigts d'être malade.

— Rowan, murmurai-je, tu me fais mal.

— Désolé.

Il relâcha immédiatement mes doigts et nous nous arrêtâmes.

J'observai autour de moi, essayant de trouver celui qui venait de crier son nom. Après avoir passé la foule au peigne fin, mon regard se posa sur un homme qui se frayait un chemin dans la cohue des étudiants pour tenter de nous rejoindre. Je ne savais pas exactement à qui je m'attendais, mais ce n'était pas à ce vieux type qui semblait avoir la quarantaine ou le début de la cinquantaine. C'était difficile à dire avec sa casquette de base-ball vissée sur sa tête qui cachait ses yeux. De ce que je pouvais voir, son visage était plissé de rides. Il ne me semblait pas travailler pour l'université. Son apparence était un peu trop… *rustre.*

Un sentiment de malaise me parcourut l'échine tandis que mon regard restait fixé sur le type qui s'avançait vers nous. Pour des raisons que je ne comprenais pas, j'avais peur de le quitter des yeux. Comme s'il était un prédateur dont je devais me méfier, ce qui était étrange ; nous étions au milieu du campus, il y avait une foule d'étudiants, et nous étions en plein jour. Rien ne pouvait arriver. Et pourtant… il y avait ce petit bourdonnement à l'arrière de mon cerveau qui criait : « Danger ! » J'avais beau essayer, je n'arrivais pas à me débarrasser de cette sensation déconcertante.

Bien que nous nous tenions côte à côte, je me rapprochai encore de Roman, cherchant à me rassurer par son corps contre le mien.

— Tu le connais ?

Rowan observait attentivement l'homme plus âgé, comme s'il sentait lui aussi que quelque chose n'allait pas. Cela ne faisait que renforcer mon sentiment initial d'inquiétude.

Au lieu de répondre à la question, il marmonna :

— Va prendre ton café, je te rejoins dans quelques minutes.

Et le laisser seul avec ce type étrange ?

Pas question. Non pas que je sois d'une aide quelconque si la situation tournait mal, mais quand même... je refusais de quitter Rowan.

— Je vais passer mon tour pour le café, ce n'est pas un problème.

— *Demi...*

Son ton était étrangement pressant. Rowan n'eut pas l'occasion d'en dire plus avant que le type qui nous suivait s'arrête à quelques mètres de l'endroit où nous nous tenions.

Son regard bleu pâle alla de l'un à l'autre avant de se fixer sur Rowan.

— J'avais peur que tu ne m'aies pas entendu.

Une lueur de colère traversa le visage de Rowan avant de se retrouver dissimulée derrière un masque d'acier.

— Désolé, il y a beaucoup de bruit.

J'ignorais qui était ce type et ce qu'il voulait, mais je savais que Rowan ne disait pas la vérité. Dès qu'il avait entendu la voix de cet homme, ses doigts s'étaient serrés presque douloureusement autour des miens. Son comportement avait changé, il était devenu plus anxieux. Alors que ces pensées tournaient dans ma tête, je réalisai que Rowan devait le connaître.

— Que fais-tu ici ?

L'homme plus âgé haussa les épaules tandis que ses lèvres se tordaient en un mince sourire.

— Je me suis dit que j'allais passer sur le campus et voir à quoi ça ressemble.

Il y eut un moment de silence gênant.

— Ce n'est pas comme si tu avais répondu à mes appels.

Cette déclaration ne fit que confirmer mes soupçons. Ils se connaissaient définitivement. Mais comment ?

La mâchoire de Rowan se crispa. Un mélange de nervosité et de colère vibrait en lui en vagues suffocantes.

Qui était ce type ?

Quand il devint évident que ni l'un ni l'autre ne me renseignerait, je m'avançai et tendis la main.

— Bonjour, je m'appelle Demi, dis-je avant d'hésiter et d'ajouter :
la petite amie de Rowan.

Le regard perçant de l'homme se posa sur moi avant de glisser sur
mon corps d'un air appréciateur qui me donnait l'impression d'avoir
été mise à nu. Un nouvel éclair de malaise me traversa lorsque sa peau
rugueuse entra en contact avec la mienne.

— Petite amie, hein ? Ses sourcils se relèvent sous le bord de sa
casquette : On dirait que tu te débrouilles plutôt bien, hein, Row ?

Row. À l'exception de mon père, personne ne l'appelait comme ça.

— Qui êtes...

— Demi, me coupa Rowan avant que je puisse dire le reste, pourquoi ne pas aller en cours ? Je te retrouverai plus tard.

Une nouvelle vague de tension me traversa tandis que mon regard
suspicieux passait d'un homme à l'autre. Maintenant que j'avais eu le
temps de les étudier côte à côte, je réalisai qu'il y avait une ressem-
blance entre eux. Ils avaient les mêmes pommettes saillantes et le
même nez droit. Rowan était plus grand de quelques centimètres,
mais ils avaient tous deux les mêmes épaules larges.

Était-il possible qu'ils soient apparentés ?

Cette pensée me troubla.

— Hmm...

Je mourais d'envie de répondre. Même s'ils étaient de la même
famille, je n'avais pas envie de laisser Rowan seul avec ce type. Les
cheveux à l'arrière de mon cou se hérissèrent de malaise.

— Demi, dit-il en baissant la voix, s'il te plaît.

Je ne savais pas quoi faire. Si Rowan voulait que je parte, je ferais
mieux d'y aller. Mais quand même...

Mon instinct me criait de rester.

— Demi, grogna-t-il, l'impatience couvant dans sa voix.

— Tu es sûr ?

— Oui, je te rejoins après ton prochain cours.

— Bien.

Mon attention se tourna de Rowan vers l'homme qui observait
silencieusement notre échange avec amusement. Je n'aimais pas ça.

Pas du tout. C'était comme s'il venait de gagner une sorte de jeu. Toute cette situation semblait bizarre.

Pendant une fraction de seconde, j'envisageai d'effleurer les lèvres de Rowan d'un baiser, mais je ne voulais pas le faire sous le regard de cet étranger. Au lieu de cela, je lui fis un signe hésitant avant de partir. L'expression de Rowan se transforma en soulagement lorsque je m'éloignai, ce qui était étrange. Il n'était jamais heureux lorsque nous nous séparions, et il me tirait toujours vers lui pour m'embrasser. Même lorsque nous étions en public. Rowan s'avérait être étonnamment affectueux. Je ne pouvais pas dire que ça me déplaisait.

— Au revoir.

Rowan me fit un brusque signe de tête, ne croisant mon regard qu'un instant avant de reporter son attention sur l'homme.

C'était presque difficile de lui tourner le dos et de m'éloigner, mais il était évident qu'il ne voulait pas que je reste dans les parages. Une fois à une vingtaine de mètres, je jetai un coup d'œil par-dessus mon épaule et j'aperçus une expression fulminante sur le visage de Rowan.

J'ignorais de quoi il s'agissait, mais j'allais le découvrir.

D'une manière ou d'une autre.

ROWAN

Un sentiment de soulagement me traversa alors que Demi s'éloignait. Je savais qu'elle hésitait à partir et qu'elle aurait voulu ne pas m'obéir, mais heureusement, elle avait changé d'avis à la dernière minute. Je refusais qu'elle s'approche de mon père. Et j'étais également certain de refuser qu'il tourne autour d'elle. Si ça n'avait tenu qu'à moi, il n'aurait même pas appris son existence.

Malheureusement, c'était trop tard pour ça. Il était déjà en train de la jauger et d'évaluer la situation. S'il pouvait l'utiliser pour faire pression sur moi, il n'hésiterait pas. Peu importait que je sois de sa chair et de son sang.

Il pencha la tête et la regarda s'éloigner.

— Jolie copine que tu as là.

— Ne parle pas d'elle, grognai-je en m'approchant d'un pas et le forçant à me regarder.

— Quoi ? dit-il en gloussant. Tu es un vieux briscard quand il s'agit des femmes.

Cette pensée me remplit de dégoût. Je refusais d'être comme lui. J'avais fait de mon mieux pour être tout le contraire. J'essayais de vivre ma vie avec intégrité et discipline. Mon père ne connaissait rien de tout ça. Il avait toujours choisi la solution de facilité au lieu de travailler dur pour obtenir ce qu'il voulait.

— Mais qu'est-ce que tu fais ici ?

Je crispais tellement la mâchoire que c'en était douloureux

Un sourire suffisant couvait aux coins de ses lèvres. J'avais tellement envie de lui mettre mon poing dans la figure ! Je devais me forcer à garder les bras le long du corps pour ne pas céder à l'impulsion. J'étais bien trop conscient du public qui nous entourait. En ce moment encore, les gens me saluaient en criant et en me faisant des signes de la main. Tout ce que j'allais faire serait raconté et se répandrait dans le campus comme une traînée de poudre. J'étais sûr que c'était pour cette raison qu'il avait choisi un endroit si public, pour me tendre une embuscade. Mon père était peut-être un fichu fainéant, mais il n'était pas stupide.

Il haussa les épaules comme s'il ne comprenait pas pourquoi j'étais contrarié alors qu'en réalité tout ceci n'était qu'un jeu, ou plutôt un avertissement. Il n'avait pas peur de s'imposer là où il n'avait pas sa place. Et il voulait que je le comprenne.

— Comme je l'ai déjà dit, tu ne réponds pas à mes appels.

— C'est parce qu'on n'a rien à se dire, dis-je avant de craquer de frustration. Tu m'as demandé, ou plutôt exigé de l'argent, et je t'ai donné tout ce que j'avais. Nous avons convenu que tu ne me contacterais plus.

— Hmm. C'est ce qu'on a décidé ? dit-il en pinçant les lèvres tout en feignant de prendre l'air pensif. Je ne me souviens pas.

Un grognement s'échappa de mes lèvres et je me propulsai en avant, réduisant un peu plus la distance entre nous. J'avais tellement envie de l'étrangler et de mettre fin à nos souffrances à tous les deux !

Dès que cette idée me vint à l'esprit, je me ressaisis. Je ne le laisserais pas entrer dans ma tête et s'y enfouir. C'était exactement ce qu'il essayait de faire. Me rabaisser à son niveau, mais je ne le laisserais pas se moquer de moi ou de mon destin.

— Tu sais très bien ce que…

— Hé, Michaels, interpella une voix, interrompant notre conversation laconique, on n'a pas un visionnage à 15 heures ?

Je jetai un coup d'œil dans la direction de Brayden et lui adressai un sourire crispé.

— Si.

Il me montra du doigt la cafétéria.

— Ça t'intéresse de déjeuner tôt ?

— Non, répondis-je en secouant la tête. Je ne peux pas. J'ai cours.

Son attention se porta sur mon père. La curiosité remplissait ses yeux. Avant qu'il ne puisse poser d'autres questions, je dis :

— On se voit à 3 heures.

Il fit un signe de tête et comprit l'allusion.

— O.K., à plus tard.

Une bouffée de soulagement s'échappa de mes poumons alors qu'il s'éloignait. Les gens continuaient de passer devant nous en me fixant. Quelques filles gloussèrent et me firent signe lorsque je croisai leur regard. Il fallait vraiment que l'on continue cette conversation dans un lieu plus privé.

— Je ne comprends pas pourquoi tu t'attaches à une fille alors que cet endroit regorge de minous, dit mon père en regardant les filles s'éloigner. Bon sang, fiston. Tu dois t'y noyer. Ça me fait réaliser tout ce qu'on a fait pour toi.

Je restai bouche bée.

Il plaisantait, n'est-ce pas ?

La rage me tenaillait de l'intérieur, cherchant une échappatoire.

— Je te l'ai déjà dit, marmonnai-je, refusant que l'on m'entende, je n'ai rien d'autre à donner.

— Eh bien, dit-il en haussant les épaules et en levant les mains comme si c'était inévitable, ça va poser un problème.

Il retira sa casquette et se gratta la tête.

— Je n'aurais jamais pensé que tout était aussi cher. Mille dollars, ça ne dure pas aussi longtemps qu'avant. Je vais avoir besoin d'un petit extra pour m'aider à me remettre sur pied.

— Je ne peux rien faire de plus.

Il pinça les lèvres et jeta un coup d'œil au campus bordé d'arbres.

—Tu as l'air bien installé ici, dit-il alors que son regard durci se tournait vers moi. Je ne voudrais pas que quelque chose vienne tout gâcher.

J'avalai la bile qui me montait à la gorge avant qu'elle ne risque de jaillir de mes lèvres. Ce n'était peut-être qu'une simple menace, mais elle était à prendre au sérieux. Il ne se souciait pas de me créer des problèmes. Il avait toujours été un enfoiré égoïste. De toute évidence, rien n'avait changé sur ce point.

— Je suis à court d'argent, répétai-je

Si je lui donnais encore une partie de mes économies, j'ignorais comment j'allais pouvoir subvenir à mes besoins pour le reste de l'année universitaire. Je devais encore manger et payer mon loyer. Maintenant que je ne vivais plus dans les dortoirs, l'argent de la bourse ne couvrait pas le logement hors campus. Cependant, avec le nombre de gars avec qui je partageais le logement, c'était moins cher que les résidences universitaires.

— Tu peux peut-être obtenir un prêt. Ce n'est pas comme si tu n'allais pas gagner des millions l'année prochaine. Tu es un bon investissement.

Ses yeux s'illuminèrent de joie à cette idée.

— En fait, j'ai quelques associés qui te prêteraient de l'argent à un prix raisonnable.

Des usuriers.

Il voulait que j'emprunte de l'argent à des gars avec qui il avait fini à l'ombre. Il était hors de question que je me retrouve associé à des gens comme ça.

— Enfin, tu ferais mieux de te débrouiller. Je n'ai presque plus d'argent et ta mère ne rapporte pas grand-chose.

— C'est peut-être toi qui as besoin de trouver un travail.

Les paroles amères franchirent mes lèvres sans que j'y pense.

Il préférait ne rien faire et prendre l'argent de sa femme et de son enfant plutôt que d'essayer de se prendre en main. J'aurais aimé qu'il sorte de nos vies et nous laisse tranquilles une bonne fois pour toutes. Mais il ne le ferait pas. Tant qu'il verrait un moyen de nous soutirer de l'argent, il resterait dans les parages. Je le voyais dans ses yeux. Et pour l'instant, je représentais une vache à lait pour lui.

La colère éclata dans son regard bleu terne alors qu'il se redressait :

— Quoi ? Tu es trop bien pour aider ton vieux père ? Après tout ce que j'ai fait pour toi ?

Fait pour moi ?

Quelle blague. La meilleure chose qu'il ait jamais faite, c'était d'être envoyé en prison. Dommage qu'il n'ait pas pu rester enfermé derrière les barreaux, là où était sa place.

Et maintenant il était de retour.

Pour ruiner ma vie.

Devant mon silence, alors que j'étais perdu dans ces pensées déprimantes, il s'avança vers moi et me frappa l'épaule.

— Trouve-moi quelques centaines de dollars d'ici à la fin de la semaine. Ça devrait me permettre de tenir le coup pour le moment. Mais tu vas devoir trouver une solution, gamin. Peut-être parler à cet agent si fantaisiste et voir s'il peut te filer quelque chose.

Puis il dit ce que je redoutais, mais dont je savais, au fond de mon âme, qu'il s'agissait de la vérité.

— Je ne partirai pas.

Il avait raison sur ce point.

Il ne partirait jamais.

Il continuerait à me pomper jusqu'à ma mort.

Pour la première fois depuis une décennie, je sentis un sentiment de désespoir me gagner, remplissant tout mon être et menaçant de m'engloutir.

ROWAN

— Pour être honnête, la Caroline du Nord sera une équipe redoutable, mais nous sommes prêts. Ils ont une ligne défensive très puissante. Tant que les gars te laissent une ouverture pour ton action, tout ira bien.

La voix du coach pénétrait à peine l'épaisse brume qui obscurcissait mes pensées. Je sursautai lorsqu'il se leva d'un bond avant de frapper dans ses mains et de désigner sa fille sur le terrain.

— Bien joué, chérie ! Continue à leur mettre la pression !

Je lui emboîtai le pas et recentrai mon attention sur le match. Demi était dans son environnement aujourd'hui, elle déchirait tout et criait des encouragements. S'il y avait de l'action sur le terrain, elle en faisait partie. Elle n'était sortie pour faire une pause qu'une poignée de fois, et c'était simplement pour boire de l'eau avant que son entraîneur ne la renvoie sur le terrain. Mon cœur se gonflait de plus d'amour que je n'aurais jamais imaginé possible. Dès que je réalisai cela, mon souffle se coupa et tout en moi devint étrangement silencieux.

Je ne prenais pas la peine d'essayer de me convaincre que ces pensées étaient fausses. C'était exactement ce que je ressentais pour elle.

Mon regard resta rivé sur elle alors qu'elle courait vers le but de son adversaire. Elle était si obstinée et déterminée ! Je n'avais jamais rencontré quelqu'un mettant autant du sien dans un match. Comment pouvais-je ne pas tomber amoureux d'une fille brûlant d'une telle passion ?

Maintenant que j'avais appris à connaître Demi plus intimement, les sentiments qui avaient toujours mijoté sous la surface s'étaient enracinés en moi. Tout ce que je voulais, c'était la serrer dans mes bras et la protéger. Non pas qu'elle ait besoin de moi pour se défendre. Demi était plus que capable de mener ses propres batailles.

Tout aurait été parfait sans la présence indésirable de mon père. Le simple fait de penser à lui me donnait l'impression d'avoir un poids de quatre cents kilos posés sur la poitrine, écrasant la vie en moi. Il ne serait pas satisfait tant qu'il ne m'aurait pas sucé comme un vampire émotionnel. Je ne pouvais rien faire pour me débarrasser de lui. Tout l'argent du monde ne le rassasierait pas.

Je me frottai le visage en y pensant.

Mais qu'allais-je bien pouvoir faire ?

Je jetai un coup d'œil à l'homme assis à côté de moi. Aussi proches que nous soyons, il n'avait aucune idée de ce contre quoi je me battais. Le coach m'avait aidé de tant de façons ! Allais-je vraiment le remercier en ramenant mon ex-taulard de père dans sa vie ?

Dans la vie de sa fille ?

Il était hors de question je fasse ça à l'un d'entre eux. Je devais garder Scott Michaels aussi loin que possible de Demi.

— Rowan ? m'interpella quelqu'un avant de s'interrompre. As-tu écouté un seul mot de ce que j'ai dit ?

Je me mis au garde-à-vous et je jetai un coup d'œil vers le coach.

— Oui, désolé. Je pensais juste au match de samedi.

Il posa sa grande main sur mon épaule avant de la serrer.

— Ce n'est pas le moment de te prendre la tête.

Même si la raison n'en était pas ce qu'il croyait, il était beaucoup trop tard pour ça.

— Y a-t-il autre chose ? demanda-t-il en observant mon visage. Tu n'es pas comme d'habitude.

Bien que cela me fasse mal de mentir au coach, je ne pouvais pas lui dire la vérité. Je ne pouvais pas l'entraîner dans mes ennuis. C'était exactement ce qu'était cette situation – une salade d'ennuis que j'allais devoir avaler tout seul, une bouchée dégoûtante à la fois.

— Non, tout va bien. Je repasse tout en revue dans ma tête et j'espère que Kendricks attrapera ce que je lui envoie.

Il me fit un sourire.

— Vous deux êtes tous les deux forts cette saison. Aucune raison de penser que ça ne va pas continuer.

Il avait raison. Brayden et moi étions solidement en place. C'était comme s'il ne pouvait pas ne pas attraper ce que je lui lançais. Nous avions totalement fusionné sur le terrain. Il semblait se mettre en position avant que la balle ne jaillisse de ma main. Il allait me manquer l'année prochaine.

Je jetai un coup d'œil à l'homme à côté de moi. De tous les membres de l'équipe, c'était lui qui allait me manquer le plus. Nick Richards était comme un père pour moi depuis qu'il était entré dans ma vie l'été précédant la première. Je n'aurais jamais pu en arriver où j'étais aujourd'hui sans sa main directrice. À son insu, il était intervenu et avait comblé le vide que mon père n'avait jamais pu combler. Il avait toujours été un modèle, en me montrant comment être un homme. Il m'avait donné des leçons de vie inestimables en cours de route. Des leçons que je n'oublierai jamais.

Comment remercier la seule personne qui avait changé le cours de votre vie et fait de vous un meilleur être humain ?

Je vais vous dire ce qu'il ne fallait *pas* faire : il ne fallait surtout pas attirer votre escroc de père près de lui ou de sa fille.

L'air retenu captif dans mes poumons brûlait alors que je le relâchais et que je regardais Demi courir sur le terrain avant de marquer son troisième but du match. Cette fille était inarrêtable. C'était une force de la nature avec laquelle il fallait composer. Le coach et moi, nous bondîmes de nos sièges pour applaudir. Il colla ses doigts entre ses lèvres et laissa échapper un sifflement puissant. Quelques autres spectateurs soufflaient dans des cornes de brume. Bien sûr, le football féminin n'attirait pas la même de foule fanatique que le football américain, mais il y avait quand même un bon nombre de fans qui remplissaient l'arène de football.

Nous restâmes assis en silence pendant quelques minutes, regardant l'action rapide sur le terrain avant que le coach ne dise :

— Je pense qu'elle a de bonnes chances d'être choisie par la NWSL. Quelques recruteurs l'ont contactée en exprimant leur intérêt.

Ce serait formidable pour Demi. Elle avait parlé de jouer au football en tant que professionnelle, mais je savais aussi qu'elle ne plaçait pas tous ses espoirs dans ce domaine. Elle avait un plan de secours en tête. Ma copine était si intelligente !

Elle était aussi talentueuse que belle.

Demi Richards avait tout pour plaire.

La fille de mes rêves.

Voilà exactement pourquoi je ne me mettrais pas en travers de son chemin. Je ne permettrais pas à mon passé d'obscurcir son avenir. Mon cœur s'emballa alors que la conscience de ce que je devais faire s'enfonçait en moi comme un rocher. J'avais passé toutes ces années à essayer de me rapprocher de Demi et maintenant qu'elle était à moi, je devais la laisser partir…

Elle méritait le meilleur, et je ne l'étais pas.

Lorsque le buzzer retentit, signalant la fin du match, je clignai des yeux pour revenir au présent. Les Wildcats avaient remporté leur troisième victoire d'affilée. C'était l'équipe la plus difficile qu'elles aient affrontée cette saison. Quelques joueuses entouraient Demi, l'embrassaient avant de s'aligner et de féliciter l'autre équipe pour son jeu.

Le regard de Demi chercha le mien dans la foule de spectateurs avant de me faire un sourire. Ce seul sourire fut suffisant pour que tout en moi se fige.

Comment allais-je lâcher cette fille ?

Non seulement j'allais lui briser le cœur, mais j'allais aussi briser le mien au passage.

DEMI

e soir, c'était le grand soir.

J'allais dire à Rowan ce que j'avais sur le cœur. Les sentiments qui avaient pris racine en moi avaient éclos si fort et si vite ! C'était presque suffisant pour me faire tourner la tête. Au début, je les avais retenus parce que je voulais être sûre qu'ils étaient réels. Au cours des deux dernières semaines, ils étaient parvenus à se multiplier, devenant incontrôlables et s'intensifiant rapidement. Maintenant que j'avais accepté mes propres émotions, je ne voyais pas de raison de les retenir plus longtemps. Je voulais que Rowan sache à quel point il comptait pour moi.

C'était un grand pas en avant. Je n'avais jamais dit à quiconque d'autre que mes parents que je l'aimais. C'était aussi excitant qu'effrayant.

Ce soir, nous avions prévu de nous retrouver à une fête. Les Wildcats avaient gagné le match de football de cet après-midi, et tout le monde serait dehors à s'amuser comme si sa vie en dépendait. C'était plutôt cool que nous ayons tous les deux gagné nos matchs respectifs cette semaine. Combien de fois une telle chose se produisait-elle ? Pour couronner le tout, Rowan avait obtenu une bonne note en statistiques. Il avait dorénavant un bon B. Il avait travaillé si dur pour y arriver. Nous méritions tous les deux de nous détendre et de nous amuser ce soir.

Un coup léger retentit contre la porte de ma chambre. Avant que je puisse répondre, Sydney la poussa et passa la tête à l'intérieur.

Son regard se posa sur moi alors que je tendais les bras et que je faisais une petite révérence.

— Qu'est-ce que tu en penses ?

— Que tu es sexy, et qu'il y a de grandes chances que tu t'envoies en l'air ce soir.

Mes lèvres se retroussèrent alors qu'un éclat de rire retentissait.

— Je l'espère bien.

Je n'avais pas pu passer beaucoup de temps avec Rowan cette semaine. Nous étions tous les deux occupés, et j'avais remarqué qu'il était un peu soucieux. Maintenant que nous avions gagné le match d'aujourd'hui, je pensais qu'il finirait par se détendre. Sinon, il faudrait que je l'y encourage, et je savais exactement comment m'y prendre.

Sydney sourit et fit un pas de plus dans la pièce.

— Je ne plaisantais pas, ma belle. Tu es terriblement sexy, dit-elle en haussant un sourcil. Tu fêtes une occasion spéciale ?

Une vague de nervosité se fraya un chemin vers le creux de mon ventre. Je me mordillai la lèvre inférieure avant de hausser les épaules.

— Je veux juste être belle.

— Mission accomplie. Rowan ne pourra pas te résister.

Ça n'aurait pas été le cas de toute façon. Mais cette petite jupe sexy et ce haut décolleté devraient conclure l'affaire. Je jetai un coup d'œil au miroir et scrutai mon reflet avant de me tourner dans un sens puis dans l'autre pour mieux voir mes fesses. Je ne m'étais jamais autant éloignée de ma zone de confort. J'étais presque tentée d'arracher cette tenue et de me jeter sur un pull confortable et une paire de jeans bien usée.

Ayant besoin de chasser de mes pensées l'importance de cette soirée, je dis à Sydney :

— Tu ne m'as jamais dit ce qui s'est passé avec Ethan.

Ce qui, maintenant que j'y pensais, était étrange. D'habitude,

Sydney me faisait un compte rendu détaillé de l'état de leur relation. C'était la reine du partage excessif.

— On est toujours séparés.

Je croisai son regard dans le miroir en pied. Ça faisait une semaine. D'habitude, ils réglaient leurs problèmes en quelques jours. C'était donc étrange. Je me retournai pour scruter son visage.

— Je suis désolée. Tu penses que vous allez vous remettre ensemble ?

Elle haussa ses minces épaules alors qu'une vague de tristesse s'abattait sur ses traits.

— Je pense que nous sommes tous les deux épuisés de ces disputes. Ça devient épuisant moralement et je n'ai plus la force de le supporter.

Punaise. C'était la première fois que je l'entendais dire ça. Sydney avait craqué sur Ethan tout au long de l'année dernière, et quand ils s'étaient enfin mis ensemble cet été, ils semblaient vraiment heureux.

Au début.

Et puis les chamailleries avaient commencé, suivies par le tourbillon constant de ruptures et de rabibochages. C'était épuisant, et c'était moi qui devais les supporter.

— Waou.

Je devais admettre que j'étais surprise par la tournure soudaine des événements. Mais bon… Nous verrions bien si ça durait. Ces deux-là étaient comme des aimants. Ils s'attiraient ou se repoussaient l'un l'autre.

— Je sais, acquiesça-t-elle, comprenant ma réaction. Je pense que ça va me faire du bien de rester seule pendant un moment.

Ouah. Encore un choc. Sydney enchaînait les garçons depuis que je l'avais rencontrée. Elle sautait d'un gars à l'autre sans sourciller. Je me creusai la tête pour essayer de savoir si j'avais déjà vu Sydney célibataire. Ce serait une première.

— Je suis d'accord. On dirait presque… dis-je avant de m'interrompre un instant, que tu prends une décision mature.

Le rire monta en flèche dans sa gorge.

— Je sais, hein ?

Il ne fallut pas longtemps pour qu'elle dégrise à nouveau.

— J'aime vraiment Ethan…

Sa voix s'éteignit, et ses sourcils se froncèrent comme si elle essayait de résoudre une équation mathématique compliquée dans sa tête.

— Mais ? lui demandai-je devant son silence.

Elle cligna des yeux, et son regard se recentra sur moi.

— Je ne pense pas qu'on aille très bien ensemble.

C'était l'euphémisme de l'année. Et le truc, c'est qu'ils étaient formidables chacun de leur côté, mais pas en tant que couple. Pour des raisons qui m'échappaient, ils faisaient ressortir le pire chez l'autre.

Avec un peu de chance, la rupture durerait, cette fois-ci.

— Je suis vraiment désolée.

Même lorsqu'on prenait soi-même la décision de s'éloigner, la fin d'une relation était toujours douloureuse.

— Tu es sûre de vouloir sortir ce soir ? On peut rester ici et se détendre. Louer quelques films, commander une pizza et plonger la tête la première dans des pots de glace au chocolat. Tu sais, toutes les choses qui sont censées t'aider à passer à autre chose.

Elle renifla avant de secouer la tête.

— Non, j'ai besoin de sortir et de me changer les idées. Si je reste à la maison, je ne ferai que me morfondre et manger. Ça va devenir un cercle vicieux, dit-elle en se tapotant le derrière. Mon popotin ne le supporterait pas.

— S'il te plaît ! m'exclamai-je en levant les yeux au ciel. Ton popotin est incroyable.

Elle fit un signe de la main dans ma direction.

— En plus, ta tenue est à tomber. Hors de question de gâcher *ça*.

Même si j'avais envie de voir Rowan ce soir, si Sydney voulait rester à la maison, je le ferais sans hésiter. Elle s'était toujours tenue fermement à mes côtés. Comment pourrais-je ne pas être là pour elle quand elle en avait besoin ?

— Tu es absolument sûre ? demandai-je en cherchant son regard. Ça ne me dérange pas.

— Non, c'est bon, dit-elle en se dirigeant vers la porte. Laisse-moi enfiler quelque chose de convenable pour une soirée, et on pourra y aller. Je suis sûr que Rowan t'a déjà envoyé une demi-douzaine de textos pour te demander où tu étais.

Je fronçai les sourcils et regardai mon portable posé sur la table de nuit. Il était étrangement silencieux depuis ces deux dernières heures. Aucune vibration ni sonnerie à proprement parler. Je le pris sur la petite table et jetai un coup d'œil à l'écran sombre. Rowan ne m'avait pas envoyé de SMS ni appelée de toute la journée. C'était moi qui l'avais contacté plus tôt pour confirmer nos plans, et sa réponse avait été anormalement brève.

Je fixais mon téléphone alors qu'un noyau de malaise s'installait au creux de mon ventre avant que je le chasse rapidement.

Pourquoi étais-je inquiète ?

Qu'est-ce que ça pouvait faire qu'il n'ait pas donné de nouvelles ?

Ce n'était pas parce que nous sortions ensemble que nous étions collés l'un à l'autre. Même en couple, j'avais toujours gardé mon indé-pendance. Je n'avais jamais fait partie de ces filles qui se perdaient pour leurs mecs. Et je ne voulais pas le devenir maintenant. Il me fallut un effort pour secouer l'inquiétude qui venait de s'enraciner dans mon cerveau. Dès que je le verrais, tout rentrerait dans l'ordre.

J'ajoutai un peu de fard à paupières cuivré et de brillant à lèvres chatoyant avant de me regarder une dernière fois dans le miroir. D'habitude, je relevais mes cheveux en queue-de-cheval parce que c'était plus pratique. J'étais partisane du moindre effort. Mais ce soir, j'avais lissé mes longs cheveux au fer, de sorte qu'ils tombent dans mon dos en un rideau sombre et brillant.

Même moi, je devais admettre que j'étais particulièrement jolie. Sydney avait raison, j'allais vraiment m'envoyer en l'air ce soir.

Vingt minutes plus tard, nous montions bras dessus bras dessous les marches de la maison que Rowan partageait avec un groupe de gars de l'équipe de football. Sydney avait sorti le grand jeu. Elle avait bouclé ses longs cheveux blonds qui tombaient en vagues douces autour de ses épaules. Elle portait un top vert foncé qui épousait ses courbes et faisait ressortir ses yeux couleur émeraude. Sa jupe courte en jean couvrait à peine ses fesses alors que ses bottes en cuir noir grimpaient le long de ses mollets.

Elle m'avait dit plus tôt que j'étais super sexy. Eh bien, elle n'était pas mal non plus. Je n'aurais pas été surprise qu'elle quitte la fête avec quelqu'un. Tant que ce n'était pas Ethan. Tout ce qu'elle avait admis plus tôt sonnait vrai. C'était préférable pour toutes les personnes impliquées que leurs chemins se séparent.

— Cette maison est bondée, me cria Sydney à l'oreille, dans une tentative de se faire entendre par-dessus la musique qui provenait de l'intérieur de la maison.

C'était comme si tout le monde était venu avec ses proches pour fêter avec les Wildcats leur nouvelle victoire. Jusqu'à présent, ils étaient classés numéro un de leur catégorie. Si l'équipe continuait à jouer aussi bien, elle remporterait un autre championnat. Ce serait la manière parfaite pour Rowan et le reste des seniors de terminer leur carrière de football universitaire. J'espérais que l'équipe de football pourrait faire de même. Contrairement à Rowan, j'ignorais si j'allais continuer à jouer en tant que professionnelle. Ma carrière d'athlète risquait bien de prendre fin avec cette saison. Cette pensée me déprimait, mais je m'y étais préparée.

L'un des joueurs de football de première année traînait sous le porche d'entrée, surveillant la porte. Il avait visiblement tiré la courte paille, ce soir. Il se redressa de toute sa hauteur alors que son regard d'ivrogne se promenait sur Sydney. Elle avait mis les jumeaux en valeur, et ce type l'avait bien remarqué. Je le reconnaissais mais je ne me souvenais pas de son nom. C'est à peine s'il parvint à détacher son regard de ma meilleure amie assez longtemps pour me regarder. Sydney faisait cet effet sur la gent masculine. Après trois ans d'amitié, j'y étais habituée.

Avant que je puisse interrompre son regard intense, une voix brisa le silence.

— Laisse-les entrer, Saucisse. Tu ne reconnais pas la fille de l'entraîneur ?

Saucisse ?

Quel drôle de surnom ! J'espérais me tromper.

Mon regard se porta sur le grand joueur de football aux cheveux noirs. Au son de la voix de Brayden, Sydney se raidit. Si je ne m'étais pas tenue si près d'elle, j'aurais probablement manqué sa réaction.

— Salut, Bray, dis-je en faisant un signe de la main.

Il m'adressa un coup de menton en guise de salutation avant de reporter son attention sur ma colocataire. Un sourire sexy se dessina sur ses lèvres tandis qu'il prenait tout son temps pour la regarder de haut en bas.

— Tu as l'air en forme, Sydney.

Brayden avait la réputation d'être un énorme dragueur sur le campus. Et Sydney n'était pas moins dragueuse. Sa réaction normale face au regard d'un garçon était de jouer encore davantage de son charme. Imaginez donc ma surprise lorsqu'elle fit le contraire et montra les dents avant de grogner comme un animal sauvage.

Mais qu'est-ce qui se passait ?

Elle ne fit que souligner la profondeur de son dédain en ajoutant d'un ton pas très poli :

— Mords-moi, Kendricks.

Son sourire se transforma en un véritable rictus.

— Est-ce une invitation, ma chérie ? Je pense que nous savons tous les deux que j'aimerais faire plus que te mordre.

Il la quitta du regard assez longtemps pour jeter un coup d'œil autour de lui.

— Où est ton petit ami ?

— Il sera bientôt là, grogna-t-elle. Maintenant, va-t'en.

Mon regard écarquillé passa de l'un à l'autre tandis que j'essayais de comprendre ce qui se passait. Une énergie étrangement inflammable grésillait dans l'air. C'était presque étouffant.

Sydney et Brayden se connaissaient. Mais pas si bien que ça. Certainement pas assez bien pour que Sydney ait envie de lui arracher la gorge. Ce qui semblait être exactement son envie en cet instant.

Il ignora son dernier commentaire et se concentra sur le premier.

— C'est dommage.

Avec un grognement, elle tenta de le dépasser. Mais Brayden avait d'autres idées. Avant que Sydney ne puisse s'enfuir, il lui attrapa le bras et l'entraîna près de lui. Puis il lui murmura quelque chose à l'oreille. Il m'était impossible d'entendre ce qu'il lui disait. Je haussai les sourcils lorsque Sydney lui arrachait son bras, sifflant pratiquement et le laissant planter là. L'amusement illumina le visage de Brayden comme si c'était exactement la réaction qu'il recherchait.

Même si j'avais envie de remettre Brayden à sa place, je n'avais pas le temps. Je ne voulais pas perdre Sydney dans cette foule. Je lui adressai un regard interrogateur avant de me précipiter derrière mon amie. Il me fallut environ trente secondes pour la rattraper. Elle ralentit finalement le rythme lorsque je lui tirai le bras.

—C'était quoi, ça ? criai-je par-dessus la musique.

La tension vibrait autour d'elle en vagues lourdes et étouffantes. Elle haussa les épaules avant de tenter de prendre l'air neutre. Elle n'allait pas s'en tirer comme ça.

— Hmm, de quoi tu parles ?

Un gloussement d'incrédulité s'échappa de mes lèvres tandis que je faisais un geste du pouce en direction de la porte d'entrée et du type dont elle était pressée de s'éloigner.

— C'est quoi le problème avec Brayden ? Quelque chose ne va pas ?

— Pas vraiment, grogna-t-elle, en pinçant vivement les lèvres.

— *Pas vraiment ?*

Une seconde de silence s'écoula avant qu'elle ne grommelle :

— C'est rien.

Puis elle soupira et détourna le regard.

— On a un cours en commun, et on s'est retrouvé en duo pour un devoir.

Une autre grimace traversa ses jolis traits.

— Est-ce que tu as la moindre idée combien ce type est un abruti prétentieux ?

Euh… non ? Je secouai la tête.

Elle haussa les sourcils.

— Vraiment ? Je ne peux pas le supporter.

Brayden était beaucoup de choses, mais je n'avais jamais trouvé qu'il était un crétin arrogant. C'était un tombeur ? Oui, d'accord. Mais il y en avait beaucoup à Western. Cela étant dit, il m'avait toujours paru être un gars sympa. Un mec qui aimait coucher à droite et à gauche. Mais à ce que je sache, ce n'était pas un crime. C'était juste quelque chose dont il fallait plus ou moins se méfier.

Je penchai la tête, scrutant attentivement Sydney du regard, dans l'obscurité. Quelque chose n'allait vraiment pas. Mais je ne savais pas vraiment de quoi il s'agissait.

— Il s'est passé quelque chose entre vous deux ?

La culpabilité apparut sur son visage avant de disparaître aussitôt, ce qui me poussa à me demander si j'avais trouvé du premier coup.

— Bien sûr que non.

— Hmm.

Bizarrement, je ne la croyais pas. Mais en même temps, Sydney ne m'avait jamais menti. Elle avait toujours été un livre ouvert sur ce qui se passait dans sa vie. Parfois un peu trop ouverte.

Avant que je puisse lui poser d'autres questions, elle me montra le salon du doigt.

— Je crois que je vois ton homme.

Rowan !

Une nouvelle poussée de nervosité explosa en moi et, en un instant, j'oubliai tout de l'échange bizarre avec Brayden. Ça y est. C'était le moment de se lancer. Je suivis Sydney alors qu'elle traçait sa route à travers des groupes de personnes avant de s'arrêter brusquement. Non préparée à l'arrêt soudain, je heurtai le dos de Sydney. Elle trébucha de quelques pas en avant, puis se retourna.

Son expression sinistre me prit au dépourvu.

— Faisons un détour par la cuisine et allons d'abord prendre quelques verres.

— Quoi ?

La confusion s'empara de moi suite à ce changement brutal de plan.

— Je pensais que tu avais repéré Rowan.

Son regard se promena aux alentours avant de se diriger à nouveau vers moi.

— On boit d'abord, puis on le rejoint.

Sydney avait toujours été une sorte de joker, mais ce comportement ne correspondait pas tout à fait au modèle. Le malaise que j'avais ressenti plus tôt dans la soirée me revint en pleine figure.

— Qu'est-ce qui se passe ?

J'essayai de la contourner, mais elle se déplaça rapidement pour bloquer mon champ de vision.

Qu'est-ce qui se passe ?

— Fais-moi confiance, d'accord ? dit-elle en élevant la voix. Allons plutôt boire un verre.

Attendez une minute... Sydney essayait-elle de m'empêcher de voir quelque chose dans le salon ?

Pourquoi aurait-elle fait ça ?

Une seule raison me vint à l'esprit. J'avais besoin de voir si mes soupçons étaient corrects. Je simulai un mouvement vers la gauche. Quand elle essaya de m'éviter, je me jetai sur la droite. Une fois Sydney en dehors de mon champ de vision, mes yeux se posèrent sur lui.

Ou plutôt devrais-je dire « eux ».

L'air me manqua alors que la paralysie s'emparait de moi. Mes pieds se figèrent au sol, ce qui me rendit incapable de bouger.

Une main timide se posa sur mon épaule.

— Demi...

Je clignai des yeux pour éviter le choc et j'attendis que l'image scintille et disparaisse comme si elle était le fruit de mon imagination, mais elle était toujours là. Les battements de mon cœur résonnaient dans mes oreilles, noyant la musique forte alors que j'essayais de donner un sens à la scène qui se déroulait devant moi. Il n'y avait pas de confusion possible avec Annica. Son corps était pressé contre Rowan. Sa tête était renversée en arrière, une cascade de cheveux auburn tombant dans son dos alors qu'elle lui souriait.

Ce qui me dérangeait le plus, c'est la façon dont il lui souriait. Son bras enroulé autour de son corps. Il ne tentait visiblement pas de la repousser. En fait, on aurait dit qu'il appréciait l'attention.

Je ne comprenais pas.

J'eus l'impression que mes poumons allaient exploser lorsqu'il jeta un coup d'œil dans ma direction et que nos regards se croisèrent. Je m'attendais à ce que le sourire qu'il me lançait toujours anime son expression. Quelque chose qui m'indiquerait que j'avais tiré une mauvaise conclusion, et que ce n'était pas ce que je croyais. Mais son visage resta intact. Il resta étrangement dépourvu d'émotion.

— Tu dois lui parler et comprendre ce qu'il fait avec cette vipère.

La colère perçait à travers chaque mot assené.

Un éclat de rire montait dans ma gorge.

Lui parler ?

Il n'était pas question que je me rende là-bas et que je me batte devant un public captivé en train de nous observer. Surtout quand la fille avec qui il était n'était autre que ma Némésis. Il était bien conscient des problèmes que nous avions eus. De toute évidence, nous n'avions rien à nous dire. Le fait qu'il me regarde fixement, sans essayer de se détacher d'elle, en disait long.

Ma décision prise, je redressai les épaules et me retournai avant de me diriger vers la porte d'entrée. Le début de cette relation m'avait prise par surprise et avait bouleversé mon monde.

Il semblait que la fin, malheureusement, avait à peu près le même effet.

ROWAN

ès que Demi disparut dans la foule, je repoussai Annica. Je ne m'étais jamais senti aussi mal à l'aise. Tous mes instincts me poussaient à courir après la seule fille que j'avais jamais aimée et à m'excuser de lui avoir causé ne serait-ce qu'une once de douleur.

Cela n'avait jamais été mon intention.

D'accord, peut-être que ça l'avait été.

Ce qui était devenu clair ces deux derniers jours, c'est que j'avais besoin d'une rupture nette avec Demi. Si notre relation avait encore duré ne serait-ce qu'un jour ou deux, il y avait une forte possibilité que je ne puisse pas aller jusqu'au bout de la rupture. Je ne pouvais pas me permettre que cela se produise. Je ne pouvais pas permettre à Demi d'être aspirée par mes ennuis. J'avais supposé qu'une fois mon père envoyé en prison je serais libéré de lui, mais cela ne s'était pas avéré le cas. Il continuerait à me pomper telle une sangsue, et rien, à part la mort, ne pourrait jamais me débarrasser de lui. Il salissait et détruisait tout ce qu'il touchait. Je n'avais qu'à regarder ma mère pour me rendre compte de cette vérité. Je refusais qu'il s'approche de Demi.

En fin de compte, rompre les amarres était le seul moyen de la protéger. Peu importe la douleur que ça me causerait. Elle ne le réalisait peut-être pas en ce moment, mais je lui faisais une énorme faveur.

— Hé.

Annica me fixait avec des yeux pleins de convoitise :

— Je pensais qu'on allait s'envoyer en l'air.

Heureusement, elle n'avait aucune idée que Demi nous avait vus ensemble. J'étais sûr que cette fille ne l'aurait utilisé que comme un autre moyen de blesser sa coéquipière.

— Désolé, pas ce soir.

Ou, plus que probablement, jamais.

Son sourire devint charmeur. Comme si elle avait l'habitude d'obtenir ce qu'elle voulait du sexe opposé.

— Tu en es sûr ?

Lorsqu'elle tendit la main pour me caresser le torse, elle fut écartée.

— *Aïe*, hurla la rousse alors que Sydney enfouissait une main dans ses cheveux, la faisant reculer de quelques pas.

— Lâche-moi !

La blonde la secoua vicieusement.

— Quelqu'un doit te remettre à ta place, et si Demi ne le fait pas, alors c'est moi qui le ferai !

Annica grimaça, ses lèvres se tordirent en un grognement alors qu'elle tentait de se libérer.

— Lâche-moi, espèce de folle !

— Tu ignores à quel point je peux être folle, mais tu es sur le point de le découvrir ! Tu aurais dû t'en douter. Si tu t'en prends à ma meilleure amie, tu t'en prends à moi !

Alors que j'envisageai de m'interposer entre elles, des bras entourèrent Sydney par derrière. La blonde se débattit, essayant de se libérer. Annica hurla à nouveau tandis que sa tête était secouée d'un côté, puis de l'autre. Brayden murmura quelque chose à l'oreille de Sydney avant que son corps ne se détende et qu'elle ne relâche l'autre fille à contrecœur.

— Espèce de psychopathe !

Avec un regard furieux, Annica fit quelques pas en arrière avant de se redresser. Elle glissa une main à l'arrière de sa tête pour frotter avec précaution le trou.

— Je crois que tu m'as arraché des cheveux ! rugit-elle en retroussant les lèvres. Tu es aussi peu douée que ta stupide amie !

L'insulte relança la rage de Sydney. C'était comme si un interrupteur s'était actionné alors qu'elle tentait de se libérer de la prise étroite que Brayden exerçait sur son corps frémissant.

— Fiche le camp d'ici, aboya Brayden à Annica, avant que je ne la lâche. Je ne pense pas que ce soit quelque chose que tu veuilles voir arriver.

Les yeux d'Annica s'agrandirent avant de se rétrécir. Sans prononcer un mot de plus, elle s'éloigna et se fraya un chemin à travers la foule. Si elle avait un peu de cervelle, elle quitterait la fête. Mon regard se tourna vers Sydney avec une appréciation renouvelée. Cette fille est vraiment une nerveuse. Pour être honnête, elle me faisait un peu peur.

Je jetai un coup d'œil à Brayden qui tenait toujours Sydney captive entre ses bras.

— Tu peux me lâcher maintenant, grogna-t-elle en tentant une nouvelle évasion.

— Tu es sûre de ça, la tueuse ? demanda Brayden avec un sourire.

Il ne semblait pas pressé de la libérer. Un instant plus tard, Sydney lui enfonçait le coude dans les côtes, et il la relâcha en poussant un grognement.

— Très bien, dit-il en riant, comme tu veux.

Sydney prit un moment pour réajuster ses vêtements avant de se retourner et de lui lancer un regard noir. J'étais presque surpris que ses testicules ne se ratatinent avant de tomber. Puis elle se retourna.

Des étincelles de fureur jaillissaient de ses yeux verts alors qu'elle s'avançait, plaquant les paumes contre ma poitrine.

— Mais bon sang, qu'est-ce que tu fichais avec cette vipère ? En fait, la bonne question serait : qu'est-ce que tu fiches avec *n'importe quelle* fille ?

Brayden haussa les sourcils alors que son regard se durcissait.

— Est-ce que tu étais en train de tromper la fille du coach ?

Je lançai un regard noir à mon coéquipier. Comme si j'avais besoin qu'il se retourne contre moi... Il devait rester en dehors de mes affaires.

— Je ne trompais personne.

— Ce n'est pas ce qu'on aurait dit. Et plus important encore, grogna Sydney, ce n'est pas ce que Demi s'est dit.

Je haussai les épaules et tentai de verrouiller toutes les émotions turbulentes qui luttaient pour remonter à la surface.

— Peu importe ce qu'on se dit. J'ai fait ce qui devait être fait.

Elle posa les poings sur ses hanches avant d'incliner la tête.

— Et pourquoi tu avais besoin de la blesser *exactement* ?

Je me passai une main dans les cheveux et lançai à Brayden un regard suppliant. Je ne devais pas avoir à me justifier auprès de l'ami de Demi. Lorsque Bray fronça les sourcils comme s'il attendait lui aussi une réponse, je réalisai qu'il ne serait d'aucune aide.

Enfoiré.

— Ça n'allait pas marcher à long terme. Il valait mieux couper le contact maintenant que plus tard, quand nous serions tous les deux investis.

Une expression de dégoût s'empara du visage de Sydney tandis que sa lèvre supérieure se recourbait.

— Je n'arrive pas à croire à quel point je me suis trompée sur toi, dit-elle en plantant un doigt dans ma poitrine. Félicitations, tu ne vaux pas mieux que cet enfoiré de Justin.

La comparaison me piqua. J'avais beau brûler d'envie de révéler la raison pour laquelle il était nécessaire de me séparer de Demi, la vérité restait coincée derrière mes dents, à sa place.

Devant mon silence, Sydney s'éloigna sans dire un mot de plus à aucun d'entre nous.

Je fixai sa silhouette pendant un long moment, déchiré entre le désir de mettre fin à cette mascarade et celui de la laisser mourir à petit feu. Je savais que ce serait douloureux, mais je n'avais jamais imaginé que cela ferait aussi mal. C'était presque comme si je venais de me couper un membre. J'avais l'impression que la douleur fantôme resterait avec moi pour le reste de ma vie.

Lorsque Brayden s'éclaircit la gorge, mon regard se porta sur lui.

— Je te connais depuis plus de trois ans, et je pense que tu as toujours eu un faible pour cette fille.

Il étudiait mes yeux comme s'il était capable d'inspecter tout ce que je cachais à l'intérieur.

— Je ne sais pas pourquoi tu as délibérément fait capoter cette relation, mais j'espère pour toi que tu as pris la bonne décision.

Oui… on était deux.

DEMI

*P*apa et moi étions assis en silence à la table de la cuisine tandis que j'utilisais ma fourchette pour picorer la divine casserole au poulet qu'il avait préparée pour le dîner. C'était un plat que maman avait l'habitude de faire avant le divorce, et c'était réconfortant à souhait. Ces derniers temps, j'avais besoin d'autant de réconfort que possible.

Après cinq minutes complètes de silence, papa s'éclaircit la gorge :

— Alors… Quoi de neuf ?

À peine la question eut-elle franchi ses lèvres qu'il grimaça. Je fis une pause avec ma fourchette en l'air, mon regard écarquillé croisant le sien.

— Désolé, marmonna-t-il, je voulais dire n'importe quoi d'autre.

Le couvert retomba sur mon assiette avec un bruit sec. J'avais beau avoir envie de manger, je ne pouvais pas. Mon appétit s'était envolé. Mon ventre était noué depuis samedi soir. De toutes les filles avec lesquelles j'aurais pu trouver Rowan, il fallait que ce soit elle.

Annica.

Beurk.

Honnêtement, c'était le genre de comportement que j'attendais de sa part. Cette fille s'était avérée être un vrai génie du mal. J'étais sûre qu'elle se terrait dans sa tanière quelque part, se frottant les mains et gloussant malicieusement à mes dépens.

Mais Rowan ?

Jamais, en un million d'années, je n'aurais imaginé qu'il était capable d'infliger ce genre de souffrance. J'en venais à me demander si toute notre relation n'avait pas été un mensonge. Ou peut-être un jeu. Comment peut-on traiter quelqu'un à qui on est censé tenir avec une telle cruauté ? Quelqu'un que l'on prétendait avoir désiré pendant des années ?

Ça n'avait pas de sens.

Le premier jour, j'avais espéré que Rowan se présenterait à ma porte et exigerait que je lui donne une chance d'expliquer sa version des faits. Cela n'était jamais arrivé. Aussi blessant que cela puisse être, son silence en disait long et ne pouvait être ignoré.

La deuxième claque fut lorsqu'il était arrivé en statique lundi matin. Il n'avait même pas jeté un regard dans ma direction, mais il avait dû sentir ma présence. Pour la première fois depuis la rentrée des classes en août, il avait choisi de s'asseoir aussi loin de moi qu'il était humainement possible. Les filles de la classe étaient ravies et l'avaient immédiatement pris d'assaut. Quelques-unes m'avaient même adressé des regards triomphants.

Si ces signes révélateurs n'avaient pas suffi à me mettre la puce à l'oreille, le fait que Rowan se défile lors du dîner du mercredi soir avec papa avait été le coup de grâce. J'avais pensé que peut-être...

Peut-être qu'il se montrerait et qu'on pourrait enfin parler. Ou, au moins, il pourrait expliquer comment on en était arrivés là. Peut-être que nous avions dépassé le stade où nous essayions de ramasser les morceaux brisés et de les recoller, mais que nous pourrions au moins nous séparer en bons termes. Ce serait la chose la plus mature à faire, sachant qu'il faisait pratiquement partie de la famille.

Au lieu de cela, il s'était dégonflé à la dernière minute et avait donné à papa une excuse bidon au hasard.

Pour la première fois en plus de trois ans, mon père et moi étions seuls pour notre dîner hebdomadaire. Il me semblait que Rowan n'en avait jamais loupé un seul depuis le début de la fac. J'avais si souvent souhaité qu'il ne vienne plus, et maintenant que c'était le cas, la tristesse et le chagrin me dévoraient vivante.

À quel point étais-je stupide d'avoir pensé que notre relation était spéciale ?

Après Justin, j'aurais dû savoir qu'il ne fallait pas m'engager avec un autre athlète. On aurait pu se dire que j'avais retenu la leçon, mais apparemment non.

— Demi ?

Je clignai des yeux pour sortir de ces pensées, avant de me reconcentrer sur mon père.

— Oui ?

— Je suis désolé pour Rowan, dit-il en se dandinant inconfortablement sur sa chaise. Est-ce que tu veux en parler ?

Avec mon père ?

Même si j'appréciais qu'il me le demande, je passerais mon tour.

Quand je secouai la tête, le soulagement inonda son expression. C'en était presque comique. Sauf qu'il n'y avait rien de drôle dans cette situation.

Papa changea de conversation pour un sujet plus sûr.

— Tu as un gros match en perspective demain.

Exact… le football.

Je reportai mon attention sur l'équipe que nous allions affronter. C'était un match de catégorie décisif. Nous avions perdu contre cette équipe autant de fois que nous avions gagné. Il n'y avait aucun doute dans mon esprit que ce match serait difficile. C'était exactement sur ça que je devrais me concentrer.

Au lieu de cela, mon esprit revint sur la mort soudaine de ma relation. Malheureusement, l'autopsie n'était pas concluante. Je n'arrivais pas à comprendre ce qui avait mal tourné. Même en faisant une rétrospective, rien ne me sauta aux yeux. À une minute, nous planions et il semblait que nous avions une chance d'avoir un avenir après le diplôme, et la minute suivante, tout explosait d'un coup.

Seul Rowan savait ce qui s'était passé, et il n'était pas prêt à partager cette information. Il serait tellement plus facile de passer à autre chose s'il me donnait des réponses...

Mais il refusait de le faire.

ROWAN

*L*a passe que je lançai en spirale parcourut cinquante mètres dans les airs avant d'atterrir dans les bras de Brayden comme un missile à tête chercheuse. L'entraîneur donna un coup de sifflet, signalant la fin de l'entraînement. Aussitôt, Demi s'imposa avec insistance dans mes pensées. Sur le terrain, c'était le seul moment où je pouvais l'oublier et me concentrer sur autre chose. Si j'avais pu rester là vingt-quatre heures sur vingt-quatre, je l'aurais fait sans hésiter. Ç'aurait été tellement plus facile que de supporter les pensées constantes d'elle tourbillonnant dans mon cerveau.

Mais ce n'était pas possible.

Brayden sourit en courant vers moi avec le ballon dans les bras. Ça allait me manquer de jouer avec lui l'année prochaine. Quelle que soit l'équipe dans laquelle il irait, elle aurait une sacrée chance de l'avoir. Il était classé numéro un dans le pays pour les receveurs universitaires.

Quand il fut à une dizaine de mètres, il lança le ballon, et je l'attrapai facilement dans les mains.

— Bon entraînement.

Il détacha la jugulaire et arracha son casque avant de secouer ses cheveux humides tel un chien.

Mon attention se tourna vers les tribunes où se trouvait un petit groupe de filles assises en ligne. Dès que Brayden jeta un coup d'œil dans leur direction, elles le saluèrent frénétiquement. Il sourit et leur rendit le geste avec un peu plus de subtilité. Chaque fille avait une lettre de son nom estampillée sur sa poitrine.

Et les gens avaient l'audace de dire que j'étais un tombeur ?

S'il vous plaît… Ce type avait un fan-club entier qui ne se consacrait qu'à lui. Étonnamment, Brayden n'avait pas laissé toute cette attention féminine lui monter à la tête.

— On dirait que tu as des projets après l'entraînement, dis-je avec un sourire en coin, en faisant un signe de tête dans leur direction.

— Non, dit-il en secouant la tête. Pas intéressé.

Eh bien, c'était surprenant. Brayden enchaînait les filles comme la plupart des gens enchaînaient les repas. Il faisait partie de ces gars incapables de convaincre un bébé de ne pas manger des bonbons. Ou… une fille d'enlever sa culotte pour la soirée.

C'est un charmant enfoiré… quand il voulait.

— Jamais je n'aurais pensé entendre ça dans ta bouche.

— Oui, moi non plus, dit-il, un léger sourire se dessinant sur ses lèvres. J'aime être célibataire et m'amuser, dit-il en jetant un coup d'œil aux filles. C'est le but de l'université, non ?

Peut-être pour les autres gars. Ça ne m'avait jamais intéressé de me taper autant de nanas que possible. Il y avait une seule fille, et je ne voyais qu'elle. C'était comme si elle me rendait aveugle à toutes les autres.

Il pencha la tête et plissa les yeux.

— Mais ça n'a jamais été le cas pour toi, n'est-ce pas ?

La phrase avait beau avoir l'intonation d'une question, j'avais l'impression que nous connaissions tous les deux la réponse sans que je doive la confirmer. Peu désireux de voir cette conversation se retourner contre moi, je levai le menton vers son fan-club.

— Elles vont être déçues.

Il jeta un coup d'œil vers les tribunes.

— Ce n'est pas vraiment mon problème. Je dois aller à la bibliothèque après.

Maintenant, il commençait vraiment à me faire peur. Brayden

allait refuser de s'amuser pour étudier à la bibliothèque ? Je plissai les yeux en regardant au ciel.

— Suis-je en quelque sorte entré dans un univers parallèle où le haut est en bas et le bas en haut ?

Avec un sourire, il frappa son épaule contre la mienne.

— Ferme-la. C'est plutôt un rendez-vous d'étude, si tu vois ce que je veux dire.

— Eh bien, c'est un peu plus logique. Enfin, je suppose.

Alors que nous atteignions le couloir des vestiaires, un pic de malaise me parcourut l'échine. J'avais l'étrange sensation d'être observé. Lorsque je levai les yeux, mon regard balaya les tribunes jusqu'à se fixer sur des yeux bleu pâle. Mon cœur manqua un battement avant de s'emballer. Je continuai d'avancer malgré mes pas hésitants.

Brayden resta à mes côtés. Il continuait à parler, mais sa voix ne pénétrait plus l'épaisse brume qui venait de s'abattre sur moi.

Mon père était ici...

Au stade.

Un côté de la bouche de papa se releva en un sourire mauvais. Il savait que je ne voulais pas qu'il s'approche de l'université.

Un puissant mélange de rage et de nervosité se précipita dans mes veines. Rapidement suivit du désespoir, prenant le pas sur toutes les autres émotions qui tentaient de s'enraciner en moi, car je savais au fond de moi qu'il ne me laisserait jamais tranquille. J'admettais que j'avais eu des doutes sur le fait de repousser Demi, mais le voir ici ne fit que confirmer que j'avais pris la bonne décision. Il était hors de question que je la salisse avec mon passé. C'était comme avoir une fichue ancre enchaînée autour de mon cou. Peu importait à quel point je me battais contre l'étranglement, elle finirait par m'entraîner au fond de l'océan.

Je ne réalisai pas que mes pieds avaient cessé de bouger jusqu'à ce que Brayden interrompe le tourbillon frénétique de mes pensées.

— Tu viens ou quoi ?

L'effroi s'accumula dans mes tripes.

— Non, continue sans moi.

Moins les gens me voyaient avec mon père, mieux c'était. Je ne savais pas comment lui faire comprendre qu'il ne pouvait pas continuer à débarquer sur le campus comme ça. Pas s'il voulait plus d'argent.

Brayden haussa les épaules.

— O.K., mec. On se voit dans quelques minutes.

— Oui.

J'expirai un souffle régulier alors qu'il s'éloignait, disparaissant heureusement dans le couloir.

Quelques autres gars passèrent devant moi en trottinant. Une fois le terrain vide, je regardai fixement mon père qui s'était rendu sur la pelouse.

Devant mon silence, il sourit et ouvrit grand les bras.

— C'est un bel endroit que tu as là.

Il jeta un coup d'œil au stade comme s'il repérait les lieux. Comme si c'était chez moi et qu'il essayait de trouver un moyen de me cambrioler.

Je serrai les poings le long de mon corps pour résister à l'envie de les enrouler autour de sa gorge et de les serrer.

— Qu'est-ce que tu veux ?

Comme si je ne le savais pas déjà.

Depuis sa visite sur le campus deux semaines plus tôt, j'avais rassemblé deux cents dollars de plus. Maintenant, il était de retour pour encore plus. C'était ça le truc avec lui. Il reviendrait toujours pour plus. Même lorsque je n'aurais rien à lui donner.

Il émit un léger rire et haussa les épaules.

—Tu sais comment ça se passe.

Malheureusement, je le savais.

— Je croyais que tu essayais de trouver un travail.

— Oui, j'ai cherché dans le coin, dit-il alors que son regard me quittait, ce qui était un signe certain qu'il mentait. J'ai même rempli quelques candidatures.

La rancœur traversa son regard, le rendant glacial.

— J'ai dû les montrer à mon contrôleur judiciaire.

Exact. Ce n'était qu'écrans de fumée et mensonges avec ce type. Il dépenserait probablement moins d'énergie à prendre un emploi à temps partiel qu'à inventer constamment des excuses sur des candidatures pour des emplois qu'il n'avait pas l'intention d'accepter.

Un rapide coup d'œil autour de moi m'indiqua que nous sommes seuls. Mais je m'approchai et baissai tout de même la voix.

— Je t'ai dit que je n'avais plus rien à donner.

— Et pourtant, tu m'en as donné un peu plus.

— C'était la dernière fois.

Une énorme vague d'amertume s'abattit sur moi.

— Ce que je gagne en été est tout ce que j'ai pour vivre pendant l'année.

— Je parie que si tu demandais autour de toi, quelqu'un te prêterait l'argent, dit-il en agitant une main, englobant le stade. J'ai vu toutes les photos qui tapissent les murs, tu es une star par ici. Les gens te donnent sûrement toujours plein de trucs. Je ne serais pas surpris que tu puisses les convaincre de t'offrir une fichue voiture.

Je me passai une main sur le visage. Il n'avait aucune idée de la façon dont les choses fonctionnaient.

— Et ta petite amie ? demanda-t-il en se balançant d'un pied à l'autre et en inclinant la tête. Elle serait probablement plus qu'heureuse de te donner un coup de main.

Je reculai à l'idée de demander quoi que ce soit à Demi, et encore moins de l'argent pour mon escroc de père.

— On n'est plus ensemble.

Bon sang. C'était la première fois que je devais le verbaliser. Mais en regardant l'homme devant moi, c'était un soulagement de savoir qu'elle était sortie de ma vie pour de bon. Il ne la toucherait jamais.

— Michaels !

Et mince.

Je me retournai pour trouver Nick Richards à six mètres de moi, son bloc-notes à la main.

— Oui, coach ?

Je redressai les épaules et priai pour qu'il dise vite ce qu'il avait à dire avant de disparaître dans le tunnel.

Au lieu de cela, son regard passa de moi à mon père avant qu'il ne comble la distance qui nous séparait en quelques longues enjambées.

— Bonjour, Scott. Je ne savais pas que l'on t'avait libéré.

C'est quoi ce bazar ?

Je n'avais aucune idée que le coach connaissait mon père. Nous n'en avions jamais discuté. C'était trop embarrassant d'admettre, même auprès de cet homme qui avait toujours été bon pour moi, que mon père s'était fait coffrer pour meurtre.

— Quoi ?

Scott se raidit, les yeux se réduisant à deux fentes.

— Tu me surveilles ?

Les lèvres du coach se relevèrent légèrement aux coins tandis que ses yeux sombres se durcissaient.

— J'ai assisté aux deux dernières audiences de libération conditionnelle, donc je pense que nous comprenons tous les deux que je m'y intéresse.

Quoi ?

Je n'arrivais pas à croire ce que je venais d'entendre.

Mon regard passa d'un homme à l'autre avant de se fixer sur le coach. Je parvins à peine à retrouver ma voix.

— Vous le connaissez ?

Il me jeta un long coup d'œil avant que son attention ne se recentre sur mon père. C'est comme s'il comprenait qu'il ne serait pas prudent de le quitter des yeux, même une seconde.

— Oui, je me suis arrangé pour le connaître.

— Pourquoi ?

Mon esprit s'emballa. La sensation me donnait presque le vertige.

—Tu as surmonté de nombreux défis et travaillé dur pour arriver là où tu es. Je voulais m'assurer que rien n'interfère avec cela.

Nick Richards jeta un regard dur à mon père, et il devint clair que ce qu'il ne voulait pas voir interférer dans ma vie, c'était cet homme.

— J'ai passé les dix dernières années à pourrir en prison, siffla mon père comme pour répondre à l'accusation silencieuse dans les yeux de l'autre homme. Tu ne penses pas que j'ai payé ma dette à la société ?

— Ce n'est pas à moi de prendre cette décision.

Le coach haussa les épaules et se rapprocha de moi avant de poser une main sur mon épaule. Le poids lourd de celle-ci m'ancra à la terre, me permettant de me sentir moins vulnérable. C'était la première fois que j'étais capable d'aspirer une pleine bouffée d'air en présence de mon père.

— Pourquoi es-tu ici, Scott ?

Les lèvres de mon père se pincèrent avant qu'il n'aboie une réponse.

— Je voulais voir mon fils. Ça fait longtemps. Le petit ingrat ne m'a pas rendu visite une seule fois pendant que j'étais en prison.

Il pointa un doigt vers le coach avant de faire remonter un mollard qu'il cracha à ses pieds.

— Je parie que tu y es pour quelque chose.

— Non, dit Nick en secouant la tête. Rowan prend ses propres décisions. Tu ne t'en rends peut-être pas compte, mais il a dû grandir très vite après ton enfermement – probablement pendant que tu étais là-bas. Et regarde-le, il s'est plutôt bien débrouillé, dit-il en me serrant l'épaule. Tout homme serait fier de l'appeler son fils.

Avant que mon père puisse répondre, le coach continua,

— Mais voilà le truc, tu ne sembles venir que lorsque tu veux quelque chose. Et je suppose que ce que tu veux en ce moment, c'est de l'argent. Je ne mettrai pas Rowan dans l'embarras en le lui demandant, tout ce que je dirai, c'est que si tu veux vraiment construire une relation avec ce jeune homme, alors tu devras faire quelques changements positifs dans ta vie, et le laisser venir à toi quand il sera prêt. Peut-être que cela n'arrivera jamais. Ce que je sais, c'est que tu dois arrêter de venir sur le campus et de le harceler.

Mon père fit un pas menaçant dans notre direction. Il serra les poings.

— Ce n'est pas ce que je fais !

— Ah bon ?

Le coach haussa un sourcil. Au lieu d'être intimidé, l'homme était calme et gardait son sang-froid.

— Tu es un adulte. Si tu as l'intention de changer ta situation, tu dois le prouver à Rowan en subvenant à tes besoins au lieu de chercher l'aide de ton fils de vingt et un ans. Maintenant, si tu es prêt à faire ces changements, je serai plus qu'heureux de dire un mot en ta faveur en ce qui concerne les emplois.

— Je n'ai pas besoin de la charité de gens comme toi, grogna papa.

— Comme tu veux, dit le coach, comme si de toute façon ça ne changeait rien pour lui. Mais je pense que cette conversation est terminée, et qu'il est temps pour toi de partir.

Papa serra les dents.

— Tu n'as pas à me dire ce que je dois faire !

— En fait, c'est là que tu te trompes. Si tu remets les pieds sur la propriété de l'université, j'appellerai la police du campus et leur dirai que tu as harcelé un de mes joueurs. Ensuite, j'appellerai personnelle-ment ton agent de probation et le mettrai au courant de ce qui s'est passé. Il marqua une pause avant d'ajouter : Parce que nous savons tous les deux que ce n'est pas la première fois que tu recontactes Rowan.

— Espèce de fils de...

— Oui, convient-il facilement, coupant court à la tirade, c'est exac-tement ce que je suis. Cela ne me pose aucun problème à jouer au dur avec toi.

Papa serra les dents alors que la rage éclatait dans ses yeux, qu'il tourna vers moi.

— Tu vas laisser ce bâtard me parler comme ça ?

Ignorant la question, je répondis à la place :

— Je ne veux plus que tu viennes par ici, et je ne veux pas que tu appelles. Si je veux te parler, je te joindrai.

Même si nous savions tous les deux que cela n'arriverait pas de sitôt. Le pont qui aurait pu être provisoirement construit entre nous était détruit.

Papa ouvrait la bouche pour argumenter lorsque Nick le coupa :

— Ton temps est écoulé. Tu peux partir de ton propre gré ou, dit le coach avec un signe de tête vers le tunnel où se trouvait le garde de sécurité, on peut t'escorter dehors. Le choix t'appartient.

Scott pâlit avant de grincer des dents. Il semblait sur le point d'exploser.

— Très bien, je m'en vais, grommela-t-il.

Les lèvres serrées l'une contre l'autre, il nous dépassa d'un pas lourd.

Quand mon père fut à une demi-douzaine de mètres, Nick haussa la voix :

— Chuck, escorte cet homme hors du terrain et assure-toi qu'il quitte la propriété de l'université.

L'agent de sécurité inclina son menton.

— Compris, coach.

Sur ce, Chuck suivit mon père qui disparaissait à travers le terrain. Lorsqu'il atteignit l'autre côté, je remarquai un deuxième garde qui attendait sur une voiturette de golf rutilante qu'ils utilisaient pour se déplacer dans le stade. Nous regardâmes en silence mon père être suivi hors du terrain avant de disparaître à l'intérieur du bâtiment. Une fois qu'il eut disparu, la tension qui remplissait mon corps s'évacua, et mes épaules s'affaissèrent en signe de soulagement. Ce n'est qu'alors que je pris conscience du silence étouffant qui s'était abattu sur nous. Je gigotai en m'éclaircissant la gorge. L'entraîneur et moi avions passé des centaines d'heures à mettre au point des stratégies de jeux et à discuter des subtilités d'un match de football américain, et pourtant, en cet instant, mon esprit était vide. Je n'avais jamais voulu que ces deux mondes entrent en collision.

— Je suis désolé.

— Tu n'as pas à t'excuser pour quoi que ce soit, dit-il en cherchant mon regard. J'espère que tu t'en rends compte.

Je fixai le gazon et haussai les épaules.

— Hé.

Comme je continuais à éviter le contact visuel, ses doigts se plantèrent dans le gras de mon épaule.

— Regarde-moi, Rowan.

Me forcer à croiser son regard fut l'une des choses les plus difficiles que j'avais jamais eues à faire. L'humiliation me montait aux joues, les enflammant de chaleur.

— Ton père n'est *en aucun cas* le reflet de la personne que tu es.

— Son sang coule dans mes veines.

Il me fallut faire un effort pour ravaler la nausée qui montait.

— C'est un criminel, poursuivis-je en me forçant à prononcer le pire, *un meurtrier.*

— Ça ne fait pas la moindre différence que son ADN fasse partie de ton patrimoine génétique. *Tu n'as rien à voir avec* lui.

Il infligea une bonne secousse à mon épaule avant de rapprocher son visage du mien jusqu'à ce que je n'aie d'autre choix que de répondre à l'intensité de son regard.

— Dès le premier instant où tu as foulé le terrain de football du lycée, j'ai su que tu avais quelque chose de spécial. Mais ce ne sont pas tes capacités athlétiques qui te distinguent des autres. C'est ce qu'il y a là-dedans, dit-il en tapotant ma poitrine du doigt. C'est *ça* qui compte. Je n'ai jamais rencontré un joueur avec plus de cœur sur le terrain ou dans la vie. Il n'y a pas beaucoup de personnes à qui je confierais ma fille. Tu es l'une des rares.

Je clignai des yeux pour chasser l'émotion qui me piquait les paupières. Cet homme était pour moi une figure paternelle davantage que mon père ne pourrait jamais l'être. Le sentiment qu'il exprimait signifiait plus qu'il ne le réaliserait jamais. Je n'avais jamais voulu que le coach apprenne pour mon père. Je ne savais pas qu'il était au courant de la situation. La plupart du temps, j'essayais d'oublier que cet homme existait. C'était déjà assez difficile quand il était enfermé en prison. Que Nick Richards connaisse mon passé, m'accepte et continue à me soutenir, c'était comme si on m'avait retiré un poids énorme des épaules.

— Vous le saviez depuis tout ce temps ?

— Oui. Ta mère m'a tout raconté peu après notre rencontre. Je lui ai fait la promesse, lorsque je t'ai pris sous mon aile, de garder un œil sur la situation et de t'aider à prendre la bonne direction. C'est tout ce que j'ai toujours essayé de faire, Rowan. À l'époque, je n'étais pas sûr de ce que j'entreprenais, mais tu as rendu les choses faciles. Dès le début, tu avais pris l'école et cette équipe au sérieux. Tu as suivi le droit chemin. Tu es devenu un bon jeune homme et un vrai leader que les autres gars peuvent admirer. Tu es quelqu'un que je suis fier d'avoir entraîné, et je me réjouis de ce que tu vas faire de ta carrière, ainsi que dans ta vie.

Je baissai les yeux, essayant de maîtriser mes émotions.

— Merci, coach.

J'avais envie de conserver ces mots et de me les repasser en boucle dans ma tête. J'avais passé des années à idolâtrer cet homme. L'entendre verbaliser ses sentiments signifiait énormément.

— Tu n'as pas à me remercier. Tout ce que tu as accompli, c'était grâce à *ta* volonté et à ta détermination. C'est ton éthique de travail qui te mènera où tu veux dans la vie. Comprends-tu cela ?

Je penchai le menton en signe de reconnaissance.

— Bien, dit-il en souriant. Maintenant, fiche le camp d'ici et file à la douche.

— D'accord.

N'ayant plus rien à dire, je trottinai vers les vestiaires.

J'étais sur le point de disparaître dans le tunnel, quand il m'appela.

— Rowan ?

Je m'arrêtai avant de me retourner.

— Oui ?

— Tu as blessé ma petite fille.

Il y eut un moment de silence inconfortable.

— Je ne m'attendais pas à ça de ta part.

Je pris une grande inspiration, la retenant dans mes poumons jusqu'à ce que j'aie l'impression qu'ils étaient à deux doigts d'éclater sous la pression.

— Tout ce que j'essayais de faire, c'était de la protéger. Je ne voulais pas que Demi soit entraînée dans cette histoire.

Il plissa les yeux avant d'incliner la tête.

— C'est peut-être vrai, mais elle a plus besoin de toi que de ta protection.

Je me dandinai alors qu'une vague de nervosité explosait au creux de mon ventre. J'aurais peut-être dû être honnête avec elle dès le début, au lieu d'essayer de cacher mon passé.

— Elle risque de ne pas me pardonner.

— Tu as raison, mais tu ne le sauras pas tant que tu n'auras pas essayé.

Avec un hochement de tête, je me dirigeai vers les douches. C'était douloureux d'admettre que j'avais peut-être fichu en l'air la meilleure chose de ma vie parce que j'avais eu trop peur de m'ouvrir et de lui dire la vérité.

Le coach avait raison. Il était peut-être trop tard pour arranger les choses, mais je ne le saurais pas tant que je n'aurais pas essayé.

DEMI

a porte de l'appartement s'ouvrit brusquement et Sydney se précipita à l'intérieur, l'excitation dansant dans ses yeux comme si c'était le matin de Noël et son anniversaire en même temps. Je ne l'avais pas vue aussi extatique depuis…

Eh bien, *jamais*. Je n'avais jamais vu ce niveau d'exaltation chez elle. Sydney était habituellement discrète. Sauf quand elle se mettait colère. Alors attention.

Comme je haussai les sourcils, elle hurla :

— J'ai la meilleure nouvelle du monde !

Je n'eus pas l'occasion de la bombarder de questions avant que les mots ne jaillissent de sa bouche.

— Annica s'est cassé la cheville ce week-end ! Elle est *out* pour le reste de la saison !

Je restai sans voix. Peu importe ce que je pensais qu'elle allait dire, ce n'était certainement pas ça.

Bon sang de bonsoir !

— Oui, dit-elle en hochant la tête avec enthousiasme. Je sais, n'est-ce pas ? Je dois dire que je ne croyais pas vraiment au karma avant, mais je viens totalement de changer ma façon de penser.

Elle s'affala sur la chaise rembourrée face à moi avant de lever les bras en l'air.

— Je suis une grande croyante maintenant !

— Alors tu devrais faire attention, la prévins-je. Je suis presque sûr que le karma n'apprécie pas que tu te délectes du malheur des autres.

Sydney leva les yeux au ciel de façon dramatique.

— Écoute, Annica le mérite et le karma, cette glorieuse garce, le sait aussi.

— Comment c'est arrivé ?

— Je suppose qu'elle était vraiment ivre samedi soir et qu'elle a trébuché sur les marches d'un porche d'entrée quelque part. Comme elle ne pouvait plus s'appuyer sur son pied, ses amis ont pris la décision stupide de l'emmener aux urgences.

Elle se mit à jubiler. Un peu comme le Grinch anticipant la déception de Whoville le matin de Noël.

— Écoute ça : non seulement elle s'est cassé la cheville, mais elle a aussi reçu un avertissement pour consommation d'alcool, et doit maintenant faire face à des sanctions de la part du coach et de l'université. Triple jackpot ! s'exclama-t-elle avant de s'interrompre et de compter quelque chose sur ses doigts. Plutôt quadruple jackpot.

Mes yeux s'écarquillèrent.

— C'est horrible.

— Non, c'est *elle* qui est horrible, et toi, dit-elle en pointant un doigt dans ma direction, tu devrais le savoir.

Avec un haussement d'épaules, je détournai le regard. Oui, Annica s'est avérée être une vraie plaie, mais ça ne voulait pas dire que je lui souhaitais du mal. Bon… peut-être un tout petit peu. Mais on dirait qu'elle venait de tout payer d'un seul coup.

— Tu sais, dit Sydney, s'immisçant dans le tourbillon chaotique de mes pensées, elle a causé beaucoup de frictions dans l'équipe. C'est comme si elle s'en nourrissait.

C'était vrai. Annica semblait vraiment apprécier la discorde. La plupart des gens comprenaient qu'une équipe ne pouvait réussir que si elle s'unissait pour atteindre un objectif collectif. Cela signifiait-il nécessairement que les personnalités de chaque joueur s'accordaient entre elles ? Bien sûr que non.

Je suppose que ce n'était pas une leçon qu'Annica avait apprise tôt dans sa vie comme le reste d'entre nous.

— Maintenant qu'elle est hors-jeu pour le reste de la saison, peut-être que nous pouvons faire en sorte que l'équipe se soude à nouveau.

S'il y avait quelque chose de bon à tirer de cette situation, c'était que nous ramenions les plus jeunes filles au bercail et que nous les fassions adhérer à l'idée de travailler ensemble pour gagner un championnat. À ce stade, il n'était pas trop tard pour renverser la situation. Je pense que c'était ce que nous voulions toutes.

Maintenant que Sydney avait partagé la bonne nouvelle, elle soupira et se leva.

— Très bien, je dois aller à la bibliothèque pour quelques heures.

Je repris conscience.

— Tu veux un peu de compagnie ? Je n'ai rien à faire, je peux venir avec toi.

Ce serait probablement une bonne idée de sortir un peu de l'appartement. Ma rupture datait déjà de plus d'une semaine, et j'étais toujours aussi triste. J'en avais moi-même marre de moi.

— J'aimerais que ce soit possible, dit-elle alors qu'une grimace déformait son joli visage. Malheureusement, j'ai rendez-vous avec Brayden pour travailler sur ce projet stupide.

— Oh.

Leur étrange échange me revint à l'esprit. J'étais tellement concentrée sur ma propre situation que j'en avais presque oublié son accrochage avec Brayden.

— C'est un gars sympa, je suis surprise que tu aies autant de mal avec lui.

Elle se redressa de toute sa hauteur et me regarda comme si une corne venait de me pousser sur la tête.

— Comment peux-tu dire ça ?

Hmm...

— Je ne sais pas.

Je n'avais jamais eu de problème avec le beau *wide receiver*. Il m'avait toujours traitée comme une petite sœur. De tous les gars de l'équipe, c'était probablement celui en qui j'avais le plus confiance. Apparemment, Sydney ne pensait pas la même chose, ce qui me paraissait étrange. Pour autant que je sache, rien ne s'était jamais passé entre eux pour faire ressortir une telle animosité chez elle.

— La plupart des filles seraient ravies de faire équipe avec lui.

Un regard hautain scintilla dans ses yeux tandis qu'elle reniflait.

— Eh bien, je ne suis pas la plupart des filles.

C'était vrai.

— Je vais être honnête, après que nous l'avons croisé à cette fête, je me suis demandé s'il n'y avait pas un petit quelque chose entre vous deux. Tu avais ce comportement bizarre de « je te déteste mais je veux secrètement coucher avec toi ».

Même si, maintenant que j'y pensais, Brayden n'agissait normalement pas de cette façon. Il la harcelait, faisant de son mieux pour obtenir une réaction. Un peu comme un garçon de l'école primaire le ferait avec une fille qu'il aime bien.

Elle émit un bruit de suffocation.

— J'ai bien trop d'amour-propre pour me lier avec un tel enfoiré, et franchement, après l'histoire d'Ethan, je fais une pause dans mes fréquentations. J'ai besoin de me remettre les idées en place.

Par un rebondissement surprenant, Sydney et Ethan n'avaient pas réparé leur relation brisée. Cela faisait un peu plus de deux semaines. C'était la plus longue période qu'ils aient jamais passée sans se remettre ensemble.

— C'est probablement une décision intelligente.

Elle se mordilla la lèvre inférieure avant d'admettre à contrecœur :

— Je l'ai vu l'autre jour aller en cours avec une autre fille.

Aïe. Même si c'était elle qui avait mis fin à la relation, voir son ex avec une autre personne faisait toujours mal.

— Je suis désolé, Syd, dis-je doucement. Est-ce que tu vas bien ? Tu veux en parler ?

La tristesse brilla dans ses yeux et elle secoua la tête.

— Non. Le fait est que ça m'a fait mal de le voir, mais pas autant que je le pensais. Ça ne m'a pas donné envie de l'appeler pour qu'on se remette ensemble, dit-elle avant de marquer une pause, comme si elle réfléchissait à ce qu'elle venait d'admettre avant de reporter son regard sur moi. Ça doit vouloir dire quelque chose, non ?

— Je pense que ça veut dire que tu as pris la bonne décision avec Ethan.

— Oui, dit-elle alors qu'un petit soupir lui échappait. Tu as probablement raison. Pendant un moment, on était vraiment bien ensemble. Et puis nous ne l'étions plus. Maintenant, que je regarde en arrière, je pense que nous nous sommes accrochés trop longtemps. On aurait dû rompre il y a un moment, dit-elle en haussant les épaules comme si elle n'était pas sûre de la bonne réponse. Mais c'était confortable, tu vois ? Et une solution facile.

Facile ?

Ce n'était pas le terme que j'aurais utilisé pour décrire leur relation.

Quand je lui lançai un regard de type « avoue tout », elle plissa les lèvres et quelques gloussements s'échappèrent.

— D'accord, peut-être pas « facile », mais tu vois ce que je veux dire. Quoi qu'il en soit, Ethan est un type bien, et j'ai toujours su à quoi m'attendre avec lui.

— C'est définitivement un bon gars, je suis d'accord.

— Mais pas pour moi, ajouta-t-elle presque à regret.

J'acquiesçai, comprenant le mélange d'émotions qu'elle éprouvait.

— Le plan est de se concentrer sur l'école et le football pour le moment. La dernière chose dont j'ai besoin, c'est qu'un homme vienne tout gâcher.

— Ça me semble intelligent. On peut faire ça ensemble.

— Les sœurs célibataires, ajouta-t-elle avec un sourire. Ça me plaît bien. On achètera des tee-shirts estampillés.

Sydney sortit son téléphone de sa poche et y jeta un coup d'œil avant que la gaieté qu'elle avait réussi à trouver ne s'évapore.

— D'accord, je dois aller retrouver le tombeur de la fac.

— À plus tard, lui lançai-je lorsqu'elle prit son sac et se dirigea vers la porte. Essaie de ne pas le tuer.

— Je ne fais aucune promesse ! cria-t-elle avant de disparaître dans le couloir.

Moins d'une minute plus tard, on frappa à la porte.

Je sautai du canapé et me glissai dans la minuscule entrée avant d'ouvrir la porte.

— Déjà de retour ? Qu'est-ce que tu...

Ma voix mourut rapidement quand je réalisai qu'il ne s'agissait pas de ma colocataire. À la place, je trouvai Rowan debout de l'autre côté du seuil. À sa vue, je serrai le cadre de la porte un peu plus contre moi.

— Salut.

Il enfonça les mains dans les poches de son pantalon. Il portait une casquette vissée sur les yeux et, bien qu'il fasse un peu froid, un simple tee-shirt noir qui lui moulait les biceps.

En d'autres termes, il était superbe. L'attraction magnétique qui ronronnait toujours sous la surface lorsque nous étions ensemble revenait à la vie avec une ardeur vengeresse. C'était tellement tentant de tendre la main et de l'attirer vers moi ! Au lieu de céder à cette envie, je serrai la porte un peu plus fort.

— Salut.

Mon cœur claqua douloureusement contre ma cage thoracique. Je l'avais croisé en cours et entrevu sur le campus, mais ça faisait long-temps que nous n'avions pas été aussi proches. Face à son silence, je m'éclaircis la gorge en tentant de calmer l'enchevêtrement d'émotions qui s'enroulaient sournoisement autour de moi.

— Que fais-tu ici ?

— J'espérais que nous pourrions parler.

Une image d'Annica s'accrochant à lui s'afficha dans mon esprit. Une boule de nausée fleurit au fond de mon ventre, et je me forçai à redresser les épaules.

— Après plus d'une semaine de silence, je pense que nous n'avons rien à nous dire.

Rowan se mâchouilla la lèvre inférieure. Un mélange de tristesse et de regret remplissait son expression, et ce fut presque suffisant pour me briser le cœur.

Mais qu'est-ce qui ne va pas chez moi ?

J'avais envie de me gifler pour avoir même pensé à ça. Ce n'était pas moi qui l'avais blessé ou trahi. C'était l'inverse qui s'était produit.

— Je dois t'expliquer quelque chose et ensuite, si tu ne veux plus me parler, je respecterai ta décision.

Devant mon silence, comme j'hésitais, sa voix se fit suppliante.

— Accorde-moi cinq minutes, et ensuite je partirai. Tu n'entendras plus jamais parler de moi. Je te le promets.

Si j'avais été intelligente, je lui aurais claqué la porte au nez. Il n'y avait rien qu'il puisse dire ou faire pour changer ce que je ressentais pour lui. C'était le premier type avec lequel j'avais tenté ma chance et auquel je m'étais ouverte. J'avais été prête à tout risquer pour lui. Dieu merci, je n'avais pas eu l'occasion de le faire. Cela ne m'aurait fait que sentir plus pathétique que je ne l'étais déjà.

Celui qui a dit qu'il valait mieux avoir aimé et perdu plutôt que de ne jamais avoir aimé du tout s'était lourdement trompé. Toute cette histoire d'aimer et de perdre, ça craint vraiment. Et très honnêtement, je ne voyais pas cette situation changer de sitôt.

— S'il te plaît, Demi ?

Un soupir de frustration franchit mes lèvres. J'aurais aimé être assez forte pour lui dire d'aller se faire voir. Mais comme je ne l'étais pas, je m'éloignai à contrecœur de la porte et lui fis signe d'entrer. Une petite partie de moi était curieuse de savoir ce qu'il avait à dire.

— Merci, murmura-t-il en se faufilant entre moi et le salon, où il s'assit sur une chaise.

Ayant besoin d'autant de distance que possible, je me dirigeai vers l'autre bout du canapé. Le regret se lisait sur son visage tandis qu'il me regardait. C'était comme s'il se rendait compte de la tactique que j'essayais d'employer pour le maintenir à une distance sûre. Il posa les coudes sur ses cuisses écartées et il joignit les mains devant lui.

Un silence oppressant nous enveloppa, et je gigotais sans cesse sous le poids de son regard. C'était plus douloureux que je ne le pensais. Et je réalisai que le laisser entrer était une erreur. J'avais changé d'avis. Je ne me souciais plus de ce qu'il avait à dire. Ses justifications sur la situation ne changeraient rien.

Rowan s'éclaircit la gorge et son regard se voila, tombant sur ses doigts. Je ne réalisai pas à quel point ils étaient serrés jusqu'à ce que les jointures deviennent blanches comme de l'os.

— Je veux que tu saches qu'il ne s'est rien passé avec Annica. Cette nuit-là ou une autre.

Pour la deuxième fois en quelques minutes, une image d'eux clignota involontairement dans ma tête, et mon cœur martela un staccato douloureux contre ma cage thoracique. Je secouai les épaules, réticente qu'il voie à quel point sa trahison m'affectait.

— Ce n'est pas ce que j'ai vu.

Ce fut un soulagement d'entendre ma voix dénuée de toute émotion. S'il pensait qu'il pouvait débarquer ici avec une demi-explication et que j'allais lui tomber dans les bras, Rowan se trompait lourdement.

— Je sais.

Il y eut un moment de silence avant qu'il admette doucement :

— C'était le plan. Je voulais que tu nous trouves ensemble.

Quoi ?

Pendant un instant, peut-être deux, mon esprit s'emballa, et je ne pus rien faire à part le fixer du regard.

Il voulait que je les trouve ensemble ?

Je secouai la tête et fronçai les sourcils. Il me fut presque impossible d'articuler la question.

— Tu as délibérément cherché à me faire du mal ?

Une douloureuse boule de larmes me bloqua la gorge.

— Non.

Il y eut une pause avant qu'il ne modifie hâtivement :

— Je veux dire, oui.

La frustration irradiait de lui en vagues suffocantes tandis qu'il retirait sa casquette noire des Wildcats et passait une main dans ses longs cheveux blonds.

— Je voulais être sûr que tu serais énervé et que tu ne me parlerais plus jamais.

Punaise, incroyable.

— Eh bien, entamai-je en me forçant à rire ironiquement, tu as eu ce que tu voulais.

Je me levai, vacillante sur mes jambes.

— Je ne sais pas pourquoi tu as ressenti le besoin de venir ici et de me faire part de ça, mais je pense que tu devrais partir.

Le désespoir brillait dans ses yeux et il se leva d'un bond.

— S'il te plaît, Demi. Écoute-moi !

En deux longues enjambées, il se rapprocha de moi.

— Je suis nul pour te l'expliquer…

Je levai une main, refusant qu'il s'approche davantage.

— Je suppose que c'est parce qu'il n'y a aucun moyen de justifier pourquoi tu ferais quelque chose d'aussi tordu.

Alors que je tentai de le dépasser, ses doigts se crispèrent autour de mon poignet. Il lui suffit d'une traction pour m'attirer à lui. La force du mouvement me fit trébucher, et je perdis l'équilibre avant de le percuter. Mes mains se dirigèrent vers son torse pour tenter de me libérer. Au lieu de me relâcher, ses bras s'enroulèrent autour de mon corps jusqu'à ce que je sois impuissante.

— Tes cinq minutes sont écoulées. Tu dois partir.

Si j'avais pu bouger ma jambe, je lui aurais mis un coup de genou dans les testicules. Il le méritait bien pour la douleur qu'il m'avait causée. Refusant de lui faciliter la tâche, je luttai contre la prise qu'il avait sur moi. Rowan avait fait son choix, et maintenant je faisais le mien.

— Je pensais faire ce qu'il fallait, dit-il avec un grognement, tentant de maîtriser mes mouvements.

— Ha ! m'exclamai-je alors que l'incrédulité bouillonnait dans ma gorge.

Comment avais-je pu ne pas me rendre compte que Rowan délirait ?

— Donc, si je comprends bien, m'emportai-je, ton idée de ce qu'il fallait faire était de me blesser en fricotant avec une de mes coéqui-pières ? La même coéquipière, je te le rappelle, qui m'a prise pour cible sur le terrain et en dehors. Waouh !

L'amertume dégoulinait de chaque mot.

— Comme c'est *gentil* de ta part.

Sa poitrine s'abaissa alors qu'il expirait.

— Eh bien, dit comme ça, ça ne sonne pas très bien.

— Non, acquiesçai-je platement, ça ne sonne vraiment pas bien.

— En fin de compte, tout ce que je voulais, c'était te protéger, dit-il alors que la lassitude passait sur son visage. Peut-être que je m'y suis pris de la mauvaise façon.

Son explication étrange me déstabilisa, et je restai immobile.

— Me protéger ? De quoi ?

— De mon passé.

— Je ne comprends pas.

Mes sourcils se rapprochèrent tandis que je cherchai des indices dans ses yeux.

— Pourquoi aurais-je besoin d'être protégée de ton passé ?

Rowan détourna le regard alors que l'embarras inondait ses traits et assombrit sa mine.

— Il y a une raison pour que je ne parle pas de ma famille.

C'est quelque chose que j'avais remarqué. Les fois où j'avais essayé de creuser davantage, il s'était immédiatement tu et avait changé de sujet. Au lieu d'insister sur le problème, j'avais pris du recul, en supposant que Rowan s'ouvrirait quand il serait à l'aise. Ça ne s'est jamais produit. Je n'en savais toujours pas plus sur son histoire personnelle.

— C'est difficile d'en parler, murmura-t-il. Je n'ai jamais voulu que tu découvres l'existence de mon père.

— Rowan, dis-je doucement, le pic de ma colère s'émoussant, tu n'as pas à me le dire.

C'était clairement un sujet douloureux pour lui. Même si je voulais comprendre comment sa famille avait influencé notre relation ou pourquoi il avait voulu me faire du mal, peut-être que ça n'avait plus d'importance. Ce dont nous avions besoin, c'était de tourner la page pour pouvoir aller de l'avant.

— Il est important que tu réalises pourquoi je t'ai repoussée, dit-il en inspirant régulièrement, comme pour se préparer à ce qui allait suivre. Tu es la dernière personne que j'aurais voulu faire souffrir, et j'en suis désolé. Je ne peux pas dire que ce n'était pas mon intention, car ça l'était. Je ne voyais pas d'autre moyen, dit-il avant de s'interrompre. Peut-on s'asseoir et discuter ?

Ce fut alors que je réalisai que j'étais toujours enfermée dans ses bras, serrée contre sa poitrine.

Lorsque j'acquiesçai, il se dirigea vers le canapé en me tenant toujours fermement dans ses bras. J'avais l'impression qu'il avait peur de me lâcher, même un instant. L'envie de me réfugier contre son torse me saisit, mais je n'étais pas tout à fait prête à y céder. Rowan m'avait manqué plus que je ne m'étais permis de le reconnaître, même en privé. C'était tellement plus facile de le repousser dans les recoins de mon esprit et de prétendre que je ne lui avais pas déjà donné mon cœur ! Maintenant qu'il se tenait devant moi, je ne pouvais plus le faire.

— Tu te souviens du vieux type que nous avons croisé sur le campus il y a quelques semaines ?

Alors que je le fixai des yeux, il ajouta :

— C'était après le cours de statistiques.

J'acquiesçai alors que le souvenir me revenait en mémoire. Quelque chose en lui m'avait déstabilisée. C'était comme si mon corps était passé en état d'alerte.

— C'était Scott Michaels, dit-il avant de poursuivre : Mon père.

— Oh.

L'air se coinça dans ma gorge tandis que mon esprit s'emballait. Ça n'expliquait toujours pas pourquoi Rowan avait ressenti le besoin de me repousser.

Un gloussement sans humour lui échappa.

— Ces dix dernières années, il était incarcéré pour meurtre.

Meurtre ?

Le mot résonna dans ma tête.

— Ton père était en prison pour…

Je me forçai à articuler le reste :

— … meurtre ?

Il hocha ferment la tête avant de se détourner comme s'il était à peine capable de soutenir mon regard.

— Oui. Il a toujours été un petit criminel, et puis il est tombé sur les mauvaises personnes et s'est mis dans le pétrin.

Je ne pouvais pas imaginer à quel point ce devait être difficile de grandir avec un parent comme ça. Mon cœur se serra douloureusement en sachant qu'il n'y avait aucun moyen d'atténuer la douleur et les dommages qu'il avait dû subir. Ce n'est que maintenant que je comprenais pourquoi Rowan était si fermé lorsqu'il s'agissait de sa famille. J'aurais aimé qu'il se sente suffisamment en sécurité pour s'ouvrir et partager cela avec moi.

— Rowan, chuchotai-je, sans savoir comment procéder.

Il ne me laissa pas l'occasion de dire autre chose.

— Il vient d'être libéré de prison, et il a commencé à venir me voir pour me demander de l'argent. La première fois que c'est arrivé, je lui ai donné une bonne partie de mes économies. Je lui ai dit que je ne pouvais pas lui en donner plus, et que je ne voulais plus le revoir. Une semaine plus tard, il s'est montré sur le campus.

— C'est là qu'on l'a croisé après le cours de statistiques, murmurai-je.

Ce n'était que maintenant que la réaction étrange de Rowan prenait tout son sens.

— Oui.

Ses joues rougissaient l'humiliation alors que je plaquai les paumes contre son visage.

— Tant qu'il sera libre, il n'arrêtera jamais de venir me voir, essayant de me soutirer tout ce qu'il peut. Je ne voulais pas qu'il s'approche de toi, dit-il en secouant la tête. Je m'y suis peut-être mal pris, mais au final, tout ce que j'essayais de faire, c'était de te protéger de la laideur de mon passé.

Toutes les pièces du puzzle que je n'étais pas arrivée à assembler se mettaient maintenant en place. J'avais remarqué des changements dans le comportement de Rowan, mais j'étais incapable de mettre le doigt sur leur cause. Toutes les fois où je l'avais surpris perdu dans ses pensées, il s'inquiétait pour son père. Il ne voulait pas que je sache quoi que ce soit sur sa famille. Plus précisément, sur son père. Maintenant que l'homme était sorti de prison, Rowan ne voulait pas que je sois exposée à lui. Et la façon la plus rapide de couper les liens était de...

— Donc tu as fait en sorte que je te trouve avec la fille qui me ferait le plus de mal.

Ses épaules s'affaissèrent sous le poids de ma réplique.

— J'avais peur et je ne voulais pas qu'il s'approche de toi. Te repousser semblait être le moyen le plus facile d'y parvenir. C'était stupide. Le regard sur ton visage... dit-il alors que le regret remplissait ses yeux tandis qu'il secouait la tête. Je suis désolé de t'avoir blessée. Je ne m'attends pas à ce que tu me pardonnes.

— Pourquoi ne m'as-tu pas dit la vérité ? J'aurais compris, dis-je avant de m'interrompre. Je t'aurais soutenu.

— J'étais gêné, dit-il avant de modifier rapidement sa déclaration. Bon sang, je suis toujours gêné. Mon père a toujours été un fardeau. Pas seulement pour moi, mais pour ma mère aussi. Je déteste qu'il soit dans ma vie, causant des ravages. La dernière chose que je voulais faire était de l'amener dans la tienne. Le coach a toujours été bienveillant avec moi. Comment pouvais-je remercier cette gentillesse en laissant entrer un dégénéré dans la vie de sa fille ? dit-il avant de baisser la voix écorchée. Dis-moi comment j'aurais pu faire ça ?

La violence de son émotion me brisa le cœur en mille morceaux déchiquetés.

— J'aurais aimé que tu me fasses confiance en me disant la vérité.

— Ça n'avait rien à voir avec la confiance et tout à voir avec le fait de t'assurer ta sécurité. C'est tout ce que je voulais faire. Te protéger.

Les paumes toujours sur ses joues, je posai mon front contre le sien.

— Ton père n'a rien à voir avec toi. La vérité n'aurait rien changé à mes sentiments.

— Je m'en rends compte maintenant. J'ai fait une erreur, et je t'ai blessée. Je comprends si c'est quelque chose que tu ne peux pas pardonner, dit-il en plongeant son regard dans le mien. Mais j'espère que tu le feras. Je t'aime, Demi. Je t'ai toujours aimée.

— Je t'aime aussi.

L'air s'échappa précipitamment de ses poumons alors qu'il penchait la tête pour que sa bouche puisse se glisser sur la mienne. Lorsque sa langue balaya la jointure de mes lèvres, il ne me vint pas à l'esprit de me retenir. Personne ne m'avait jamais fait ressentir ce que j'éprouvais avec Rowan. Et à vrai dire, je pense que personne ne le ferait plus jamais.

Ce que nous avions trouvé était unique dans une vie.

Il se détacha assez longtemps pour scruter mon regard.

— Depuis le tout début, c'est toi.

Il m'avait peut-être fallu trois ans pour réaliser que j'avais des sentiments pour lui, mais j'y étais, maintenant. Il avait pris le temps de briser toutes mes barrières jusqu'à ce que je puisse voir l'homme qui se tenait devant moi, la main tendue.

Peut-être que je refusais de l'admettre, même en mon for intérieur, mais ça avait toujours été Rowan. Et si j'arrivais à mes fins, cela ne changerait jamais.

ÉPILOGUE

Rowan

rois ans plus tard...

— Comme vous pouvez le voir, la cuisine est entièrement en acier inoxydable avec des comptoirs en marbre tout neufs.

L'agent immobilier passa de la cuisine spacieuse, avec un îlot si massif que j'aurais probablement pu me rouler dessus, au salon attenant.

Au lieu de la suivre, je restai dans la cuisine et fixai l'îlot. Je m'imaginais déjà en train de baptiser les lieux, et cet océan de marbre blanc étai le premier endroit par lequel je commencerais.

— Je sais exactement ce à quoi tu penses, chuchota Demi à mon oreille.

— C'est parce que tu es une vilaine fille et que tu penses exactement à la même chose.

— Seulement avec toi, dit-elle en pressant un baiser contre mes lèvres.

— Hé, c'est ma réplique.

Je jetai un coup d'œil à l'agent immobilier qui se tenait près des portes-fenêtres qui surplombaient les vagues blanches du lac Michigan.

— Vous devez voir la vue !

Elle s'arrêta un instant avant de faire sa meilleure imitation de bourgeoise.

— N'est-ce pas absolument fabuleux ?

Ignorant la femme, je jetai un coup d'œil autour de l'espace ouvert.

— Que pensez-vous de l'endroit ?

Nous étions partis à la chasse aux appartements à Milwaukee, dans le Wisconsin, et avions visité une vingtaine de logements. Demi et moi avions passé les deux dernières années à vivre dans des villes séparées. J'avais fini par être sélectionné au premier tour par les Milwaukee Mavericks et Demi avait fait un essai pour l'équipe de football féminine des Chicago Suns après avoir obtenu son diplôme et elle avait réussi. Nous étions toujours dans des villes différentes, mais nous n'étions qu'à une heure et demie l'un de l'autre. Même si ce n'était pas le top, ça aurait pu être pire.

Le plus difficile s'était avéré être lorsque nous étions tous les deux en pleine saison. Mon camp d'entraînement commençait à la mi-juillet et se terminait en février, si nous remportions les séries élimi-natoires. Le football professionnel allait d'avril à octobre. C'était une lutte constante de trouver du temps à passer ensemble.

Bien que Demi ait apprécié de jouer dans la NWSL pendant deux ans, elle avait décidé de raccrocher ses crampons et de suivre des études supérieures pour obtenir une maîtrise en sciences du sport. Elle avait déjà été acceptée à l'université de Milwaukee-Wisconsin et s'était installée ici définitivement.

Demi fit un tour d'horizon de la cuisine et du salon.

— J'aime bien.

L'endroit faisait un peu moins de neuf cents mètres carrés et se situait au trentième étage. Il y avait trois chambres spacieuses et un bureau avec des panneaux en bois.

— Ai-je mentionné qu'il y a un jardin sur le toit ?

Cindy, l'agent immobilier, fit un pas vers nous. Ses talons hauts claquaient contre l'océan de parquet brillant.

— Je serais ravie de vous le montrer.

Cette femme était un peu insistante à mon goût, mais elle nous avait fait visiter tout ce qui était disponible.

Je m'éclaircis la gorge.

— Pourriez-vous nous laisser un peu de temps pour en discuter ?

Ses yeux s'aiguisèrent du frisson d'une vente potentielle.

— Bien sûr ! dit-elle en se précipitant devant nous pour rejoindre l'entrée. Je vais descendre quelques minutes et parler au gérant de l'immeuble pour m'assurer que tous les documents nécessaires sont en ordre.

Je hochai le menton en guise d'accord.

— Super.

— Génial ! s'écria-t-elle d'une voix chantante, en refermant la porte derrière elle.

— Enfin, soupirai-je en attirant Demi vers moi. Enfin seuls.

Ses bras s'enroulèrent autour de mon cou.

— Oui. Je suis certaine que nous avons dix bonnes minutes pour nous.

— Malheureusement, c'est loin d'être suffisant, lui dis-je en effleurant sa bouche de la mienne en un baiser rapide. Tu sais que j'aime prendre mon temps.

Ses lèvres s'inclinèrent contre les miennes.

— Oui, je le sais. Et crois-moi, l'effort est toujours apprécié.

— Bien sûr qu'il l'est.

Lorsque Demi gémit, je me détachai à contrecœur avant que nous n'allumions un feu qui ne pourrait être éteint.

— Dis-moi franchement. Qu'est-ce que tu en penses ?

J'enroulai le bras autour de sa taille et nous guidai vers les grandes baies vitrées pour inspecter la vue à un million de dollars. Je montrai du doigt le chemin qui traversait la rue et qui serpentait le long du rivage.

— Ce ne serait pas génial de courir le long du lac tous les matins ?

La tension sexuelle que j'avais attisée quelques instants plus tôt se dissipa de ses yeux alors qu'elle contemplait l'immensité bleue de l'eau.

— Ce serait bien.

— En plus, ajoutai-je, il y a une salle de sport au troisième étage. Si tu ne peux pas courir dehors, tu peux soulever des poids ou utiliser le vélo elliptique.

Elle plissa les yeux avant d'incliner un regard dans ma direction.

— On dirait que tu t'es déjà décidé pour cet appartement

— Oui, ça me plaît.

C'était certainement l'endroit le plus luxueux où j'avais jamais vécu.

— Mais il faut que tu l'aimes aussi.

Elle entoura à nouveau mon cou de ses bras avant de se pencher sur moi.

— C'est le cas, il coche toutes les cases

Je serrai son corps contre le mien avant de déposer un baiser sur le sommet de sa tête.

— Je t'aime.

Un sourire se dessina sur son visage et elle releva le menton pour croiser mon regard.

— Je t'aime aussi.

— Tu sais quoi ? lui demandai-je en faisant un grand geste pour désigner le salon et la cuisine. Je crois qu'il manque quelque chose.

— Vraiment ?

Son sourire disparut, laissant place à un froncement de sourcils.

— Quoi ? Cet appartement a toutes les commodités possibles. Une salle de sport, une vue incroyable, un jardin sur le toit, la sécurité, un parking souterrain, une petite supérette à côté du hall… énonça-t-elle en comptant le tout sur ses doigts. Que pourrions-nous avoir de plus ?

Comme elle me lançait un regard perplexe, je dus me retenir de ne pas sourire comme un bêta.

— Ceci.

Quand je mis un genou à terre, les yeux de Demi s'écarquillèrent. Je glissai la main dans la poche de mon pantalon et en sortis la boîte bleu clair avec un nœud blanc enroulé autour.

Ses mains volèrent vers sa bouche bée tandis que ses yeux se remplissaient de larmes, et elle secoua la tête.

— Non.

— Si.

Je retirai le ruban soyeux et ouvris le couvercle.

— Il ne manque plus que tu acceptes de devenir ma femme.

— Rowan, murmura-t-elle, l'émotion inondant ses traits.

— Quoi ?

Avant qu'elle ne puisse répondre, je lui dis :

— Ça fait deux ans que j'en ai envie mais j'avais besoin que tout soit parfait. Je voulais que nous soyons dans la même ville et le même État. Et maintenant que c'est le cas, et que nous avons trouvé l'endroit parfait pour nous loger, je veux faire de ce lieu notre foyer. Je veux t'épouser, Demi. Je veux être ton mari et passer le reste de ma vie avec toi. Qu'en dis-tu, bébé ? Veux-tu m'épouser ?

Ses mains retombèrent le long de son corps tandis qu'elle pressait ses lèvres l'une contre l'autre et acquiesçait.

— Oui !

Comme sa voix était chevrotante, elle répéta plus fort :

— Oui, je veux t'épouser !

Je me levai d'un bond et sortis la bague de son épais lit de satin avant de la glisser soigneusement à son doigt.

Elle regarda sa main gauche avec émerveillement.

— C'est magnifique !

— Je suis heureux qu'elle te plaise. Sydney m'a aidé à la choisir.

— Quoi ! s'exclama-t-elle en riant. Elle était au courant et ne m'a rien dit !

Je haussai légèrement les épaules.

— Je lui ai fait jurer de garder le secret.

Demi se jeta dans mes bras.

— Je n'arrive pas à croire que ça arrive, dit-elle, des larmes de joie coulant sur son visage. Je suis tellement heureuse que nous soyons enfin réunis !

— Moi aussi. Si tu n'avais pas pris ta retraite, je l'aurais fait. La séparation me tuait.

— Vraiment ? dit-elle en souriant. Tu aurais fait ça ?

Est-ce qu'elle plaisantait ?

Bien sûr que je l'aurais fait.

— Oui, répondis-je en déposant un autre baiser sur ses lèvres. Tu es la chose la plus importante dans ma vie. Tu l'as toujours été et tu le seras toujours.

— Je ne sais pas comment on a fait pour traverser ces deux dernières années, mais je suis ravie qu'on ait réussi.

— Alors... dis-je en haussant les sourcils, ça t'intéresse de célébrer nos fiançailles en baptisant notre nouvel appartement ?

— Tu crois vraiment qu'on a le temps pour ça ? demanda-t-elle en jetant un regard prudent vers l'entrée. Cindy ne va-t-elle pas revenir d'une minute à l'autre ?

— Non, elle est partie. J'ai acheté l'endroit la semaine dernière. Cash, bébé. Il est à nous.

Ses yeux s'écarquillèrent au point de lui sortir de la tête.

— *Quoi !*

— Oui.

— Je n'arrive pas à croire que tu aies fait ça ! Et si je l'avais détesté ?

— Alors je l'aurais revendu. Mais j'étais sûr que tu en tomberais amoureuse comme moi. Dès que Cindy m'a montré l'appartement, j'ai su que c'était l'endroit parfait pour commencer notre avenir ensemble.

Elle secoua la tête.

— Je n'arrive pas à croire que tu avais tout prévu.

Je ne pouvais que sourire avant de lui raconter le reste. Elle avait probablement eu assez de surprises pour une journée.

— Nous avons assez de temps pour faire de cet endroit le nôtre, puis nous rejoindrons Sydney, Brayden, ton père et quelques gars de l'équipe pour célébrer nos fiançailles.

Pour la douzième fois au cours des dix dernières minutes, elle ouvrit la bouche en proie à une parfaite surprise.

— Tu es sérieux ?

Je déposai un autre baiser sur ses lèvres entrouvertes. Elle était adorable lorsqu'elle était déstabilisée, et toutes ces nouvelles avaient définitivement fait l'affaire. Je n'avais pas souvent pu lui cacher quoi que ce soit. Demi était bien trop intelligente pour ça. Et apparemment, j'étais mauvais pour garder des secrets. Surtout avec elle.

— Oui. J'ai prévu une petite fête pour que tu puisses montrer cette pierre géante à ton doigt.

Son regard se posa sur la bague avant que ses traits ne s'adoucissent. Elle tendit la main pour admirer le saphir massif entouré de diamants.

— C'est vraiment spectaculaire, dit-elle, le regard tourné vers moi. Et tu as fait preuve d'un goût incroyable en la choisissant.

— Je veux ton bonheur.

Elle plaça ses paumes contre ma poitrine avant de les faire glisser vers mes épaules et de les enrouler autour de mon cou.

— C'est *toi* mon bonheur. Je ne pouvais pas imaginer ma vie sans toi.

Incapable de résister à l'attrait de sa bouche, je plongeai dans un autre baiser.

— Je suppose que c'est une bonne chose que tu n'aies plus à t'en inquiéter.

Avec un soupir, ses lèvres s'écartèrent, et ma langue s'insinua à l'intérieur pour se mêler à la sienne.

Après quelques instants torrides, elle s'éloigna suffisamment pour demander :

— On ne va pas baptiser l'endroit ?

Elle couina de surprise quand mes paumes se posèrent sur ses fesses, et je la hissai dans mes bras. Trente pas plus loin, je la posai sur l'îlot en marbre. Ses mains se dirigèrent vers ma chemise, la sortant de mon pantalon avant de la tirer par-dessus ma tête et de la jeter sur le parquet. Il ne fallut pas longtemps pour que nous soyons tous les deux nus. Alors que je m'enfonçai dans son corps chaud et étroit, je réalisai que, même si cet appartement allait être notre nouvelle maison, c'était ici, enfoui profondément dans la chaleur de son corps, que se trouvait ma place.

Tant que Demi et moi étions ensemble, peu importe où nous étions ou dans quelle ville nous vivions.

Mon foyer était avec elle.

Il serait toujours avec elle.

L'Idole du campus
Romance sportive entre haine et amour

Les filles de Western University considèrent peut-être Brayden
Kendricks comme un don du
ciel, mais moi, je ne veux pas entendre parler de ce joueur de football
américain aux cheveux noirs.
Ce type est obsédé par vous-savez-quoi et il adore l'attention de ses
fans, comme si c'était la
moindre des choses quand on est aussi canon et talentueux que lui.
Et merde. J'ai vraiment dit ça ?
Bon, d'accord… À contrecœur, je veux bien admettre que Brayden
n'est pas moche. Enfin, si
on aime les dieux grecs avec des abdos d'acier et des pectoraux ciselés,
j'imagine qu'on pourrait le
trouver séduisant.
Suis-je coupable d'avoir un tout petit peu craqué pour lui, à peine, dès
la première année de
fac ?
Si ça ne vous dérange pas, j'aimerais mieux ne pas répondre à cette
question.
Heureusement, j'ai retrouvé mes esprits, et depuis, je prends grand
soin d'éviter Brayden
comme la peste. Ce n'est pas facile, étant donné que ma meilleure
amie sort avec son coloc et que

nous devons travailler ensemble sur un projet de compta. Cela fait des
années que je lui montre les
crocs et que je grogne comme si j'avais la rage, alors on pourrait croire
qu'il aurait compris que je ne
suis pas intéressée.
Apparemment pas, puisqu'il dit à qui veut l'entendre sur le campus
que nous sortons ensemble.
Non, mais vous imaginez ?
Moi ?
Sortir avec Brayden Kendricks ?
J'ai quatre mots pour lui...
Même.
Pas
Rêve.

Amazon FR -) L'Idole du campus
Amazon CA -) L'Idole du campus
Amazon US -) L'Idole du campus

À PROPOS DE L'AUTEURE

Jennifer Sucevic est une auteure de best-sellers au classement de *USA Today* qui a publié dix-neuf romans « New Adult » et « Mature Young Adult ». Son œuvre a été traduite en allemand, en néerlandais et en italien. Jen est titulaire d'une licence en histoire et d'une maîtrise en psychologie de l'éducation, de l'Université du Wisconsin-Milwaukee. Elle a commencé sa carrière en tant que conseillère d'orientation dans un collège, un métier qu'elle a adoré. Elle vit dans le Midwest avec son mari, ses quatre enfants et une ménagerie d'animaux. Si vous souhaitez recevoir des informations régulières concernant les nouvelles parutions, abonnez-vous à sa newsletter - Jennifer Sucevic Newsletter (subscribepage.com)

Ou contactez Jen par e-mail, sur son site web ou sa page Facebook.

sucevicjennifer@gmail.com

Envie de rejoindre son groupe de lecteurs ? C'est possible ici -)

J Sucevic's Book Boyfriends | Facebook

Liens vers ses réseaux sociaux

https://www.tiktok.com/@jennifersucevicauthor

www.jennifersucevic.com